Une famille en danger

Soupçons sur un amour

CARLA CASSIDY

Une famille en danger

éditions Harlequin

Titre original : 5 MINUTES TO MARRIAGE

Traduction française de PIERRE VANDEPLANQUE

Photos de couverture

Père et enfant : © PHOTOALTO / GETTY IMAGES
Branchages : © PURESTOCK / ROYALTY FREE / JUPITER IMAGES
Maison : © STMECA / FOTOLIA

Réalisation graphique couverture : T. SAUVAGE

83-85, boulevard Vincent-Auriol 75646 PARIS CEDEX 13.

Service Lectrices — Tél. : 01 45 82 47 47
www.harlequin.fr

ISBN 978-2-2808-1940-4 — ISSN 1950-2753

Prologue

Planté sur le trottoir, il contemplait le Golden Circus, ses néons, ses lumières scintillantes et sa marquise tape-à-l'œil. La boule de haine au fond de lui enfla si fort qu'il peina à respirer.

Le propriétaire du casino était Harold Rothchild. Le même Harold Rothchild qui avait bâti sa fortune sur les larmes et le sang des autres. Le même Harold Rothchild qui avait détruit sa vie.

Un mince sourire lui étira les lèvres.

Depuis quelque temps, l'existence de ce pauvre Harold avait pris une vilaine tournure.

— Et cela à cause de moi, marmonna-t-il entre ses dents.

Il avait tué sa fille, et détenait désormais la bague d'une valeur inestimable ornée du diamant les « Larmes du Quetzal ».

Il avait tout exécuté selon ses plans, mais en se dirigeant vers l'imposante entrée du casino, il se rendit compte que ce n'était pas assez.

C'était ça le plus drôle avec la vengeance, cette envie de plus qui vous ronge de l'intérieur alors que vous la croyez accomplie.

Il la ressentait maintenant, qui se développait en lui. Il serra les poings.

La rage.

Elle grondait dans son ventre tel un vent brûlant, attisant son besoin d'infliger plus de douleur, plus de souffrances.

Il n'en avait pas fini avec les Rothchild. Pas encore. Loin s'en fallait.

Il ne trouverait satisfaction que lorsque Harold Rothchild et sa famille tomberaient à genoux et pleureraient pour tout ce qu'ils avaient perdu.

1

La soirée se présentait sous de si bons auspices ! La maison était rangée, les enfants avaient pris leur bain et revêtu des tenues assorties, et Jack Cortland attendait son invitée avec impatience.

Il avait rencontré Heidi Gray au supermarché lors d'une de ses rares descentes en ville. La blonde séduisante et sophistiquée lui avait souri, et avant qu'ils ne quittent le rayon produits frais, ils s'étaient donné rendez-vous.

Depuis ce jour, ils s'étaient vus trois fois, et ce soir elle allait enfin faire la connaissance de ses enfants.

Dix minutes avant l'heure convenue de son arrivée, il s'installa avec ses deux fils sur le canapé, Mick, quatre ans, à sa droite, et David, trois ans, à sa gauche.

— Bon. Les garçons, cette soirée est d'une importance capitale. Je veux que vous soyez tous les deux bien sages et très gentils avec Mlle Heidi quand elle sera là.

— Heidi, zizi, kiki ! s'exclama Mick.

— Heidi, zizi, kiki ! répéta David.

Et tous les deux partirent dans de grands éclats de rire.

— Allons, allons, les enfants ! les tança Jack dans une vaine tentative pour imposer son autorité.

Les rires s'amplifièrent. Il attendit patiemment que leur hilarité s'essouffle d'elle-même.

— Je ne veux plus entendre ça, c'est compris ? gronda-t-il de sa voix la plus ferme.

David fronça les sourcils.

— Jack méchant. Pas crier.

— Je n'ai pas crié, protesta Jack, avant de soupirer : et si vous alliez tous deux jouer dans votre chambre en attendant l'arrivée de notre invitée ?

Il les regarda filer hors du séjour et disparaître dans le couloir. Dès qu'ils furent hors de vue, il laissa échapper un gros soupir d'épuisement.

Les garçons étaient à sa charge depuis un peu plus de quatre mois, autrement dit depuis que Candace, leur mère — et son ex-épouse — avait été assassinée. Durant ce laps de temps, il avait découvert des enfants sauvages, rétifs à toute discipline et qui ne lui montraient pas le moindre signe de respect.

Jack était capable de remuer le sang de n'importe qui avec une batterie, d'exprimer par ses talents de chanteur le rock-and-roll qui l'habitait, de soulever l'enthousiasme d'un stade entier de fans par sa musique. Il y avait même eu un temps pas si éloigné où il avait su boire et se droguer jusqu'à l'oubli. Mais en matière d'éducation des enfants, il ignorait pratiquement tout.

S'extirpant du canapé, il gagna la cuisine où flottaient les appétissants effluves d'un rôti. Debout devant l'évier, Betty, sa cuisinière, effectuait une dernière vaisselle avant de s'en aller.

— Tout est prêt, il n'y a plus qu'à servir, annonça-t-elle en se retournant, tout en s'essuyant les mains à son torchon.

— Vous êtes sûre que vous ne voulez pas rester un peu ? demanda Jack d'un ton chargé d'espoir.

Elle lui adressa l'un de ses regards implacables.

— Lorsque vous m'avez engagée, je vous ai dit que je

cuisinais, rien d'autre. Je ne sers pas à table, je ne fais pas le ménage et moins que tout je ne m'occupe des enfants.

Elle attrapa son sac, posé sur un plan de travail.

— A demain, monsieur Cortland.

Tout en l'observant se diriger vers la porte d'entrée, Jack réfréna la panique qu'il sentait croître en son for intérieur. Il se répéta que sa soirée allait être une réussite.

Nerveux, il passa dans la salle à manger où Betty avait dressé la table avec le beau service en porcelaine et les serviettes de lin blanc. Sans doute était-ce une erreur de partager son repas avec à la fois sa récente conquête et ses fils, mais il lui semblait important que la femme qu'il invitait dans sa vie sache que sa progéniture était comprise dans le lot.

Pendant l'année qui avait suivi son divorce d'avec Candace, Jack avait très peu vu ses enfants. Candace passait le plus clair de son temps à voyager, tandis que lui-même n'était guère en position, tant au plan financier que psychologique, de la poursuivre dans ses pérégrinations.

Après le meurtre de leur mère, les garçons étaient venus vivre avec lui, mais il savait que Harold Rothchild, son ex-beau-père, n'attendait qu'un faux pas de sa part pour lui tomber dessus à bras raccourcis et s'en octroyer la garde.

L'estomac de Jack se serra en songeant à Harold. Que le riche et puissant nabab de Las Vegas voulût ses petits-fils était un fait patent, mais le seul moyen de lui en arracher la tutelle était de prouver qu'il faillissait à son rôle de père. Jack mettait tout en œuvre pour s'assurer que cela n'arrive pas. Il était déterminé à être le meilleur père possible.

Le carillon de l'entrée tinta, signalant l'arrivée de Heidi. Jack se précipita pour aller lui ouvrir. Depuis la chambre des garçons lui provenaient des éclats de rire, et il formula de nouveau une prière silencieuse pour que la soirée se déroule au mieux.

Les premières trente minutes furent relativement réussies. Lors de leurs précédents rendez-vous, Jack avait pu se rendre compte que Heidi était intelligente, avait de la conversation, et le fait qu'elle fût belle à tomber par terre ne gâtait rien. Il possédait assez d'hormones masculines pour se délecter de la fragrance subtile de son parfum et de l'émouvant sillon que révélait l'échancrure de son corsage.

Après une rapide présentation de la jeune femme à ses fils, ceux-ci étaient retournés jouer dans leur chambre, les laissant à un agréable tête-à-tête.

Lorsque le moment fut venu de passer à table, il y eut plusieurs minutes de pagaille durant lesquelles Jack installa les petits dans leur rehausseur puis courut dans la cuisine chercher les éléments du repas concocté par Betty.

Rôti de veau et pommes braisées, fleurettes de brocoli au cheddar, petits pains faits maison et salade en gelée garnirent bientôt la table. Après avoir empli les assiettes des garçons, Jack s'installa enfin à sa place.

— Hmm, ça m'a l'air appétissant ! dit Heidi. Tu as tout préparé toi-même ?

— J'aimerais te répondre oui, mais ce serait un mensonge. Une cuisinière vient chaque jour confectionner les repas.

Il lui sourit, puis cligna des yeux tandis qu'un morceau de brocoli au fromage s'écrasait sur le haut de la gorge de Heidi, glissait un instant puis tombait dans le V de son corsage.

Mick gloussa.

Jack contempla son fils avec horreur.

— Mick ! s'exclama-t-il, avant de se tourner vers Heidi. Je suis navré, vraiment navré…

Un second projectile se colla sur le front de la jeune femme et, cette fois, ce fut David qui laissa éclater sa joie.

Les morceaux de brocoli se mirent soudain à voler sous les cris épouvantés de Jack. Heidi bondit hors de la table afin d'échapper aux tirs croisés de nourriture, les traits crispés par la colère.

— Mick ! David ! Arrêtez immédiatement ! fulmina Jack.

— Jack méchant ! cria Mick d'une voix aiguë.

— Je m'en vais, lança Heidi. Je n'étais pas sûre d'être à un point de ma vie où je pouvais assumer le rôle de mère au pied levé, mais maintenant, je sais. Il est clair que je ne suis pas faite pour ça. Tes enfants sont des petits morveux mal élevés, et pour ce dont vous avez besoin tous les trois, je ne suis pas à la hauteur, désolée !

Sur ce, elle attrapa son sac et quitta la pièce. Jack courut derrière elle, marmonnant des excuses dont à l'évidence elle n'avait que faire.

Alors qu'elle claquait la porte derrière elle, Jack s'adossa au mur et ferma les yeux. Elle avait raison. Ses enfants étaient de jeunes fauves livrés à eux-mêmes. Il ignorait encore comment, mais il devait prendre ce problème à bras-le-corps.

Il voyait d'ici les unes des tabloïds :

« Les enfants d'une rock-star dignes d'un zoo. »

Restait à espérer que Heidi ne soit pas du genre à livrer son histoire contre espèces sonnantes et trébuchantes.

A 22 heures, Mick et David s'étaient enfin endormis, le premier sur le canapé, le second sur le sol du séjour. Jack les porta jusque dans leur chambre, les coucha, puis décida d'appeler son ami de toujours, Kent Goodall.

Un quart d'heure plus tard, les deux hommes étaient assis

à la table de la cuisine et sirotaient un café. Jack raconta dans le détail à son ami le fiasco qu'avait été sa soirée.

— J'ai besoin d'aide, dit-il. Heidi avait raison. Les enfants échappent à tout contrôle, et je ne sais absolument pas comment régler cette question.

Kent replaça une mèche de ses longs cheveux blonds derrière une oreille percée d'un anneau.

— J'ai peut-être quelqu'un pour toi. Une bonne d'enfants professionnelle. Elle s'appelle Marisa Perez, et habite ici même, à Las Vegas.

— Comment la connais-tu ?

Kent n'avait pas d'enfants. Il n'était même pas marié.

— Tu te souviens de cette fille avec qui je sortais ? Ramona, une grande nana avec une tignasse rousse ? Eh bien, c'est une amie à elle. Aux dernières nouvelles, Marisa mettait de l'argent de côté pour créer son agence de nounous.

Jack fronça les sourcils. Il n'était pas très partant pour introduire n'importe qui chez lui et dans la vie de ses fils. Pour autant qu'il s'en souvînt, la rouquine en question avait une cervelle de la taille d'un petit pois. Elle était show-girl dans l'un des nombreux casinos de la ville. Il n'était pas certain qu'être l'amie de Ramona était un gage de qualification pour la prise en charge et l'éducation de ses enfants.

— A vrai dire, qu'elle soit recommandée par ta Ramona n'est pas exactement pour me rassurer, dit-il enfin.

Ken se fendit d'un sourire.

— Je sais ce que tu penses. Mais ça ne coûte rien d'avoir un entretien avec elle, histoire de voir si elle correspond vraiment à ce que Ramona m'a dit d'elle. Si tu veux, je peux appeler celle-ci pour qu'elle me donne son numéro.

Jack plaqua les mains de chaque côté de son gobelet de café et hocha la tête.

— Il faut que je fasse quelque chose. Si Harold apprend quel père pitoyable je fais, je me retrouverai illico au tribunal pour une nouvelle bataille de tutelle.

Un nœud douloureux se forma dans sa poitrine à l'idée de voir ses enfants lui être enlevés.

Pendant les quelques minutes qui suivirent, les deux hommes discutèrent musique et groupes de rock. Adolescents, Kent et Jack avaient monté une petite formation qui se produisait dans les clubs locaux et animait les soirées de mariage. S'ils avaient connu un certain succès au niveau régional, Jack nourrissait alors d'autres ambitions.

A l'âge de vingt-deux ans, il avait quitté Las Vegas pour Los Angeles, et avait fini par intégrer ce qui devait devenir le célèbre groupe « Creation ».

Tandis que Jack voguait sur les crêtes de la célébrité et de la fortune — pour finalement s'écraser et sombrer dans la déchéance —, Kent était resté à Las Vegas avec les autres membres, courant le cachet et tirant le diable par la queue.

Minuit était passé lorsque Kent se décida à rentrer chez lui. Jack débarrassa la table, déposa assiettes et couverts dans l'évier, puis alla jeter un œil à la chambre des enfants. S'arrêtant dans l'embrasure de la porte, il les observa.

Mick dormait sur le côté, jambes et bras repliés en position fœtale. Quant à David, il était étalé sur le dos, les membres déployés comme s'il s'était endormi en tombant d'une falaise.

Une vague de tendresse le submergea. Jamais il n'avait connu quoi que ce soit de comparable à l'amour qu'il ressentait pour ses enfants.

S'il ne voulait pas penser du mal des morts, force lui était de reconnaître que Candace avait eu autant d'instinct maternel qu'une pierre. Jack avait espéré que la naissance des garçons domestiquerait d'une certaine façon la créature belle et sauvage qu'il avait épousée, et pendant quelque temps, ça avait marché. Mais il n'avait pas fallu longtemps pour que la nouveauté du statut de mère perde tout attrait à ses yeux, et que leur mariage périclite.

A peine entrés dans la vie, les deux bambins étaient lourdement frappés : une mère assassinée, et un père alcoolique et drogué repenti qui ne connaissait rien aux fonctions parentales.

Ils avaient besoin d'une nouvelle personne dans leur existence, d'une âme maternelle qui pourrait leur apprendre à être de bons petits garçons.

Et le plus tôt serait le mieux.

— Tu es folle ne serait-ce que d'envisager de travailler pour lui, se dit Marisa Perez à haute voix, tout en roulant sur la poussiéreuse route du Nevada en direction du ranch de Jack Cortland.

Il lui avait téléphoné plus tôt dans la matinée pour lui proposer de s'occuper de ses enfants. Faisant fi du bon sens le plus élémentaire, elle avait accepté de le rencontrer chez lui.

Deux ans plus tôt, la nouvelle avait fait grand bruit lorsque Jack était revenu s'installer dans la maison familiale, après son divorce très médiatisé d'avec Candace Rothchild.

Depuis des années, le couple était l'un des sujets favoris des rubriques « people » des magazines. Leur vie d'excès, de drogues et d'alcool avait alimenté la légende, et le public avait adoré les histoires des frasques de la rock-star et de sa belle héritière d'épouse.

Malgré tout ce que Marisa savait sur Jack Cortland, pourtant, elle n'était pas impressionnée. Par la vitre latérale, elle jeta un coup d'œil à un paysage dont ses parents étaient vraisemblablement propriétaires.

A l'instar de Candace, Marisa était née dans la soie. Mais contrairement à elle, elle avait décidé très tôt qu'elle tracerait seule son chemin. Elle ne voulait pas travailler dans la très prospère société immobilière familiale. Sa passion à elle, c'était les enfants.

Ses mains se resserrèrent sur le volant tandis qu'elle s'engageait dans la longue allée de terre caillouteuse qui aboutissait au ranch Cortland.

Cette visite, en réalité, avait surtout pour but de satisfaire sa curiosité. Depuis qu'il était revenu ici, Jack faisait profil bas et on le voyait rarement hors de sa maison.

Marisa avait lu des articles sur la mort tragique de Candace, et savait qu'il avait la charge de leurs deux petits garçons. C'était leur sort, avant toute chose, qui motivait son déplacement.

Si elle n'avait pas une très haute idée de Jack Cortland en tant que personne, sa voix, en revanche, avait un timbre à faire flageoler les genoux d'un G.I. Après lui avoir parlé au téléphone ce matin, il lui avait fallu plusieurs minutes pour évacuer cette voix grave et sexy de sa tête.

Le bâtiment apparut bientôt à sa vue. Elle leva le pied de l'accélérateur et se rangea devant le porche d'entrée. C'est alors qu'elle vit un lutin blond uniquement vêtu d'une couche culotte courir dans l'herbe vers une vaste grange qui s'élevait à distance.

Marisa coupa son moteur, s'attendant à tout instant à voir un adulte jaillir de la maison pour récupérer le bambin. Constatant que rien ne se passait, elle sauta du véhicule et se précipita pour le cueillir au vol.

— Bonjour ! dit-elle dès qu'elle l'eut rattrapé.

Le petit s'arrêta et lui sourit. Marisa sentit son cœur se contracter dans sa poitrine. Il avait l'air d'un petit ange avec ses cheveux blonds et ses grands yeux bleus.

— Bonjour, répondit-il.

— Comment t'appelles-tu ?

— David.

Il reporta son attention sur la grange, comme s'il était pressé d'y arriver.

— Moi, c'est Marisa. Tu veux faire un jeu ?

Son regard s'éclaira, et il acquiesça.

— Tu sais sauter à cloche-pied ?

Il opina de nouveau et lui fit une démonstration.

— Bien. Le premier qui parvient à la maison sur un pied a gagné.

Le blondinet partit sur-le-champ, se servant le plus souvent de ses deux pieds que d'un seul. Marisa le suivit, bouillonnant de colère intérieure : un bébé se trouvait seul dehors sans un adulte pour le surveiller !

Le rire cristallin de David résonna dans l'air tandis qu'il filait vers la maison, Marisa sur ses talons. Ils atteignaient le perron quand la porte d'entrée s'ouvrit à la volée et que Jack Cortland en jaillit en trombe.

Les yeux dilatés par la peur, il dévala les marches deux par deux.

— David ! Dieu soit loué ! s'écria-t-il en soulevant l'enfant du sol.

Puis il se tourna vers Marisa, le regard encore paniqué.

Elle ne dit rien, se contentant d'étudier la physionomie de l'indigne papa. Elle s'était attendue à découvrir un homme au visage marqué par la débauche, au teint cireux et prématurément vieilli. Au lieu de cela, il arborait le bronzage sain d'un homme vivant au grand air, des cheveux bruns lustrés brillant au soleil et la musculature d'un homme habitué aux durs travaux.

Il était à frémir… L'espace de quelques secondes, Marisa se demanda ce qu'elle faisait là. Ce n'est que lorsque David se mit à geindre et à gigoter pour se libérer des bras de son père que les rouages de son cerveau se réenclenchèrent.

— Il semble que vous ayez quelques problèmes avec les bases élémentaires de la sécurité infantile, dit-elle.

— C'est Houdini réincarné, répliqua-t-il, faisant allusion au célèbre prestidigitateur capable de s'évader d'à peu près n'importe où. Vous êtes Marisa, je suppose ?

Elle acquiesça d'un bref hochement de tête. Du pouce, il désigna l'intérieur de la maison.

— Bienvenue au zoo.

— J'ai deux ou trois choses à récupérer dans ma voiture, dit-elle. J'en suis descendue en vitesse en voyant David s'éloigner dans l'herbe sans surveillance, ajouta-t-elle, laissant pointer une note de désapprobation dans sa voix.

— Je ne savais pas qu'il s'était sauvé, expliqua-t-il avec une grimace. Allez chercher tout ça et rejoignez-moi à l'intérieur.

Sans attendre sa réponse, il disparut dans la maison.

Tout en regagnant sa voiture, Marisa tenta de calmer le papillonnement affolé qui s'était déclenché dans son estomac à la vue de Jack Cortland. Elle ne se rappelait pas avoir jamais eu une telle réaction simplement en regardant un homme. Le jour de sa rencontre avec Patrick, ses sens ne s'étaient certainement pas échauffés sans prévenir comme c'était à présent le cas.

Mais ce Cortland était un paumé, se rappela-t-elle en saisissant son sac et sa serviette, laissés sur le siège passager.

Ce qui ne l'empêcha pas, en se dirigeant vers l'entrée de la maison, de faire appel à toute sa force de caractère pour se prémunir contre sa séduction. Elle était là pour des raisons professionnelles et rien d'autre. Elle avait un petit ami, sa vie était sur ses rails, et qu'un rocker trentenaire au passé sulfureux vienne ébranler son petit univers était la dernière chose dont elle avait besoin.

C'est d'un pas déterminé qu'elle franchit le seuil, traversa le vestibule et pénétra dans un spacieux séjour qui était de toute évidence le cœur de la maison.

Jack se tenait au centre de la pièce encombrée de jouets et de vêtements d'enfants, et où flottaient de vagues relents de couches souillées, tandis que les deux garçons se battaient comme des chiffonniers sur le sol. Une fois encore, le gris souris de ses yeux semblait chargé d'un appel au secours désespéré.

— J'ai besoin d'aide.

Marisa sentit s'effriter sa résolution à ne pas s'engager. Il paraissait totalement dépassé par le chaos ambiant.

— Y a-t-il un endroit où nous puissions nous asseoir pour parler ? s'enquit-elle.

— Les enfants, pourquoi n'iriez-vous pas jouer dans votre chambre ? suggéra-t-il.

David bondit sur ses pieds et sourit à Marisa.

— Regarde ! fit-il en repliant une jambe.

Et il se dirigea à cloche-pied vers le couloir, aussitôt imité par son frère. Les deux gosses disparurent bientôt à leur vue.

Jack écarta un tas de cubes et de camions en plastique du canapé et invita sa visiteuse à s'y installer, tandis que lui-même prenait place dans le fauteuil qui lui faisait face.

— Les garçons sont à ma charge depuis près de quatre mois, expliqua-t-il. Ils sont arrivés tels que vous venez de les voir : des sauvageons rétifs à toute discipline. J'avoue que je n'ai pas réussi à y changer grand-chose depuis qu'ils sont là.

— Qu'attendez-vous de moi au juste, monsieur Cortland ? demanda-t-elle.

— Jack. Vous pouvez m'appeler Jack.

Il lui souriait, mais un voile d'inquiétude subsistait dans son regard.

— La réponse à votre question n'est-elle pas évidente ? reprit-il. J'ai besoin de quelqu'un qui les éduque et leur apprenne à bien se comporter.

Marisa doutait qu'il soit prêt à entendre ce qu'elle voulait lui dire. D'après son expérience, c'était généralement les parents qui avaient besoin d'être éduqués, pas les enfants.

En cet instant précis, ce n'était plus l'ancienne gloire du rock qu'elle voyait, mais un père désarmé qui se faisait beaucoup de mauvais sang pour ses enfants. Elle se cramponna intérieurement. Il y avait en Jack Cortland quelque chose qui l'incitait à penser que pour peu qu'elle se laisse aller, il ne lui faudrait pas cinq minutes pour tomber raide amoureuse de lui.

Mais bien sûr, elle n'allait pas se laisser aller. Elle n'était même pas certaine de vouloir accepter ce travail. Que Jack ait de très beaux yeux gris bordés de cils à damner une sainte, qu'il ait des lèvres d'une sensualité à faire perdre la tête à n'importe quelle femme ne signifiait pas qu'elle allait bondir à pieds joints sur l'occasion de s'occuper de l'éducation de ses fils.

Ouvrant sa serviette, elle en sortit une chemise à rabat.

— Voici mes qualifications et références, dit-elle en la lui tendant.

Il eut un geste dédaigneux de la main.

— J'ai déjà pris mes renseignements, mademoiselle Perez. Croyez-moi, je n'allais pas confier mes enfants à la première venue.

Il planta son regard dans le sien.

— Vous êtes titulaire d'une maîtrise en sciences de

l'éducation chez les enfants d'âge préscolaire. Vous avez vingt-sept ans, vivez seule et entretenez d'étroites relations avec votre tante Rita, qui est agent du FBI depuis une vingtaine d'années.

Marisa haussa un sourcil.

— Je vous en prie, appelez-moi Marisa.

Elle n'était pas qu'un peu impressionnée par le travail préalable qu'il avait effectué à son sujet.

— Combien y a-t-il de personnes qui travaillent dans cette maison ? demanda-t-elle. J'ai besoin de savoir avec qui vos enfants se trouvent en contact au quotidien.

— J'ai une cuisinière qui vient chaque matin, pour repartir après avoir préparé le repas du soir. En dehors de cela, eh bien, il n'y a que moi. La nounou engagée par Candace s'est trouvé un autre travail.

— Pas de gouvernante ?

Un coin de sa bouche se retroussa en un rictus découragé tandis qu'il survolait la pièce du regard.

— Si j'en avais eu une, je l'aurais renvoyée à l'heure qu'il est.

— Vous comprenez qu'il s'agit d'un emploi à demeure, l'informa-t-elle.

— Il y a une chambre d'amis juste en face de celle des enfants, répondit-il. Vous auriez votre propre salle de bains, et bien entendu libre accès au reste de la maison.

Il se pencha en avant dans son fauteuil.

— Dites-moi que vous acceptez ce travail, Marisa. Vous n'avez pas idée à quel point c'est important pour moi.

Elle le voyait très bien, au contraire. Une lueur frénétique, désespérée, brillait dans son regard, qui ressemblait à s'y méprendre à de la peur.

Ce qui ne laissa de l'intriguer. Il y avait ici davantage en jeu que le simple besoin d'inculquer les bonnes manières à des enfants.

Les émoluments qu'elle recevrait pour ce travail apporteraient à son compte bancaire les derniers dollars nécessaires à la création de son agence. D'un autre côté, elle n'avait aucun moyen de savoir où se positionnait Jack par rapport au rocker à la vie dissolue qu'il avait été. Souhaitait-elle vraiment travailler pour cet homme ?

— D'accord, s'entendit-elle dire avant même d'avoir consciemment arrêté sa décision. Mais il y a des conditions.

— Je vous écoute.

— Voilà. Nous convenons d'une période d'essai d'une semaine. Si à la fin de cette semaine vous n'êtes pas satisfait ou si je décide d'arrêter, vous me payez mon dû et je m'en vais. Si au contraire nous estimons l'un et l'autre que les choses se passent bien, alors je veux un contrat de travail portant sur une durée de deux mois.

— Deux mois seulement ? s'étonna-t-il.

— Je suis une sorte de médiateur de crise, expliqua-t-elle. Je n'interviens que dans les situations d'urgence. Si vous souhaitez une nourrice à long terme, à l'échéance de ces deux mois je vous aiderai à en recruter une.

— Ça me paraît raisonnable. Quand pouvez-vous commencer ?

— Disons demain matin 9 heures ?

— Parfait, soupira-t-il, visiblement soulagé.

Elle se leva.

Il l'imita.

Tout en marchant vers la porte, elle eut une conscience aiguë de sa présence dans son dos. Elle se retourna, pour se rendre compte qu'il était absurdement près d'elle. Son parfum l'enveloppa, fleurant bon le propre et la fragrance discrète d'une eau de toilette poivrée.

Elle recula d'un pas, le souffle bloqué dans la poitrine, en proie à une subite bouffée de chaleur. Il lui tendit la main. Elle contempla celle-ci un long moment, craignant presque ce qu'elle allait ressentir si elle la touchait.

— Donc, à demain matin, dit-elle très vite.

Tandis qu'il laissait gauchement retomber sa main, elle tourna les talons et regagna sa voiture à la hâte.

Seigneur Dieu. Qu'est-ce qui n'allait pas chez elle ? Elle se comportait comme une fan immature et écervelée — alors qu'elle n'avait même jamais aimé la musique de Jack Cortland ni son groupe.

Elle faisait cela uniquement pour les enfants. Il était évident qu'ils avaient à la fois besoin d'amour, d'attention et d'une main ferme.

A l'idée de s'installer chez Jack Cortland cependant, le lendemain matin, elle ne put s'empêcher de se dire qu'elle commettait peut-être la plus grosse erreur de sa vie.

2

— Alors, comment est-il ? demanda Rita.

Sa tante Rita l'avait invitée ce soir-là avec son petit ami actuel, Patrick Moore, et ils étaient tous trois installés à la table de la salle à manger de l'appartement.

Marisa se saisit de son verre d'eau glacée, comme si elle avait besoin de ce contact froid sur sa peau pour parler de Jack Cortland.

— Désespéré, répondit-elle. Les deux enfants sont intenables et d'après ce que j'ai pu en voir, ce sont eux qui font la loi.

— Je n'aime pas ça ! s'exclama Patrick. Cet homme a une effroyable réputation. L'idée que tu vives sous le même toit que lui ne me plaît pas du tout.

Marisa sourit à l'homme séduisant assis en face d'elle.

— Dans un premier temps, ce sera juste l'affaire d'une semaine. Si son attitude doit poser le moindre problème, alors nous en resterons là, rassure-toi.

Par moments elle se disait que Patrick était trop parfait pour être vrai. Non seulement il était d'une beauté et d'un charme incroyables, mais il avait en plus une excellente situation d'expert comptable et semblait être tombé éperdument amoureux d'elle.

Ils ne sortaient ensemble que depuis une quinzaine de jours, mais Patrick n'avait pas caché qu'il la considérait comme la femme avec qui il voulait passer le reste de sa vie.

De son côté, Marisa avait beau l'aimer beaucoup, elle n'était guère disposée à s'engager dans une liaison torride et passionnée avec un homme qu'elle connaissait depuis aussi peu de temps. Elle avait déjà fait cela une fois dans sa vie, et les conséquences avaient été désastreuses.

Tout en avalant une gorgée d'eau, elle se demanda pourquoi le fait de songer à une liaison torride lui amenait automatiquement à l'esprit l'image de Jack Cortland.

— Pendant un moment j'ai été un fan de Creation, révéla Patrick. Ils avaient à leur répertoire plusieurs titres exceptionnels. Mais après le mariage de Jack avec Candace Rothchild, le groupe n'a plus été que l'ombre de lui-même et a éclaté.

— Quel malheur, ce qui est arrivé à cette femme ! déplora Marisa.

Elle se tourna vers sa tante.

— Tu as travaillé un moment sur son assassinat, n'est-ce pas ?

— J'y travaille toujours, répondit Rita. Malheureusement, nous disposons de très peu de pistes. Je n'ose imaginer ce que ça doit représenter d'enterrer sa propre fille, ajouta-t-elle en secouant la tête. Même si cette fille avait trente ans au moment des faits.

— En tout cas, ça n'a pas l'air d'avoir assagi son père, intervint Patrick. A combien en est-il ? Son troisième ou quatrième mariage ?

— Troisième, répondit Rita. Son épouse actuelle est une ancienne danseuse beaucoup plus jeune que lui. Le bruit court que l'effervescence du début est retombée et que leur mariage part à vau-l'eau.

— Je suis désolée que Harold ait perdu sa fille, dit

Marisa, mais je le suis encore plus pour David et Mick qui ont, eux, perdu leur mère.

Patrick esquissa un sourire contrit.

— D'après ce qu'on dit, ce n'était pas vraiment une mère modèle.

— Je sais, répliqua Marisa. Mais je n'en ai pas moins le cœur serré pour ces pauvres petits.

— Ne t'implique pas trop personnellement, conseilla Rita avec un sourire compréhensif.

Marisa éclata de rire.

— Tante Rita, je suis dans le métier depuis un bon moment déjà. Je sais quand je dois faire le black-out sur mes émotions. Jamais je ne perds de vue le fait que je ne suis présente qu'à titre temporaire dans la vie des enfants dont je m'occupe.

Rita était l'unique personne qui savait ce qui lui était arrivé lorsqu'elle était à l'université. Si elle décidait finalement d'épouser Patrick, elle aurait à lui en parler avant qu'il ne soit procédé à l'échange de vœux. Mais leur relation était bien trop récente pour que ces sombres secrets soient dévoilés.

La suite du dîner fut agréable, et lorsqu'ils eurent fini, Patrick s'excusa pour se rendre dans la salle de bains tandis que Rita et Marisa entreprenaient de débarrasser la table et de faire la vaisselle.

— Il me plaît beaucoup, déclara Rita en rinçant une assiette.

Ce n'était que la seconde fois que Patrick et Rita avaient l'occasion de passer un vrai moment en présence l'un de l'autre. La première remontait à la semaine précédente, lors d'un dîner où elle les avait également invités.

— Il est bien, n'est-ce pas ? dit Marisa en lui passant une autre assiette. Il tenait tellement à mieux te connaître ! Il sait quelle place tu occupes dans ma vie.

Même si les parents de Marisa étaient des gens charmants, ils n'avaient jamais vraiment compris le désir de leur fille de tracer son propre chemin plutôt que de les suivre dans leur très lucrative entreprise immobilière.

Marisa avait toujours été très proche de la sœur de son père, Rita, et c'était à elle qu'elle s'était confiée lorsque son univers s'était brutalement effondré alors qu'elle n'était encore qu'une étudiante.

— Comment ça va ? s'enquit Marisa en désignant le pansement qui ornait la tempe gauche de Rita.

Lors de l'enlèvement dont elle avait été victime avec Jenna Rothchild, Rita avait été blessée par balle à la tête. Elle avait aussitôt perdu connaissance, et quand bien même les deux femmes étaient parvenues à se libérer, ni l'une ni l'autre n'avait été capable d'identifier leur ravisseur ni d'expliquer les raisons de son acte.

— Pas trop mal, répondit Rita. Une petite migraine de temps en temps, mais rien de plus. Tu prends ton temps, avec Patrick ?

— Oh oui. Je ne veux me marier qu'une seule fois dans ma vie. Je ne veux pas plonger de manière irréfléchie dans une relation trop intense.

Rita esquissa un sourire.

— Je crois que Patrick voit les choses autrement. Il a l'air très entiché de toi.

C'est le moment que choisit l'intéressé pour faire son retour dans la cuisine, et la conversation à son sujet demeura en suspens.

Une fois la cuisine rangée et nettoyée, tous trois passèrent au séjour où ils discutèrent à bâtons rompus de la vie à Las Vegas, du travail de Patrick et d'un nouveau casino qui venait d'ouvrir ses portes. Sans jamais évoquer son métier, et en hôtesse charmante qu'elle était, Rita entretint avec doigté la conversation jusqu'à ce que Patrick et Marisa décident qu'il était temps de rentrer.

Il était un peu plus de 21 heures lorsque Patrick arriva en vue de la petite maison de Marisa, pour la déposer.

— J'aime beaucoup ta tante, confia-t-il.

— Elle t'aime bien aussi, répondit Marisa.

— Qu'y a-t-il à ne pas aimer ? ironisa-t-il en lui adressant un large sourire.

— Je t'inviterais bien à entrer, mais je veux vraiment m'octroyer une bonne nuit de sommeil pour être d'attaque demain matin, déclara-t-elle, tandis qu'il rangeait sa voiture le long du trottoir.

— Est-ce que j'aurai l'occasion de te voir un moment durant la semaine ?

— Je crains que non, avoua Marisa. La période d'essai dans une nouvelle position est toujours très accaparante. Mais une semaine, c'est vite passé, Patrick.

Elle ouvrit sa portière et descendit.

Sortant à son tour du véhicule, Patrick lui emboîta le pas et lui saisit la main pour remonter l'allée qui menait au porche d'entrée.

— Et que se passera-t-il après cette première semaine ? Admettons que tu décides de garder le poste pour les deux mois suivants ? Cela signifie-t-il que je ne te verrai pas du tout ?

Elle libéra sa main de la sienne pour chercher ses clés dans son sac.

— Mais si, assura-t-elle. Si Jack Cortland et moi tombons d'accord sur le fait qu'il a besoin de mes services pour cette période, sois sûr que je prendrai mes week-ends.

Une fois sa porte déverrouillée, elle se retourna.

— Bonne nuit, Patrick.

Alors qu'elle tendait le cou pour le gratifier d'un baiser

sur la joue, il l'enlaça soudain et s'empara avec ferveur de ses lèvres.

Ce fut agréable, mais elle n'en eut pas de frissons jusqu'aux orteils et ses genoux ne se mirent pas à trembler. Lorsque le baiser se termina, il la relâcha à contrecœur.

— Donc, je peux espérer te voir dans environ une semaine ?

— Je te passerai un coup de fil pour te dire comment les choses se passent, répondit-elle.

— Sois sûre que je l'attendrai avec impatience.

Elle le suivit des yeux tandis qu'il regagnait sa voiture. Il devait faire tourner la tête de plus d'une femme, songea-t-elle. Grand, svelte, le teint mat et les cheveux noirs trahissant ses origines hispaniques, il s'habillait toujours avec une sobre élégance et offrait de lui l'image de la beauté virile associée au succès.

Quelques minutes plus tard, tout en se déshabillant dans sa chambre, elle repensa à ce baiser. L'une des explications de son attirance pour Patrick tenait peut-être au fait que ce n'était pas l'explosion de feux d'artifice quand ils s'embrassaient, qu'elle ne ressentait pas d'impulsion électrique au simple contact de ses doigts, et que son souffle ne se bloquait pas dans sa gorge sous son regard.

Elle avait connu cet état de folie passionnelle une fois dans sa vie, et ne voulait pas renouveler l'expérience. Celle-ci l'avait laissée laminée, et l'idée de revivre ce genre de choses l'effrayait au plus haut point.

Après avoir enfilé sa chemise de nuit de soie rouge, elle éteignit la lumière et se glissa dans son lit. Peut-être l'amour véritable était-il cette agréable chaleur qui l'emplissait lorsque Patrick lui souriait, ou l'amitié tranquille qui se construisait entre eux.

Songeant soudain à Jack Cortland, elle fronça les sourcils. Mais que possédait-il donc qui avait déclenché en elle ce frémissement intérieur ? Pourquoi ressentait-elle une telle excitation à l'idée de revoir cet homme que, vu son passé, elle ne tenait pas en très grande estime ?

Jack s'activa jusqu'à près de 3 heures du matin à nettoyer et à remettre de l'ordre dans la maison. Mick et David avaient fini par s'endormir vers 23 heures. Il les avait portés jusque dans leur lit, puis s'était retroussé les manches et avait attaqué le séjour avec détermination.

Les jouets retrouvèrent la chambre des garçons, et la vaisselle sale la cuisine. Il épousseta, lava et aspira jusqu'à ce que la pièce soit de nouveau présentable. Puis il se rendit dans la chambre d'amis que devait occuper Marisa, où il procéda, là aussi, à un nettoyage méticuleux.

Cette opération attendait depuis deux bons mois, mais entre les exigences de son rôle de père et ses responsabilités au ranch, il n'en avait jamais trouvé le temps. A l'heure où ses enfants s'endormaient il était au bord du coma, et faire le ménage était certainement la dernière chose qui lui venait à l'esprit.

Il avait songé à engager du personnel supplémentaire, mais avait laissé tomber cette idée, estimant — avec un brin d'optimisme — qu'il valait mieux faire en sorte que ses fils s'habituent à lui plutôt que d'imposer d'autres personnes dans leur vie.

Lorsqu'il tomba enfin, exténué, dans son lit, il crut que le sommeil viendrait rapidement, mais au lieu de cela il se mit à penser à Marisa Perez.

Il n'avait pas prévu qu'elle serait aussi sexy. Même si avant de la rencontrer il savait qu'elle avait vingt-sept ans, il s'était plutôt attendu à voir une femme d'allure maternelle, bien en chair et dépourvue de séduction.

La séduction, Marisa en débordait, avec ses longs cheveux

châtains qui se paraient de reflets dorés dans le soleil, et ses grands yeux chocolat bordés de longs cils. Sa silhouette était celle d'un mannequin, non pas anorexique comme l'on en voit trop souvent dans les magazines, mais voluptueux, aux formes émouvantes placées là où il fallait.

Il sombra peu à peu dans les bras de Morphée et rêva d'elle… Sa peau était si douce tandis qu'elle s'abandonnait à ses bras, et ses baisers lui retournaient les sens d'une manière qu'il n'avait jamais connue jusque-là…

Réveillé à l'aube, il se précipita dans la salle de bains, pressé de s'habiller et peut-être de s'envoyer une stimulante dose de caféine avant le réveil des garçons.

Comme Betty n'arrivait pas avant une bonne heure, il prépara un pot de café, s'en versa un gobelet et s'installa à la table de la cuisine, tentant vainement de ne pas se rappeler l'érotisme intense des rêves qui avaient peuplé sa courte nuit.

Il s'emplit les poumons de l'atmosphère de paix et de quiétude matinale, observant par la fenêtre son troupeau brouter la maigre végétation qu'offrait cette terre dure et sèche du Nevada.

Son père avait élevé du bétail ici, et son propre père avant lui. Harrison Cortland avait voulu que Jack suive ses traces, reprenne le ranch et continue à élever des bovins de qualité. Il voulait que son fils vive selon les valeurs qu'il avait tâché de lui inculquer, et non selon celles adoptées sur le chemin vers la gloire et la fortune.

Jack regretterait toujours que ses parents soient morts avant qu'il ne revienne au ranch familial. Pire, il les soupçonnait d'être morts le cœur brisé par les mauvais choix qu'il avait faits durant sa vie de rock-star.

Aujourd'hui il ne commettrait plus les mêmes erreurs. Il voulait qu'en grandissant, ses fils soient fiers de lui. Il voulait offrir à leur existence des fondations solides basées sur l'amour, ainsi que sur les valeurs de courage, de respect et de dignité. Plus que tout, il voulait être l'homme que ses parents avaient su qu'il pouvait être.

A 8 h 30, Jack attendait avec impatience l'arrivée de Marisa. Mick et David avaient pris leur petit déjeuner et étaient habillés de propre.

Le séjour était toujours relativement calme, et les garçons jouaient tranquillement avec leurs petits camions au milieu de la pièce.

S'il se réjouissait à l'idée d'apprendre de Marisa quelques ficelles quant à l'éducation des enfants, il devait aussi s'avouer que son intérêt pour elle n'était pas uniquement celui d'un père en déroute.

C'était celui d'un mâle. Il l'avait tenu éveillé jusqu'à une heure avancée de la nuit, et c'était un désir déplacé pour elle qui avait habité ses rêves, lui rappelant qu'il était seul depuis beaucoup trop longtemps.

A 9 heures tapantes, le carillon de l'entrée retentit. Il se précipita pour accueillir sa nouvelle nounou, surpris par les cognements intempestifs de son cœur contre sa cage thoracique.

Lorsqu'il ouvrit la porte, le lumineux sourire qu'elle lui offrit lui fit penser que cette journée allait être très belle.

— Bonjour, entrez, dit-il en s'effaçant pour lui céder le passage.

Elle passa devant lui, et le parfum fleuri et épicé qui l'accompagna lui monta presque tout droit au cerveau.

— Quelle agréable surprise ! s'écria-t-elle en pénétrant dans le séjour. Vous avez nettoyé.

Il se fendit d'un sourire embarrassé.

— Je ne m'étais pas rendu compte à quel point c'était le bazar avant de voir les choses avec vos yeux. Donnez-moi donc ça, reprit-il en désignant la valise qu'elle portait. Je vais la déposer dans votre chambre.

— Merci.

Il la débarrassa de la valise et se hâta vers le couloir. Lorsqu'il revint, elle était accroupie au centre de la pièce avec ses deux fils. Mick et David lui montraient leurs camions, leurs jouets préférés.

— Alors, comment ça se passe ? s'enquit-il. Vous leur apprenez ce qu'ils doivent faire et ne pas faire ?

Elle sourit et se releva avec une grâce de danseuse.

— Ce n'est pas tout à fait aussi simple, Jack. Pour commencer, je vais me contenter de me tenir en retrait et d'observer ce qui constitue une matinée normale pour les enfants et vous. Ensuite, à midi, nous nous réunirons pour faire le point et établir une stratégie.

— Ah, très bien.

Il fourra les mains dans ses poches, baissa les yeux sur ses fils puis reporta son attention sur elle.

— Je me sens très mal à l'aise tout à coup, avoua-t-il.

A cet instant, Mick frappa David avec l'un de ses camions. Dans les secondes qui suivirent, les deux garçons hurlaient sous les remontrances de Jack.

Il empoigna Mick et le souleva du sol.

— Tu ne dois pas frapper ! le houspilla-t-il. Ce n'est pas bien.

— Jack méchant, glapit l'enfant en gesticulant avec énergie pour se libérer.

— Jack méchant, brailla David, oubliant manifestement que c'était son frère, et non son père qui l'avait cogné à la tête.

— Filez dans votre chambre ! s'écria ce dernier en reposant Mick sur ses pieds. Et que ça saute ! Vous serez tous les deux punis.

Tandis que les deux enfants couraient dans le couloir,

Jack plongea une main dans ses cheveux, totalement dépassé, et se tourna vers Marisa.

— J'ai mal géré la situation, n'est-ce pas ?

— Nous en parlerons à midi, dit-elle, son beau visage ne laissant transparaître aucune émotion.

La matinée s'écoula avec une insupportable lenteur pour Jack. Les garçons semblaient avoir décidé de se montrer sous leur pire côté, et il se sentait tel un insecte sous le regard entomologique de Marisa.

Puis, juste avant l'heure du repas, alors qu'il se trouvait dans la salle de bains avec Mick, David grimpa sur l'appui de la fenêtre de sa chambre et se faufila dehors comme une souris. Dès qu'il s'en aperçut, Jack se rua vers la porte d'entrée pour lui remettre la main dessus. Mick et Marisa l'observèrent sans bouger depuis le couloir.

Jack était éreinté et sa patience fondait comme neige au soleil. Il n'avait pas recruté cette nourrice, aussi jolie soit-elle, pour qu'elle reste là à le regarder. Elle était censée arranger les choses, et non suivre le match depuis le banc de touche.

Lorsque Betty annonça que le déjeuner était prêt, Jack n'avait jamais été aussi heureux de sa vie de prendre un repas. Il installa les petits dans leurs sièges à la table, puis invita d'un geste Marisa à prendre place face à lui tout en lui présentant la cuisinière.

— Il était temps que vous fassiez quelque chose, observa celle-ci, avant de se tourner vers Marisa. Je ne m'occupe pas des enfants ni du ménage, mademoiselle. Je ne quitte la cuisine que pour servir le petit déjeuner et le déjeuner. Je ne sers pas le dîner. Je suis cuisinière, et rien d'autre.

— C'est bon à savoir, répondit Marisa avec un sourire amical.

Betty grommela un borborygme et disparut dans sa cuisine.

— Je la paye pour ses talents de cordon-bleu, pas pour sa brillante personnalité, commenta Jack avec un petit gloussement.

Marisa ne put s'empêcher de rire, et ce rire combla en lui un espace resté silencieux depuis ce qui lui sembla une éternité.

Il ne se souvenait pas de la dernière fois où il avait partagé un moment d'hilarité avec quelqu'un. Depuis deux mois, il vivait dans un état de tension permanente, les enjeux auxquels il était confronté étant d'une extrême gravité.

— L'un des premiers points à régler est la facilité avec laquelle David s'échappe par les portes et les fenêtres, dit-elle. Il faut installer des systèmes de sécurité enfant à chaque ouverture.

David lui sourit, la bouche maculée de la moutarde de son sandwich de pain de mie au jambon.

— Je suis d'accord, agréa-t-il. Il n'a développé ce talent que depuis une semaine. Autant prendre le mal à la racine.

Le soleil de la mi-journée tombant par la fenêtre rehaussait de reflets de miel ses cheveux, leur donnant un aspect incroyablement doux et tentant. Le rouge qu'elle avait appliqué sur ses lèvres était à présent presque effacé, révélant une pulpe d'un rose tendre, sexy en diable.

— A quelle heure vont-ils au lit ?

— Pardon ?

Les souvenirs des images d'elle qui l'avaient assailli la nuit précédente explosèrent dans la tête de Jack, et une onde de chaleur fusa dans ses veines.

— Ont-ils une heure précise pour aller se coucher ?

Il chassa sa vision de son esprit.

— Précise, si l'on veut : au moment où ils tombent endormis.

— Dans leur lit, vous voulez dire ?

— Euh, en réalité, ils s'endorment à peu près n'importe où.

— Ce sont des petits garçons très beaux et intelligents.

Ces paroles inattendues le gonflèrent de fierté.

— Merci. Je voudrais juste qu'ils soient également des petits garçons bien élevés.

— Petits garçons bien élevés, répéta David en hochant la tête avec un sourire angélique, avant de jeter une chips en direction de son père.

Après le repas, les petits garçons jouèrent encore un moment, puis ils s'endormirent l'un après l'autre à même le sol. Jack les transporta dans leur chambre pour qu'ils y poursuivent leur sieste, avant de retrouver Marisa dans le séjour, où elle s'était installée à son aise dans un angle du canapé. Il prit place dans l'angle opposé, ce qui ne l'empêcha pas de percevoir les effluves troublants de son parfum.

— Ils devraient dormir environ une heure, annonça-t-il.

— Dites-moi, qu'y a-t-il dans la grange ?

Il cligna des yeux à cette question inopinée.

— Je vous demande pardon ?

— Les deux fois où David s'est sauvé de la maison, il se dirigeait vers la grange. Qu'y a-t-il dedans ?

— Oh, un petit studio d'enregistrement, des souvenirs datant du succès de mon groupe, ma batterie…

Il haussa les épaules.

— Mon passé, quoi.

— Vous en avez la nostalgie ?

— Un peu, reconnut-il après une brève hésitation. Faire de la musique me manque, mais ce n'est pas le cas de tout ce qui allait avec. Pourquoi me posez-vous cette question ?

Elle le considéra un moment de ses grands yeux marron, l'air pensif.

— J'ai besoin de savoir si cette volonté de reprendre en main l'éducation de vos fils s'inscrit dans le long terme, s'ils sont votre priorité numéro un. Je ne veux pas vous consacrer un mois ou deux de mon temps pour vous entendre déclarer un beau jour qu'assumer le rôle de père est trop ennuyeux, et que vous préférerez reprendre la route pour vous épanouir avec votre musique.

Il y avait dans sa voix une petite note acerbe qui suscita en lui une légère irritation.

— Rien dans ma vie n'a plus d'importance que Mick et David, répondit-il. Après notre divorce, à Candace et moi, c'est à peine si j'ai eu l'occasion de les voir. D'une manière générale, les seules fois où je les voyais ou entendais parler d'eux, c'était lorsque leur nom était cité dans un magazine ou un tabloïd.

Il laissa échapper un soupir agacé.

— Je suis désolé que Candace soit morte, mais je suis heureux qu'ils soient avec moi maintenant. Et si je veux me comporter en père avec eux, ce n'est pas pour un mois ou deux, mais pour le reste de leur vie.

Le regard de Marisa se réchauffa d'un seul coup, et cette chaleur le toucha droit au cœur. Il ne se souvenait pas de la dernière fois où une femme avait produit sur lui un effet aussi puissant. Il avait une envie folle de glisser les doigts dans ses longs cheveux, de couvrir ses lèvres des siennes, de goûter à sa bouche…

— Ce ne sera pas facile de changer les choses, avertit-elle.

Il ne put retenir un sourire.

— Depuis deux ans, dit-il, je me bats contre des démons particulièrement virulents. Ce ne sont pas deux enfants de trois et quatre ans qui vont me faire peur.

— « Jack méchant ». Où ont-ils appris cela ?

Son sourire retomba et il fonça les sourcils.

— C'est Candace, je suppose. Ils refusent de m'appeler autrement.

Elle se renversa contre le coussin d'angle.

— Ça ne m'amuse pas de vous dire cela, Jack, mais ce qu'il nous faudra travailler le plus, c'est vous, votre attitude. Ces gosses sont en demande criante d'attention positive et de repères.

— Je suis prêt, répondit-il.

— Parfait. Bon, j'ai quelques affaires à aller chercher dans ma voiture, ajouta-t-elle en se levant. Je reviens tout de suite.

Il bondit sur ses pieds.

— Il vous faut un coup de main ?

— Non, merci. Je peux me débrouiller. Et puis il vaut mieux économiser votre énergie, persifla-t-elle, l'œil pétillant. Vous allez en avoir besoin.

Il l'accompagna jusqu'à l'entrée et la regarda descendre les marches, les hanches ondulant, invitantes, sous son pantalon bleu marine.

Les renseignements qu'il avait réunis sur elle lui avaient appris beaucoup de choses… mais rien de ce qu'il désirait savoir en cet instant précis. Avait-elle un petit ami ? Etait-elle engagée dans une relation sérieuse ? Serait-il le dernier des idiots en cherchant à séduire la femme qu'il recrutait comme nourrice pour ses enfants ?

Il ricana aussitôt sous cape. Faudrait-il qu'il soit naïf pour croire qu'une femme comme Marisa puisse porter un quelconque intérêt à un homme comme lui ! Il n'était qu'un rocker sur le retour dont elle avait pu constater par elle-même les faiblesses et l'inefficacité.

Elle était belle, brillante, et si elle lui inspirait du désir, il avait la ferme intention de garder ce désir enfermé dans sa cage.

Elle était là pour ses fils, et c'était suffisant en ce qui le concernait.

3

Plus la journée avançait, plus Marisa se répétait qu'elle était là pour David et Mick, et rien d'autre.

Elle ne pouvait pas se permettre de se laisser piéger par l'invraisemblable attirance qu'elle éprouvait pour Jack. Elle se refusait à admettre qu'il lui plaisait. Et pourtant. Si elle avait le sentiment que l'homme qu'il avait été n'eût mérité d'elle aucun respect, elle pouvait admirer celui qu'il était aujourd'hui.

Au cours de l'après-midi, elle fit la connaissance de Kent Goodall, l'un des meilleurs amis de Jack. Grand, les cheveux blonds, il lui apprit qu'il était bassiste dans le groupe que Jack et lui avaient monté lorsqu'ils étaient adolescents. Il était gentil, mais ne resta que quelques minutes.

Elle rencontra également les deux ouvriers qui travaillaient sur le ranch. Les frères Sam et Max Burrows avaient la peau tannée des gens qui travaillent toute leur vie dehors, quel que soit le temps. C'est réservés et mal à l'aise qu'ils pénétrèrent dans la cuisine par la porte de derrière.

Sam avait été envoyé en ville pour acheter les verrous de sécurité enfant destinés aux portes et fenêtres. Après les avoir remis à Jack, il ressortit avec son frère sans attendre son reste.

Pendant que Jack les posait, Marisa s'était installée dans le canapé, les enfants blottis à sa gauche et à sa droite, et leur lisait une histoire. Ils avaient déjà totalement conquis son cœur, et s'ils étaient exubérants, ils ne se pliaient pas moins à sa douce autorité.

C'est à l'heure du coucher que les choses se mirent à aller mal, lorsqu'elle demanda à Jack de les mettre au lit. Toutes les cinq minutes ils ressortaient de la chambre pour une raison ou pour une autre, et chaque fois Jack devait leur faire regagner leur lit et les border. Ils se répandaient en cris et en pleurs, et Jack lançait à Marisa des regards désespérés en les transportant dans leur chambre. Il était plus d'une heure du matin lorsqu'il put enfin se laisser tomber sur le sofa dans un silence béni.

— Ce sera plus facile demain, déclara-t-elle.

Il se tourna vers elle, les sourcils froncés.

— J'espère que c'est une promesse.

Elle sourit.

— J'ai oublié de préciser que c'est dans ces moments particuliers que vous alliez me détester le plus.

Son froncement de sourcils disparut, et il lui offrit un demi-sourire si sexy qu'elle sentit son estomac se vriller.

— Je ne suis pas fâché contre vous, dit-il. Je suis fâché contre moi-même pour n'avoir pas fait tout cela dès le début, à l'arrivée des enfants au ranch.

Recouvrant son sérieux, il la considéra avec curiosité.

— Pourquoi n'êtes-vous pas mariée et n'avez-vous pas une flopée de marmots ? demanda-t-il. Il est clair que vous adorez les enfants.

La question lui transperça le cœur, réveillant en elle une douloureuse frustration dont elle savait qu'elle ne serait jamais apaisée.

— Je suis jeune, j'ai encore tout le temps devant moi pour penser à cela, répondit-elle avec détachement.

— Il y a quelqu'un dans votre vie ?

Elle hocha la tête.

— Oui. J'ai un petit ami.

Elle avait besoin de l'en informer, mais elle avait aussi besoin de se le rappeler. Patrick. Patrick était l'homme avec qui elle sortait en ce moment, elle ne devait surtout pas l'oublier.

Elle se leva, en proie à une soudaine envie de s'éloigner de lui.

— Il est temps que j'aille me coucher, dit-elle. Une nouvelle journée m'attend demain.

Il se leva à son tour, et ensemble ils remontèrent le couloir qui menait aux chambres.

— S'il vous faut quoi que ce soit, faites-le-moi savoir, dit-il une fois devant la porte de celle qu'elle allait désormais occuper.

— Tout va bien, je n'ai besoin de rien, répondit-elle.

Il lui saisit la main. Elle réprima un petit couinement.

— Je tiens juste à vous dire combien je suis heureux que vous soyez ici, murmura-t-il d'une voix rauque. Vous n'imaginez pas à quel point je vous en suis reconnaissant.

Le papillonnement affolé se manifesta de nouveau dans son ventre. Elle ôta sa main de la sienne, déstabilisée par ce qu'elle avait ressenti à ce simple contact.

— Bonne nuit, Jack.

Sur ces mots, elle s'empressa d'entrer dans la chambre et de refermer la porte derrière elle.

Bon sang, quelle mouche l'avait donc piquée ? Il fallait qu'elle se ressaisisse, et cesse de voir en Jack l'homme plutôt que le client.

L'esprit agité, elle gagna la salle de bains pour se préparer pour la nuit. Son attirance pour lui était purement physique, tenta-t-elle de se convaincre. A certains moments de la journée, elle avait perçu en lui une intense solitude, du genre qui la touchait au plus profond d'elle-même.

Mais autre chose l'intriguait. Il émanait de lui un je-ne-sais-quoi de désespéré qui allait au-delà des préoccupations d'un père au sujet du comportement de ses enfants.

Ce fut la clarté de l'aube qui la réveilla le lendemain matin, mais elle traîna de longues minutes dans son lit à récapituler ce qu'elle avait l'intention de faire dans la journée.

Elle ne put s'empêcher de se demander pourquoi Jack n'avait pas depuis longtemps embauché une bonne ou une baby-sitter pour ses enfants. Le ranch devait certainement accaparer le plus clair de son temps avec l'entretien des bêtes et les charges courantes.

Depuis l'arrivée de ses fils, quatre mois plus tôt, sa vie personnelle avait été mise entre parenthèses, et cela se voyait aux rides de stress qui marquaient son visage lorsqu'il s'occupait de Mick et David. Il se dépatouillait avec les contraintes de la paternité, mais n'en tirait aucun plaisir.

Trois quarts d'heure plus tard, elle sortait de sa chambre, douchée et en pleine forme, vêtue d'un jean et d'un maillot sans manches à col montant couleur corail.

La maison était calme, mais l'arôme de café frais la conduisit tout droit vers la cuisine, où elle découvrit Jack attablé devant un gobelet fumant, les yeux tournés vers la fenêtre.

Il ne se rendit pas compte de sa présence, et pendant un moment, elle demeura immobile dans l'embrasure de la porte à l'observer. Une fois encore, elle fut frappée par l'impression de solitude qui émanait de lui. Cet homme avait jadis eu des milliers de fans qui le portaient aux nues, mais en cet instant, il avait l'air dépassé et douloureusement seul.

— Bonjour, dit-elle en s'avançant dans la pièce.

Voyant qu'il s'apprêtait à se lever, elle lui fit signe de rester assis.

— Dites-moi où sont les gobelets, je me servirai moi-même.

Il désigna du doigt l'un des placards.

— Vous avez bien dormi ?

— Comme un bébé, répondit-elle en se versant une généreuse dose de nectar.

Elle le rejoignit à la table et tenta d'ignorer le pincement de plaisir qu'elle ressentait à sa vue.

Il portait un jean et un T-shirt gris qui rehaussait celui, d'une nuance plus claire, de ses yeux. Il était rasé de près, et ses cheveux étaient encore humides de sa douche.

— A quelle heure Betty prend-elle son service d'habitude ? demanda-t-elle.

— Elle ne travaille pas le week-end, il faudra donc nous débrouiller seuls aujourd'hui et demain. Les repas sont en général aussi basiques que possible les samedis et dimanches.

— Ce matin, j'aimerais prendre le petit déjeuner seule avec les enfants, annonça-t-elle. Cela vous laissera une heure ou deux pour prendre l'air, vous balader à cheval, ramener une vache égarée ou ce que vous voudrez.

Il se carra contre son dossier, l'air surpris.

— Vraiment ?

— Vraiment, répondit-elle, tout sourire.

Elle sirota une lampée de son café, avant de poursuivre :

— Jack, vous avez besoin de vous détendre, de respirer un peu. Vous êtes si tendu quand vous êtes avec les garçons, et ils le ressentent très fort. Il faut que vous preniez plaisir au fait de les élever, de vous occuper d'eux. Il faut que vous vous amusiez avec eux.

Il la regarda comme si elle lui parlait une langue étrangère.

— M'amuser ?

Elle éclata de rire.

— Vous vous souvenez du verbe « s'amuser », Jack ?

Il eut un sourire contraint.

— En fait, non.

— C'est cela que je veux ramener dans votre vie, mais il faut que je vous avertisse. Les choses ne vont pas être faciles pendant les deux prochains jours. Je vous conseille de profiter de votre matinée, parce qu'il va y avoir des moments où, entre vos fils et moi, vous ne saurez pas qui vous aurez le plus envie d'étrangler.

Il s'esclaffa à son tour.

— J'ai un peu de mal à imaginer ça !

C'était la première fois qu'elle l'entendait vraiment rire. Le son, riche et profond, lui remua les entrailles et lui étreignit le cœur. Elle se protégea aussitôt contre ce rire, contre lui.

— Vous feriez mieux d'y aller avant que je change d'avis au sujet de ce temps libre, dit-elle d'un ton pincé, très femme d'affaires.

— Vous êtes sûre que vous ne voulez pas que je reste pour vous aider à leur donner le petit déjeuner ?

— Je suis parfaitement capable de m'en charger seule.

Tout à coup, elle voulut qu'il s'en aille. Qu'il emporte sa voix sexy de baryton, son parfum viril, ses irrésistibles yeux gris souris et la laisse seule.

— D'accord, si vous insistez.

Il se leva de table, déposa son gobelet dans l'évier, puis décrocha un chapeau de cow-boy d'une patère fixée à côté de la porte de derrière.

— Je reviens dans deux heures, annonça-t-il.

Elle hocha la tête, et ce n'est que lorsqu'il eut quitté la maison qu'elle s'autorisa une longue et profonde inspiration.

Inutile de se voiler la face. Quelque chose en Jack Cortland la touchait jusqu'au cœur. Elle ne s'était jamais considérée comme une sauveteuse, sauf lorsqu'il s'agissait de la vie des enfants.

Il fallait à tout prix qu'elle maintienne une distance émotionnelle avec Jack, qu'elle se concentre uniquement sur les raisons de sa présence ici. Le faire sourire, provoquer son rire, chasser la cape de solitude qui lui collait à la peau n'en faisaient partie en aucune façon.

Juché sur Domino, son cheval, Jack leva son visage vers le soleil. C'était le troisième matin que Marisa le chassait deux heures de la maison.

Mais aujourd'hui il ne s'était pas fait prier. Il était irrité. La belle nourrice qui avait déclenché toutes sortes de choses en lui ces deux derniers jours s'était muée en un petit adjudant aboyant ses ordres.

Depuis sa prise en main des enfants, elle avait introduit tant de nouvelles techniques pédagogiques dans sa tête qu'il en avait le tournis. Il y avait une petite chaise rouge qui faisait office de « piquet », où chacun des garçons avait passé plus de temps qu'à son tour, et par moments, il soupçonnait Marisa de nourrir l'intention cachée de l'y coller.

Elle lui avait promis qu'il s'amuserait, mais avait établi des règles rigides qui les mettaient, ses fils et lui, dans de fort méchantes dispositions d'esprit.

Tout en traversant le pâturage, il concentra son attention sur la clôture et remarqua plusieurs sections qui avaient besoin de réparations.

Le ranch était dans un triste état lorsque Jack y était revenu après la mort de ses parents, deux années plus tôt. Mais il avait consacré la première à s'abrutir dans l'alcool et les drogues, et la propriété était encore davantage tombée en décrépitude.

Au volant d'un tracteur, Sam éliminait les mauvaises herbes autour de la grange. Jack le salua de la main, puis, consultant sa montre, s'aperçut qu'il était temps de regagner la maison.

Pour agacé qu'il fût par l'attitude de Marisa, il n'en était pas moins impatient de la retrouver ainsi que ses enfants. Il devenait clair que la ravissante jeune femme commençait à le faire grimper aux rideaux.

Il administra un rapide coup d'étrille à Domino, puis lui fit regagner sa stalle. Cela faisait un moment déjà qu'il avait dans l'idée d'apprendre à ses fils à monter. Peut-être, songea-t-il, le temps était-il venu d'acheter une paire de poneys.

Il pénétra dans la maison par la cuisine, où Betty était affairée à préparer le déjeuner.

— Engager cette nourrice est la meilleure chose que vous ayez faite depuis longtemps, déclara la cuisinière.

— Je suis d'accord, répondit-il.

Même s'il préférait la nourrice en question avant qu'elle ne se mette à lui mener la vie dure.

— Les aimer, c'est bien, reprit-elle, mais il faut aussi exiger d'eux une conduite décente. C'est ça le véritable amour.

Il venait juste d'entrer dans le séjour quand le téléphone sonna. Il décrocha à la deuxième sonnerie, vaguement conscient des rires provenant de la chambre des enfants.

— Jack, c'est Harold.

Au son de la voix de son ex-beau-père, les tripes de Jack se nouèrent.

— Bonjour, Harold.

— Comment vont les enfants ?

— Très bien. De vrais petits anges.

— Vraiment ? Ce n'est pas ce que l'on m'a dit.

Jack sentit son cœur chuter dans sa poitrine.

— Que vous a-t-on dit exactement ?

— Qu'ils se comportent à table comme des salopiots.

Heidi. Bon sang, comment Harold avait-il su pour ce dîner désastreux ? Heidi était-elle allée trouver le vieux richard pour lui vendre son histoire ? La main de Jack se crispa un peu plus sur le combiné.

— Vous n'avez pas à vous inquiéter, Harold, dit-il, se réjouissant de parvenir à garder une voix calme. J'ai embauché une nourrice professionnelle qui leur fait travailler leurs bonnes manières, entre autres choses.

— Une des bimbos de votre passé ?

Une vague de colère monta en lui, mais il la réprima, refusant de tomber dans un duel d'invectives avec le nabab. Harold n'avait jamais cru que Jack avait été fidèle à Candace durant leur mariage. En contrepartie, que sa fille ait vraisemblablement trompé son gendre à tour de bras, il s'en contrefichait.

— Elle s'appelle Marisa Perez. Vous pouvez vous renseigner, Harold. Je suis sûr que vous ne trouverez rien à redire à son C.V.

C'est le moment que choisirent Marisa et les enfants pour faire leur entrée dans le séjour. Ils riaient tous les trois et avaient l'air si joyeux qu'il ne voulait pas rester sur la touche.

— Ecoutez, Harold, il faut que j'y aille. Je vous rappellerai plus tard, ajouta-t-il avant de raccrocher.

— Des ennuis ? demanda Marisa, un pli soucieux sur le front.

— J'espère que non.

Il plaqua un large sourire sur son visage.

— Je peux savoir pourquoi mes deux garçons préférés rient d'aussi bon cœur ?

Tandis que Mick entrait dans une longue histoire au sujet d'une petite bête qui courait sur le plancher de la chambre, Jack sentit son amour pour ses fils lui dilater le cœur à l'étouffer. Il se jura de faire tout ce qui était en son pouvoir pour qu'ils restent sous sa garde.

Le soir venu, il se retrouva en tête à tête avec Marisa dans le séjour. Mick et David étaient allés au lit à 20 h 30 sans émettre la moindre protestation.

— Je n'en reviens pas, dit-il en notant le silence qui régnait dans la maison.

Elle lui sourit.

— Et vous étiez sur le point de me renvoyer, je me trompe ?

Il lui rendit son sourire.

— J'avoue que ces deux derniers jours, il y a eu des moments où je me disais que vous y alliez quand même un peu fort. Il m'a fallu quelque temps pour comprendre que faire assumer aux enfants les conséquences de leurs actes n'était pas leur infliger de mauvais traitements.

— Au contraire, c'est le meilleur gage d'amour que vous puissiez leur donner.

Tout au long de la journée, Jack avait ressenti une tension quasi électrique, à fleur de peau, chaque fois qu'il pensait à Marisa. Il éprouvait à présent la même chose en humant son parfum, en remarquant la manière dont son T-shirt se tendait sous la plénitude de ses seins.

« Elle a un petit ami, se rappela-t-il. Elle est inaccessible. » Cette pensée, hélas, n'atténuait en rien son désir pour elle, qui semblait croître un peu plus chaque jour.

Son irritation matinale s'était envolée dès le début de l'après-midi, quand il avait pu observer les résultats des fermes directives de Marisa sur les enfants — et sur lui-même. Certes, les choses n'étaient pas encore parfaites, mais elles étaient à tous égards nettement meilleures qu'avant qu'elle ne débarque au ranch.

— Je crois que je ferais mieux d'aller me coucher, dit-elle.

— Pas encore, protesta-t-il. Il est tôt et… et j'apprécie votre compagnie.

Ses joues virèrent à un rose charmant, et elle se renversa contre le dossier du sofa.

— Il est tôt, c'est vrai, convint-elle. Je vais rester encore un moment.

Elle posa sur lui un regard curieux.

— Je m'occupe peut-être de ce qui ne me regarde pas, reprit-elle, mais je n'ai pas pu m'empêcher de vous entendre citer mon nom au téléphone, tout à l'heure.

De nouveau, un nœud se forma dans l'estomac de Jack.

— C'était Harold Rothchild. Apparemment, il a entendu parler d'un repas ici qui a tourné à la catastrophe. C'était avant que je vous recrute.

En quelques mots, il lui résuma son dîner avec Heidi et l'épisode des brocolis volants.

Marisa réprima avec peine un sourire.

— Pardon, ce n'est pas drôle ! s'excusa-t-elle, se retenant manifestement d'éclater de rire. Mais j'imaginais ce morceau de brocoli au fromage fondu glissant dans l'encolure du pull de cette jeune femme.

N'y résistant plus, ils se laissèrent aller ensemble à une

merveilleuse hilarité qui, pour Jack, sembla évacuer d'un coup tout le stress des quatre derniers mois.

— Oups, ça fait du bien, dit-il lorsqu'il parvint enfin à s'arrêter.

— Vous devriez rire plus souvent, observa-t-elle, ses prunelles chocolat brillant de chaleur.

— Je n'en ai pas eu l'occasion depuis des lustres, avoua-t-il. D'abord il y a eu mon divorce d'avec Candace, puis mon groupe s'est disloqué et les autres membres m'en ont voulu à mort. Mais le pire moment aura été après le divorce. Je ne pouvais pas voir mes enfants, et je savais qu'en cas de bataille juridique pour en avoir la tutelle, je perdrais.

Il poussa un lourd soupir.

— Et puis Candace a été assassinée. Aujourd'hui, je me bats pour recoller les morceaux de la vie de mes enfants. J'ai toujours peur de m'en voir retirer la garde.

Elle haussa les sourcils, surprise.

— Pourquoi ?

— Harold Rothchild n'aimerait rien tant que de me les prendre. Et le seul moyen par lequel il peut y parvenir est de prouver que je suis un père défaillant.

— Il ne peut sûrement pas faire ça ! objecta-t-elle.

Il grimaça.

— Je n'en suis pas aussi sûr. Deux paramètres jouent contre moi. Un : je vis seul, et deux : je n'ai pas à proprement parler un passé de petit saint. A la première erreur que je commettrai, il me fondra dessus comme les dix plaies d'Egypte.

— Il ne nous reste donc qu'à éviter d'en commettre, répliqua-t-elle, un doux sourire sur les lèvres.

Jack éprouva soudain une furieuse envie de quitter son fauteuil, de la rejoindre dans le canapé et de l'attirer entre ses bras. Il brûlait de rechercher l'endroit exact de son corps d'où provenait ce parfum si sexy, de découvrir quel était le goût de ces lèvres si pulpeuses dans le feu d'un baiser.

— Parlez-moi d'Harold Rothchild, dit-elle.

La question doucha sur-le-champ l'accès de désir sauvage qui s'était emparé de lui.

— J'ai entendu dire que c'est un gros propriétaire de casino, poursuivit-elle, et que sa famille a bâti sa fortune sur l'exploitation du diamant.

— En effet, acquiesça-t-il. Ils possédaient plusieurs mines au Mexique. Une légende maya court sur l'un des diamants qui en ont été extraits. Il détiendrait des pouvoirs spéciaux. Sa magie, paraît-il, fait tomber les gens amoureux. Il était serti sur une bague que Candace portait au doigt la nuit de son assassinat.

— J'ai lu quelque chose à ce sujet. Son meurtrier le lui a volé, n'est-ce pas ? Il s'agit du diamant baptisé les « Larmes du Quetzal ».

Jack acquiesça, puis fronça les sourcils en songeant à l'homme qui était actuellement le cauchemar de son existence.

— Voyez-vous, Harold est en train de mettre la pression sur sa troisième épouse. La première, June, est morte en mettant au monde la plus jeune sœur de Candace, Jenna. Il a divorcé de la seconde, et d'après ce que j'ai entendu, la troisième ne va plus faire long feu, elle non plus. Harold est un homme puissant, et je crois qu'il me hait.

— Pourquoi cela ?

— A cause de notre divorce, à sa fille et moi. Je pense qu'il s'imagine que nous nous sommes séparés parce que je couchais à droite et à gauche. Il ne semble pas lui venir à l'esprit que, selon toute vraisemblance, c'était Candace qui me trompait. Peut-être croit-il que si elle et moi étions restés ensemble, elle n'aurait jamais été assassinée.

— Etiez-vous amoureux d'elle ?

Jack réfléchit longuement à la question avant de répondre :

— Au début, c'était surtout sexuel. Elle était sauvage et belle, et nous avons fait la fête pendant des mois à Los Angeles avant de décider sur un coup de tête de sauter dans le premier avion pour Las Vegas pour nous marier. Presque tout de suite, elle est tombée enceinte de Mick. Pour ma part, j'étais prêt à me ranger.

— Mais elle, non.

Il agréa d'un hochement de tête.

— Et puis David est arrivé. A peu près au même moment, un duo de producteurs m'a contacté. Ils voulaient faire de moi une star à titre individuel, me propulser dans une carrière solo. Je me suis alors dit que j'étais un homme comblé : j'avais deux petits garçons, une femme ravissante et l'occasion unique d'atteindre un véritable statut d'artiste avec un grand A.

Il laissa échapper un petit rire amer.

— Ce n'est qu'après ma rupture avec Candace que j'ai compris qu'en réalité, ces producteurs s'intéressaient davantage à elle qu'à moi. Le deal est tombé à l'eau, et les autres membres de Création m'en ont voulu ne serait-ce que d'avoir songé à faire cavalier seul. Le groupe s'est séparé et mon couple idem. Mais je n'ai pas répondu à votre question.

Tournant les yeux vers la fenêtre, il repensa un moment à cette femme qu'il avait épousée, puis porta de nouveau son attention sur Marisa.

— Est-ce que j'étais amoureux d'elle ? En fait, je crois que j'ai aimé la femme que j'espérais qu'elle deviendrait en tant que mère de mes enfants. Mais cette femme-là n'a jamais existé.

— Je suis désolée, dit Marisa avec douceur. Je suis

désolée pour vous, mais aussi tellement pour Mick et David. A présent pardonnez-moi, mais je vais vraiment aller me coucher, dit-elle en se levant du canapé.

Jack l'imita.

— Moi aussi. Les matinées commencent tôt avec ces deux petites boules d'énergie dans la maison.

Ensemble, ils remontèrent le couloir. Arrivée devant la porte de sa chambre, elle se tourna vers lui, le regard tendre et chaleureux.

— Tout se passera bien, Jack. Vous êtes un père formidable, personne ne vous enlèvera vos enfants.

Il ne sut trop si ce furent ces mots ou l'extrême féminité qui émanait d'elle, si douce, si attirante, toujours est-il que le désir qui n'avait cessé de frémir en lui depuis deux jours revint à pleine force.

Presque sans qu'il le veuille, il avança la main et l'attira à lui jusqu'à ce qu'ils se retrouvent collés l'un à l'autre, poitrine contre poitrine, bassin contre bassin.

— Je vais vous embrasser, dit-il, incapable de décider s'il s'agissait d'une menace ou d'une promesse.

— Je sais, répondit-elle, le souffle court, juste avant que sa bouche ne descende sur la sienne.

4

Tandis que les lèvres de Jack s'emparaient des siennes, Marisa accueillit son baiser sans retenue. Elle avait rêvé de cela depuis la première seconde de leur rencontre. Elle avait brûlé simplement de savoir quel goût aurait sa bouche sous la sienne.

Un goût chaud. Brûlant. Sentant la pointe de sa langue chercher à se frayer un passage, elle ouvrit les lèvres pour lui permettre d'approfondir son baiser, de gagner en intimité.

Dans un coin de son esprit, elle savait que c'était une erreur, qu'ils franchissaient une limite, mais elle se vit dans l'incapacité totale de faire marche arrière.

Au lieu de cela, elle s'abandonna tout entière tandis qu'il l'enlaçait et la serrait davantage contre lui.

Ce n'est que lorsque, plaquée contre lui, elle sentit son érection que son bon sens lui revint d'un coup. Elle le repoussa des deux mains et recula d'un pas.

— Ce n'était sans doute pas une bonne idée, dit-elle, le cœur cognant à coups précipités dans sa poitrine.

Il laissa retomber ses bras à ses côtés.

— Vous avez raison. Mais c'était une chose que j'avais envie de faire depuis le premier instant où je vous ai vue.

— Jack méchant, le taquina-t-elle. Bon, à présent il est vraiment temps pour moi de vous dire bonne nuit.

A la vérité, elle ne souhaitait rien d'autre que d'être de nouveau dans ses bras. Elle se sauva dans sa chambre, au bord, lui sembla-t-il, de l'arrêt cardiaque.

Les baisers de Patrick ne l'avaient jamais remuée ainsi. Jamais il ne lui avait fait connaître cet état d'excitation qui faisait bourdonner son sang dans ses veines.

Pendant les trois jours qui suivirent, ce baiser la hanta. Ni elle ni Jack n'y firent la moindre allusion, mais son souvenir flottait dans l'air entre eux, crépitant d'énergie, instaurant un imperceptible malaise dans l'atmosphère de la maison.

On était au milieu de l'après-midi, les garçons faisaient leur sieste, et installés à la table de la salle à manger, Jack et Marisa discutaient des suites à donner à sa semaine d'essai. Celle-ci était achevée, et Marisa se trouvait face à la décision de rester ou pas pour les deux mois à venir.

Depuis la cuisine leur parvenaient les bruits d'une de ces sagas télévisées qui occupaient l'esprit de Betty pendant qu'elle confectionnait les repas.

Même si l'attirance qu'elle ressentait pour Jack la rendait quelque peu nerveuse à la perspective de poursuivre l'expérience au ranch, le véritable souci de Marisa était ailleurs : elle perdait toute objectivité vis-à-vis des garçons.

Elle était tombée sous le charme de Mick qui, outre qu'il avait un délicieux sens de l'humour, se montrait étonnamment protecteur avec son petit frère. Quant à David, il avait lui aussi conquis son cœur en dépit de sa propension à se jouer des verrous des portes et des fenêtres.

S'ils n'avaient pas encore établi avec Jack le lien fils-père qu'elle aurait souhaité, ils s'étaient énormément attachés à elle, requérant à tout instant son attention et son amour.

Jack et elle se tenaient à présent face à face à la table de la salle à manger.

— Notre semaine probatoire est terminée, commença-t-elle.

— Et je veux que vous restiez jusqu'à leur entrée au lycée, répliqua-t-il aussitôt, mi-ironique, mi sérieux.

Elle éclata de rire et secoua la tête.

— Je peux vous donner deux mois, Jack. A la fin de ce délai, ils seront assez sociables pour être inscrits dans une école maternelle. Ils en ont besoin. Ils ont besoin d'apprendre à jouer avec d'autres enfants avant d'entrer dans le cycle scolaire. Il faudra d'ailleurs faire en sorte que David puisse se passer de couches aussi vite que possible.

— Je vais dès à présent m'y atteler, répondit-il.

— Autre chose. Si je m'engage à rester pour ces deux mois, ce sera à la condition que je puisse prendre mes week-ends. J'aimerais aussi que vous m'accordiez ma soirée de demain. Patrick m'a invitée à dîner.

Elle avait besoin de voir l'homme avec qui elle était censée sortir, et espérait en son for intérieur qu'être avec Patrick la libérerait de l'emprise persistante du baiser de Jack.

— Et si vous l'invitiez plutôt à dîner ici ? suggéra Jack.

La première impulsion de Marisa fut de lui dire non, qu'elle tenait à séparer son travail de sa vie privée. Mais elle se rappelait que Patrick avait déclaré être un grand fan de l'ancien groupe de Jack. En outre, peut-être aurait-elle les idées plus claires en voyant les deux hommes ensemble.

— C'est très gentil à vous. Je crois qu'il sera ravi de vous rencontrer. Il m'a affirmé avoir été fan du groupe Creation, précisa-t-elle.

— Alors, c'est parfait. Je dirai à Betty de prévoir un couvert supplémentaire pour demain soir.

Des bruits dans la chambre des enfants les informèrent que Mick et David avaient terminé leur sieste. Comme Jack et elle étaient tombés d'accord pour la prolongation de son séjour en tant que nounou, Marisa se leva pour aller s'en occuper.

Tout au long de cette fin d'après-midi, elle se répéta que les sentiments de Jack à son égard, quels qu'ils soient, étaient liés au travail qu'elle avait accompli sous son toit. Elle était celle qui avait apporté de l'ordre dans le chaos de son existence. Qu'il l'ait embrassée n'était pas si étonnant. C'était une saine gratitude qui l'y avait poussé et rien d'autre, elle en avait la conviction.

Elle devait veiller à ne pas l'oublier, à se souvenir que Jack Cortland avait peut-être le don d'accélérer son rythme cardiaque, mais qu'elle serait folle de croire un seul instant qu'il nourrissait pour elle de véritables sentiments.

Elle avait déjà perdu une fois la tête pour un homme dans le passé. Elle n'allait pas refaire la même erreur.

Rita Perez était affolée. Elle était affolée depuis qu'elle s'était aperçue que la bague, la bague au diamant d'un million de dollars d'Harold Rothchild, avait disparu.

Ce n'était pas uniquement un joyau d'une immense valeur, c'était la bague que portait Candace Rothchild la nuit de son assassinat. Et le diamant qui y était serti était celui connu sous le nom de « Larmes du Quetzal ».

Non seulement le bijou était rattaché à une légende maya, mais il avait aussi une histoire déconcertante depuis sa découverte, dans la mesure où il avait été volé au sein même des locaux de la police pour être retrouvé ensuite.

Et voilà qu'il s'était de nouveau volatilisé.

Pour la centième fois depuis la semaine précédente, elle s'agenouilla sous son bureau et explora la moquette, sachant pertinemment qu'il n'y était pas. Cette bague n'était pas tombée par terre par accident, pas plus qu'elle n'avait glissé dans l'un des tiroirs. Elle avait disparu d'un écrin qu'elle gardait enfermé dans le coffre de sûreté où elle rangeait son arme.

Jamais elle n'aurait dû le sortir de la salle des indices et l'apporter chez elle mais, fascinée par l'objet, elle avait voulu effectuer des recherches plus approfondies pour savoir comment il en était venu à appartenir aux Rothchild.

Une vague de désespoir la submergea, et sa blessure à la tempe se mit à battre avec une intensité lancinante qui lui donna la nausée. Elle allait probablement être renvoyée. Pire, s'il venait à l'oreille d'Harold que la précieuse bague avait de nouveau disparu, ce n'est pas seulement elle qu'il poursuivrait en justice, mais l'ensemble du service auquel elle appartenait, pour négligence grave.

Comment diable la bague avait-elle pu s'envoler de ce coffre de sûreté ? Ce ne pouvait être que l'œuvre d'un professionnel. Un professionnel qui avait su où chercher, et comment s'introduire et ressortir de chez elle sans qu'elle ne s'en aperçoive.

Qu'allait-elle faire à présent ? Tôt ou tard, il lui faudrait rendre compte à ses supérieurs de ce qui s'était passé, et l'enfer s'abattrait alors sur elle.

Dans un brusque sursaut d'énergie, elle se mit à tirer les tiroirs un par un, espérant, priant pour que le bijou refasse son apparition.

Une fois encore, Jack et Marisa se reposaient dans le séjour. Il était un peu plus de 21 heures, et les petits étaient déjà couchés et endormis depuis une demi-heure.

— Je n'arrive toujours pas à croire à la facilité avec

laquelle ils acceptent d'aller au lit, dit-il. C'est un vrai miracle.

Marisa lui sourit.

— Tout ce qu'il faut, c'est de la fermeté et de la constance. C'est ça le secret d'une bonne éducation.

— Parlez-moi de vous. Votre mère et votre père étaient-ils de bons parents ? s'enquit-il, soudain curieux de savoir.

— Très.

Se calant dans l'angle du canapé, elle remonta les genoux contre sa poitrine.

— De même que pour Candace et les Rothchild, reprit-elle, l'argent n'a jamais été un souci dans ma famille. Mes parents sont fortunés, mais les valeurs qu'ils m'ont inculquées sont aux antipodes des questions matérielles. J'ai commencé à garder des enfants dès l'âge de quatorze ans, et même durant mes études à la fac, j'ai fait toutes sortes de petits boulots. Et les vôtres ?

— C'était des gens formidables, travailleurs, très attachés aux valeurs traditionnelles.

Un voile de douleur assombrit son regard.

— Ils m'ont donné une bonne éducation, poursuivit-il. Je suis ensuite parti à Los Angeles. Là, les choses ont commencé à très bien marcher pour moi. Mais plus je gagnais de l'argent, plus je perdais mon bon sens, et au bout du compte, le fruit de leurs leçons est parti en fumée. Je crois que je leur ai brisé le cœur.

Il n'existait rien de plus attirant, songea Marisa, qu'un homme qui reconnaissait ses propres erreurs et les regrettait.

— Je suis sûr qu'ils seraient fiers de l'homme que vous êtes devenu, dit-elle d'une voix douce.

— Oui, je me désole simplement de ce qu'ils soient décédés avant de m'avoir vu reprendre ma vie en main.

— Je suis sûre qu'ils avaient confiance en vous, qu'ils

se disaient que vous finiriez par revenir aux valeurs qu'ils vous avaient enseignées.

Il opina du chef.

— Vous croyez que les garçons m'appelleront un jour papa ? demanda-t-il.

Elle perçut la mélancolie dans sa voix, et sut l'importance que cela revêtait pour lui.

— Peut-être quand ils se sentiront en sécurité avec vous. Je ne sais pas grand-chose de l'époque où ils étaient avec leur mère, mais du peu que vous m'en avez dit, je devine que la plupart des gens qui entraient dans la vie de Mick et David ne faisaient qu'y passer. Lorsqu'ils auront compris que vous n'allez pas vous aussi disparaître un beau jour et qu'ils peuvent vous faire confiance, alors peut-être dans leur esprit ne serez-vous plus Jack, mais papa.

Il la gratifia d'un sourire attendri.

— Qu'est-ce qui vous a rendue si intelligente ?

— Je ne le suis pas toujours, croyez-moi. Nous avons tous dans notre passé des choses que nous préférerions oublier.

Jack haussa un sourcil.

— Vous m'intriguez.

L'espace d'un instant, elle songea à lui parler de la blessure indélébile qu'elle portait en elle, de cet événement pas si lointain qui avait radicalement décidé de ce qu'elle pouvait attendre de la vie.

Elle savait que Jack comprendrait sa légèreté d'alors, que moins que quiconque il ne se permettrait de la juger. Mais partager avec lui cette partie d'elle-même était un acte beaucoup trop intime.

Une fois de plus, elle se rendit compte que les limites se brouillaient entre eux. Elle devait garder à l'esprit qu'il était son employeur, rien de plus ; se souvenir qu'elle faisait partie de ces gens de passage non seulement dans la vie de Mick et de David, mais dans la sienne également.

Reposant les pieds sur le sol, elle se leva du canapé. Comme toujours lorsqu'ils n'étaient qu'à deux, elle éprouvait en son for intérieur le besoin de s'éloigner de lui, de le fuir. Jouir ainsi du confort douillet de son séjour tandis que dehors la nuit tombait avait quelque chose de trop équivoque, de trop déstabilisant.

Pour professionnelle qu'elle soit, sa présence sous le toit de Jack aurait été beaucoup plus simple s'il avait eu une épouse. Mais bien sûr, dans un tel cas, elle ne serait pas ici.

— Bonne nuit, Jack.

Elle espérait qu'il ne l'accompagnerait pas dans le couloir jusqu'à sa chambre, même si dans un coin reculé de son esprit, elle le souhaitait. L'idée de partager un nouveau baiser avec lui n'était pas pour lui déplaire, et elle s'en inquiéta.

Dieu merci, il devait être plongé dans ses pensées, car il se contenta de murmurer à son tour un « bonne nuit » sans faire le moindre geste pour quitter son fauteuil.

Depuis plusieurs jours déjà, ils avaient pris l'habitude de rester dans le séjour à bavarder jusqu'aux environs de minuit. Durant ces heures, elle en avait beaucoup appris sur la famille Rothchild, tandis qu'elle-même évoquait sa relation privilégiée avec sa tante Rita.

Quand bien même ces conversations nocturnes étaient légères et ne faisaient qu'effleurer les questions trop personnelles, il en résultait une amitié croissante entre eux. Cela étant, elle devait s'avouer que ce n'était pas cette amitié qui la faisait frémir jusqu'aux entrailles au moindre contact physique avec lui.

Arrivée devant la porte entrouverte de la chambre des garçons, elle s'arrêta un instant avant de rejoindre la sienne. Comment aurait-elle pu ne pas tomber amoureuse de ces deux anges ? Ils avaient désespérément besoin d'une mère, alors qu'elle-même était tellement faite pour en être une !

Avec un sourire attendri, elle s'approcha du lit de Mick et ajusta sa couverture. Ecartant une mèche blonde de son visage, elle posa un baiser sur son front. Il marmonna quelque chose d'incompréhensible mais ne se réveilla pas.

Elle passa ensuite au lit de David, dont elle replaça un bras et une jambe qui dépassaient. Il soupira d'aise et sourit dans son sommeil, sans doute plongé dans d'agréables rêves enfantins. Elle l'embrassa également, puis recula sans bruit vers la porte.

Deux mois. C'était tout ce qu'elle s'octroyait avec eux. A l'échéance de ces deux mois, elle aurait appris à Jack ce qu'il avait besoin de savoir pour être un bon père, et ses fils auraient pour lui un nouveau respect et un nouvel amour.

Corriger les choses pour les parents et les enfants puis s'en aller, telle était sa mission. Mais qu'elle le veuille ou non, elle savait qu'il allait lui être extrêmement difficile de quitter ces enfants-là.

De même que leur père.

Avec un soupir las, elle sortit de la chambre et traversa le couloir pour gagner la sienne. Elle ouvrit la porte, entra, pressa l'interrupteur du plafonnier, et se pétrifia en voyant un homme encagoulé qui faisait coulisser la vitre de la fenêtre.

« Elle a un petit ami », se répéta Jack. Il devait absolument se souvenir que Marisa était intouchable, qu'elle n'était dans sa vie qu'à titre temporaire.

La pire erreur qu'il avait commise depuis son arrivée

avait été de l'embrasser. Le souvenir de ce simple baiser hantait chacune de ses nuits depuis lors. *Elle* le hantait, instillant en lui un désir qu'il n'avait pas ressenti depuis une éternité — qu'il n'avait en fait peut-être jamais ressenti.

Quel imbécile il faisait ! Marisa était intelligente et avait de solides projets d'avenir. Elle était impatiente de monter sa propre agence, et s'engager dans une liaison avec un homme affligé du passé qui était le sien était à coup sûr la dernière chose dont elle avait besoin.

Un hurlement le fit bondir de son fauteuil.

Marisa ! Le cœur battant la chamade, il se précipita vers sa chambre. Elle se tenait à un mètre à l'intérieur, immobile, une main plaquée sur sa bouche. Lorsqu'il entra, elle lui désigna la fenêtre. L'écran-moustiquaire avait été enlevé et la vitre était à moitié ouverte.

— Il y avait un homme ! s'exclama-t-elle. Il allait pénétrer dans ma chambre.

— Allez voir si les enfants n'ont rien, lui ordonna Jack.

— J'appelle la police ?

— Non ! cria-t-il en disparaissant dans le couloir.

Une fois dans sa chambre, il sortit un coffre de sûreté d'un tiroir de la commode, l'ouvrit et y prit son revolver.

Tout en rebroussant chemin dans le couloir, il jeta un coup d'œil à la chambre des petits, et constata avec soulagement qu'ils dormaient à poings fermés. Marisa se tenait entre les deux lits.

L'air chaud de juillet l'enveloppa, oppressant, dès qu'il eut mit le pied hors de la maison. Il se déplaça d'un pas furtif, veillant à demeurer dans l'ombre de la maison et des arbres, remerciant le Ciel de ce que la pleine lune lui facilitât sa recherche.

Arrivé au niveau de la fenêtre de la chambre de Marisa, il resserra les doigts sur la crosse de son arme. L'écran-moustiquaire était posé contre le mur juste à côté, mais en dehors de cela, il ne vit aucune trace de l'intrus.

Tout en élargissant petit à petit le périmètre de son exploration, une kyrielle de questions se bouscula sous son crâne. Cette tentative d'effraction était-elle en relation avec Marisa ? Avait-on cherché à s'introduire dans la maison pour s'en prendre à elle ? Ou était-ce lui, au contraire, qui était visé ?

Quelle que soit l'identité de ce visiteur nocturne, il avait filé sans demander son reste. Jack replaça l'écran dans le bâti de la fenêtre et regagna l'intérieur de la maison.

Marisa l'accueillit dans le couloir, les yeux encore dilatés par la peur.

— Alors ? s'enquit-elle, la voix tendue.

— Rien.

Il lui fit signe de la suivre dans le séjour.

— Le type a disparu, soupira-t-il.

Marisa se recroquevilla sur elle-même dans le canapé, comme si la température avait soudain chuté de trente degrés. Jack déposa son revolver sur la table basse et se mit à faire les cent pas dans la pièce.

— Vous avez pu voir son visage ? demanda-t-il.

— Non, il portait une cagoule. Vous ne voulez vraiment pas qu'on appelle la police ?

— Je vois d'ici les gros titres. « Un inconnu s'introduit au ranch Cortland à la recherche de drogue. » « Harold Rothchild exige que lui soit confiée la garde de ses petits-enfants. »

Une boule de tension oppressait la poitrine de Jack, et pendant quelques instants il eut des difficultés à respirer.

— Vous croyez que c'était ça ? Quelqu'un qui cherchait de la drogue ?

Il s'immobilisa et la regarda.

— Je ne sais pas ce qu'il faut croire. A moins qu'il n'y ait dans votre entourage une personne qui ait une rancune personnelle contre vous ou autre chose.

— Je ne connais personne qui me veuille du mal, répondit-elle. Harold ne peut quand même pas prendre comme prétexte une tentative d'effraction pour agir contre vous !

— Vous seriez surprise de ce dont il est capable, répliqua-t-il avec amertume.

— Très bien, si vous ne voulez pas que l'on appelle la police, il reste une solution : ma tante Rita. Elle travaille au FBI. Elle peut venir inspecter les lieux, peut-être effectuer un relevé d'empreintes sur le montant de la fenêtre. Et nous pouvons lui faire confiance pour ne piper mot à qui que ce soit.

« Nous. » « Nous pouvons lui faire confiance. » L'utilisation du pluriel n'échappa pas à Jack, et cela lui fit chaud au cœur de comprendre qu'il n'était pas seul dans sa bataille.

— Vous êtes sûre que ça ne la dérangera pas ?

En guise de réponse, elle tendit la main vers le téléphone.

Quelques minutes plus tard, tandis qu'ils attendaient l'arrivée de Rita, assis côte à côte, dans le canapé, Jack lui fit part de ce qu'il redoutait plus que tout au monde.

— Lorsque Candace est morte et que m'est revenue la tutelle de Mick et David, Harold a brandi toutes sortes de menaces. Mais ce qui m'a le plus inquiété était l'argument selon lequel il était possible que je ne sois pas le père d'un de mes fils, voire des deux.

Une nouvelle vague d'angoisse lui étreignit le cœur.

— Je me fiche de la génétique, grogna-t-il. En ce qui me

concerne, ils sont tous deux mes enfants, et peu importe ce que pourraient révéler d'éventuels examens sanguins. Ce dont j'ai peur, en revanche, c'est qu'à la moindre erreur de ma part, Harold en profite pour exiger des tests ADN. Je risque alors de perdre la seule chose qui ait donné un véritable sens à ma vie.

Marisa posa une main sur son bras et le regarda avec détermination.

— Alors nous veillerons à ce que cela n'arrive pas.

La sonnette de l'entrée annonça l'arrivée de Rita.

Jack aima tout de suite cette femme sérieuse et posée qui tenait une place si importante dans la vie de Marisa. Elle procéda sans perdre de temps à la recherche d'empreintes digitales sur le montant de la fenêtre, tant à l'intérieur qu'à l'extérieur, mais hélas n'en trouva aucune.

Après avoir inspecté les environs immédiats, elle revint dans la maison où elle prit place avec Jack et Marisa à la table de la cuisine.

— S'il a été assez intelligent pour porter une cagoule, expliqua-t-elle, il l'aura été également pour enfiler des gants, d'où l'absence d'empreintes.

Elle tâta du bout des doigts le pansement sur sa tempe, puis laissa retomber sa main.

— Peut-être s'agissait-il d'un simple cambrioleur, suggéra Marisa.

— Peut-être, admit Rita. Il est encore possible que ce soit un vieux fan de Creation qui ait voulu subtiliser un objet appartenant au célèbre Jack Cortland.

Elle adressa un bref sourire à celui-ci.

— Ce qui me tracasserait le plus si j'étais vous, reprit-elle avec gravité, c'est le fait que vos deux petits garçons constituent des cibles idéales pour un enlèvement.

Marisa déglutit, tandis que Jack se redressait sur sa chaise, le sang se glaçant dans ses veines.

— Tout le monde par ici sait que j'ai flambé presque toute ma fortune il y a des années.

— Mais pas celle des Rothchild, observa Rita. Ces enfants sont les héritiers d'Harold, et il est de notoriété publique que le montant de ses comptes en banque suffirait à rembourser la dette nationale. Si je puis me permettre un conseil, ce serait celui de renforcer de façon drastique la sécurité de cette maison.

Jack sentit le découragement s'abattre sur ses épaules.

Rita se leva pour prendre congé. Il s'apprêtait à se lever aussi, mais elle lui fit signe de rester assis.

— Marisa va me raccompagner, dit-elle.

Il hocha la tête d'un air abattu, tandis que les deux femmes quittaient la cuisine. Depuis quatre mois qu'il avait ses fils avec lui au ranch, pas une fois il n'avait songé au fait qu'ils constituaient une cible de choix pour des ravisseurs.

L'idée que quelqu'un les enlève et s'en serve comme otages pour demander une rançon le terrifiait au-delà de tout. Comment assurait-on la sécurité de ses enfants face à une menace inconnue ? Quand, en plus, on n'avait aucun moyen d'identifier le visage d'un kidnappeur ? Il devait par tous les moyens savoir de qui il s'agissait.

Il se força à sourire au retour de Marisa dans la cuisine.

— Merci de l'avoir appelée, dit-il.

Elle hocha la tête, et un pli soucieux se forma sur son front tandis qu'elle s'asseyait à ses côtés à la table.

— Elle n'était pas elle-même ce soir. Il y a quelque chose qui la tracasse, je le sens.

— Lui en avez-vous parlé ?

— Oui, mais elle m'a assuré que ce n'était rien. Un simple souci lié au travail. J'espère seulement que ce n'est pas en relation avec sa blessure à la tête.

En quelques mots, elle raconta à Jack comment elle s'était fait tirer dessus lors du kidnapping de Jenna Rothchild.

— Oui, j'ai lu ça dans les journaux, dit-il.

Marisa riva avec intensité son regard dans le sien.

— Que fait-on maintenant ?

— Si je le savais… Je suppose que la première étape est de faire installer un système de sécurité fiable. Peut-être, ajouta-t-il d'un ton pensif, s'agissait-il comme vous le disiez d'un simple cambrioleur. Mais en tout cas, je serai désormais sur mes gardes. Je vais prendre toutes les précautions possibles pour que chacun de nous soit en sûreté dans cette maison.

Elle avança la main, pressa la sienne et se leva. Alors qu'elle replaçait une mèche de cheveux derrière son oreille, il remarqua qu'elle tremblait.

Il avait beau savoir que chercher à la réconforter n'était pas une bonne idée, il se leva à son tour et glissa ses bras autour de sa taille.

Elle se raidit un moment, puis se laissa aller contre lui. Il resserra alors son étreinte et perçut les frémissements qui lui traversaient le corps.

— Je suis tellement désolé que vous soyez effrayée, murmura-t-il contre son oreille, où son parfum subtil le grisa aussitôt.

— Ce n'est pas votre faute, répondit-elle en nichant sa tête au creux de son épaule.

— J'aurais dû équiper la maison d'un système d'alarme avant de recevoir les enfants, mais comme il ne s'était jamais produit ici le moindre incident, cette idée ne m'a même pas effleuré l'esprit.

Il parlait juste pour parler, faisait durer à dessein la conversation tant était grand son besoin de la garder serrée contre lui.

Il était seul depuis très longtemps, mais avec elle dans les bras, cette solitude lui parut à des années lumière.

Lorsqu'elle releva enfin la tête et le regarda, s'il subsistait encore un doute au fait qu'il allait l'embrasser, celui-ci s'envola sur-le-champ. Alors qu'il prenait possession de sa bouche, une vague de désir brut lui fouetta les sens. Ce qu'il avait voulu être un geste tendre et délicat se mua en un acte fougueux, brûlant, impérieux.

Marisa répondit avec une ardeur qui le stupéfia, plongeant les doigts dans ses cheveux, reculant en titubant pour se retrouver le dos au réfrigérateur.

Leurs lèvres demeurèrent soudées dans un baiser qui chassa toute autre pensée de l'esprit de Jack. Il glissa les mains dans le dos de Marisa, sous son T-shirt, avide de sentir sous ses paumes la chaleur de sa peau nue.

Elle ne protesta pas, mais interrompit leur baiser et renversa la tête en arrière, lui permettant ainsi de descendre les lèvres le long de son cou, de parcourir la ligne délicate de ses clavicules.

— Marisa, lâcha-t-il dans un souffle près de son oreille. J'ai envie de vous. Je n'ai cessé d'avoir envie de vous depuis votre arrivée au ranch.

Lorsqu'elle releva les yeux, il y vit briller la flamme d'un désir identique au sien et cela lui fit pratiquement perdre la tête. Elle ne dit rien, mais au lieu de cela attira son visage vers elle de sorte que leurs lèvres se retrouvent.

Tout en se jetant avec fièvre dans ce nouveau baiser, il se colla à elle et ses mains quittèrent lentement son dos pour se diriger vers ses seins. Ses tétons pointaient sous la fine étoffe de son soutien-gorge. Il la voulait nue entre ses bras, haletante sous son corps, tandis que leurs langues se mêlaient dans un élan de passion incoercible.

Elle geignit, d'un faible son de gorge qui le traversa telle une décharge électrique.

Il s'écarta d'elle et la prit par la main. Aucun des deux ne prononça un mot tandis qu'il l'emmenait hors de la cuisine, traversait le séjour et s'engageait dans le couloir jusqu'à la porte de sa propre chambre.

Ils étaient sur le point d'y entrer lorsqu'ils entendirent Mick crier depuis celle des enfants. Ils se figèrent tous deux.

— Marisa ! J'ai fait un cauchemar !

Jack lui relâcha la main. La flamme qu'il avait aperçue dans ses prunelles quelques instants plus tôt avait disparu.

— Il a besoin de moi, murmura-t-elle.

Il hocha la tête, résigné.

— Allez-y. On se revoit demain matin.

Pendant qu'elle se hâtait vers la chambre des enfants, deux questions se mirent à flotter dans la tête de Jack.

Marisa et lui seraient-ils à même de revivre ces instants qui venaient d'être perdus ? Et viendrait-il un jour où c'est *lui* que ses enfants appelleraient ?

5

Vers 10 h 30 le lendemain matin, le nouveau système d'alarme était installé et Marisa priait pour que ces précautions supplémentaires repoussent à jamais toute nouvelle tentative d'effraction.

Après que les petits eurent déjeuné et fait leur sieste, elle joua avec eux dans le séjour. Ils étaient en train d'élever des édifices sur le sol à l'aide de blocs multicolores lorsque Kent Goodall vint leur rendre visite. Jack et lui choisirent d'aller discuter sur le perron à l'extérieur, ce dont elle se réjouit.

Faire face à Jack ce matin s'était avéré beaucoup plus difficile que prévu après le moment intense de la veille.

Dieu merci, elle avait coupé court à l'accès de désir insensé qui, échappant à tout contrôle, avait failli leur faire faire le grand saut. Elle ne pouvait se permettre de se laisser happer par la folie d'un instant qui ne pouvait avoir de suites. Elle l'avait fait dans le passé, et s'était juré de ne plus jamais s'y laisser prendre.

Elle était également contente que Patrick vienne dîner ce soir. Patrick ne représentait aucun risque. Il ne suscitait en elle aucun écart de comportement.

Il était important qu'elle le voie. Depuis une semaine, elle avait l'impression de vivre dans une bulle avec Jack et les enfants. Elle avait besoin du contact avec le monde que

Patrick allait apporter avec lui, de poser plus fermement les pieds dans la réalité.

— Marisa, regarde ! dit Mick en ajoutant un bloc à la tour qu'il venait de construire.

Il écarta d'un revers de la main les mèches qui lui retombaient sur le front, geste qu'elle avait souvent vu Jack faire.

— M'isa, regarde, fit écho David en tentant d'imiter son frère, posant un bloc en équilibre précaire sur un empilement de trois autres.

Sa tour s'effondra, et il éclata de rire comme si c'était la chose le plus drôle qu'il ait jamais vue.

Comme toujours, jouer avec les garçons emplissait son cœur d'une immense vague d'amour, songea Marisa. De ses conversations avec Jack, le soir, elle savait qu'ils avaient passé l'essentiel de leur courte vie dans des chambres d'hôtels, avec le personnel de ces derniers en guise de baby-sitters. Ensuite, après le divorce, Candace s'était déchargée de ses fonctions maternelles sur des nourrices afin que ses enfants ne l'entravent pas dans sa vie de jet-setteuse. Du jour de leur naissance à celui de leur parachutage dans les bras de Jack, les notions de permanence et de sécurité avaient été exemptes de leur existence.

Sans doute ne se souviendraient-ils pas d'elle, se dit Marisa. Graduellement, au fil des mois qui suivraient son départ, Mick et David oublieraient l'influence positive qu'elle avait eue sur leur vie. C'était ainsi que les choses étaient censées se passer avec les nounous professionnelles.

Cette fois-ci, pourtant, elle était surprise de constater à quel point cette perspective la chagrinait. Par leurs rires et par leurs pleurs, par leurs mauvaises conduites et leurs accès de tendresse, les garçons lui avaient harponné le cœur comme aucun enfant ne l'avait fait jusqu'à présent.

Peut-être était-ce dû au fait que dans tous ses autres

engagements, il y avait eu la présence d'une mère. C'était la première fois qu'elle travaillait avec un père isolé.

La porte de l'entrée s'ouvrit, et Jack pointa la tête à l'intérieur.

— Kent et moi allons à la grange. Ça vous dit de nous accompagner avec les enfants ?

Mick et David bondirent vers la porte, tandis que Marisa se relevait au milieu des jouets.

— Je crois que je n'ai pas le choix, répondit-elle en souriant.

Les enfants étaient déjà sur le perron auprès des deux hommes.

Jack prit la main de Mick, elle, celle de David, puis le petit groupe se mit en route, traversant l'étendue d'herbe qui séparait la maison de la grange.

Le soleil de juillet déversait sa chaleur brûlante, presque écrasante, sur leurs épaules. Marisa prit note mentalement de dire à Jack d'acheter de l'écran solaire pour la peau fragile des petits.

— Je vois déjà une nette différence dans le comportement des gosses, lui dit Kent. Ils sont beaucoup plus calmes qu'il y a une semaine.

— C'est parce que Jack l'est aussi, répliqua-t-elle avec un sourire espiègle à l'intention de ce dernier. Mais il nous reste encore du chemin à faire.

— C'est déjà bien de les voir assagis, fit observer Kent.

Ils n'avaient pas marché dix mètres que Marisa sentit le milieu de son dos lui chatouiller. Ce n'était qu'une vague impression, le sentiment intuitif que quelqu'un l'observait.

Elle tourna la tête à droite et à gauche, cherchant la source de son malaise, et aperçut Max Burrow près de l'écurie. Le massif employé du ranch se tenait appuyé au manche d'une pelle, les yeux fixés sur eux… Sur elle.

Le malaise s'accrut lorsque leurs regards se croisèrent. Il ne détourna pas les yeux, son attention rivée sur le groupe qu'ils formaient. Elle se tourna vers Jack, puis de nouveau vers Max… Mais celui-ci avait disparu.

Elle s'enjoignit aussitôt à la raison. Apparemment, la tentative d'effraction de la veille l'avait plus secouée qu'elle ne l'avait cru, et elle faisait une petite crise de paranoïa. Max ne l'épiait que dans son imagination. Il se reposait juste un instant avant de se remettre au travail.

Ils arrivèrent à la grange. Jack poussa le vantail et ils y entrèrent l'un après l'autre. Marisa retint son souffle en découvrant le véritable musée qu'elle abritait.

Des posters géants du groupe Création tapissaient les murs, et la batterie de Jack trônait sur une petite scène dressée dans l'un des angles. Il y avait en outre un incroyable éventail de T-shirts, casquettes et autres CD dans des présentoirs. Lâchant la main de Marisa, David fila droit vers la batterie.

— Bienvenue dans le passé de Jack ! annonça Kent en se tournant vers elle. Et quel passé !

Une pièce aux parois vitrées, insonorisée semblait-il, occupait une partie de l'espace à l'opposé de la scène. Un studio d'enregistrement, comprit Marisa.

— Il doit y en avoir ici pour une fortune ! s'exclama-t-elle.

— Ouais, répondit Kent. Jack a décroché le jackpot après nous avoir laissés ici, pauvres bouseux, pour emprunter les sentiers de la gloire.

Il gratifia son ami d'une claque dans le dos.

— Mais nous sommes heureux qu'il soit finalement revenu au bercail.

David frappa une cymbale et se mit à rire, le visage rayonnant de joie.

— David, je ne pense pas que tu aies le droit de toucher à ça, le réprimanda-t-elle.

— Tout va bien, la rassura Jack avec un franc sourire. C'est du matériel solide, il ne peut rien abîmer.

— Hé, c'est peut-être un futur prodige de la batterie ! s'écria Kent.

— Seigneur, j'espère que non, rétorqua Jack avec ferveur. Je préférerais de loin que mes enfants aillent à l'université plutôt que d'entrer dans un groupe !

Mick avait trouvé un assortiment de figurines représentant les cinq membres de Creation, et s'était assis par terre pour jouer avec elles.

— Pas étonnant que les enfants aiment venir ici, dit Marisa. C'est un véritable parc d'attractions.

Elle grimaça tandis que David frappait la caisse claire, les baguettes paraissant démesurées dans ses menottes.

Le sourire aux lèvres, Jack toucha le bras de Kent.

— Viens, je vais te donner ces partitions que tu voulais.

Tandis que les deux hommes pénétraient dans le studio d'enregistrement, Marisa observa avec plus d'attention les posters sur les murs.

Même s'il avait alors les cheveux plus longs et un éclat sauvage dans les yeux qui n'y était plus aujourd'hui, Jack possédait déjà un incroyable sex-appeal à l'époque où il jouait dans le groupe.

Elle s'immobilisa devant l'une des photos et la contempla. Il se tenait derrière sa batterie, son T-shirt trempé de sueur collé à son large torse, et… Seigneur, ces pectoraux… ces abdominaux…

Le souvenir de leur baiser, des caresses qu'ils s'étaient

prodiguées, lui revint tout à coup malgré elle à l'esprit, et sa température interne grimpa d'au moins dix degrés.

Elle se retourna vivement en entendant les deux hommes ressortir du studio. Kent tenait à la main une liasse de feuillets à musique.

— Merci, dit-il à Jack. Tu n'imagines pas comme ça me fait plaisir.

Jack haussa les épaules.

— Je ne vais jamais rien en faire, de toute façon. Autant que ton groupe en profite.

Il se tourna vers Marisa et lui sourit.

— Nous en avons fini ici. Mick, David, venez. Nous rentrons à la maison.

David fit de nouveau tinter une cymbale tandis que Mick replaçait les figurines sur leurs supports. La moue rebelle, le premier considéra son père d'un œil mauvais.

Marisa s'approcha de Jack.

— Donnez-lui une bonne raison de faire ce que vous lui demandez, lui souffla-t-elle.

— La chaise-piquet ? suggéra-t-il entre ses dents.

Elle se fendit d'un sourire.

— Pourquoi ne pas essayer quelque chose de positif ?

Jack fronça les sourcils. Elle s'efforça de ne pas remarquer son parfum si merveilleusement mâle et frais, tâchant de toutes ses forces d'oublier le contact de ses mains chaudes et avides sur sa peau nue.

— Ecoute, mon lapin. On va rentrer à la maison, sortir tous les camions et faire un circuit à travers le séjour, O.K. ?

David le dévisagea un instant d'un air songeur, puis avec un grand sourire, abandonna la batterie et le rejoignit. Jack le souleva dans ses bras. Marisa sentit son cœur bondir de joie. Il apprenait. Et tout laissait à penser que d'ici peu, il se révélerait un papa formidable.

— Et on pourra faire des collines avec les coussins ? demanda Mick avec enthousiasme tandis qu'ils reprenaient le chemin de la maison.

— Oui ! Des collines avec les coussins ! renchérit David.

Kent mit le cap sur sa voiture et leur adressa un au revoir de la main.

— Vous lui avez donné des partitions ? s'enquit Marisa.

— Oui, deux ou trois chansons que j'avais composées il y a des années, répondit-il. Elles allaient rester là à prendre la poussière, et Kent était intéressé pour les créer avec son groupe.

— C'est un beau cadeau que vous lui faites.

Il haussa les épaules.

— Kent a toujours été un excellent ami. C'est vraiment peu de choses.

Ils regagnèrent l'intérieur de la maison, et pendant toute l'heure qui suivit, Jack joua avec ses fils au beau milieu du séjour.

Il avait fait de nets progrès, songea Marisa en les observant. Il était patient, et savait capter leur attention en prenant avec le plus grand sérieux leur simulation de parcours routier. Les petits étaient aux anges.

Pour autant qu'elle soit concernée, il n'existait rien de plus séduisant qu'un homme capable de faire appel au petit garçon en lui pour établir la communication avec ses enfants. Cela étant, il ne fallut pas plus de dix minutes pour que le rallye de petits camions ne dégénère en combat de catch à trois.

Marisa ne put contenir son hilarité lorsque les deux garçons clouèrent leur père au sol, hurlant et gesticulant sans retenue leur victoire. C'était la toute première fois qu'elle les voyait s'amuser ensemble de la sorte.

— M'isa aussi ! cria soudain David, ses grands yeux bleus pétillant d'excitation.

Bientôt, ils ne furent plus trois, mais quatre, à former un tas informe sur le sol. Jack l'avait étendue sur le dos et lui chatouillait les côtes tandis que les gosses tournaient autour d'eux en piaillant de plaisir.

— Non ! Arrêtez, s'il vous plaît ! s'exclama-t-elle au milieu des éclats de rire.

Il cessa de la chatouiller, et durant une minute resta à califourchon sur elle, les yeux plongés dans les siens.

Dans son regard, l'amusement avait laissé place à une flamme sombre qui lui coupa la respiration mieux que n'avaient su le faire ses chatouillis.

Comme s'il se réveillait tout à coup, il se releva et tendit la main pour l'aider à se remettre sur ses pieds.

— Merci, murmura-t-elle en se redressant.

Elle évita de le regarder, les joues empourprées jusqu'aux oreilles.

— Allons, les enfants, bredouilla-t-elle. Il est temps de ramasser vos jouets.

— Je vais m'occuper de ça, déclara Jack, la voix plus grave qu'à l'ordinaire. Je suis sûr que vous n'avez qu'une envie : prendre une douche et vous préparer pour le dîner.

Le dîner. Le dîner avec Patrick. Consultant sa montre, elle se rendit compte que c'était dans moins d'une heure.

— Merci, c'est gentil.

Tout en remontant le couloir jusqu'à sa chambre, elle tenta vainement d'ignorer le foyer qui continuait à se consumer au creux de son ventre, et dont la flamme avait été allumée par le désir qu'elle avait vu dans le regard de Jack.

Quelques jours auparavant, après que les enfants avaient été mis au lit, il lui avait confié qu'il n'avait couché avec aucune femme depuis son divorce d'avec Candace. C'était une longue période d'abstinence pour un homme.

Et s'il l'avait regardée comme si elle était infiniment désirable, ce devait être à cause de leur position pour le moins incongrue lors de ce combat de catch.

En l'état actuel des choses, le pire, songea-t-elle, serait qu'elle se laissât prendre au charme de cette atmosphère familiale, à l'intimité inhérente à ce travail particulier qu'elle avait accepté.

Jack était dangereux pour elle. Elle le sentait dans son cœur, dans son âme. Le gris troublant de ses yeux, la chaleur rayonnante qu'elle ressentait dès qu'il la touchait lui rappelaient cette époque de sa vie où elle avait tout risqué — et tout perdu.

Il ne fallut pas plus de quinze minutes à Jack pour arrêter son jugement : Patrick Moore était un être arrogant, agressif sous un vernis de bienséance, et beaucoup trop lisse pour être honnête.

D'emblée, il lui fut antipathique. Mais ce qui l'horripilait par-dessus tout, c'était sa manière de regarder Marisa comme si elle était sa propriété.

— Il est dommage que votre groupe ait éclaté, dit Patrick en se resservant un peu de la purée préparée par Betty. Mais j'imagine que le style de vie excessif que vous meniez ne pouvait pas durer éternellement.

C'était comme s'il voulait rappeler à Marisa que Jack était un vieil has-been au passé plus que critiquable.

— Il était temps pour moi de passer à une nouvelle phase dans ma vie, répondit Jack avec décontraction. J'avais plus important à faire que de la musique.

Il reporta à dessein les yeux sur ses fils qui, jusqu'ici, s'étaient comportés d'une manière impeccable au long du repas.

— Oui, mais j'ai entendu dire que le passage de la

condition de rock-star à celle de père de famille ne s'est pas fait sans difficultés. N'avez-vous pas passé un certain temps en centre de désintoxication ?

— Patrick ! s'exclama Marisa avec un petit rire embarrassé, avant de le foudroyer du regard.

— Je posais simplement la question, protesta-t-il d'un air innocent.

— Il n'y a pas de mal, dit Jack à Marisa, avant de reporter son attention sur son invité. En fait non. Je n'ai jamais mis les pieds dans un centre de désintoxication, et je suis bien trop pris maintenant avec les enfants pour ne serait-ce que penser à boire ou à prendre des drogues.

— Je ne voulais en aucune manière vous offenser, s'empressa de déclarer Patrick.

— Et vous ne l'avez pas fait, répliqua Jack d'un ton courtois, même s'il trouvait tout offensant chez cet individu.

Ses cheveux étaient trop noirs, trop bien coiffés. Sa chemise n'avait pas un seul faux pli et il arborait une expression de détachement froid qui lui tapait singulièrement sur les nerfs.

Marisa méritait un homme plus passionné, un homme dont l'instinct de vie bouillonnait à l'intérieur. En fait, elle méritait quelqu'un comme lui. Il se secoua aussitôt face à cette pensée idiote.

Il reconnaissait que ses sentiments envers Patrick étaient influencés par son désir de plus en plus fort pour Marisa. Il n'avait aucun droit de juger le genre d'homme avec qui elle sortait, se répéta-t-il. Aucun.

Marisa était son employée, et dans deux mois elle serait sortie de sa vie. Il était impératif qu'il rétablisse une distance de sécurité entre son adorable nourrice et lui.

Peut-être, un beau jour, se présenterait-il une femme qui serait la compagne qu'il lui fallait, mais ce ne serait pas Marisa, et ça n'arriverait pas avant un bon bout de temps. David et Mick étaient le centre de son existence, et rien ne comptait plus pour lui que d'arriver à ce qu'ils lui fassent assez confiance pour l'appeler papa.

La suite du repas fut agrémentée de conversations simples et agréables, et lorsqu'ils eurent fini de manger, Jack emmena les garçons dans leur chambre afin de laisser à Marisa et son petit ami un peu de temps en tête à tête.

A 21 heures, il sortait Mick et David de leur bain et leur faisait enfiler leurs pyjamas. Lorsqu'ils furent enfin endormis, il s'attarda un moment dans leur chambre, assis entre leurs deux petits lits.

Son esprit se projeta malgré lui au soir précédent et à ce que lui avait dit Rita Perez. Jamais il n'avait songé à ses enfants comme à de possibles victimes de kidnapping.

Il avait été si occupé à gérer au mieux son quotidien avec eux que, pas une fois, il n'avait vu les risques que cela impliquait à une plus large échelle.

En tant que petits-fils d'Harold Rothchild, il était clair qu'ils représentaient une fortune pour un éventuel ravisseur.

L'homme qui avait tenté d'entrer chez lui par effraction n'était-il pas simplement un cambrioleur à la recherche d'argent ou de drogue ? Pourquoi vouloir pénétrer dans une maison où non seulement les gens étaient là, mais aussi pas encore couchés ?

Il fronça les sourcils, perplexe. Si l'inconnu avait au préalable épié quelque temps la maison, il avait dû savoir que Marisa et lui avaient pris l'habitude de rester tard dans le séjour à bavarder. Mais peut-être, précisément, voulait-il profiter de ce moment pour s'introduire en douce, faire main basse sur ce qu'il y avait à voler dans la chambre de Jack, puis ressortir avant que l'un et l'autre ne gagnent leur lit.

Ou son but avait-il été de s'emparer des enfants ? Y

avait-il eu un complice posté à l'extérieur, attendant qu'on lui tende les petits corps endormis ? A cette pensée, une onde glacée lui parcourut l'échine.

Ce n'était là que des « si » et des « peut-être », mais ce genre de pensées était à même de tenir un homme éveillé une nuit entière.

Il ignorait depuis combien de temps il était assis là à cogiter lorsque le téléphone sonna. Quittant la chambre de ses fils, il enfila le couloir jusqu'à la sienne où il décrocha le combiné de l'appareil placé sur sa table de nuit.

— Jack ? C'est Harold.

Il réprima à peine son grognement.

— Bonsoir, Harold. Quoi de neuf ?

— Pourquoi ne m'avez-vous rien dit ? Je viens d'apprendre que quelqu'un avait tenté de s'introduire chez vous hier soir.

Jack se raidit aussitôt.

— Qui vous en a parlé ?

— C'est sans importance. Ce qui en a, en revanche, c'est la sécurité des petits. Si vous n'êtes pas capable de garantir la sûreté de votre maison, alors peut-être le moment est-il venu que j'intervienne.

— C'est inutile ! s'exclama Jack, en proie à une soudaine bouffée de colère. J'ai pris les mesures nécessaires. Pour tout dire, j'ai fait installer ce matin un système de sécurité dernier cri. Tout est sous contrôle, Harold. Vous n'avez aucune raison de vous faire du souci.

— Faites attention, Jack. N'oubliez pas qu'il est possible que vous n'ayez aucun droit légal sur les enfants. Si j'entends parler d'autres menaces potentielles sur mes petits-enfants, je vous en ferai si vite retirer la tutelle que vous en aurez le vertige. Et vous savez que j'en ai le pouvoir.

— Je suis parfaitement au courant de ce dont vous êtes capable ! répliqua sèchement Jack. Comme je viens de vous le dire, tout est sous contrôle ici. Vous pouvez dormir sur vos deux oreilles !

Jack claqua avec violence le combiné sur son support, l'estomac vrillé de rage contenue.

Il haïssait le vieil homme pour lui avoir rappelé que Mick ou David — ou les deux — n'était peut-être pas de son sang.

« Il est possible que vous n'ayez aucun droit légal sur les enfants. » Les mots d'Harold tournoyaient sous son crâne à lui donner la nausée.

Il avait espéré croire que son ex-beau-père n'irait pas jusque-là pour les lui enlever, qu'il aurait des scrupules à dépeindre Candace comme une femme qui ignorait qui était le père de ses enfants.

Mais il savait le vieil homme assez dur pour ne s'embarrasser d'aucun état d'âme dès lors s'il s'agissait d'obtenir ce qu'il voulait. La réputation de Candace, de toute façon, n'était pas exactement celle d'une sainte-nitouche, et s'il décidait d'obtenir la tutelle de ses petits-fils, rien ni personne n'était en mesure de l'en empêcher.

La tête renversée en arrière, Jack pensa à ses enfants. Il avait l'impression d'avoir déjà raté tant de moments de leurs vies. Non, il ne pouvait imaginer qu'ils lui soient arrachés maintenant.

Mais d'où Harold tenait-il ses renseignements ? Avait-il chargé quelqu'un de surveiller la maison ? Ou son informateur était-il quelqu'un de l'intérieur ?

L'esprit agité, il quitta enfin la chambre. Alors qu'il se dirigeait de nouveau vers le séjour, il vit Marisa refermer la porte d'entrée. Elle devait avoir raccompagné Patrick jusqu'à sa voiture pour lui souhaiter une bonne nuit.

— Merci pour cette soirée, Jack, dit-elle, avant de froncer les sourcils. Il y a quelque chose qui ne va pas ?

— Harold vient d'appeler, répondit-il. Il est au courant de la tentative d'effraction d'hier soir.

Elle ravala son souffle.

— Mais comment ?

— Je ne sais pas, mais j'ai bien l'intention de le découvrir.

Il lui fit signe de le suivre jusqu'à la cuisine, où il nota qu'elle avait fait la vaisselle du dîner, et que tout était rangé et nettoyé.

Ils s'installèrent face à face à la table, et Jack riva son regard dans le sien, le cerveau tournant à toute allure.

— Quelqu'un renseigne Harold sur ce qui se passe ici, dit-il. Lorsqu'il a été informé de ce dîner catastrophique avec Heidi, je m'étais dit que celle-ci s'était débrouillée d'une manière ou d'une autre pour lui en parler. Mais cette fois, cette théorie ne tient plus.

— Rita ignorait tout de ce dîner, et de toute façon, elle n'aurait jamais trahi ma confiance, dit rapidement Marisa.

Jack hocha la tête.

— Alors cela nous laisse Kent, Sam, Max et Betty. Et bien sûr vous, ajouta-t-il.

Un rose pimpant envahit les joues de la jeune femme.

— Si vous me pensez vraiment capable d'une telle duplicité, alors il faut me renvoyer tout de suite ! s'emporta-t-elle, indignée.

— Je n'ai pas dit que c'était vous la responsable, protesta-t-il. Mais mettez-vous à ma place, Marisa. Je ne peux me permettre d'écarter qui que ce soit.

Il soupira de frustration.

— Il se trouve qu'une personne en qui j'ai probablement toute confiance et à qui je parle à cœur ouvert me trahit.

Les joues de Marisa reprirent leur couleur naturelle.

— Je sais que vous n'avez aucune raison de m'accorder

une confiance aveugle, mais ce n'est pas moi, Jack. Je ne connais pas Harold Rothchild. Je n'ai jamais parlé à cet homme de ma vie. La première de mes priorités, c'est l'intérêt de Mick et David, et comme je vous l'ai déjà dit, en ce qui me concerne, celui-ci consiste à vivre ici avec vous.

— J'ai une totale confiance en vous, Marisa.

Tout en les proférant, il sut que ces mots étaient le reflet exact de sa pensée. Même s'il ne connaissait la jeune femme que depuis à peine plus d'une semaine, il lui accordait sa confiance sans réserve.

— Ce que je dois découvrir, c'est qui me trahit.

Il se frotta le front d'une main lasse, avant d'ajouter :

— Quelqu'un joue avec ma vie, Marisa.

Il y avait très longtemps que Jack extériorisait ses colères plutôt que de les garder enfermées au fond de lui. Mais celle qui l'emplissait à présent était d'une nature et d'une dimension qu'il n'avait encore jamais connues.

— Plus grave, reprit-il, quelqu'un joue avec la vie de mes enfants. Quand je saurai qui c'est, je ferai en sorte qu'il le regrette jusqu'à la fin de ses jours.

6

— J'ai invité Kent à venir prendre le petit déjeuner avec nous, annonça Jack au saut du lit, le lendemain matin.

Marisa prit une gorgée de son café et le regarda par-dessus le rebord de son gobelet. Il n'avait pas une mine particulièrement amicale. Un nerf battait à sa mâchoire, et son regard était ombrageux.

— Vous ne me semblez pas très heureux à l'idée de le voir, fit-elle remarquer.

— Je suis resté éveillé la moitié de la nuit à me demander qui pouvait renseigner Harold sur ce qui se passe sous mon toit, répondit-il.

Il écarta son gobelet vide et tourna les yeux vers la fenêtre de la salle à manger. En dépit de l'heure matinale, le soleil du Nevada déversait déjà sa chaleur implacable sur le paysage.

— Se pourrait-il que ce soit Betty ? demanda-t-elle à voix basse, afin que cette dernière ne puisse l'entendre depuis la cuisine. Ou peut-être Sam ou Max ?

Jack se tourna de nouveau vers elle.

— J'ai beaucoup de mal à l'imaginer. Betty s'intéresse davantage à ses séries à l'eau de rose qu'à ce qui se passe dans cette maison. Quant à Sam et Max, je suis prêt à parier qu'ils ne sont même pas au courant de la catastrophe qu'a été mon dîner avec Heidi. Ça nous laisse Kent.

A voir son expression, il était manifeste que l'idée que

son ami soit capable d'une telle chose le blessait profondément.

— Peut-être y a-t-il une autre explication, suggéra-t-elle. Qui nous dit qu'Harold n'a pas placé un homme à lui pour épier la maison ?

Elle repensa à ces moments à l'extérieur, la veille, quand elle avait eu le sentiment très net d'être observée. Peut-être n'était-ce pas le regard de Max qu'elle avait senti sur elle. Peut-être quelqu'un d'autre était-il planqué à proximité, l'observant, les observant tous.

— Possible, agréa Jack du bout des lèvres, d'un ton guère convaincu. Quoi qu'il en soit, à la fin du petit déjeuner je saurai si Kent est vraiment mon ami.

Il s'écarta de la table et se leva.

— Il a toujours été un piètre menteur. Bon, je sors un moment. A tout à l'heure.

Elle le regarda s'en aller, et une fois de plus elle vit l'image d'un homme seul qui ne savait plus à qui il pouvait se fier.

Comment pouvait-on vivre le fait d'être le père de deux précieuses têtes blondes, et de craindre sans cesse qu'une entité toute-puissante vienne vous les voler ?

Elle fronça les sourcils et contempla le gobelet de café qu'il avait laissé. Oserait-elle ? Ce qu'elle avait en tête outrepassait de loin les limites de sa position. Mais au diable les scrupules ! Elle se saisit du gobelet et l'emporta dans sa chambre. Quelques instants plus tard, elle se rendit dans la cuisine et demanda à Betty un sac en papier.

Betty lui en donna un, puis regarda ostensiblement vers la porte comme pour l'inviter à repartir. Au lieu de cela, Marisa s'assit à la table et considéra la femme qui travaillait pour Jack depuis que ses fils étaient venus vivre au ranch.

— Vous aimez cuisiner ? demanda-t-elle, consciente qu'il s'agissait d'une question stupide.

— C'est ce que je sais faire, répondit la cuisinière, laconique.

— Qu'est-ce qui vous a décidée à venir travailler pour Jack ?

Betty remua les petites pommes de terre qui rissolaient dans une poêle, s'essuya les mains sur un torchon puis se retourna pour faire face à Marisa.

— J'étais une bonne amie de sa mère, Joanna. Une excellente femme, je dois dire. Lorsque Jack a fait courir le bruit qu'il cherchait une aide-ménagère, les candidates ne se sont pas bousculées.

Elle haussa les épaules.

— Vous savez, il traînait une triste réputation. Mais je savais que Joanna aurait voulu que ses petits-enfants soient bien nourris, c'est pourquoi j'ai décidé de venir m'occuper de la cuisine.

— Ça vous plaît de travailler pour lui ?

— Le salaire est bon, je peux regarder mes émissions préférées entre les repas et je suis chez moi tous les soirs à 6 heures. Pourquoi me plaindrais-je ?

— Et votre mari, ça ne le dérange pas que vous veniez ici chaque jour ?

— Mon Joe m'a quittée il y a un an. Il est tombé raide mort devant une machine à sous dans le centre-ville. Une attaque cardiaque. Nous n'avons pas eu d'enfants, précisa-t-elle, avant de soupirer : J'ai su bien assez tôt que je n'étais pas du genre maternel. Ce travail emplit les longues heures de mes journées.

— Je sais que Jack apprécie beaucoup votre présence ici, Betty, déclara Marisa avant de quitter la table.

Elle ne savait trop ce qu'elle avait espéré obtenir de sa démarche, mais à l'instar de Jack, elle imaginait mal cette femme simple jouant les indicatrices pour Harold Rothchild.

Elle était sur le point de sortir de la cuisine lorsque Betty l'interpella. Elle se retourna.

— Cette femme que Jack a épousée lui a brisé le cœur, dit la vieille dame. J'espère que vous n'avez pas en tête de faire la même chose.

Marisa la fixa d'un air stupéfait.

— Mais… Je ne suis qu'une employée, comme vous, protesta-t-elle.

Betty renifla, puis retourna à ses fourneaux.

Marisa repartit à la hâte vers sa chambre, où elle glissa le gobelet de Jack dans le sac en papier. Du bruit dans la chambre des garçons lui apprit qu'ils étaient réveillés. Elle s'y rendit aussitôt pour procéder à leur toilette et les habiller pour la journée.

Kent arriva à 8 heures précises. Ils s'assirent tous à la table du petit déjeuner, où ils discutèrent de tout et de rien tout en mangeant. La conversation fut agréable, même si Marisa pouvait sentir la tension qui émanait de Jack. Kent ne sembla pas remarquer la crispation nerveuse de sa mâchoire, ni l'atmosphère de plus en plus pesante à mesure que le repas touchait à sa fin.

— Je vais faire jouer les enfants dans leur chambre, annonça-t-elle en se levant de table.

— Laissez-les donc jouer seuls pour une fois, dit Jack. Je voudrais que vous restiez ici.

Elle ne voulait vraiment pas être impliquée dans l'affrontement qui, elle le savait, allait se produire. Mais elle ne voulait pas non plus s'en aller si Jack avait besoin d'elle. Sortant les garçons de leur rehausseur, elle les envoya jouer dans leur chambre et revint s'asseoir à la table.

— Que se passe-t-il ? demanda Kent, comme s'il ne

percevait qu'à cet instant-là l'épaisse tension qui régnait dans la pièce.

Il regarda Marisa, puis de nouveau Jack.

— Nous sommes amis depuis un bon moment, n'est-ce pas, Kent ? demanda ce dernier, la voix d'un calme trompeur.

— Si l'on excepte tes années à Los Angeles, oui, répondit Kent. Les meilleurs du monde.

De nouveau, il lança un bref regard à Marisa avant de reporter les yeux sur Jack.

— Qu'est-ce qui se passe, Jack ?

— Tu as été un grand ami pour moi, poursuivit ce dernier. Mais je sais que les choses n'ont été faciles ni pour ton groupe ni pour toi. Je suppose que l'argent ne coule pas à flots.

— C'est le moins que l'on puisse dire, répondit-il avec un petit rire sans joie. Mais il n'y a là rien de nouveau sous le soleil. Cela dit, on arrive toujours à se débrouiller, hein.

— J'ai un problème, Kent.

— Lequel ? demanda ce dernier, la mine méfiante.

— Un de mes proches fournit à Harold Rothchild des informations concernant les enfants, répondit-il d'un ton qui disait assez combien il lui était difficile de révéler cela à son ami.

Se carrant contre son dossier, Kent le regarda d'un air offensé.

— Serais-tu en train de m'accuser ? Penses-tu vraiment que je serais capable de faire unc telle chose ?

Son visage s'empourpra.

— Tu m'invites ici pour le petit déjeuner et ensuite tu m'accuses de te tirer dans le dos ? Tu es malade, ma parole !

— Je ne t'ai accusé de rien, protesta Jack. Je pose de simples questions.

Kent repoussa sa chaise et se leva brusquement.

— Je ne peux pas croire que tu m'imagines capable de te faire ce genre de coup. Toi, mon meilleur ami.

Plaquant les mains sur le plateau de la table, il planta son regard dans le sien.

— Si j'étais toi, je m'intéresserais plutôt à ce qui se passe sous mon toit.

Il tourna ostensiblement les yeux vers Marisa, avant de les reposer sur Jack.

— Tu te souviens de Ramona ? La copine show-girl de Marisa ? Devine où elle travaille, Jack. Au Golden Circus, le casino de Rothchild. Tu cherches un serpent, vieux ? Alors bats l'herbe dans ton jardin.

Marisa manqua de s'étrangler, tandis que Kent quittait la pièce d'un pas nerveux. Quelques secondes plus tard, la porte d'entrée claqua dans un grand bruit.

Jack se saisit de son verre d'eau, et Marisa se rendit compte que sa main était agitée de tremblements.

— Eh bien, c'est parfait, dit-il sèchement.

— Tu l'as cru ? s'enquit-elle avec douceur.

Son regard était sombre et lointain.

— Je ne sais que croire. Tout ce que je peux dire, c'est que j'ai l'impression d'être un père en sursis et que je me sens impuissant face à cela.

Mick fit soudain son entrée dans la pièce.

— David est sorti par la fenêtre, annonça-t-il. Il voulait retourner à la grange jouer de la batterie.

D'un même mouvement, Marisa et Jack bondirent de leur chaise et se précipitèrent vers l'entrée de la maison.

— Je pensais que ces verrous étaient certifiés « sécurité enfant » ! s'exclama Marisa.

— Apparemment, ils ne sont pas « sécurité David », répliqua Jack.

Tandis qu'il courait après le petit fugitif, déjà à mi-chemin de la grange, Marisa attendit sur le perron tout en se demandant comment diable Jack allait pouvoir gagner son combat contre un homme aussi riche et puissant qu'Harold Rothchild.

Jack fit les cent pas dans le séjour longtemps après que les enfants eurent été mis au lit. Marisa les avait bordés, leur avait raconté la traditionnelle histoire pour qu'ils s'endorment, puis était sortie rendre visite à sa tante Rita.

Il était étonné de réaliser à quel point son absence créait un vide. C'était comme si elle avait emporté avec elle un peu de l'énergie de la maison.

La dispute du matin avec Kent lui avait laissé dans la bouche un goût amer, qui avait perduré tout au long de la journée. Il n'avait jamais été du genre à chercher la bagarre. Jusqu'à présent, rien ne lui avait jamais paru assez important pour qu'il se batte. Mais, pour Mick et David, il était prêt à affronter un monstre à cinq têtes.

Il gagna la cuisine et décida de se faire un peu de café. Il rechignait à aller se coucher avant de savoir Marisa rentrée saine et sauve à la maison.

C'était drôle, la vitesse à laquelle elle était devenue partie constituante de sa vie quotidienne… Il aimait ces moments qu'ils passaient à bavarder quand les gosses étaient couchés. Il se délectait de son rire, dont le son riche et joyeux le poussait toujours lui-même à sourire.

Ce n'était pas seulement tout l'amour qu'elle investissait dans son contact avec les gosses qui l'attirait en elle. Elle semblait savoir d'instinct quand le laisser tranquille, et quand le mener à la baguette.

Il aimait la façon dont ses cheveux brillaient d'un éclat satiné dans la lumière, la façon dont son parfum lui retournait les sens.

A vrai dire, il n'y avait rien chez Marisa qu'il n'aimât pas.

Une fois le café passé, il s'en versa un gobelet et s'assit à la table. Il s'attardait rarement dans la cuisine, qu'il en était venu à considérer comme le domaine exclusif de Betty.

C'était une pièce chaleureuse et accueillante, et il avait de nombreux souvenirs de repas à cette même table rustique en compagnie de son père et de sa mère. Kent les rejoignait presque tous les soirs, et Joanna plaisantait souvent à ce sujet en disant qu'elle avait dû être endormie lorsqu'ils l'avaient adopté.

Les mains plaquées sur le gobelet chaud, il songea à Kent. La trahison était toujours quelque chose de difficile à digérer, mais c'était bien pire lorsqu'elle était le fait d'un ami.

A 22 h 30, il était toujours assis à la table lorsqu'il entendit la porte d'entrée s'ouvrir et le bip-bip du système d'alarme s'enclencher. Celui-ci s'arrêta après quelques secondes, le code ayant été tapé.

Le parfum de Marisa lui chatouilla les narines avant même qu'elle ne pénètre dans la pièce, une fragrance florale légèrement épicée qui lui chauffa le sang et titilla ses terminaisons nerveuses.

— Bonsoir, lança-t-elle. Je ne savais pas si vous seriez encore debout.

— J'ai décidé de me faire du café, répondit-il. Il en reste dans le pot si le cœur vous en dit.

— Non, merci. A cette heure-ci, la caféine m'empêchera de dormir.

Elle prit place sur la chaise qui lui faisait face.

— Tout se passe bien ici ? s'enquit-elle.

— Tout se passe bien. J'ai réparé le verrou de la fenêtre par laquelle David s'est échappé ce matin. Si un jour j'ai des problèmes pour décapsuler un flacon d'aspirine, je m'adresserai à lui.

Marisa éclata de rire.

— Vous savez quoi ? Nous laisserons le système d'alarme branché pendant la journée et pas seulement la nuit. De cette façon, nous saurons quand il essaie d'ouvrir une porte ou une fenêtre.

— Je ne comprends pas pourquoi il cherche aussi obstinément à sortir. Aujourd'hui, ce n'est pas tant pour aller vers la grange qu'il s'est sauvé, il avait juste envie de prendre la poudre d'escampette.

— La curiosité, répondit-elle. David est curieux de tout. Lorsqu'il ira à l'école, il usera sans doute ses professeurs à force de remettre en cause leurs enseignements.

— J'ai le sentiment que c'est les miens qu'il remettra en cause. Comment s'est passée cette visite chez votre tante Rita ? Est-ce qu'elle va bien ?

Elle fronça les sourcils.

— Je persiste à penser qu'il y a quelque chose qui la perturbe, qui ne va pas. Mais je n'arrive pas à lui tirer les vers du nez. Elle se contente d'évoquer un souci lié au travail, c'est tout. Vous savez qu'elle a été affectée à l'affaire du meurtre de Candace.

— Peut-être ont-ils finalement déniché une piste concernant l'assassin, suggéra-t-il. On ne peut que souhaiter que justice soit enfin rendue et le coupable envoyé derrière les barreaux. Qui sait ? Cela apportera peut-être un peu de paix à Harold.

— Vous avez de ses nouvelles ? Il vous a encore appelé ?

Il secoua la tête.

— Non. Mais il y a fort à parier que ce n'est qu'une question de temps.

Une nouvelle vague de découragement envahit Jack. Il avait l'impression que son cœur pesait deux tonnes.

— Qu'est-ce qui vous a décidé à changer de vie, Jack ? A laisser tomber la drogue et l'alcool ?

Il se renversa contre le dossier de sa chaise, surpris par cette question. Puis il se rendit compte que malgré toutes les conversations qu'ils avaient eues ensemble, jamais ils n'avaient abordé ce point particulier de son passé.

— Candace et moi étions de vrais fêtards, commença-t-il, le front soucieux. C'est sans doute ce qui nous a rapprochés. Qui se ressemble s'assemble, comme on dit. Pendant longtemps, j'ai cru que notre couple ne tenait que grâce à ça. Les seules fois où nous avons marqué une pause, ce fut à l'occasion de ses deux grossesses.

Il tourna les yeux vers la fenêtre la plus proche, songeant à ces jours lointains avec Candace. Les premiers temps de leur mariage baignaient dans un état d'ivresse permanente. Ils étaient rarement sobres à l'époque.

Il reporta son attention sur Marisa.

— C'est après la naissance de David que j'ai tenté de modifier notre style de vie. Je voulais être le genre de père dont les garçons avaient besoin, et cela signifiait plus de défonce, plus de beuveries, rien. Je voulais être irréprochable.

Il soupira.

— J'ai fini par comprendre que c'était ça, la raison pour laquelle Candace voulait divorcer. Parce qu'elle ne s'amusait plus avec moi.

— Elle n'était pas prête à abandonner cette vie-là.

Il laissa échapper un petit rire amer.

— Je ne sais pas ce qu'il aurait fallu pour qu'elle en change, mais en tout cas, ce n'était ni moi ni les enfants. Nous avons donc divorcé, et elle les a pris avec elle. Ensuite, elle s'est arrangée pour rendre pratiquement impossible tout contact entre eux et moi. Elle voyageait sans cesse. Elle les a emmenés plusieurs mois en Europe, est revenue ensuite à Los Angeles… Elle restait rarement longtemps au même endroit.

— Vous êtes donc revenu ici, dit Marisa.

Il hocha la tête.

— Et je me suis mis à boire jusqu'à ne plus savoir qui j'étais. Pendant les six mois qui ont suivi, je n'ai pour ainsi dire pas dessoûlé. C'est Kent qui venait s'assurer que je m'alimentais, que j'étais toujours vivant.

Il grimaça.

— C'est une période de ma vie dont je ne suis pas fier.

— Qu'est-ce qui a mis fin à cette déchéance ?

— Un beau matin, je suis entré en titubant dans la salle de bains et je me suis vu dans la glace. Un vrai cadavre. J'avais la tête de quelqu'un qui attend seulement qu'on lui jette une pelletée de terre dessus… Au-dessus du lavabo était accrochée une petite photo de mes parents. Je l'ai longuement regardée, et soudain j'ai eu honte de moi, de ce que j'étais devenu.

Il songea un instant à ce moment si déterminant. C'était comme si ses parents lui avaient tendu la main depuis l'au-delà.

— J'ai aussi ouvert les yeux sur le fait que dans un avenir plus ou moins proche, mes fils pourraient avoir besoin de moi. Je savais qu'un jour j'aurais à leur rendre compte des choix que j'avais effectués dans ma vie.

Sa voix se fit très grave.

— J'ignorais si ce serait dans cinq ans ou dans quinze, mais inévitablement, Mick et David voudraient savoir qui était leur père, et c'est ce qui m'a poussé à me ressaisir, à retrouver ma dignité. Je ne voulais pas leur offrir de moi l'image d'une épave alcoolisée.

Marisa le considéra un long moment, puis se tourna vers la fenêtre, les sourcils froncés, la mine pensive.

Jack s'efforça de ne pas remarquer la ligne élégante de son menton, la manière dont son chemisier safran épousait la forme pleine de ses seins. Dans son esprit afflua le souvenir de leur contact sous sa main, celui de ses lèvres soudées aux siennes comme s'ils se noyaient ensemble…

Sentant une sourde excitation le gagner, il se tança pour s'être laissé aller à de telles pensées.

Il fallait qu'il fasse quelque chose, n'importe quoi, pour évacuer de sa tête les images brûlantes qui l'assaillaient. Quittant la table, il alla se verser un autre gobelet de café et resta appuyé au comptoir. Avec cette distance entre eux, au moins serait-il un peu moins troublé par son parfum.

Marisa se tourna à demi sur sa chaise, les iris plus sombres qu'il ne les avait jamais vus.

— Vous m'avez dit qu'il y avait deux points qui jouaient en votre défaveur si la garde de vos enfants devait se jouer dans un tribunal. Le premier était votre passé.

Il acquiesça lentement, se demandant où elle voulait en venir.

— Mais vous n'avez jamais eu maille à partir avec les autorités, et la plupart des anecdotes datant de votre vie de fêtard étaient relatées dans les magazines « people » et les tabloïds, exact ?

— Exact, agréa-t-il.

— Lesquels ne sont pas connus pour leur goût de la vérité.

— Absolument, reconnut-il d'un ton sec. Ce n'était que pures inventions, exagérations et ragots.

— Vous avez vécu comme un moine depuis votre retour au ranch, et personne ne peut contester le fait que vous êtes aujourd'hui un citoyen respectable.

Il revint à la table et se rassit, toujours intrigué par le sens de cet étrange interrogatoire.

— Je suppose que non.

— Donc, le seul problème qui demeure est que vous êtes un père isolé qui essaie tant bien que mal d'élever seul deux enfants. Eh bien, nous pouvons arranger cela. Nous pouvons faire en sorte qu'Harold ne puisse plus utiliser cet argument contre vous.

— Ah. Et de quelle manière ?

Elle soutint son regard sans ciller.

— Vous pourriez m'épouser.

7

Marisa vit le choc altérer les traits de Jack. Ses yeux s'agrandirent et sa mâchoire s'affaissa. Elle profita de cet accès de mutisme momentané pour enfoncer le clou.

— Réfléchissez-y, Jack. Ce serait un simple arrangement pour l'intérêt de tous. Tout demeurerait tel quel, y compris les chambres séparées.

Elle espéra que le rougissement qu'elle sentait l'envahir à l'intérieur ne se propageait pas à l'extérieur.

— La seule différence, c'est l'image que nous donnerions au-dehors : celle d'un couple marié et heureux élevant deux petits enfants.

— C'est une idée totalement folle, répliqua-t-il — mais elle voyait dans ses yeux briller la petite flamme de l'espoir. Vous plaisantez, n'est-ce pas ?

— Il n'y a pas la moindre tache dans mon passé, rétorqua-t-elle. Et m'occuper des enfants est mon métier. Aucun juge, au vu de ce que je suis et de la manière dont j'ai mené ma vie jusqu'à présent, ne pourrait me déclarer inapte à la fonction de seconde mère pour vos deux fils.

— Mais pourquoi feriez-vous cela ? demanda-t-il, les yeux plissés. Quel serait votre intérêt dans cet arrangement, Marisa ?

— Celui d'élever Mick et David. J'en suis tombée amoureuse, Jack. Ils ont pris une place énorme dans mon cœur. Après tout ce qu'ils ont enduré, ils ont besoin d'une vie stable, et je suis en position de la leur offrir. Je ne ferais pas cela seulement pour vous, je le ferais pour moi aussi.

— Mais… Et Patrick ?

— Je vous ai dit que c'était juste une relation sans conséquence. Il n'y a rien de sérieux entre nous.

— Je n'ai pas eu l'impression qu'il partageait ce point de vue.

Il sirota un peu de son café, sans la quitter des yeux par-dessus le rebord de son gobelet.

— Peu importe. C'est mon choix.

Marisa y avait réfléchi toute la nuit, ainsi qu'au long de la journée. Une partie d'elle-même savait que c'était une idée délirante. Mais cette partie-là ne faisait pas le poids devant l'autre, qui sentait que c'était la juste voie.

Il reposa son gobelet sur la table.

— Marisa, vous êtes intelligente, vous êtes belle. Comment pouvez-vous souhaiter vous engager dans une relation de cette nature ? Pourquoi ne pas épouser un autre homme que vous aimerez, et avec qui vous pourrez élever vos propres enfants ?

A cette question, un étau de douleur lui comprima le cœur. Elle baissa les yeux sur le plateau de la table, incapable de soutenir le regard de Jack tandis que l'épisode le plus pénible de sa vie défilait dans son esprit.

— J'étais en troisième année à l'université, commença-t-elle, lorsque j'ai fait la connaissance d'un étudiant du nom de Tom. J'ai craqué pour lui, et sans réfléchir me suis laissé emporter dans un tourbillon de passion sensuelle.

Sa gorge se dessécha au souvenir de ses nuits avec Tom, non pas à cause d'une quelconque nostalgie, mais par l'inconséquence dont elle avait fait preuve.

— J'étais folle de lui, et je pensais que c'était réciproque.

Je ne m'étais pas rendu compte que pour lui je n'étais rien d'autre qu'une aventure.

Cette fois, elle sentit le rouge lui envahir les joues.

— Ce n'est que lorsque je me suis retrouvée enceinte que j'ai compris le peu d'importance que j'avais à ses yeux. Il m'a jetée comme une chaussette sale en me disant de me débrouiller seule.

Jack ne dit rien, mais sa mâchoire se crispa.

— Ce n'était pas si grave, s'empressa-t-elle de poursuivre. Même si cette grossesse n'était pas désirée et que Tom avait disparu, j'étais tout excitée à l'idée d'être enceinte, je tenais coûte que coûte à avoir ce bébé.

La douleur enfla dans sa poitrine, lui oppressant les poumons.

— Je n'ai rien dit à mes parents. Je n'ai parlé à personne de mon état, à l'exception de ma tante Rita. J'avais décidé de m'en ouvrir à mes parents lorsque j'aurais trouvé le moyen de poursuivre mes études tout en étant mère célibataire.

Elle soupira.

— A la vérité, je craignais qu'ils ne me contraignent d'une manière ou d'une autre à avorter, et c'était une option à laquelle je me refusais.

Elle s'interrompit, incapable de continuer, le cœur se brisant de nouveau en un millier de morceaux. Des larmes brûlantes lui affluèrent aux yeux, mais elle s'interdit de les laisser couler. Elle en avait versé de quoi remplir un océan lors du traumatisme qu'elle avait subi.

Jack avança la main et saisit la sienne. Il ne dit rien, attendant qu'elle recouvre sa contenance.

La chaleur de ses doigts solides sur les siens l'aida quelque peu. Elle prit une profonde inspiration entrecoupée de spasmes.

— Je venais d'entrer dans mon sixième mois de grossesse

lorsque j'ai commencé à perdre du sang, et… et j'ai fait une fausse couche. Mais ce qui m'a littéralement dévastée, c'est quand le docteur m'a annoncé que pour me sauver la vie, il avait dû procéder à une hystérectomie totale.

— Oh Seigneur, Marisa, je suis tellement, tellement navré pour vous.

Le visage de Jack était empreint d'une sincère compassion.

Retirant sa main de la sienne, elle croisa les bras sur sa taille.

— Merci. Mais à présent vous comprenez certainement pourquoi je veux faire cela. Je n'aurai jamais mes propres enfants, Jack. Je ne pourrai jamais fonder ma propre famille.

Elle déglutit avec peine.

— Donc, si vous acceptez cet arrangement, nous supprimons l'un des points qui vous desservent et vous me faites un immense cadeau : me permettre de devenir mère de Mick et David.

Elle avait conscience que ce qu'elle proposait pouvait être mis sous le compte d'une impulsion, d'autant qu'elle ne connaissait Jack et ses enfants que depuis très peu de temps. Mais elle ne pouvait s'empêcher d'écouter la voix de son cœur, et celui-ci lui disait que sa place était avec eux. Pour le moment tout au moins.

Du dos de la main, il écarta une mèche de cheveux de son front.

— J'ai besoin de réfléchir, dit-il enfin. Je veux dire, tout cela arrive si vite.

— Bien sûr, agréa-t-elle, avant de se lever de table d'un mouvement un peu brusque. Je vais me coucher. Nous nous verrons demain matin.

Elle le laissa là, assis à la table, le regard perdu dans la nuit, de l'autre côté de la fenêtre. Il ne savait absolument pas s'il souscrivait ou non à ce projet. Les choses lui échappaient.

Tout en se préparant pour la nuit, Marisa songea à la proposition qu'elle venait de faire à Jack. Elle ne savait trop à quel moment précis elle avait commencé à germer en elle, mais elle l'avait adoptée d'emblée.

L'idée ne manquait pas de logique, aussi dingue soit-elle. Elle pouvait vivre un mariage sans amour ni relations charnelles, si la récompense en était de pouvoir élever Mick et David. Ce qu'elle ignorait, en revanche, c'était si Jack était prêt à faire le même type de sacrifice.

Certes, il était évident que le désir couvait entre eux comme un feu dormant. Mais elle ne compliquerait pas les choses en plongeant les yeux fermés dans une liaison physique des plus dangereuses.

Elle s'endormit presque instantanément, et rêva de Jack. Des rêves sensuels où ils faisaient l'amour jusqu'à plus soif. A son réveil, le lendemain matin, elle se sentit agitée, les nerfs à fleur de peau.

Après s'être douchée et habillée pour la journée, elle s'affaira dans sa chambre jusqu'à ce que l'heure soit assez décente pour appeler Patrick. Que Jack accepte ou non sa proposition, elle avait de toute façon décidé de rompre avec le bel expert comptable.

Si elle s'était sentie à l'aise dans sa relation avec Patrick, c'était parce qu'il ne lui inspirait pas une passion débordante. Jack en revanche lui en inspirait, mais elle n'avait aucune intention d'y prêter l'oreille. Certes, en proposant d'être sa femme, elle mettait son cœur bien plus en danger. Mais si elle songeait aux deux petits anges qu'étaient Mick et David, le risque valait d'être couru.

Et puis il n'était pas très correct de continuer à voir Patrick en sachant qu'ils n'avaient aucun avenir ensemble. Tôt ou tard il finirait par lui demander de l'épouser, souhaiterait avoir des enfants, et c'était une chose qu'elle était dans l'incapacité de lui donner. Il était temps de lui rendre sa liberté afin qu'il puisse trouver la femme qui serait son avenir.

Il décrocha à la seconde sonnerie, ayant de toute évidence identifié l'appelant sur l'écran de son portable.

— Marisa, quelle agréable surprise ! s'exclama-t-il. Je m'habillais pour me rendre au bureau et je pensais justement à toi.

— Moi aussi, je pensais à toi, répondit-elle.

Elle détestait avoir à lui faire de la peine, mais mieux valait se montrer franche au début de leur relation plutôt que de laisser le non-dit s'installer.

— Patrick, tu es un homme merveilleux, et un jour tu rendras une femme très heureuse, commença-t-elle.

— Pourquoi ai-je l'impression qu'il s'agit d'un appel de rupture ?

Elle soupira.

— Parce que c'en est un, je suppose. Patrick, j'ai beaucoup apprécié le temps que nous avons passé ensemble, mais je suis à un moment de ma vie où je ne veux pas d'une relation amoureuse. Je me suis totalement investie dans mon travail, et il y a ici deux petits garçons qui ont grand besoin de moi.

— Ai-je fait quelque chose qui t'ait déçue ou blessée ? demanda-t-il avec calme.

— Non, rien, se hâta-t-elle de répondre. Le problème est de mon côté, Patrick. Pas du tien. Je pense seulement qu'il serait mieux que nous cessions de nous voir.

— Tu sais que ce n'est pas ce que je veux, répliqua-t-il d'une voix altérée. Mais je ne peux rien faire d'autre qu'accepter ta décision, n'est-ce pas ? Tu sais où me trouver si tu as besoin de quoi que ce soit.

— Oui, je le sais… Et merci.

Elle lui était reconnaissante de ne pas en avoir fait toute une histoire, ce qui ne l'empêcha pas d'être assez surprise que les choses se soient passées aussi facilement. Après avoir raccroché, elle se dirigea vers la salle à manger, où Jack était déjà installé.

— Bonjour, dit-elle, s'efforçant de ne pas remarquer comme il était beau dans sa chemise bleue à manches courtes et son jean délavé.

Une alléchante odeur de bacon grillé flottait depuis la cuisine, d'où provenaient en sourdine les échos d'un programme télévisé matinal.

Marisa s'assit à côté de Jack. Aussitôt, une onde de chaleur la traversa. Oui, elle éprouvait du désir pour Jack, mais elle se rappela que c'était une sensation qui causait plus de tourments que de plaisir.

— Vous avez bien dormi ? s'enquit-il.

— Comme un loir.

— Vous avez changé d'avis au sujet de votre proposition d'hier ?

Elle étudia son visage, essayant de deviner ses pensées, mais celui-ci n'était qu'un masque impénétrable qui rendait impossible tout accès à ses sentiments.

— Non, je crois toujours que c'est une idée viable.

Des rires enfantins se firent entendre à ce moment, indiquant que Mick et David étaient réveillés.

— Je reviens dans un instant, dit-elle.

Il ne lui fallut que quelques minutes pour débarbouiller et habiller les deux garçons, puis les amener dans la salle à manger où elle les installa dans leur rehausseur.

Pendant ce temps, Betty avait apporté le petit déjeuner, qu'ils attaquèrent de bon cœur. Jack mangea un long moment en silence, puis, reposant sa fourchette sur la table, regarda de nouveau Marisa au fond des yeux.

— Que se passera-t-il si nous concrétisons ce projet,

mais que malgré cela Harold parvient quand même à obtenir la tutelle des enfants ?

— Dans ce cas, nous divorcerons, répondit-elle. Vite fait, bien fait, sans larmes ni regrets.

Elle avait jadis entretenu l'idée qu'un mariage, c'était pour la vie, que l'homme avec qui elle échangerait ses vœux serait son compagnon jusqu'à ce que la mort les sépare. Mais le destin avait modifié son approche des choses.

— Vous savez que nous devons être tous les deux à interner pour simplement envisager une telle éventualité, déclara-t-il, ses yeux gris posés avec circonspection sur elle. Je me pose encore des questions sur ce qui motive chez vous ce désir de m'aider.

— Je vous le répète, Jack. Je le fais pour Mick et David. Ainsi que pour moi.

Moins que tout au monde elle voulait qu'il sache qu'il lui avait déjà volé un morceau de son cœur. Elle ne voulait même pas y penser elle-même.

Un simple arrangement, se répéta-t-elle, alors que d'imaginer les lèvres de Jack sur les siennes déclenchait un frétillement sournois dans son ventre.

— Vous avez des projets particuliers pour cet après-midi ? demanda-t-il de but en blanc.

Son cœur manqua un battement.

— Rien qui diffère de l'ordinaire.

— Dans ce cas, voilà ce que je vous propose. Nous nous mettons sur notre trente et un, faisons une petite visite au bureau des licences, puis nous choisissons l'une de ces ridicules chapelles à mariage qu'on trouve à tous les coins de rue de Las Vegas.

Si elle voulait encore changer d'avis, c'était maintenant ou jamais, se dit-elle. Peut-être était-ce de la folie douce. Peut-être n'avait-elle pas considéré toutes les implications…

— M'isa, regarde ! fit David.

Un large sourire aux lèvres, il tenait un pétale d'avoine en équilibre sur le bout du nez.

— Marisa, regarde, je sais le faire aussi ! renchérit Mick en plongeant la main dans son bol de céréales.

Comme toujours devant leurs facéties, son cœur sembla se dilater au point de prendre toute la place dans sa cage thoracique.

Oui, ce projet était à coup sûr totalement insensé, et elle était consciente de n'avoir pas pesé tous ses tenants et aboutissants. Elle se tourna pourtant vers Jack et lui sourit.

— Dites-moi juste à quelle heure il faut que je sois prête, déclara-t-elle, sachant qu'elle venait de prendre une décision qui changerait à jamais le cours de sa vie.

Ce changement pouvait s'avérer merveilleusement positif, tout comme il pouvait la laisser brisée et anéantie pour la seconde fois de son existence.

Harold Rothchild regrettait beaucoup de choses dans sa vie. En ce moment même, il y en avait une qu'il regrettait tout particulièrement tandis qu'il regardait sa superbe épouse, assise en face de lui à la longue table de teck de sa salle à manger.

Il l'avait trouvée sexy à damner un saint lorsqu'il avait fait sa connaissance, et pour être honnête, elle avait flatté son ego en se montrant tout aussi entichée de lui. Leur liaison en était encore à ses balbutiements lorsqu'elle lui avait annoncé qu'elle pensait être enceinte. Obéissant à une impulsion, il l'avait épousée et s'en mordait les doigts depuis lors.

Cette grossesse avait produit un fils aujourd'hui âgé

de cinq ans. Malheureusement, ce point d'orgue de leur union en avait aussi signé le déclin.

Il n'avait guère fallu de temps à Harold pour s'ennuyer à périr avec sa jeune épouse, dont les discussions les plus éminentes se rapportaient à qui avait porté quoi à telle réception de charité et quel couturier faisait des soldes ab-so-lu-ment d'enfer.

C'était assez pour redonner à un homme la nostalgie de celle dont il avait divorcé. Anna avait été une bonne épouse, et tâché d'être une bonne mère pour les trois filles qu'il avait apportées avec lui, issues d'un premier mariage. Et il en était venu à aimer Silver, celle d'Anna, comme s'il en était le père.

Depuis quelque temps, il songeait de plus en plus à sa seconde épouse.

La moue bougonne, il reporta son attention sur la section financière du journal du jour.

Peu importait l'état de l'économie, les gens adoraient le jeu. Les affaires n'avaient jamais aussi bien marché au Golden Circus, où les clients ne cessaient de tenter leur chance dans l'espoir de décrocher le jackpot.

Au bout d'un moment, sa concentration quitta le monde des finances pour aborder celui des questions familiales. Il se demanda si les choses auraient été différentes pour Candace si sa première femme, June, n'était pas morte.

Candace lui avait donné du fil à retordre dès son plus jeune âge. Elle était sauvage, impétueuse, belle, instable, mais Harold n'en démordait pas : la raison de son assassinat était cette maudite bague avec le diamant, il en serait toujours convaincu.

Les « Larmes du Quetzal », ainsi nommé en référence au splendide oiseau d'Amérique centrale. A l'instar de ce dernier, le diamant possédait de somptueuses iridescences vertes et dorées, ainsi que des nuances plus sombres de violets et de bleus.

Les muscles de son ventre se nouèrent douloureusement à la pensée de ce joyau.

Il avait été trouvé dans l'une des mines de diamants de son père. Harold n'oublierait jamais ce jour-là. Il était marqué au fer rouge dans sa mémoire, et lui donnait de temps à autre des cauchemars qui le réveillaient au cœur de la nuit.

Il connaissait la légende attachée à ce bijou : doté de pouvoirs magiques, il était censé apporter l'amour à toute personne qui entrerait en contact avec lui.

C'était une charmante légende, mais Harold connaissait la vérité. Il savait qu'aussi longtemps que le diamant ne serait pas revenu en sa possession, il avait la capacité de semer la mort et la désolation dans sa famille. L'assassinat de Candace n'était que la première d'une série de tragédies encore à venir.

Seul Harold connaissait la véritable histoire. Dès l'instant où le diamant avait été découvert, il avait baigné dans le sang. Il se levait chaque matin et se couchait chaque soir hanté par le drame, encore inconnu mais inexorable, qui allait survenir.

8

La chapelle était décorée dans un goût tapageur, comme presque tout ce que Las Vegas avait à offrir. Jack regretta soudain de ne pas avoir déniché un autre endroit pour échanger ses vœux avec Marisa. Elle méritait mieux que cela.

Elle était absolument magnifique dans sa robe bain de soleil rose pâle, dont la taille était agrémentée d'une fine ceinture qui mettait en valeur les courbes voluptueuses de ses hanches et de ses seins.

Elle se tenait juste à l'intérieur du vestibule de la chapelle, Mick et David à ses côtés, pendant que Jack procédait aux arrangements nécessaires pour la cérémonie.

Un choix d'une douzaine de « packs » de mariage était mis à disposition des futurs mariés. Conscient qu'il ne s'agissait que d'un arrangement formel, il en choisit un qui comprenait un petit bouquet de roses, mais ne tombait pas dans un romantisme à fanfreluches de mauvais aloi.

Le pasteur, un colosse à la face rougeaude, avait une haleine qui empestait l'alcool et le témoin était un parfait inconnu payé pour l'occasion. Tout cela, songea Jack, avait un côté assez minable.

Il avait envie de rebrousser chemin, mais il était déjà plus de 17 heures et, comme les enfants avaient sauté leur sieste, ils commençaient à être un peu grincheux.

Par ailleurs, il ne voulait pas se donner trop de temps

pour réfléchir, laisser trop de latitude à sa raison. Il était incapable de décider s'il commettait une erreur ou non, mais un point au moins était clair : si ce mariage pouvait faire basculer les choses dans une bataille de tutelle, alors il était pleinement justifié.

Cela étant, il gardait à l'esprit que Marisa aurait dû porter une robe blanche à dentelles et rubans, et dire oui à un homme dont elle était profondément éprise.

Pour la circonstance, il avait revêtu son plus beau costume et une cravate. Il n'en avait pas moins le sentiment que lui aussi devait arborer l'expression d'un chevreuil pris dans les phares d'une voiture.

Une fois les arrangements pris et la cérémonie payée, il rejoignit sa future épouse.

— Dernière chance de faire marche arrière, dit-il.

Marisa lui sourit d'un air un peu emprunté.

— Je n'irai nulle part avant que ce soit terminé, répliqua-t-elle.

Elle souleva David dans ses bras. Le bambin lança les bras autour de son cou et nicha la tête contre son épaule.

— Allons, soupira-t-elle, ne perdons pas de temps. Les garçons commencent à avoir faim et sont fatigués.

Il fallut quinze minutes à Marisa pour devenir Mme Jack Cortland. Durant ce petit quart d'heure, David ne quitta pas ses bras ni Mick ceux de Jack.

Le seul moment où une certaine émotion sembla gagner Marisa fut celui où il lui glissa au doigt l'alliance de sa défunte mère. Il ne l'avait jamais donnée à Candace, qui se serait gaussée de la taille ridicule du diamant.

A la fin de la cérémonie, le pasteur gratifia Jack d'une claque dans le dos, et tout en raccompagnant la petite famille jusqu'à l'entrée de la chapelle, lui confia dans des vapeurs de bourbon qu'il avait toujours été un fan du groupe Creation.

Dieu merci, aucun paparazzo ne traînait dans les parages, ce qui ôta à Jack l'angoisse de voir leur mariage transformé en histoire croustillante dans la presse people.

— Avant de partir, j'ai dit à Betty que ce soir nous dînions dehors, annonça-t-il tandis qu'ils sortaient de la petite chapelle. J'ai pensé que nous pourrions grignoter quelque chose dans un restaurant de casino.

Jamais il n'aurait osé emmener ses deux diables manger à l'extérieur avant l'intervention de la fée Marisa et de sa baguette magique.

— Très bien, répondit-elle.

David n'était plus dans ses bras mais s'était glissé au sol. Elle le tenait par la main, et de l'autre serrait son bouquet de roses rouges, élément du décorum de la brève cérémonie de mariage.

Le dîner fut tranquille, et Jack expliqua aux garçons que Marisa serait désormais leur nouvelle maman. Si l'information passa comme une lettre à la poste pour David, Mick afficha aussitôt un air inquiet.

— Si tu es notre nouvelle maman, ça veut dire que tu vas t'en aller ? demanda-t-il.

Ses grands yeux bleus étaient empreints d'une gravité qui ne seyait pas à son âge.

— Non, mon chéri. Je n'ai pas l'intention de m'en aller. Nous allons, je l'espère, vivre ensemble très longtemps.

La réponse sembla satisfaire Mick, qui reporta son attention sur ses frites, les plongeant avec gourmandise dans un océan de ketchup avant de les enfourner.

Marisa se montra d'un calme inhabituel au cours du repas. Jack observa l'aisance et la tendresse avec lesquelles elle communiquait avec les enfants, et ses derniers doutes sur le bien-fondé de leur décision s'envolèrent.

Non qu'il craignît d'avoir commis une erreur susceptible d'affecter négativement sa vie. Le poids de ses erreurs aurait pu faire couler le Queen Elisabeth, et il n'en était pas mort.

En réalité, il s'inquiétait pour Marisa. Elle pouvait bien croire qu'elle était entrée de son plein gré et en toute connaissance de cause dans ce projet, mais combien de temps une femme pouvait-elle être heureuse dans une cohabitation d'où l'amour était absent, avec juste l'affection de deux enfants en bas âge ?

Qui disait qu'elle ne regretterait pas un jour de ne pas partager sa vie avec un homme qu'elle aimait ? Qu'elle n'estimerait pas que l'amour de deux petits garçons, ce n'était pas suffisant ?

Il s'efforça de réprimer le frémissement de désir qu'il ne manquait jamais d'éprouver lorsqu'elle était proche de lui. Il devait à tout prix chasser de son esprit le souvenir du baiser qu'ils avaient échangé.

Elle s'était montrée claire. Leur union serait purement platonique, et ils continueraient à passer leurs nuits dans des chambres séparées.

En présentant sa proposition, elle avait aussi expliqué que ses motivations reposaient essentiellement sur ses propres besoins et sur ceux de Mick et David. A aucun moment, elle n'avait fait allusion à ses besoins à *lui*.

L'un dans l'autre, le dîner fut agréable. Lorsqu'ils eurent terminé, ils se dirigèrent d'un pas paisible vers l'endroit où Jack avait garé sa voiture, David de nouveau dans les bras de Marisa, et Mick juché sur le dos de son père. Moins de cinq minutes après avoir été sanglés dans leurs sièges pour enfant, les deux blondinets dormaient à poings fermés.

Sur la route du retour vers le ranch, Jack jeta un regard latéral à Marisa, se demandant à quoi elle pensait. Peut-être regrettait-elle déjà ce mariage dont elle était elle-même à l'origine.

— Ça va ? s'enquit-il.

Elle se tourna vers lui et lui sourit.

— Très bien. Et toi ?

— Super. J'ai juste un peu de mal à réaliser ce que nous venons de faire.

Il sentit son regard s'attarder sur lui.

— Ça va être beaucoup plus difficile pour toi que pour moi, Jack.

— Pourquoi donc ?

— Le sexe.

Le mot demeura en suspens dans l'habitacle.

Il lui jeta un regard furtif, qui lui laissa quand même le temps d'apercevoir le rouge charmant qui lui colorait les joues.

— Mais encore ?

— Eh bien, je sais combien c'est important pour la plupart des hommes, mais le problème ne doit pas exister entre nous. Nous engager dans une relation d'ordre physique ne ferait que compliquer les choses si l'expérience devait échouer pour une raison ou pour une autre.

Elle fronça les sourcils.

— Si cette restriction t'ennuie vraiment, je suppose qu'il serait normal que tu prennes une maîtresse, à condition bien entendu de rester aussi discret que possible.

Il en demeura sidéré. Elle devait avoir une bien piètre opinion d'elle-même pour être disposée à accepter un tel compromis.

— J'ai été marié longtemps à Candace, répliqua-t-il après un silence. Jamais je ne l'ai trompée. Durant toutes mes années de bringue, je me suis peut-être livré à pas mal d'actions moralement condamnables, mais je n'ai jamais sciemment couché avec une femme mariée. Je n'aurai pas de maîtresse, Marisa. Et je respecterai ton souhait que nous n'ayons pas de relations physiques. Contrairement à certains mythes populaires, ajouta-t-il avec un sourire, l'abstinence sexuelle n'est pas mortelle pour l'homme.

Bifurquant dans la route de terre qui menait vers ce qui était désormais « leur » foyer, il lui offrit un autre sourire.

— Néanmoins, si d'aventure tu changeais d'avis sur la question, j'espère que je serais le premier informé.

— Tu as ma parole.

Une fois encore ses joues s'empourprèrent, et il éprouva une furieuse envie de la prendre dans ses bras et de lui montrer ce qu'elle allait rater.

Il allait absolument devoir se plonger dans une activité telle que fendre des bûches à la hache, courir avec un poids de 20 kg dans le dos, ou n'importe quelle autre tout aussi épuisante pour évacuer le désir qui bouillonnait en lui.

Mais il pouvait y arriver. Il ferait tout ce qu'il fallait pour garder Marisa dans sa vie, tout ce qu'il fallait pour s'assurer que les enfants restent sous sa garde, et si cela signifiait vivre un mariage sans sexe, eh bien soit, il s'y plierait.

Dès qu'ils furent arrivés, Marisa gagna sa chambre pour se changer. Jack fit prendre leur bain à Mick et David avant de leur enfiler leurs pyjamas pour la nuit.

Les deux garçons s'éclaboussèrent à qui mieux mieux dans la baignoire pleine de bulles. La mousse s'accrochait à leurs cheveux et ornait leur menton d'une petite barbe blanche.

— Regarde, Jack, gloussa Mick en élevant une pyramide de mousse sur sa tête. J'ai un chapeau de cow-boy.

— Et moi, et moi, Jack ! s'écria David, qui ne voulait pas être en reste. Regarde !

Plongeant le visage dans l'eau, il souffla de toutes ses forces puis releva la tête avec un grand sourire ravi.

— C'est très rigolo, David ! s'esclaffa-t-il. Et ton chapeau est génial, Mick.

L'amour le gonflait à bloc, songea Jack. Non, il ne pouvait pas perdre ses fils. Il avait besoin d'eux dans sa vie et se plaisait à croire que c'était réciproque.

Lorsqu'ils furent sortis de l'eau, séchés et habillés de leur pyjama, il était aussi mouillé qu'eux-mêmes l'avaient été quelques minutes plus tôt. Marisa les observait depuis l'entrée de la salle de bains, le regard attendri. Il les lui confia pour qu'elle les mette au lit et lui permette de quitter sa chemise trempée.

Une fois dans sa chambre, il ôta celle-ci, se glissa dans un T-shirt blanc, puis repartit vers celle des garçons. Marisa était en train de procéder aux rituels du coucher.

— Si tu es notre nouvelle maman, on peut t'appeler maman ? demanda Mick tandis qu'elle se penchait pour l'embrasser sur le front.

Marisa se redressa, surprise, et se tourna vers Jack. Il haussa les épaules pour lui signifier que la décision lui appartenait. Elle s'accroupit près de Mick et, d'une main douce, écarta une mèche de son front.

— Vous m'appellerez comme vous en aurez tous les deux envie, répondit-elle.

— Et tu seras encore là demain matin quand je me réveillerai ?

Le cœur de Jack se serra. Les garçons n'avaient jamais réclamé leur mère depuis qu'ils vivaient sous son toit, et la question de Mick indiquait qu'il y avait eu de nombreux matins où Candace était absente à leur réveil.

— Oui, je serai là, répondit-elle simplement.

— Tu le promets ?

— Je le promets.

— D'accord. Alors bonne nuit, maman, soupira Mick d'une voix ensommeillée.

— M'isa, M'isa ! s'exclama David. Je veux un baiser avant de dormir.

Marisa éclata de rire, embrassa rapidement Mick sur le front puis s'approcha du lit de son petit frère.

— Bonne nuit, maman, susurra David.

Le cœur de Jack se serra encore plus fort.

— A mon tour, maintenant, dit-il.

Il se dirigea vers les lits, croisant Marisa au passage.

— Bonne nuit, fiston, dit-il à Mick en se penchant pour l'embrasser.

— Bonne nuit, papa.

Pendant une bonne demi-minute, Jack demeura pétrifié tandis qu'une joie qu'il n'avait encore jamais connue l'envahissait soudain. Papa. Enfin il entendait ce mot de la bouche de son enfant. Jamais un simple vocable n'avait sonné aussi doux à son oreille.

L'événement se répéta avec David, et c'est presque étourdi de stupéfaction qu'il quitta la chambre. Alors qu'ils remontaient côte à côte le couloir, il saisit Marisa par les épaules, la fit pivoter vers lui et la dévisagea un long moment.

— C'est toi, murmura-t-il. Je ne sais pas comment tu as fait, mais tu as accompli un miracle.

Elle sourit, les yeux brillant d'un éclat inédit.

— Ce n'est pas un miracle, Jack. Tes fils t'aiment, et ils savent enfin qu'ils peuvent t'accorder leur confiance. Je n'ai rien fait. Tout vient de toi.

Il ne pouvait plus se contrôler. Son bonheur était tel qu'il fallait qu'il l'embrasse. L'attirant dans ses bras, il s'empara d'autorité de sa bouche.

Pendant un long moment, il ne put songer à rien d'autre qu'à la joie qui l'étouffait et au plaisir du contact de ses lèvres sous les siennes.

Ce n'est que lorsqu'il la sentit se raidir contre lui qu'il

laissa retomber ses mains et s'écarta d'elle. Bon sang, ils n'étaient pas mariés depuis cinq heures que déjà il franchissait la ligne rouge !

— Pardon, balbutia-t-il, embarrassé. C'était l'exaltation du moment. Ça n'arrivera plus.

Sans attendre sa réponse, il se dirigea d'un pas ferme vers sa chambre.

9

Debout sur le perron, Marisa regarda la voiture s'éloigner. Elle soupira, exténuée. Elle avait organisé une matinée récréative pour les enfants, et avait passé tout son temps à superviser les jeux non pas de deux, mais de quatre enfants exubérants et débordant d'énergie.

Elle s'apprêtait à tourner les talons et à regagner l'intérieur lorsqu'elle aperçut Sam et Max Burrows près de la grange, leurs regards tournés vers elle. Un petit frisson lui parcourut l'échine.

Pendant la semaine qui s'était écoulée depuis le mariage, elle avait trop souvent senti leurs yeux rivés sur elle, au point d'en avoir la chair de poule. Cette attitude des deux employés la perturbait énormément.

Elle ne put s'empêcher de se demander si Jack n'avait pas passé sur les mauvaises personnes sa colère au sujet de l'indicateur d'Harold.

Elle referma la porte, brancha l'alarme, gagna le séjour où Mick et David jouaient avec leur collection de camions, et se laissa tomber dans le canapé.

Ses jeunes visiteurs étaient des enfants dont elle avait eu la charge en tant que nourrice, les deux fils de Margaret et John Covewell. A l'époque, ceux-ci travaillaient tous deux dans l'un des casinos de la ville. Elle avait officié quatre mois chez eux, jusqu'à ce que leur situation financière permette à Margaret d'exaucer enfin son souhait d'être mère au foyer.

Si la première heure avait été un peu rude, sachant que Mick et David n'avaient l'habitude de partager ni leurs jouets ni son attention avec d'autres bambins, la dernière s'était passée dans une remarquable bonne entente.

Jack était dehors. Au fil de la semaine, ils s'étaient organisés de telle sorte qu'il pouvait travailler au ranch la journée, puis consacrer la fin de l'après-midi et la soirée aux garçons.

Kent et lui avaient rompu tout contact, et Marisa savait que le différend entre les deux amis pesait lourd dans l'esprit de Jack. Si c'était toujours le mystère quant à l'identité de l'homme qui avait tenté de s'introduire dans sa chambre, rien d'inquiétant ne s'était passé depuis lors.

En fait, ce n'était pas tout à fait exact. Il se passait une chose des plus inquiétantes : le désir de plus en plus fort qu'elle ressentait pour Jack.

Celui-ci était plus brûlant que tout ce qu'elle avait pu ressentir pour son amant de l'université. Ils continuaient à mener la vie d'une famille heureuse, mais la nuit venue, lorsqu'elle se glissait seule dans son lit, une immense frustration la saisissait. Et quand elle trouvait enfin le sommeil, c'était pour être assaillie par des rêves plus érotiques les uns que les autres, où elle faisait et refaisait l'amour avec Jack.

Dans ces rêves, ce n'était pas tant le sexe qui la torturait que de l'entendre lui murmurer son amour, un amour qui n'avait rien à voir avec ses fils, tout avec cette alchimie indéfinissable qui pousse un homme et une femme l'un vers l'autre.

En tout état de cause, elle ne devait pas oublier que leur mariage blanc était davantage un moyen qu'une fin, qu'il n'existait que pour optimiser les chances de Jack de gagner une éventuelle bataille de tutelle. Leur couple reposait sur l'intérêt des enfants, pas sur l'amour.

Voyant que ces derniers jouaient paisiblement, elle se rendit dans la cuisine, où Betty terminait la préparation du repas du soir.

— Y a-t-il quelque chose que je puisse faire pour vous aider ? s'enquit-elle.

Betty la considéra comme si elle avait parlé de commettre un meurtre. La vieille dame s'était montrée particulièrement irascible durant la semaine écoulée.

— J'ai l'air d'avoir besoin d'aide ? grogna-t-elle. Les repas n'étaient pas bons ces jours-ci ? Ils étaient servis en retard ?

— Non, euh si…

Prise de court, Marisa fronça les sourcils.

— Betty, je ne demandais pas cela parce que je pensais que vous aviez besoin d'aide. Je cherchais juste à me rendre utile.

Betty posa le couteau dont elle se servait pour couper les légumes.

— Dites-moi la vérité. Je vais perdre ma place ?

Marisa écarquilla les yeux, étonnée.

— Que voulez-vous dire ?

Betty haussa ses maigres épaules.

— Maintenant que Jack et vous êtes mariés, je me demandais quand vous alliez vous décider à tout reprendre en main dans la maison.

— Je n'ai aucune intention de vous ôter votre travail, assura Marisa. Pour être tout à fait honnête avec vous, s'il y a certaines choses que je fais bien, je n'ai absolument rien d'un cordon-bleu.

La ligne pincée des lèvres de Betty se radoucit, et elle reprit son couteau.

— Ça n'a rien de sorcier quand on fait attention.

Marisa s'appuya au plan de travail.

— Vous connaissez bien Sam et Max ? demanda-t-elle tout à trac.

— Depuis qu'ils ont l'âge de courir les filles. Pourquoi ?

— Oh, rien. J'étais juste curieuse de savoir quel genre d'homme ils étaient.

Elle ne voulait pas dire à Betty qu'elle se posait des questions sur leur loyauté vis-à-vis de Jack, et moins encore qu'ils lui fichaient souvent une trouille irraisonnée.

— Ce sont de bons gars. Pas des lumières, c'est sûr, mais durs à la tâche. Jack aurait pu trouver pire.

A cet instant, des cris retentirent dans le séjour. Marisa se précipita hors de la cuisine pour stopper une dispute entre les deux frères.

Ce soir-là, après que les garçons eurent été mis au lit, Jack et Marisa se détendirent comme à leur habitude dans le séjour, elle dans le canapé et lui dans son fauteuil.

— Tout va bien, Jack ? demanda-t-elle.

Il avait été d'un calme inhabituel toute la soirée.

— Très bien, pourquoi ?

— Je ne sais pas, tu as l'air préoccupé.

Elle se demanda s'il ne regrettait pas leur mariage. Avec ses fils, il était parvenu à un modus vivendi qui rendait peut-être sa présence moins indispensable. Il avait appris à se montrer ferme et constant dans la discipline, et de leur côté, les garçons avaient de plus en plus confiance en lui parce qu'il était là pour eux.

Il se renversa contre son dossier et laissa filer un soupir.

— Depuis une semaine, il ne s'est rien passé de notable. Je n'ai reçu aucun coup de fil d'Harold, mais ça ne me dit rien de bon. J'ai comme l'impression que c'est le calme avant la tempête.

— Des nouvelles de Kent ?

Il secoua la tête, et le gris de ses yeux s'assombrit. Il était évident que le sujet était toujours aussi délicat.

— Non, mais je n'en attendais pas.

— Peut-être devrais-tu lui parler de nouveau, Jack. Ce serait dommage de tirer un trait sur toutes ces années d'amitié entre vous. D'autant que nous n'avons même pas la certitude que c'est lui qui renseignait Harold.

Il se massa le front du bout des doigts, comme pour chasser une migraine.

— J'ai perdu toute objectivité dans cette histoire, reconnut-il. Tu as peut-être raison. Peut-être devrions-nous nous rasseoir à la même table et en parler à cœur ouvert. J'irai le voir demain.

Il laissa retomber sa main, et le sourire qu'il lui adressa la troubla jusqu'au plus profond d'elle-même.

— Tu sais, reprit-il, le fait que nous soyons mariés ne doit pas t'empêcher de concrétiser ton rêve d'ouvrir cette agence de nourrices.

— Pour être franche, cela fait deux semaines que je n'y ai même pas songé, avoua-t-elle. Mais ce projet me tient beaucoup à cœur, en effet. Il faudrait que je crée un site internet, que je fasse un peu de publicité… Il faudrait aussi que je prévoie des entretiens d'embauche. Mais tout cela je peux le faire depuis la maison, ainsi je n'aurai pas à quitter les enfants.

— Je veux que tu fasses ce qui te rendra heureuse, Marisa, déclara-t-il d'une voix grave, aussi douce qu'une caresse. Tu as déjà tant sacrifié pour moi. Tu peux d'ores et déjà compter sur mon soutien dans tout ce qu'il te faudra faire pour créer cette agence.

Conserver une distance émotionnelle vis-à-vis de lui

était bien plus difficile qu'elle ne l'avait escompté. Depuis l'instant de leur rencontre, elle avait de toutes ses forces essayé de rester détachée, d'ignorer le feu qui couvait, toujours plus chaud, au cœur de ses entrailles, mais à chaque jour qui passait la tâche s'avérait plus difficile.

— Je crois que je vais aller me coucher, annonça-t-elle avec un soupir. Cette matinée récréative m'a épuisée.

C'est le moment que choisit Mick pour se mettre à pleurnicher, sans doute en proie à un cauchemar.

— Je vais m'en occuper, dit Jack en s'extirpant de son fauteuil.

Tandis qu'il rejoignait ses fils dans leur chambre, elle gagna la sienne où elle se déshabilla pour enfiler sa chemise de nuit. Puis, endossant sa robe de chambre, elle se faufila dans le couloir, et tout en nouant sa ceinture s'avança à pas de loup vers la porte de la chambre des enfants.

Sa respiration se bloqua dans sa gorge. Jack chantait doucement, de sa voix profonde et mélodieuse, une chanson où il était question de clowns, d'un trésor, de gros ballons dirigeables et de lunes qui sourient.

Elle s'adossa au mur du couloir et ferma les yeux, traversée par un délicieux frisson. Délicieux mais terrible : elle se rendait compte qu'elle était tombée éperdument amoureuse de son mari.

Jack chanta jusqu'à ce que Mick se soit rendormi. Il demeura un long moment assis sur la chaise entre les deux lits, respirant le parfum d'innocence de ses enfants, puis se leva sans bruit et quitta la pièce.

Il faillit entrer en collision avec Marisa, qui se tenait juste à l'extérieur dans le couloir. Elle leva vers lui ses grands yeux chocolat, et le sourire qu'elle lui offrit accéléra aussitôt les battements de son cœur.

— C'était très beau, murmura-t-elle d'une voix un peu rauque.

— Il y a peut-être beaucoup de domaines où je ne vaux rien, répliqua-t-il, mais j'ai toujours su chanter.

Chaque muscle de son corps se tendit, voyant qu'elle ne bougeait pas. Seigneur, si elle continuait à le regarder ainsi, il craignait fort de perdre la tête.

Il se dandina d'un pied sur l'autre.

— Eh bien, parvint-il à articuler, je crois qu'il ne me reste plus qu'à te souhaiter une bonne nuit.

Il voulut passer à côté d'elle pour retourner dans le séjour, mais elle l'arrêta en posant sa main délicate sur son avant-bras.

— Jack ?

Ses yeux semblaient briller d'une lumière intérieure.

— Oui ?

L'air entre eux vibrait d'une énergie qui rendait sa respiration difficile.

Elle s'humecta les lèvres de la pointe de la langue. Jack sentit sa pression artérielle grimper en flèche.

— Je t'ai dit que tu serais le premier informé si jamais je changeais d'avis, déclara-t-elle.

Il fourra les mains dans les poches de son jean, de peur qu'elles ne s'animent soudain d'une vie propre, craignant de mal comprendre ce qu'elle cherchait à lui dire.

— Si tu changeais d'avis à propos de quoi ?

Il se retint de tousser pour chasser le chat dans sa gorge.

Un désir sauvage s'était emparé de lui lorsqu'il avait vu sa langue glisser sur ses lèvres. Le mince coton de sa robe de chambre ne faisait rien pour dissimuler ses formes, et la soie rouge translucide qui apparaissait au-dessous faisait presque bouillir son sang dans ses veines.

— A propos des relations physiques entre nous.

Ses joues étaient en feu, mais elle soutint son regard, le menton haut.

— Je veux dire, si ça t'intéresse de coucher avec moi, je n'en ferai pas une maladie.

— Si ça m'intéresse ?

Il retira les mains de ses poches.

— Marisa, j'ai eu envie de te faire l'amour dès la seconde où tu as franchi le seuil de cette maison.

Il se sentait paralysé sur place, avait peur d'agir trop vite, peur d'agir trop lentement. Il redoutait de faire quelque chose qui gâcherait le moment et éteindrait cette sublime lumière dans ses yeux.

Elle s'avança d'un pas, l'enveloppant de son parfum affolant.

— As-tu l'intention de faire quelque chose dans ce sens ou comptes-tu rester planté là à me regarder ?

Sa lèvre supérieure tremblait légèrement. Il comprit qu'elle était tendue, qu'elle se mettait en situation de risque sans avoir la moindre idée de ce que serait sa réponse.

Il l'attira entre ses bras et couvrit ses lèvres des siennes. Doucement, avec la plus grande tendresse, il l'embrassa tandis qu'elle se nichait contre lui. Mais le baiser ne resta pas doux et tendre bien longtemps. Marisa referma les bras dans son cou et ouvrit la bouche sous la sienne. Son désir se mit à gronder comme un fauve libéré après une longue captivité.

Il voulait la dévorer, il avait l'impression d'être sur un feu dormant depuis qu'elle avait mis les pieds dans sa vie, et son soudain consentement était le carburant qui transformait ce feu en fournaise.

Il rompit le baiser, impatient de l'emmener dans son lit, avant qu'elle ne change d'avis.

S'écartant d'elle, il lui prit la main et la conduisit dans le couloir jusqu'à sa chambre. Elle le suivit sans la moindre hésitation, même s'il sentait sa main trembler un peu dans la sienne.

La lampe de chevet était allumée, baignant d'une lumière intime et dorée son large lit, qu'il n'avait pas pris la peine de faire ce matin.

Relâchant sa main, il la regarda. S'il mourait d'envie de prendre ce qu'il voulait d'elle, il tenait à lui offrir une dernière chance de faire marche arrière.

— Marisa, ce n'était pas dans notre marché quand tu m'as proposé de t'épouser, dit-il d'une voix sourde qu'il ne reconnut pas. Je… je ne voudrais pas profiter de la situation. J'ai très envie de toi, mais je ne voudrais pas que tu te sentes forcée en aucune façon.

Elle ne répondit pas. Au lieu de cela, elle dénoua sa ceinture et laissa sa robe de chambre tomber dans un froissement sur le sol derrière elle. La chemise de nuit de soie rouge lui descendait à mi-cuisses, et son profond décolleté exposait l'émouvant renflement du haut de ses seins.

En voyant ses tétons durcis pointer, aguicheurs en diable, sous l'étoffe, Jack se mordit la lèvre pour réprimer un grognement.

— Crois-moi, Jack. Je ne fais jamais rien que je n'aie pas voulu.

Elle se rapprocha de lui, les yeux tel un puits obscur dans lequel il aurait facilement pu se noyer.

C'est dans un état de presque hébétude qu'il l'attira à lui, descendit les mains sur la soie pour lui empoigner les fesses, et plaqua son corps contre le sien.

Une fois encore, leurs lèvres se scellèrent dans un baiser passionné et fiévreux qui ne fit qu'attiser son désir. Quittant sa bouche, il déposa un chapelet de baisers sur sa joue, son menton et le long de son cou. Elle déglutit, le souffle coupé, lorsqu'il trouva un point particulièrement sensible derrière son oreille.

Le petit gémissement qu'elle émit fut comme un appel d'air sur l'incendie qui le consumait de l'intérieur. Titubant d'un pas en arrière, il arracha presque son T-shirt en le faisant passer par-dessus sa tête.

Quelques jours plus tôt, il aurait pu être doux et patient, mais il avait tant attendu qu'il se sentait comme un adolescent à l'orée de sa première expérience. Ses doigts s'affairaient gauchement sur les boutons de sa braguette tandis que Marisa se débarrassait de sa chemise de nuit et se glissait sous les draps.

Il fit sauter ses chaussures, retira enfin son jean, ôta ses chaussettes et la rejoignit dans le lit. Elle ne portait plus que sa culotte et lui son slip, mais lorsqu'ils s'étreignirent, le contact chaud de leurs peaux nues les fit frémir de la tête aux pieds.

Jack plongea les doigts dans la luxuriance des cheveux de Marisa et se mit à l'embrasser avec avidité. Elle lui rendit son baiser avec une fougue bien à elle, sa langue s'enroulant sur la sienne tandis que sa poitrine nue se pressait sur son torse. Des gémissements de plaisir lui échappaient, elle frétillait sous son corps.

Il suça un téton, puis l'autre, excité par les bruits de gorge qu'elle produisait tandis qu'il palpait ses seins, leur faisait l'amour.

Loin de demeurer passive, elle faisait courir ses mains partout, lui agrippait les épaules, explorait les fermes méplats de son dos.

Jack avait oublié combien la confrontation de deux corps, de deux chaleurs, pouvait être merveilleuse. Cette sensation ne fit que s'accentuer à mesure que leurs préliminaires devenaient plus intimes.

Il descendit la main sur son ventre plat, le cœur battant

à se rompre. Lorsqu'il atteignit l'élastique de sa culotte, il la sentit bloquer sa respiration.

Il riva son regard dans le sien. Ses prunelles brillaient d'un éclat presque animal dans la lumière mordorée de la lampe. Sans rompre le contact visuel, il avança sa main entre ses cuisses à travers la soie, d'où irradiait une chaleur qui en disait long.

Elle était excitée, il le savait, mais elle se retenait. Or, il la voulait totalement abandonnée. Il voulait que ce self-control vole en éclats, il voulait l'emmener en un lieu où il n'existait plus que lui et ce qu'ils partageaient.

Il se mit à la caresser, s'aventura plus loin, jusqu'à ce qu'un long gémissement s'échappe de ses lèvres et qu'elle projette le bassin en avant pour aller à sa rencontre.

Lui-même commençait à avoir le plus grand mal à se contenir. Saisissant sa culotte des deux mains, il la fit glisser le long de ses jambes. Elle cambra le dos pour lui faciliter la tâche, le regard enfiévré.

Puis il se débarrassa de son propre sous-vêtement, qu'il jeta par terre à côté du lit, avant de l'enlacer pour la gratifier d'un nouveau baiser ardent et passionné.

Pendant qu'il l'embrassait, elle avança la main jusqu'à son sexe érigé et referma les doigts dessus. Ce geste faillit signer sa perte. Il lui attrapa le poignet.

— Non ! l'enjoignit-il dans un soupir rauque. Si tu n'ôtes pas ta main, ce sera fini en quelques secondes.

Elle écarquilla légèrement les yeux, puis retira sa main tandis qu'il soumettait son intimité à de nouvelles caresses.

Il massa de ses doigts ses moiteurs secrètes, les agaça, les explora, désireux de faire chavirer sa raison, de la faire basculer dans un endroit où toute pensée devenait impossible.

— Laisse-toi aller, Marisa, chuchota-t-il. Lâche-toi…

Elle émit un petit bruit de gorge, ferma les yeux, et il la sentit se détendre, accueillir sans retenue les faveurs qu'il lui prodiguait.

Il ne fallut guère de temps avant que son corps ne se tende, que sa respiration s'alourdisse tout en s'accélérant. Elle arqua brusquement le dos, et il perçut la vague de plaisir qui la secoua tout entière.

Sans lui laisser le temps de récupérer, il se plaça entre ses cuisses. Elle rouvrit les yeux et le fixa, mais devant la lueur sauvage, presque égarée, qui brillait dans son regard, il sut qu'elle ne le voyait pas. Elle était perdue dans un océan de volupté.

Il la pénétra alors, et lâcha totalement la bride à son désir.

10

Marisa se réveilla la première. La pâle clarté de l'aube se diffusait par la fenêtre. Elle était blottie contre Jack. L'un de ses bras reposait mollement en travers de sa taille, et pendant un long moment de demi-sommeil elle se sentit en paix, aimée.

Une illusion, se dit-elle. Pourtant elle ne bougea pas, rechignant à briser ce moment de magie tant que ce n'était pas absolument nécessaire.

Faire l'amour avec Jack avait été au-delà de tout ce qu'elle avait imaginé. Elle s'était attendue à des étreintes passionnées. A du sexe à la hussarde, fougueux et sauvage. Mais ce qu'elle n'avait pas prévu, c'était cette tendresse dont il avait fait montre.

Des tonnes de tendresse. Elle ferma les yeux, la tête encore remplie de la pensée de Jack.

Elle reconnaissait que le hard-rocker excessif, que le batteur allumé de jadis n'avaient été en somme qu'une façade. Le véritable Jack Cortland était un homme sensible pour qui la famille et les amis comptaient beaucoup… et elle aussi, peut-être, un tout petit peu.

Cela étant, elle ne se faisait aucune illusion sur ce qui s'était passé cette nuit. Il s'était agi de sexe. Rien de plus, rien de moins. Ç'avait été une explosion de la tension sexuelle qui flottait entre eux depuis le premier instant où ils s'étaient vus.

Jack n'était pas amoureux d'elle. Il lui vouait peut-être de l'affection pour ce qu'elle faisait pour lui et les garçons. Mais entre l'affection et l'amour, il y avait un monde.

Pour sa part, elle l'aimait d'un amour qu'elle n'avait même pas éprouvé pour Tom à la fac, mais elle avait le terrible pressentiment que le sort qui l'attendait, au bout du compte, était un cœur brisé.

Prends les jours comme ils viennent, se raisonna-t-elle. Les siens seraient accaparés par Mick et David, et par la mise sur pied de son cher projet de création d'une agence de nounous.

Quant à ses nuits, elle n'était pas sûre de la manière dont elles allaient se passer, même si elle savait *où* elle voulait les passer — entre les bras de Jack.

Elle sentit une main masculine glisser sur sa hanche, signe qu'il était réveillé.

— Bonjour, susurra-t-il, la bouche contre sa nuque.

La tiédeur de son haleine déclencha un délicieux frisson dans son ventre. Elle eut beau se dire qu'elle devait se lever, elle demeura où elle était.

— Bonjour, murmura-t-elle en retour.

Avec Tom, il n'y avait jamais eu de matin. Elle ne s'était jamais réveillée dans ses bras après une nuit d'amour. Pour lui, elle n'avait jamais été autre chose qu'un bon moment à passer, et elle avait le sentiment que c'était ce qu'elle était devenue pour Jack.

Cette pensée la fit s'extirper dans la seconde de ses bras et quitter le lit. Elle ramassa sa robe de chambre sur le sol et en couvrit sa nudité.

— Déjà ? J'avais comme une envie de remettre ça, dit-il en se redressant sur son séant.

Il était attirant en diable avec ses cheveux ébouriffés, et ce sourire paresseux et sexy qui lui étirait les lèvres.

Le sourire retomba tandis qu'il la dévisageait dans la demi-pénombre de la chambre.

— S'il te plaît, ne me dis pas que tu éprouves les regrets du petit matin.

— Non, assura-t-elle, je n'ai aucun regret.

Et c'était vrai. En aucune manière elle ne pouvait regretter d'avoir fait l'amour avec lui.

— Simplement, reprit-elle, j'ai un programme très chargé aujourd'hui et je voudrais démarrer ma journée avant que les enfants ne soient réveillés.

— Tu vas travailler sur ton projet d'agence ? demanda-t-il d'un ton curieux.

Elle hocha la tête et resserra la ceinture de sa robe de chambre. Jack avait recouvré tout son sérieux.

— Nous n'avons pas parlé de ce que tu comptes faire de ta maison, observa-t-il. As-tu l'intention de la vendre ?

Elle songea au joli pavillon que ses parents lui avaient offert pour l'obtention de sa maîtrise. Elle adorait sa maisonnette, mais si leur mariage avait été un vrai mariage, elle l'aurait vendue sans plus attendre et sa vie se serait confondue avec celle de son mari.

Pourtant ce n'était qu'un mariage blanc, un simple arrangement, et sans boule de cristal pour lire l'avenir, elle n'était pas prête à prendre le risque de tout abandonner.

— Pour le moment, je n'ai pas l'intention d'en faire quoi que ce soit, répondit-elle. A présent je vais me doucher. Je te retrouve dans la cuisine.

Sur ce, elle quitta la chambre.

Si elle restait vivre ici avec Jack et les garçons, tôt ou tard il lui faudrait récupérer un certain nombre de choses dans sa maison. Mais elle avait beau s'y être engagée, elle ne pouvait s'empêcher de penser que cet arrangement ne durerait peut-être pas éternellement. Conserver ce pavillon était un filet de sécurité pour le cas où les choses tourneraient mal.

Comme d'habitude, Jack passa la matinée avec ses employés sur le ranch, tandis qu'elle-même s'occupait des garçons et assurait quelques tâches ménagères. On était samedi, et il fallait qu'ils se débrouillent eux-mêmes pour les repas. Donc, au petit déjeuner : céréales, et au déjeuner : sandwichs. Pour le dîner, Marisa avait l'idée ambitieuse de préparer des spaghettis bolognaise.

C'est après que Mick et David eurent été couchés pour leur sieste que Jack lui annonça qu'il se rendait chez Kent pour discuter avec lui.

— Bien, j'en suis contente, répondit-elle en se laissant choir dans le sofa.

Il fronça les sourcils, le regard lointain.

— Je repense à l'époque qui a suivi mon retour ici, après le divorce, dit-il. J'étais dans un sale état. Si Kent n'avait pas été là, je ne sais pas si je serais encore en vie aujourd'hui.

Il se renversa dans son fauteuil et la considéra d'un air pensif.

— Mais toi, Marisa ? Est-ce que tu as des amis ? Je ne t'entends jamais téléphoner à qui que ce soit en dehors de ta tante Rita, et de temps à autre à tes parents.

— Après ma fausse couche, expliqua-t-elle d'une voix tendue, je me suis coupée de tout le monde.

L'émotion lui oppressait la poitrine au souvenir des sombres journées qui avaient suivi cette épreuve.

— Je suis entrée dans une période d'abattement, qui s'est peu à peu transformée en dépression.

Ramenant les jambes sous elle, elle cala sa tête contre le coussin.

— Mes amis ne semblaient pas comprendre que ce n'était pas un événement sur lequel je pouvais tourner la page, que je pouvais laisser derrière moi. Ma douleur les gênait. Au moment où j'ai passé ma maîtrise, j'avais pratiquement fait le vide autour de moi. J'ai tout de suite commencé à travailler comme nourrice, et ce job m'a suffisamment occupée pour qu'aucun de mes amis ne me manque vraiment.

Elle lui sourit. Elle voulait effacer le froncement de sourcils ombrageux, sur son visage.

— Ne prends pas cet air grave, Jack. J'ai fini par me réadapter, Dieu merci, et je suis ouverte à toute opportunité de me faire de nouveaux amis. Allons, sors d'ici, va fumer le calumet de la paix avec ton ami.

— Je devrais être rentré assez vite, dit-il en se dirigeant vers l'entrée.

— Prends tout le temps qu'il te faut. Je vais travailler un peu sur mon ordinateur, ensuite je tâcherai de nous concocter la meilleure sauce bolognaise que tu aies goûtée de ta vie.

Un large sourire éclaira le visage de Jack.

— J'en ai déjà l'eau à la bouche, répondit-il. A tout à l'heure. N'oublie pas de rebrancher l'alarme après mon départ.

Dès qu'il fut sorti, elle se leva du canapé, alla rebrancher l'alarme, puis se dirigea vers sa chambre où l'attendait son ordinateur allumé.

Au moment où Jack l'avait engagée, elle venait juste de s'atteler à la conception du site Web de son agence. Elle s'y replongea avec ardeur et ne vit pas les minutes passer. Une demi-heure plus tard environ, les garçons se réveillèrent de leur sieste.

Profitant de ce que Mick et David jouaient tranquillement dans le séjour, elle téléphona au journal local pour placer une petite annonce à l'intention de toute jeune femme intéressée par le travail de nourrice, puis les rejoignit au centre de la pièce où elle s'installa en tailleur.

Ils étaient lancés dans la construction d'un fort à l'aide de cartons et de boîtes lorsqu'elle entendit des coups frappés à la porte.

Elle se leva et jeta un coup d'œil par la fenêtre. Patrick se tenait sur le perron. Que faisait-il là ? Lorsqu'elle posa la main sur le bouton de la porte, la lumière du soleil fit briller l'alliance qui avait été celle de la mère de Jack.

— Patrick, fit-elle en l'accueillant avec un sourire crispé. Quelle surprise !

— Bonjour, Marisa. Je me suis dit que je pouvais te rendre une petite visite et voir si tout se passait bien pour toi.

Il hésita un moment, puis sourit à son tour.

— Je peux entrer ?

Elle tira à elle le battant et s'écarta pour lui céder le passage.

— Allons dans le séjour. Nous étions en train de construire un fort, les petits et moi.

Tout occupés à colorier les cartons dans des tons marron et gris, Nick et David n'accordèrent qu'une attention distraite au nouveau venu.

— Tu me manques, Marisa, commença-t-il. Je t'ai accordé un peu de temps pour réfléchir, j'espérais que… peut-être tu changerais d'avis à mon sujet… Enfin, à notre sujet.

Marisa laissa échapper un long soupir silencieux. Elle devait annoncer à Patrick son mariage avec Jack, mais pour cela il lui fallait très vite décider de ce qu'elle allait exactement lui dire.

Sa fierté, ou peut-être la pudeur, lui interdisait de lui révéler la vérité, à savoir que Jack et elle avaient contracté un mariage blanc dans le seul intérêt des deux petits garçons qui barbouillaient à présent leur fort de violet et de rouge.

— Patrick, je suis désolée, mais je n'ai pas changé d'avis. En fait, aussi insensé que cela paraisse, je suis tombée amoureuse de Jack et il est tombé amoureux de moi. Nous nous sommes mariés la semaine dernière.

Pendant quelques secondes, Patrick parut estomaqué.

— Eh bien, voilà qui est du rapide, balbutia-t-il. Tu es sûre de ne pas avoir commis une erreur ?

— Absolument, répondit-elle sans hésitation. Je n'ai jamais été plus heureuse de ma vie.

A l'instant même où ces mots s'échappaient de sa bouche, elle sut que c'était vrai. Elle n'avait aucune idée du temps que durerait ce bonheur, mais elle avait l'intention de s'y agripper aussi longtemps qu'il existerait.

— Alors je suppose que je suis heureux pour toi, dit-il avec un sourire forcé.

Elle se détendit quelque peu.

— Merci.

— Bon, eh bien, il vaut mieux que je parte, j'imagine.

Alors qu'il se dirigeait vers la porte, il s'arrêta et se retourna.

— J'ai entendu dire que Jack avait conservé dans sa grange un tas de souvenirs de son groupe, Creation. Tu crois que je pourrais aller y jeter un coup d'œil ?

Marisa se rappela qu'il en avait été un grand fan.

— Je ne pense pas que ça pose problème, répondit-elle. Jack n'y verrait pas d'inconvénient... Les enfants, ça vous dit d'aller quelques minutes à la grange ?

Comme prévu, en un clin d'œil ils furent à ses côtés.

— Vous vous souvenez de Patrick ? leur demanda-t-elle.

Les garçons marmonnèrent un vague bonjour, tandis que Patrick haussait un sourcil.

— Mick et David ? Comme Mick Jagger et David Bowie ?

Marisa sourit.

— Tout à fait. Candace était semble-t-il une adoratrice de ces légendaires stars du rock. Allons-y.

Ils quittèrent tous les quatre la maison, les deux blondinets courant à droite et à gauche et sautillant à cloche-pied avec toute l'énergie de leur âge.

— Je me demande comment tu fais pour les supporter, grommela Patrick.

Il y avait dans son ton une exaspération retenue qui fit penser à Marisa, à tort ou à raison, qu'il n'avait guère d'atomes crochus avec les enfants.

Cela n'aurait rien auguré de bon dans un avenir avec lui, songea-t-elle. Car, d'une manière ou d'une autre, ces derniers auraient eu une place prépondérante dans sa vie.

Ni Sam ni Max n'étaient en vue lorsqu'ils atteignirent la grange. Sans doute se trouvaient-ils ailleurs sur le ranch. Elle se souvint que Jack lui avait dit qu'ils devaient réparer une section de clôture à environ trois kilomètres de la maison.

Le portail de la grange s'ouvrit en grinçant, et le petit groupe y entra. Patrick demeura bouche bée devant ce qu'elle contenait.

— Nom d'un chien ! J'avais bien entendu des rumeurs qui disaient qu'il avait aménagé ici un vrai musée, mais là…

Marisa ne put s'empêcher de sourire en le voyant évoluer dans le lieu. David se dirigea droit vers la batterie, et Mick eut tôt fait de retrouver les figurines avec lesquelles il avait joué lors de sa dernière visite.

Tandis que le cadet commençait à frapper sur une cymbale, Patrick grimaça.

— Tu ne peux pas lui dire d'arrêter ? demanda-t-il, une pointe d'irritation dans la voix.

Marisa le considéra d'un air surpris. Décidément, elle découvrait un aspect de sa personnalité qui n'avait rien de séduisant.

— David, viens ici, mon chéri.

Mais l'enfant l'ignora.

— Hé, j'ai une idée, dit Patrick.

Il alla chercher une chaise, la plaça devant lui et sourit à Marisa.

— Nous allons jouer aux gendarmes et aux voleurs, annonça-t-il en plongeant la main dans sa poche, pour en sortir un petit revolver. Assieds-toi, Marisa.

Toute légèreté avait disparu de sa voix. Marisa le dévisagea.

— Mais qu'est-ce que tu fais, Patrick ? Que se passe-t-il ?

Son cœur battait la chamade dans sa poitrine.

— J'ai dit assieds-toi, répliqua-t-il d'un ton sec. Tu ne veux certainement pas me mettre en colère et traumatiser les gosses.

Elle se laissa tomber sur la chaise, presque hypnotisée par l'arme dans sa main.

— C'est à cause de ma décision de rompre ? demanda-t-elle.

— Ne sois pas idiote ! s'exclama-t-il en sortant un rouleau de corde de sa poche. Les garçons, on va faire un jeu, OK ? On va ligoter Marisa.

Il approcha son visage de son oreille.

— Si tu ne coopères pas, je les tue tous les deux.

Associé au timbre menaçant de sa voix, l'éclat dur qui

brillait dans ses yeux la convainquit qu'il était sérieux. Son sang se glaça dans ses veines.

— Patrick, s'il te plaît. Jack va rentrer d'un moment à l'autre. Je ne comprends pas. Pourquoi fais-tu cela ?

Tandis qu'il commençait à lui entraver les poignets par-derrière, les enfants s'approchèrent et le regardèrent l'attacher sur la chaise.

— Jack n'est pas près de rentrer, dit-il. Mon associé veille à ce qu'il ne revienne au ranch que lorsqu'il sera trop tard.

Il n'ajouta plus rien, jusqu'à ce que les poignets et les chevilles de Marisa fussent solidement arrimés aux montants de la chaise. Puis il s'écarta d'elle.

Elle tira sur ses mains pour les libérer, mais la corde était vraiment très serrée.

— Patrick, pourquoi fais-tu cela ?

Elle s'efforçait de garder une voix aussi calme que possible afin d'éviter d'effrayer Mick et David, qui observaient la scène sans comprendre, les yeux écarquillés.

Se redressant de toute sa hauteur, il la toisa d'un air hautain.

— Mon nom n'est pas Patrick. Au cours des années, j'ai eu plusieurs identités différentes, mais mon véritable nom est Paz Marquez. C'est mon père qui a trouvé le diamant, les « Larmes du Quetzal ». Il aurait dû lui appartenir. Le problème, c'est que Joseph Rothchild, le père d'Harold, a eu vent de sa découverte.

Le beau visage de Paz était à présent tordu en un masque de haine, une haine si intense que Marisa en eut presque le souffle coupé.

— Joseph Rothchild a tué mon père. Il l'a enterré vivant dans une galerie après lui avoir subtilisé le diamant. Je l'avais récupéré sur Candace le soir où je l'ai assassinée.

Malheureusement, il m'a ensuite filé entre les doigts. Depuis lors, je me suis juré de faire payer les Rothchild.

Marisa déglutit avec peine. Il avait déjà tué. Il était le meurtrier de Candace. Et il était désormais clair que c'était lui l'auteur de toutes ces mystérieuses exactions commises à l'encontre de sa famille, et qui avaient défrayé la chronique dans les médias. Sa gorge se serra et la chair de poule la gagna tandis qu'elle prenait la mesure du danger dans lequel ils étaient tous les trois plongés, les enfants et elle.

— J'ai fini par le récupérer, reprit-il en arborant un sourire cruel. Il est revenu à son légitime propriétaire.

— Patrick, protesta-t-elle, sentant la terreur la gagner, je n'ai rien à voir avec cette histoire. Laisse-nous partir.

— Les gosses ont *tout* à voir avec cette histoire, rétorqua-t-il d'une voix qui vibrait littéralement de rage. N'est-ce pas, Mick ? N'est-ce pas, David ?

Il leur adressa un sourire qui se voulait amical, mais qui n'était en fait qu'une sinistre grimace.

— Je suis sûr qu'ils valent au bas mot un million de dollars chacun. Leur grand-père est tout à fait en mesure de payer cette somme. C'est le moins qu'il puisse faire, compte tenu de sa dette envers moi.

Une onde de panique traversa Marisa.

— Patrick, tu as la bague des Rothchild. Ce n'est pas suffisant ? Tu as ce diamant dont tu affirmes qu'il appartenait à ton père.

— Non, ce n'est pas suffisant.

Ses poings se serrèrent sur ses cuisses.

— Je veux le sang des Rothchild. Je veux leurs larmes. Je veux qu'ils connaissent le genre de souffrance que j'ai endurée par leur faute.

Un sanglot s'étrangla dans la gorge de Marisa. Elle tenta de nouveau de se détacher les mains. Il fallait qu'elle fasse quelque chose. Elle devait sauver les garçons.

Le seul choix dont elle disposait était de hurler en espérant que Max ou Sam l'entende. Ce qu'elle fit. Le cri jaillit du plus profond de son âme.

Elle ne le vit pas venir, mais sentit le coup violent qui percuta le côté de sa tête… Puis ce fut le néant.

La douleur — d'atroces élancements dans le crâne qui lui donnaient la nausée — la ramena à la conscience. Elle rouvrit les yeux, et se rendit compte que deux choses avaient changé.

Elle était bâillonnée avec de la bande adhésive, et les enfants n'étaient plus là.

Seigneur, où étaient Mick et David ? Rassemblant ce qui lui restait d'énergie, elle tira de toutes ses forces sur la corde qui l'immobilisait sur sa chaise.

— Ah, je vois qu'on est revenu à soi.

Patrick se tenait devant elle, un bidon métallique rouge à la main.

Elle se débattit avec frénésie pour se libérer, submergée par la terreur, hurlant sous l'adhésif qui lui scellait les lèvres. Un gémissement étouffé lui échappa tandis que la chaise tombait de côté pour heurter durement le sol. Sa joue s'écrasa contre la surface de terre battue et des larmes lui brouillèrent la vue.

— Ce fut un plaisir de te connaître, Marisa, dit Patrick quelque part derrière elle. Ces deux petits garçons sont mon ticket pour la fortune. Toi, tu n'as aucune valeur, ma pauvre fille. J'espère cependant que ta mort fera verser une larme ou deux à Jack et à Harold.

C'est à ce moment qu'elle comprit que ce n'était pas l'argent qui le motivait, mais un désir forcené de vengeance. Elle entendit des bruits d'éclaboussements et sentit aussitôt les effluves d'essence lui monter aux narines. Le feu ! Il avait l'intention de la faire brûler vive.

L'odeur écœurante s'accentua au fur et à mesure qu'il versait le carburant un peu partout dans la grange.

Avec une énergie désespérée, Marisa tira de toutes ses forces sur ses liens pour se détacher, mais sa tentative resta vaine. Ses poignets et chevilles étaient à vif, et les émanations d'essence devenaient suffocantes.

« Mick ! David ! » hurla son cœur. Elle en oublia presque sa peur pour elle-même tandis que son esprit se concentrait sur les deux petits garçons qu'elle en était venue à aimer de toute son âme.

« Jack, où es-tu ? Viens sauver tes bébés ! Viens me sauver ! »

— Je crois que le moment des adieux est venu, dit Patrick dans son dos.

Elle entendit le frottement d'une allumette, suivi d'un puissant « wooof ! ». Le portail de la grange se referma en claquant, la laissant seule avec les flammes, qui en quelques secondes s'élevaient déjà dans des craquements sinistres.

De la fumée tourbillonna autour d'elle, l'aveuglant et l'empêchant de respirer. Elle toussa et s'étrangla sous son bâillon, et bientôt ses poumons lui parurent sur le point d'exploser.

Des ombres noires se refermèrent sur elle, occultant sa vision tandis qu'elle sombrait peu à peu dans l'inconscience.

Sa dernière pensée lucide fut qu'elle s'en voulait amèrement d'avoir amené un monstre à la porte de chez Jack.

11

Il avait fallu une semaine à Rita pour apprendre que Patrick Moore, l'homme avec qui sortait Marisa, n'existait pas.

Elle avait commencé à nourrir des soupçons à son sujet lorsqu'elle s'était rendu compte que la dernière fois qu'elle avait vu la bague, c'était juste avant la soirée où Marisa et lui étaient venus dîner chez elle.

Rita savait que sa nièce ne serait jamais entrée dans son bureau, et en aucun cas n'aurait pris quelque chose qui ne lui appartenait pas. Mais elle se rappelait distinctement que Patrick les avait quittées toutes les deux pendant qu'elles faisaient la vaisselle, pour se rendre aux toilettes, avait-il dit. Son instinct lui soufflait qu'il avait très bien pu mettre à profit ce temps pour lui voler la bague.

Cela étant, elle avait toujours le plus grand mal à comprendre comment il avait pu savoir où trouver le bijou, et comment il était parvenu à l'extraire du coffre de sûreté où elle rangeait son arme. C'était à l'évidence l'œuvre d'un professionnel…

La veille, elle avait téléphoné au cabinet d'expertise comptable où Patrick était censé travailler, et avait ainsi découvert qu'il avait abandonné son poste quelque deux semaines plus tôt. Après s'être fait communiquer son adresse, elle s'y était rendue tard dans la soirée, pour tomber sur un terrain en friche de la périphérie de la ville.

Elle était restée plantée là une bonne minute, saisie d'une peur nouvelle. Qui était Patrick Moore ? Et pourquoi avait-il une fausse adresse ? Ce genre de pratique était généralement le fait de criminels.

Quelques minutes plus tôt, Rita avait essayé d'appeler Marisa au ranch Cortland, afin de voir si celle-ci pouvait lui fournir une quelconque information susceptible de la mettre sur la piste de l'identité réelle de l'individu. Personne n'avait décroché.

Elle devait à tout prix récupérer cette bague. Sa carrière même était en jeu. Mais par-dessus tout, elle devait avertir Marisa que Patrick Moore n'était pas l'homme merveilleux qu'elles avaient cru toutes les deux.

Elle avait la très déplaisante intuition que quelque chose de grave était sur le point de se produire. Décrochant son téléphone, elle réitéra sa tentative de contacter le ranch. Cette fois, elle voulait juste s'assurer que tout allait bien pour Marisa.

Elle poussa un soupir contrarié en constatant qu'on ne décrochait toujours pas. Attrapant ses clés, elle se dirigea d'un pas décidé vers la porte de son appartement, incapable de rester là à se ronger les sangs.

Elle allait commencer par le cabinet d'expertise comptable et interroger les anciens associés de Patrick. Peut-être détenaient-ils sans le savoir des informations pouvant éclairer sa lanterne sur le personnage et sur l'endroit où il habitait.

— Il faut vraiment que j'y aille, dit Jack pour la troisième fois en quinze minutes.

Il se trouvait déjà chez Kent depuis plus d'une heure et demie. Ce qui avait commencé comme un raccommodage après une brouille entre amis s'était transformé en remémoration des bons moments du passé.

— Hé, tu te souviens quand nous avons joué au Riverside et que le proprio du bar nous a payés en bières ? demanda Kent, à l'évidence peu désireux de mettre fin à leur conversation.

Jack se leva de son fauteuil dans le minuscule séjour de son ami.

— Oui, je me souviens. Nous étions tous au-dessous de l'âge légal, et nous sommes restés près de deux jours ronds comme des queues de pelle. Bon, tu sais, Kent, je dois vraiment partir. Il faut que je rentre à la maison pour les enfants.

Kent consulta sa montre, puis se leva à son tour.

— O.K., s'il s'agit d'un cas de force majeure…

— C'en est un, répondit Jack.

— En tout cas, vieux, merci d'être passé, dit Kent tandis que les deux hommes sortaient sur le perron. J'avoue que notre dispute m'était restée en travers de la gorge. J'aurais aimé pouvoir te dire qui a tuyauté Harold sur ce qui se passe chez toi, mais tu devrais savoir que jamais je ne chercherais à te nuire.

Il lui tendit la main, et Jack la serra avec fermeté.

Quelques minutes plus tard, cependant, en roulant vers le ranch, il n'était toujours pas convaincu à cent pour cent de pouvoir lui faire confiance. Certes, Kent avait clamé son innocence avec les mots qu'il fallait et la conviction qu'il fallait. Mais comment être sûr qu'il ne simulait pas ?

En tout état de cause, tant qu'il ne connaîtrait pas le nom de l'informateur de son ex-beau-père, la seule solution qui leur restait, à Marisa et à lui, c'était de veiller au grain et de faire en sorte que rien n'arrive.

Ses pensées le ramenèrent à Marisa et à leur nuit d'amour. Ç'avait été incroyable. Ils s'étaient adaptés l'un à l'autre aussi naturellement que s'ils étaient voués depuis toujours à être ensemble. Même à présent, le simple fait d'y penser l'émouvait.

Elle avait transformé sa vie, et il lui serait à jamais reconnaissant pour tout ce qu'elle avait accompli.

Mais le sentiment qui l'envahissait en songeant à elle n'avait que peu à voir avec la gratitude. S'agissait-il de tendresse ? D'amour ? Toujours est-il qu'il ne pouvait plus se passer de ce sourire divin qui éclairait son visage et faisait briller le marron velouté de ses yeux, qu'il adorait ce rire clair et limpide qui réchauffait un endroit, au fond de lui, demeuré froid depuis trop longtemps.

Malgré tout cela, il n'était pas convaincu qu'elle était dans sa vie pour le long terme. Pour preuve, elle ne manifestait aucune intention de se défaire de sa maison. Elle assurait ses arrières, se ménageait une retraite facile et rapide pour le cas où les choses se détérioreraient entre eux.

Drôle comme l'idée qu'elle ne soit plus sous son toit ni dans sa vie lui serrait la gorge…

Il était si heureux de ce qu'elle avait accompli avec ses enfants, et plus encore de ce qu'elle avait fait pour lui : elle l'avait aidé à croire qu'il pouvait devenir le genre d'homme qu'il souhaitait être. Elle lui avait donné confiance non seulement dans sa mission de père, mais — et c'était là le plus remarquable — dans l'être qu'il était au fond de lui.

Au moment de s'engager dans le chemin qui conduisait au ranch, il aperçut de la fumée. De grosses volutes grises qui s'élevaient vers le ciel.

Son cœur s'arrêta de battre quand il comprit que c'était sa grange qui était en feu. Il écrasa la pédale d'accélérateur et, une fois devant la construction en flammes, freina brutalement dans un crissement de pneus.

Sam et Max étaient déjà là, s'activant avec des tuyaux

d'arrosage dans une dérisoire tentative pour stopper le sinistre.

— Appelez les pompiers ! cria Jack en bondissant hors de sa voiture.

— C'est fait ! lui lança Max par-dessus le ronflement lugubre de l'incendie.

Jack se fichait comme d'une guigne du matériel et de tout ce que contenait la grange. Ce n'était que des reliques du passé, des choses qui ne comptaient plus véritablement pour lui. Mais Mick aimait beaucoup jouer avec ces ridicules figurines et David adorait taper sur les cymbales, aussi décida-t-il de tenter le tout pour le tout et d'essayer de sauver au moins ça.

Arrachant le tuyau des mains de Sam, il s'aspergea de la tête aux pieds, puis lui rendit le tuyau et fonça entre les vantaux ouverts du portail.

La visibilité était très réduite, et la fumée lui agressait les poumons tandis qu'il courait vers le coffre où étaient rangées les figurines. C'est alors qu'il la vit. Marisa. Ligotée sur une chaise renversée, et aussi inerte qu'un cadavre.

Un cri d'horreur lui échappa, et il se rua vers elle. Un million de pensées se télescopèrent dans sa tête. Que faisait-elle là ? Qui l'avait attachée à cette chaise ?

Au-dessus de lui l'incendie faisait rage, et les craquements sinistres du bois lui firent prendre conscience que la toiture risquait à tout moment de s'effondrer.

Plutôt que de perdre du temps à tenter de dénouer ses liens, en une fraction de seconde il prit la décision d'empoigner la chaise par ses montants et de la tirer vers le portail avec Marisa ficelée dessus.

« Ne sois pas morte. S'il te plaît, ne sois pas morte. » La prière se répéta dans sa tête comme un mantra tandis qu'il luttait pour la sortir de la grange.

Il faillit sangloter de soulagement lorsqu'ils retrouvèrent

l'air frais de l'extérieur et qu'elle rouvrit les yeux. Elle se mit aussitôt à tousser, suffoquant sous l'adhésif qui lui scellait les lèvres.

Il arracha son bâillon, puis se redressa et se tourna vers la grange. Les enfants. Oh, Seigneur. S'y trouvaient-ils aussi ? Une fois encore, il eut l'impression que son cœur s'arrêtait de battre.

— Marisa, les enfants sont dans la grange ? demanda-t-il d'une voix pleine d'angoisse, le cœur martelant si fort sa cage thoracique qu'il craignit de ne pas entendre sa réponse.

Il poussa un énorme « ouf ! » de soulagement en la voyant secouer violemment la tête. Mais ce soulagement retomba lorsqu'elle crispa la main sur son bras et annonça :

— Ils sont partis, Jack. Il les a emmenés…

Elle s'interrompit, saisie d'une nouvelle quinte de toux.

De loin leur parvint le son de sirènes. Les pompiers arrivaient. Jack se pencha sur Marisa, la poitrine si oppressée qu'il ne parvenait qu'avec difficulté à respirer.

— Qui ? Qui a emmené les enfants, Marisa ?

Les larmes dégoulinaient sur ses joues maculées de suie.

— Patrick. Oh, mon Dieu, Jack. Il les a enlevés. Je suis tellement désolée.

Puis elle éclata en sanglots.

Au moment où les véhicules des pompiers s'arrêtaient devant la grange, le portable de Jack se mit à vibrer dans sa poche de poitrine.

Il se releva, et tout en se dirigeant vers sa voiture, le sortit et consulta l'écran. Numéro inconnu.

— Cortland, dit-il en se glissant derrière le volant, avant de claquer sa portière.

Les sirènes venaient fort à propos de s'arrêter.

— Je détiens vos deux fils. Si vous contactez la police, je les tue. Si vous avertissez une quelconque autorité, je les tue. Vous comprenez ?

La voix de Patrick était grave et glaciale.

Jack contint sa rage, sachant que la vie de ses fils était en jeu.

— Je comprends. Que voulez-vous ?

— Deux millions de dollars.

Jack eut un ricanement dur.

— Rien que ça ? Je n'ai pas une telle somme. Vous avez oublié ? Je suis un has-been qui a claqué tout son fric en drogue et en alcool.

— Vous ne l'avez peut-être pas, mais vous pouvez l'obtenir, rétorqua Patrick.

— Ah bon. Et de quelle manière ?

— Harold Rothchild sera heureux de payer pour la restitution de ses petits-enfants. Vous avez jusqu'à ce soir 21 heures pour rassembler l'argent. Je vous rappellerai.

Puis il raccrocha.

Jack rangea son portable dans sa poche puis serra avec une telle force les mains sur le volant que ses jointures blanchirent. Au-dehors de la voiture, le chaos régnait. Les pompiers étaient en train de perdre la bataille contre l'incendie, et Marisa était assise à même le sol, le nez et la bouche couverts par un masque à oxygène.

Mais pour dramatique qu'elle fût, la scène qu'il avait sous les yeux n'était rien comparée à l'orage qui sévissait sous son crâne. Mick et David étaient en danger de mort, et les larmes lui brûlaient les yeux à la pensée de ses deux précieux enfants entre les mains d'un forcené.

Sa première impulsion fut d'appeler la police, mais les menaces proférées par Patrick résonnaient encore dans sa tête, et il n'osait imaginer les conséquences d'une telle action. Il y avait quelque chose dans sa voix qui ne laissait aucun doute sur le fait qu'il n'aurait aucun scrupule à s'en prendre aux gosses.

Quittant la voiture, il s'empressa de rejoindre Marisa. A son approche, celle-ci ôta son masque à oxygène et fondit en larmes.

Il la releva et l'étreignit longuement, imaginant sans mal la torture qu'elle endurait.

— Je suis tellement désolée, tellement désolée, bredouilla-t-elle contre son épaule, les joues inondées. Je n'ai pas pu l'arrêter. Il a dit qu'il voulait voir les objets datant du succès de ton groupe. Je n'aurais jamais pensé… Jamais… Il a sorti une arme, je ne pouvais rien faire…

— Chut, tout va bien, murmura Jack en lui massant le dos d'une main réconfortante. Maintenant il faut que tu te ressaisisses, Marisa. Tu vas me dire exactement ce qui s'est passé ainsi que ce qu'il t'a dit, mot pour mot.

Peut-être Patrick avait-il sans le savoir lâché un indice permettant de connaître l'endroit où il gardait les enfants.

Marisa leva la tête et le regarda, une expression douloureuse dans les yeux.

— Il a tué Candace, Jack. Il m'a dit que c'était lui qui l'avait tuée.

A ces mots, le sang de Jack ne fit qu'un tour dans ses veines.

— Va dans ma voiture, ordonna-t-il. J'arrive tout de suite.

Pendant qu'elle s'y dirigeait, il alla s'entretenir avec le chef des pompiers. Le feu brûlait toujours, et il était clair que la grange était irrémédiablement détruite.

Jack informa l'officier qu'il devait partir, mais qu'il contacterait les autorités le lendemain. Puis il tourna les talons et se hâta vers sa voiture, où l'attendait Marisa.

Dès qu'il eut démarré, celle-ci entreprit de tout lui relater depuis le moment où Patrick s'était présenté à la porte de la maison. Lorsqu'il elle lui eut rapporté les paroles précises que son ex-petit ami avait prononcées, Jack ne fut plus qu'un bloc de glace.

— Où habite-t-il ?

— Je l'ignore. C'était toujours lui qui venait chez moi.

Elle croisa les bras et les pressa sur son ventre comme si elle était physiquement malade.

— Tu vas appeler la police ?

— Patrick vient de me téléphoner sur mon portable. Il m'a dit qu'il avait les enfants et qu'il les tuerait si je prenais contact avec la police ou qui que ce soit.

Ses mains se crispèrent sur le volant comme s'il voulait le broyer.

— Et je le crois. Je vais devoir me débrouiller seul, sans l'intervention des autorités.

— J'allais oublier : il a précisé qu'il avait un associé. Celui-ci était chargé de veiller à ce que tu rentres le plus tard possible à la maison. Ça ne peut être que Kent.

Le brasier qui s'alluma dans les entrailles de Jack était plus brûlant que celui qui avait ravagé sa grange, tandis qu'il revoyait Kent faisant tout pour le retenir chaque fois qu'il manifestait son désir de rentrer au ranch.

S'il voulait récupérer ses fils, alors Kent était *la* personne à passer sur le gril. Il fonça sur l'autoroute en direction de la maison de ce dernier, empli d'une fureur qui enflait à chaque instant.

Si quoi que ce soit arrivait à ses enfants et que Kent était impliqué à un niveau ou à un autre, il le tuerait. C'était aussi simple que cela.

Il s'arrêta devant la fermette de ce dernier, descendit de la voiture et remonta l'allée qui menait à la petite bâtisse, Marisa sur ses talons.

La brûlure dans son ventre devenait insupportable. Lorsque Kent ouvrit la porte, Jack lui expédia de toutes ses forces son poing dans figure. Kent tomba en arrière et le sang se mit à couler de son nez éclaté.

— Bon sang, mais qu'est-ce qui te… ?

Se relevant tant bien que mal, il recula tandis que Jack marchait de nouveau sur lui.

— Où sont mes fils ? rugit celui-ci.

Il l'aurait frappé de nouveau si Marisa ne l'en avait pas empêché en le retenant d'une main ferme par le bras.

— Mais de quoi me parles-tu ? beugla Kent en fouillant dans sa poche arrière pour en sortir un mouchoir en papier.

Il pressa celui-ci contre son nez et tenta de prendre un air belliqueux, mais Jack sentait la peur exsuder de lui.

— Patrick m'a dit que vous étiez son associé en me ligotant sur une chaise dans la grange, avant d'y mettre le feu, déclara Marisa, les doigts plantés dans le bras de Jack. Il a tué Candace, Kent. Et il a voulu me tuer aussi. Votre associé est un assassin.

Les yeux de Kent s'écarquillèrent, et un bruit étranglé jaillit de sa gorge.

— Il ne devait y avoir aucune violence, protesta-t-il. Il avait promis qu'il n'arriverait rien à personne.

— Qu'as-tu fait, Kent ? demanda Jack dans un murmure, la voix brisée.

— Ça devait se passer en douceur, répondit Kent. On enlevait les gosses, on touchait la rançon, ensuite je mettais les voiles et me la coulais douce pour le restant de mes jours.

— Pourquoi m'as-tu fait ça ? grogna Jack. Moi qui te considérais comme mon meilleur ami.

Kent recula d'un pas, et ce qui ressemblait à de la colère rentrée assombrit son regard.

— Parce que tu m'as laissé en rade. Tout au long de notre enfance et de notre adolescence, nous ne parlions que d'aller à Los Angeles, de monter notre groupe. Puis tu as pris ton envol et après cela tu n'as plus jamais pensé à moi. Tu as tout gagné, pendant que moi je me morfondais ici.

Jack le considéra avec stupéfaction. Il s'agissait d'une question de jalousie ?

— Je n'ai pas de temps pour ça. Où a-t-il emmené mes enfants ?

— Aucune idée. Il était censé me passer un coup de fil quand il les aurait, mais ce coup de fil, je l'attends toujours.

Avec précaution, il ôta le mouchoir imbibé de sang de son nez.

Jack mourait d'envie de le gratifier d'un nouveau direct du droit. Au lieu de cela, il pivota sur ses talons, saisit la main de Marisa et regagna à grands pas la voiture.

— Que fait-on maintenant ? demanda-t-elle tandis qu'il sortait son portable de sa poche.

— J'appelle Harold. Je n'ai pas d'autre choix que de lui demander les deux millions de dollars de la rançon.

— Mais quand ce sera terminé, il se servira de ça pour t'arracher les enfants, objecta-t-elle dans un murmure angoissé.

— Probablement. Mais c'est un risque que je dois prendre.

Une angoisse terrible le submergea, si intense que les larmes lui montèrent aux yeux, lui brouillant la vue.

Il composa le numéro de son ex-beau-père puis, quand ce dernier eut décroché, lui expliqua ce qui s'était passé et ce qu'il attendait de lui.

Après quoi il se tourna vers Marisa, en proie à un sentiment d'égarement qu'il n'avait jamais connu jusqu'à ce jour. C'était comme s'il souffrait déjà d'une perte trop énorme pour en mesurer toute l'étendue.

Marisa devait avoir perçu dans ses yeux la dimension de son désespoir, car elle posa une main sur son épaule et déclara d'une voix douce :

— Ne baisse pas les bras, Jack. Mick et David ont besoin que tu restes fort. C'est l'argent qui intéresse Patrick. Une fois qu'il aura ce qu'il veut, il les relâchera.

— J'espère que tu as raison, dit-il.

Il démarra la voiture et s'éloigna de la fermette de Kent. Dès qu'il aurait récupéré Mick et David sains et saufs, il veillerait à ce que son ancien ami passe le reste de sa misérable existence derrière les barreaux. Pour le moment, la seule chose qui importait était le sort de ses enfants.

S'il leur arrivait quoi que ce soit, alors il n'y aurait aucun endroit sur terre où Kent ou Patrick pourraient se cacher. Il n'aurait d'autre but que de les retrouver et de les détruire.

Grand, mince, l'allure aristocratique, Harold Rothchild était un bel homme. Ses cheveux d'un blanc de neige offraient un contraste marqué avec le costume noir qu'il portait avec une élégance décontractée.

Il était arrivé chez Jack quelques moments plus tôt avec deux grandes valises, et n'avait montré aucune émotion quand celui-ci lui avait présenté Marisa comme étant son épouse.

Pendant le laps de temps où ils l'avaient attendu, Marisa avait pris une douche rapide pour éliminer les traces de suie et de cendre dont elle était couverte. Debout sous le jet d'eau chaude, elle s'était laissée aller et avait versé des larmes de peur pour Mick et David, mais également pour Jack.

A l'arrivée d'Harold, Jack avait passé une dizaine de minutes à lui relater ce qui s'était passé durant les deux heures précédentes. Le vieil homme n'avait rien dit, mais son regard bleu perçant n'avait jamais quitté le visage de son interlocuteur.

Ils étaient tous les trois assis à la table de la salle à manger, le portable de Jack posé devant lui comme s'il attendait un autre coup de fil de Patrick.

— Patrick Moore, prononça lentement Harold, les sourcils froncés. Il est un homme mort et il ne le sait même pas encore.

Avec la bousculade d'événements depuis que Jack l'avait sauvée de la grange en feu, Marisa se rendit compte qu'elle avait omis de parler des révélations de Patrick sur son identité.

— Il ne s'appelle pas Patrick Moore, dit-elle.

Les deux hommes se tournèrent de concert vers elle.

— Je viens juste de me le rappeler. Il m'a dit que son nom était Paz… Paz Martin, ou Martinez.

— Paz Marquez, rectifia Harold d'un ton plat, l'œil rivé sur elle.

— Oui, c'est ça, agréa-t-elle. Il m'a parlé d'un diamant, et du fait que son père avait été assassiné.

Harold se carra contre son dossier, le teint soudain couleur de cendre.

— Ce n'est pas une question d'argent. Il s'agit de vengeance. Il s'agit de ce maudit diamant.

Levant la main, il se massa le front comme sous le coup d'une migraine subite.

— De quoi parlez-vous ? demanda Jack. Qui est Paz Marquez ?

— Antonio Marquez, le père de Paz, est le mineur qui a trouvé le diamant que nous connaissons aujourd'hui sous le nom de « Larmes du Quetzal ».

Les joues d'Harold regagnèrent un peu de leur couleur.

— Il ne l'a pas remis à mon père ainsi qu'il était censé le faire, mais l'a gardé par-devers lui et a quitté son poste. Mais mon père l'a découvert, et un soir, tombant sur Antonio dans la mine, il l'a sévèrement corrigé, lui a repris le diamant et… l'a enterré vivant.

Harold baissa la tête, avec sur le visage l'expression d'un homme portant le poids du monde sur ses épaules.

— Je n'étais encore qu'un gosse, mais j'étais là et j'ai tout vu. Je n'en ai jamais parlé à personne et, à présent, il semble que je doive payer pour mon silence.

Il ajusta le nœud de sa cravate argent et noir, comme si ce geste anodin pouvait lui apporter un quelconque réconfort. Marisa nota que ses mains tremblaient légèrement.

— J'ai essayé de réparer cet acte, reprit-il. Dès que j'ai été en âge de le faire, tous les mois j'ai envoyé de l'argent à la mère de Paz, Juanita. Par la faute de mon père, elle s'était retrouvée veuve avec trois enfants à charge. J'ai arrangé les choses pour qu'elle puisse se rendre en Arizona et commencer une nouvelle vie. Je croyais que ce serait suffisant.

— Apparemment, ce ne l'était pas, observa Jack.

Harold lui adressa un sourire crispé.

— J'ai toujours pensé que c'était vous qui commettriez une action stupide qui mettrait mes petits-enfants en danger. Pas un instant je n'aurais imaginé que leur vie pût être menacée à cause de moi.

— Ça n'a plus d'importance à présent, répliqua Jack. Ce qui en a, par contre, c'est que vous et moi travaillions la main dans la main pour ramener les enfants à la maison.

Marisa détourna la tête et regarda par la fenêtre. Le matériel d'incendie avait été dégagé, et il ne restait plus de la grange qu'un amas de débris calcinés. Le crépuscule enveloppait le paysage de son ombre. Une sourde terreur l'envahit à l'arrivée imminente de la nuit.

Où était David ? Où était Mick ? Avaient-ils peur ? Pleuraient-ils ? L'appelaient-ils ?

Son besoin de les avoir de nouveau dans ses bras était tel que son cœur lui faisait mal. Pendant la brève période où elle avait partagé leur existence, ils avaient pris une place si importante dans sa vie qu'il lui semblait les avoir elle-même mis au monde.

Mais ce n'était pas seulement la pensée des enfants qui lui étreignait le cœur. Alors qu'elle reportait son attention sur Jack de l'autre côté de la table, la douleur qu'elle lut sur ses traits lui donna envie de pleurer.

On aurait dit un homme qui avait pris un coup de couteau dans le ventre. Son teint était d'une pâleur malsaine, son regard enfiévré par l'angoisse.

La soirée s'étira au rythme torturant du tic-tac de l'horloge. Chaque minute semblait une éternité tandis qu'ils attendaient le coup de téléphone de Patrick.

Marisa prépara des sandwichs que personne ne mangea, et du café qui fut ingurgité avec un empressement nerveux par chacun. Tous les esprits étaient tendus vers cet appel qui, elle l'espérait, signerait le retour des enfants à la maison.

La maison… C'est ainsi qu'elle avait commencé à considérer cet endroit où elle vivait avec Jack et les garçons. Depuis leur mariage éclair, elle était plus heureuse qu'elle ne l'avait jamais été de sa vie.

Elle avait beau ne pas vouloir se bercer d'illusions quant à un avenir potentiel avec eux, elle rêvait de carnavals scolaires et de parties de base-ball, de sorties en famille, de barbecues et de fous rires. Chaque fois qu'elle fantasmait ainsi, Jack et elle étaient des parents fiers de leurs deux petits garçons, qu'ils aimaient de tout leur cœur autant qu'ils s'aimaient l'un l'autre.

Mais ce n'était que des fantasmes. Quoi qu'il se passe ce soir, elle en avait la certitude, ce serait la fin de son rêve.

Même si Mick et David étaient rendus sains et saufs, elle avait le sentiment qu'Harold ne perdrait pas de temps à en contester la tutelle à Jack, et dans l'état d'esprit actuel de celui-ci, elle n'était pas sûre qu'il aurait assez d'énergie pour se battre.

Le nœud qui lui comprimait la poitrine à l'idée de leur faire ses adieux était aussi douloureux que ses efforts pour respirer lorsqu'elle était au milieu des flammes.

Ce n'était pas seulement les enfants qui lui manqueraient. C'était aussi Jack. Dès les cinq premières minutes de leur rencontre, elle avait su qu'il était le type d'homme qui pouvait emporter son cœur. Elle avait eu beau tenter de garder ses distances, rien n'y avait fait. Il s'était insinué dans sa chair et dans son sang, et lorsque le moment serait venu de partir, elle laisserait à jamais un morceau d'elle-même avec lui.

Elle venait de se lever pour les resservir en café lorsque le portable de Jack sonna. Pendant quelques secondes, ce fut comme si chacun avait été frappé de paralysie.

Les battements de son cœur cognaient si fort dans sa tête qu'elle se demanda si elle n'avait pas rêvé. Ce n'est qu'en voyant la main de Jack fondre sur l'appareil qu'elle sut qu'il avait bien sonné.

— Cortland, annonça-t-il d'une voix sèche.

La tension dans la pièce était d'une densité telle que l'estomac de Marisa se crispa. Elle avait longtemps versé des larmes amères sur un bébé qu'elle n'avait jamais pu bercer, un bébé qui n'avait jamais respiré l'air de la vie.

Elle ne pouvait imaginer de pleurer de nouveau sur Mick et David. L'idée même lui était insupportable.

— J'ai l'argent, dit Jack. Je veux parler à mes enfants.

Il se leva de table d'un mouvement si brusque qu'il renversa sa chaise derrière lui.

— Passez-moi Mick, nom de Dieu, que je puisse lui parler !

Presque aussitôt, son masque de fureur tomba pour être remplacé par quelque chose de beaucoup plus doux.

— Hé, Mick. Ça va, fiston ? Ne t'inquiète pas, papa va venir vous chercher, O.K. ?

Dans l'instant qui suivit, Marisa vit l'horrible masque se remettre en place.

— Dites-moi juste à quel endroit et je viendrai avec l'argent, dit Jack. Oui… oui… très bien. J'ai compris.

Ses yeux se réduisirent à des fentes menaçantes.

— Ecoutez-moi bien, Patrick, si vous touchez à un seul cheveu de mes gosses, je vous tue.

Puis il raccrocha.

— Alors ? s'enquit Harold, les traits aussi déformés par la rage que ceux de Jack.

— 11 heures ce soir derrière l'ancien casino King's Inn, dans le centre-ville, répondit-il.

— Ne devrions-nous pas aller trouver la police ? demanda Marisa, redoutant que les choses ne virent au drame.

Elle savait où se situait le King's Inn. Avant sa fermeture, trois mois plus tôt, l'établissement était une sorte de bouge fréquenté surtout par les autochtones, et qui offrait quelques machines à sous et tables de jeux.

— Non, pas de police, dit Harold.

— Il a raison, agréa Jack. Pas de police.

— Que fait-on pour Kent ? demanda-t-elle. Il devrait être

arrêté pour complicité, non ? Pour ce que nous en savons, il a peut-être déjà quitté la ville à l'heure qu'il est.

— Nous le rattraperons, répliqua Harold. Ce type n'est qu'un imbécile prêt à vendre un ami pour un pack de bière…

Il se tourna vers Jack.

— Je suppose que vous savez que c'était lui qui me tenait informé de la manière dont les choses se passaient entre vous et mes petits-enfants.

— Oui. C'est un sacré choc de découvrir un beau jour que l'on a accordé sa confiance à la mauvaise personne.

Se tournant vers Marisa, il plongea son regard dans le sien et ajouta, avec un sourire :

— Et tout autant de découvrir le contraire.

Plutôt que de la réconforter, son sourire fit courir un doigt glacé le long de l'échine de Marisa. S'il arrivait quoi que ce soit à Mick et David, elle en aurait le cœur brisé. Et au fond d'elle-même, elle savait que l'homme qu'elle aimait en serait complètement anéanti.

12

Jack roula au pas en descendant la rue où se trouvait l'ancien casino King's Inn. Le secteur du centre-ville que la plupart des gens visitaient était le Freemont Street Experience — cinq vastes îlots de casinos et de restaurants sous une immense canopée d'enseignes et d'écrans lumineux destinés à attirer le chaland.

Il existait à Las Vegas un autre centre-ville, moins rutilant, où de petits établissements miteux abritaient un monde interlope et désenchanté, où les junkies traînaient dans l'ombre, où souteneurs et prostitués hélaient les automobilistes, et où pickpockets et agresseurs de tout poil épiaient le touriste imprudent.

C'était dans cette zone que pénétrait Jack.

Il était seul dans sa voiture avec deux millions de dollars en liquide, et espérait, priait, pour qu'il reste à Patrick assez de sens moral pour ne pas faire de mal à ses enfants.

Sa peur était presque palpable dans l'habitacle. Une angoisse indicible lui consumait le cœur, et celui-ci battait avec assez d'adrénaline pour alimenter l'équipe des Las Vegas Gladiators dans un match de championnat.

Harold avait insisté pour l'accompagner, mais Jack avait refusé. Patrick lui avait dit de venir seul, et il n'avait pas l'intention de contrevenir aux règles d'une partie de dés dont Mick et David étaient les enjeux.

En revanche, ils étaient convenus qu'il le suivrait avec

Marisa, se garerait à un pâté de maisons du lieu de rendez-vous et attendrait là qu'il ait récupéré ses enfants.

Jack savait que les petits réclameraient Marisa. Ils auraient besoin de la tendresse de ses bras et de la douceur de sa voix leur assurant que tout allait bien. Et pour tout dire, il y avait eu des moments, pendant cette longue attente, où lui-même aurait souhaité sentir ses bras autour de lui.

Tout en s'engageant dans le parking désert situé derrière le bâtiment désaffecté, il consulta sa montre. Il était en avance de quinze minutes.

Il se gara, éteignit ses phares et jeta un regard circulaire sur son environnement. Une vieille benne à ordures était adossée à l'immeuble, à peine visible dans le noir. En dehors de cela, il n'y avait rien.

La lumière des lampadaires placés de l'autre côté du bâtiment d'un étage ne perçait qu'avec parcimonie l'obscurité. Il regarda de nouveau l'heure à sa montre, vibrant d'une tension qui lui râpait les nerfs comme du papier de verre.

Impatient, il baissa sa vitre pour laisser entrer l'air suffocant de juillet, mais la chaleur échoua à faire fondre le carcan de glace qui lui enserrait le cœur.

Il tendit la main et toucha le revolver posé sur le siège passager. En aucun cas il ne se serait placé dans une telle position sans s'être au préalable muni d'une arme. Il n'avait aucune intention de s'en servir, sauf s'il fallait sauver sa vie. La dernière chose dont il avait besoin était de jouer les héros de série B, et de faire basculer une situation déjà incertaine dans quelque chose de pire encore.

Pour autant qu'il était concerné, Patrick pouvait avoir l'argent d'Harold à partir du moment où il lui rendait Mick et David indemnes.

« L'argent, ça se remplace, se dit-il. Pas les enfants. »

Il consulta de nouveau sa montre, saisi d'une appréhension croissante. N'ayant aucune idée de la direction d'où viendrait Patrick, il ne cessait de promener son regard à droite et à gauche pour ne pas être pris au dépourvu le moment venu.

— Ne me les enlève pas, murmura-t-il tout bas. Je viens seulement d'apprendre comment me comporter avec eux, je ne veux pas que ce ne soit pour rien.

Il était parfaitement conscient du fait qu'Harold l'attaquerait sans doute pour obtenir la garde des petits dès que tout cela serait terminé. Mais il se battrait. Il avait la conviction ferme et inébranlable que leur place ne pouvait être qu'avec lui.

Pour la première fois, il lui semblait enfin être devenu l'homme qu'il avait souhaité être, celui dont ses parents auraient été fiers, celui dont Marisa avait su qu'il existait quelque part en lui.

Il se redressa sur son siège. Une berline qui roulait tous feux éteints venait de contourner le bâtiment et se garait à présent face à sa voiture. Pendant une longue minute insupportable, rien ne se passa.

Un nerf se mit à battre à la base de son crâne, et ses mains devinrent moites sur le volant.

Les phares de la berline s'allumèrent soudain, l'aveuglant à moitié. La portière côté chauffeur s'ouvrit, et Patrick descendit. L'acier de l'arme qu'il tenait à la main brilla dans la lumière de ses phares.

Jack attrapa son revolver sur le siège passager et, tout en quittant à son tour son véhicule, le glissa discrètement dans son dos.

— Où sont mes enfants ? demanda-t-il d'un ton âpre.

— Une chose à la fois, répliqua Patrick. Jetez votre arme sur le sol.

Jack hésita.

— Allons, Cortland. Je sais que vous ne seriez pas

assez stupide pour venir ici désarmé. A présent jetez-la, que nous en finissions une fois pour toutes. Pas de geste brusque. Ne faites rien qui me rende nerveux. Croyez-moi, j'ai l'index très chatouilleux.

Jack ne voulait pas prendre le moindre risque. Il ne voulait pas provoquer Patrick. Il voulait seulement récupérer ses enfants et s'en aller.

Lentement, il passa la main derrière lui, ôta le revolver de sa ceinture, puis se baissa pour le déposer sur l'asphalte et l'éloigna d'un coup de pied. L'arme glissa dans un crissement métallique à trois mètres de l'endroit où il se tenait.

— Où sont mes gosses ? demanda-t-il de nouveau.

— Je vous l'ai dit, une chose à la fois. Où est l'argent ?

— Dans deux valises, sur mon siège arrière, répondit-il.

— Sortez-les.

Jack obtempéra et retira les deux valises de la banquette arrière de sa voiture. Il ne voyait pas ses enfants dans celle de Patrick, et cela l'inquiétait. Il espérait qu'ils étaient là. Peut-être étaient ils couchés et endormis.

— Maintenant, posez-les au sol entre nous deux.

— Dites-moi d'abord où sont Mick et David, rétorqua Jack.

— Ils sont dans un endroit sûr, mais je ne vous le dirai qu'une fois que j'aurai eu l'argent.

— Comment puis-je savoir que vous tiendrez parole ?

Les dents de Patrick luisirent dans le contrejour de la lumière de ses phares.

— Eh bien, en fait, vous ne le pouvez pas.

Une fureur noire menaça de faire perdre à Jack tout son self-control, mais il la refoula. Jamais il n'avait souhaité à ce point faire du mal à quelqu'un. Mais la situation était ce qu'elle était : il n'avait d'autre choix que de se plier aux exigences de son vis-à-vis. Les risques étaient trop élevés pour qu'il tente quoi que ce soit.

Il s'avança avec les valises, le cœur battant si violemment dans sa poitrine qu'il craignit d'être terrassé par une attaque cardiaque. Des milliers de pensées tournoyèrent sous son crâne. Sa peur ne concernait pas seulement lui-même, mais également Marisa.

Elle avait déjà subi un terrible traumatisme dans sa vie, et par amour pour ses fils, elle n'avait pas hésité à aliéner sa liberté, à unir sa vie à la sienne dans leur seul intérêt. Si les choses tournaient au drame, force lui était de reconnaître qu'il ne serait pas le seul à souffrir.

Il déposa les valises à l'endroit indiqué.

— Maintenant, reculez, grogna Patrick.

Le revolver demeurait pointé sur le torse de Jack.

Tandis que celui-ci s'exécutait, Patrick s'avança, une lueur avide et triomphale dans ses prunelles sombres. Il posa un genou au sol pour ouvrir l'une des valises, son arme toujours braquée sur l'homme qui lui faisait face.

— Tout y est, dit Jack. Deux millions de dollars en billets non marqués. A présent, rendez-moi mes enfants. Nous n'avons rien à voir avec le meurtre de votre père.

Le sourire de Patrick retomba, et quelque chose de brutal scintilla dans ses yeux.

— Vous savez donc qui je suis.

— Marisa me l'a dit. Je suis parvenu à la sortir à temps de la grange que vous avez incendiée. Elle m'a expliqué que vous étiez en réalité Paz Marquez. Le grand-père de Candace a tué votre père dans une mine alors que vous n'étiez encore qu'un enfant. Ce n'est pas mon combat, Paz. Et c'est encore moins celui de Mick et David.

Les traits de Paz, alias Patrick Moore, se tordirent de rage.

— Il a détruit ma vie.

— Et vous avez tué Candace. Je dirais que vous êtes quittes.

— Nous ne serons jamais quittes ! s'exclama Paz, les tendons de sa gorge saillant sous la peau. Oui, j'ai tué Candace parce que je voulais la bague, la bague où était serti le diamant qui aurait dû être à moi. Mais le meurtre de Candace n'était que le début. Je me suis juré de transformer la vie des Rothchild en enfer depuis le jour où j'ai débarrassé la planète de la précieuse petite fille d'Harold.

— Comment avez-vous fait pour échapper aux recherches aussi longtemps ?

— Je suis un maître du déguisement, mon cher… Et je suis très motivé, ajouta-t-il avec un rictus sinistre. Il ne m'a pas été difficile de cacher mon identité lorsque j'ai enlevé Jenna Rothchild et Rita Perez, la tante de Marisa. Je les aurais tuées toutes les deux avec joie si cela m'avait permis de récupérer la bague… Mais ça n'était pas nécessaire, dit-il en haussant les épaules. Je savais que Rita l'avait en sa possession, et que le meilleur moyen de me rapprocher d'elle était de m'arranger pour séduire sa nièce. Ça n'a ensuite été qu'un jeu d'enfant de prendre le bijou dans l'appartement de Rita.

Paz était branché sur du courant haute tension, pérorait avec morgue, mais le revolver ne bougeait pas d'un millimètre dans sa main, remarqua Jack.

— Harold a essayé de réparer cette faute, avança-t-il, tentant de faire appel au peu de raison que Paz pouvait encore avoir. Il a envoyé régulièrement de l'argent à votre mère. Il vous a aidés à déménager en Arizona afin que vous puissiez mener une vie décente.

— Une vie décente ?

Il cracha sur le sol.

— L'argent glissait entre les doigts de ma mère presque aussi vite que les hommes dans son lit. Même Harold a eu une brève liaison avec elle, ce qui est d'ailleurs la raison pour laquelle j'ai su que c'était lui, notre généreux donateur.

Il renifla.

— Il nous jetait une poignée de dollars, puis retrouvait son style de vie de multimillionnaire. Non, nous ne sommes pas quittes. Nous ne le serons *jamais*.

— Rendez-moi mes enfants, dit Jack, la voix brisée par l'anxiété. Vous avez la bague avec le diamant, vous avez l'argent. Qu'attendez-vous d'autre de moi ? Vous voulez que je vous supplie à genoux ? Je le ferai. Mais, de grâce, rendez-moi mes enfants.

Paz prit une profonde inspiration, comme pour apaiser la rage qui bouillonnait en lui.

— Vous savez ce que je me suis dit, Jack ? Je me suis dit : pourquoi ne pas considérer cette somme comme un premier versement ?

— Un premier versement ?

Un voile rouge brouilla la vue de Jack face à ce qu'impliquaient ces paroles.

— Où sont mes fils ? gronda-t-il en faisant un pas vers lui.

— En arrière, ou je tire ! cria Patrick tandis qu'il s'avançait d'un nouveau pas.

Jack entendit la déflagration, le craquement sec d'un coup de feu qui résonna, assourdissant, dans sa tête.

L'espace d'une milliseconde, son cœur hurla. Moins parce qu'il pensait qu'il allait mourir que parce qu'il pensait qu'il allait mourir sans avoir vu Mick et David faire leur première rentrée scolaire, puis devenir adolescents, puis entrer dans l'âge adulte.

Son cœur hurla pour eux, mais aussi pour Marisa, dont

il comprenait à présent qu'il aimait non pas la figure maternelle qu'elle représentait aux yeux de ses gosses, mais la femme qu'il voulait pour toujours dans sa vie.

Il se raidit, attendant l'impact létal du projectile, mais au lieu de cela il vit, stupéfait, Patrick s'effondrer devant lui sur l'asphalte huileux.

Harold sortit de l'ombre à l'angle du bâtiment, un revolver à la main.

— Je ne pouvais pas le laisser vous tuer, dit-il.

Jack contempla la masse inerte du corps de Paz, soudain saisi de panique.

— Mon Dieu, qu'avez-vous fait ?

Il s'accroupit devant son adversaire, vaguement conscient que Marisa venait de rejoindre Harold. Un seul coup d'œil lui suffit pour comprendre qu'il était mort.

Il le considéra un moment d'un œil hagard, puis se tourna vers ses deux compagnons.

— Il ne m'a pas dit où étaient les enfants, annonça-t-il d'une voix blanche. Je ne sais pas où sont Mick et David…

Lâchant un cri, Marisa se précipita vers la voiture de Paz dont elle ouvrit la portière arrière à la volée.

— Ils ne sont pas là ! s'écria-t-elle, avant de fondre en larmes.

— Je devais le tuer, se justifia Harold d'une voix qui trahissait un mélange de peur et de colère. Sinon, c'est lui qui vous aurait tué.

Le coffre. La gorge nouée d'appréhension, Jack avisa le véhicule dont les feux étaient toujours allumés. Etait-il possible que Paz ait enfermé ses fils dans le coffre de sa voiture ?

Il se pencha, fouilla les poches du défunt et trouva les clés. Les seuls bruits qu'il entendit en contournant le véhicule pour accéder au coffre furent les sanglots de Marisa.

Un grondement lui emplissait la tête. Allait-il les trouver recroquevillés l'un contre l'autre, ne respirant plus ? Sa main tremblait si violemment qu'il dut s'y reprendre à plusieurs fois pour réussir à insérer la clé dans la serrure.

Il parvint enfin à ouvrir le coffre, et ne sut trop s'il devait se sentir soulagé ou abattu. Il était vide.

— Appelez la police, dit-il d'une voix qui semblait venir de très loin.

Où étaient ses deux fils ? Où ce salaud de Paz les avait-il cachés ?

Ils étaient tous assis autour d'une longue table, dans une salle d'interrogatoire de l'Hôtel de Police de Las Vegas. Kent avait été arrêté et, poignets et chevilles entravés, se tenait à la gauche de l'officier Jeff Cookson.

Celui-ci essayait de déterminer le sens de la présence conjointe d'un cadavre et de l'un des hommes les plus riches du pays — présentement assis en face de lui — sur le parking d'un casino désaffecté à cette heure tardive.

Installés côté à côte, les mains soudées l'une à l'autre, Marisa et Jack écoutaient le policier passer Kent sur le gril, à l'affût de toute information susceptible d'aider à localiser Mick et David.

Une alerte orange avait été lancée, mais qui, jusqu'à présent, n'avait rien donné. Des agents avaient été diligentés sur les lieux pour inspecter les alentours du King's Inn. La nuit était déjà bien avancée, et les deux enfants étaient dehors quelque part, seuls et, il fallait l'espérer, toujours vivants.

Marisa sentait le désespoir de Jack littéralement irradier de sa main. Ce désespoir, elle le partageait.

— J'ai rencontré Patrick dans un bar, expliquait Kent. Nous avons bu, discuté, et de fil en aiguille, il s'est mis à évoquer sa haine pour les Rothchild, et moi la mienne pour Jack.

Il se tourna vers ce dernier.

— Nous étions meilleurs amis, accusa-t-il, les dents serrées. Tu aurais pu changer ma vie, mais tu es parti sans jamais regarder en arrière.

— Tu aurais pu la changer toi-même, ta vie, répliqua Jack avec dureté. Je n'étais pas ton père, Kent. Je n'étais pas responsable de toi.

Ils avaient déjà appris que c'était lui qui avait tenté de s'introduire dans la maison par la chambre de Marisa. Il avait observé leurs habitudes, et savait qu'elle et Jack restaient souvent tard dans le séjour à bavarder.

Son plan était de passer par la fenêtre, puis de se faufiler sans bruit jusqu'à la chambre des garçons. Comme ils le connaissaient bien, ils n'auraient pas eu peur s'ils s'étaient réveillés. Kent les aurait ensuite passés à Patrick qui se tenait posté de l'autre côté de la fenêtre.

Ce plan ayant échoué, Patrick avait décidé d'imaginer un moyen de s'emparer seul des enfants. Quand Jack avait téléphoné à Kent pour lui faire part de son désir de venir le voir afin de parler de leur dispute, ce dernier s'était empressé de prévenir Patrick que Marisa et les garçons seraient seuls au ranch.

Tout en l'écoutant, Marisa sentit son sang se figer dans ses veines, si tant est que ce soit possible tant il lui paraissait déjà congelé par l'horreur des derniers événements.

Qu'avait donc fait Patrick des enfants ? Où avait-il pu les laisser pendant qu'il venait prendre livraison de la rançon ? Etaient-ils à l'abri ? Avaient-ils faim ou soif ? Etaient-ils seulement toujours en vie ?

Son cœur défaillit, et elle écarta aussitôt cette pensée de son esprit. Elle devait s'accrocher à l'idée qu'ils allaient bien. Toute autre que celle-là lui était intolérable.

— Je te l'ai dit cent fois, je ne sais absolument pas ce qu'il a fait des gosses ! s'exclama Kent. J'ignore où il habitait et quels étaient ses projets précis. Nous ne nous voyions que dans des bars ou bien chez moi. Ce n'est pas ma faute. Je ne savais pas qu'il était dangereux.

Marisa le dévisagea, sidérée. Comment Kent avait-il pu faire une telle chose ? Même s'il haïssait Jack, comment avait-il pu ainsi placer deux petits êtres innocents en situation de danger ?

Jack se pencha au-dessus de la table, son regard gris brillant de fureur contenue.

— Tu n'as rien fait pour changer ta vie dans le passé, dit-il. Mais je te garantis que ce que tu viens de faire changera radicalement ton avenir. Je veillerai en personne à ce que tu passes le reste de tes misérables jours en prison.

Lâchant la main de Marisa, il se leva et sortit de la salle d'interrogatoire. Marisa l'imita, et le retrouva adossé au mur du couloir.

Son corps était secoué de sanglots. Elle l'enlaça, le tint serré contre elle, et ensemble ils pleurèrent pour les deux petits garçons perdus, leur angoisse presque palpable dans l'air confiné du couloir du commissariat.

Marisa n'aurait su dire combien de temps s'était écoulé lorsqu'il se redressa enfin et que, s'écartant d'elle, il se couvrit les yeux de la main comme s'il était gêné d'exposer ainsi ses émotions.

— J'essaie d'être fort, dit-il d'une voix lasse au bout d'un petit moment.

— Mais tu es fort, Jack, lui assura-t-elle.

Ecartant la main qui les cachait, elle le regarda au fond des yeux.

— C'est l'histoire d'un homme courageux qui se rend seul la nuit dans un parking désert avec deux valises pleines d'argent. L'histoire d'un homme désintéressé qui va trouver la personne qu'il craint le plus pour obtenir de l'argent pour sauver ses fils. Et celle d'un homme fort qui affronte sa propre peur à l'endroit de ses enfants.

— Où sont-ils, Marisa ? Qu'a-t-il bien pu en faire ?

Son regard tourmenté reflétait la douleur qu'elle-même éprouvait en son for intérieur.

— Si seulement je le savais…

Il l'attira à elle, et une fois de plus ils cherchèrent réconfort dans les bras l'un de l'autre. Ils étaient toujours enlacés lorsque l'officier Cookson sortit de la salle d'interrogatoire en compagnie d'Harold.

— Je ne crois pas que M. Goodall possède des informations de nature à nous mettre sur la piste des enfants, déclara-t-il. Il a été renvoyé en cellule et se verra signifier son chef d'accusation lundi matin à la première heure. D'ici là, il faut que je m'occupe du cas de M. Rothchild.

Harold ne dit rien. Durant cette dernière heure, il semblait avoir vieilli de dix ans. Son visage avait pris une teinte terreuse, et il avait les épaules affaissées d'un homme vaincu.

— Il m'a sauvé la vie, dit Jack. S'il n'avait pas descendu Paz, je ne serais pas ici pour vous parler. Vous ne pouvez pas l'arrêter. Il a tué un homme très dangereux.

— Ecoutez, répondit Cookson. Nous allons maintenant voir le procureur et lui expliquer la situation. C'est à lui qu'il appartiendra de décider. Mais pour ma part, je doute que M. Rothchild fasse l'objet d'une inculpation.

Alors qu'ils s'apprêtaient à partir, un autre officier s'avança vers eux.

— J'ai une nouvelle qui devrait vous intéresser, annonça-t-il. Nous venons de recevoir un appel du motel Timberline. Le gérant a trouvé un bambin de trois ou quatre ans qui se baladait seul sur le parking. Il l'a emmené dans son bureau, et attend que quelqu'un vienne le chercher.

Jack serra si fort la main de Marisa que celle-ci grimaça de douleur.

— Le motel Timberline ?

— Allons-y, dit Cookson. Je sais où c'est. Vous n'avez qu'à me suivre.

Quelques minutes plus tard, Marisa avait pris place sur le siège passager de la voiture de Jack, Harold à l'arrière, tandis qu'il roulait à toute allure derrière le véhicule de patrouille de Jeff Cookson.

Le cœur de Marisa battait la chamade, quand bien même elle hésitait à s'accrocher au fragile fétu d'espoir qui venait de se présenter. Ce pouvait être l'enfant d'un client du motel. L'appel n'avait peut-être absolument rien à voir avec Mick ou David.

Les jointures des doigts de Jack étaient blanches sur le volant, et un muscle battait dans sa mâchoire. Elle voulait lui dire de ne pas trop espérer, mais dans ses yeux elle voyait briller le besoin de croire que cet enfant était le sien. Et même si elle avait peur pour lui, elle ne voulait pas être celle qui lui ôterait cet espoir.

Le motel Timberline était situé dans le centre-ville, à environ dix minutes du casino désaffecté derrière lequel Paz avait fini sa vie.

Au royaume des lumières multicolores tapageuses et clignotantes, le bâtiment de plain-pied paraissait minable et déplacé avec son enseigne dont la plupart des ampoules étaient grillées. C'était à l'évidence un établissement à bas prix, le genre de motel où les chambres étaient louées à l'heure plutôt qu'à la nuitée.

La voiture s'arrêta en crissant devant le petit bâtiment abritant la réception. Tous trois bondirent en même temps du véhicule et coururent vers la porte.

Marisa, qui se tenait juste derrière Jack lorsqu'il la poussa,

poussa un cri de soulagement en voyant Mick et David installés dans les fauteuils du petit bureau d'accueil.

— Papa ! s'écria Mick, se ruant aussitôt vers lui.

Jack réprima un sanglot de bonheur en le soulevant dans ses bras, puis courut vers David pour le serrer également contre son cœur.

— Papa, David doit aller sur la chaise-piquet. Il s'est encore sauvé par la fenêtre ! s'exclama Mick d'un ton indigné.

— La chaise-piquet ! répéta David en hochant la tête avec un grand sourire.

— Nous verrons cela plus tard, répondit Jack à travers ses larmes.

David avait fait son petit Houdini, se carapatant par la fenêtre de la chambre où ils étaient retenus prisonniers.

Marisa laissa à Jack un moment pour étreindre et embrasser ses enfants, avant de s'avancer vers eux, impatiente de recevoir à son tour leurs câlins et leurs baisers.

Pendant que tous les quatre célébraient leurs retrouvailles, l'officier Cookson et Harold interrogèrent le gérant du motel.

— Chambre 121, expliqua ensuite Cookson à Jack. Il s'était inscrit sous le nom de Martin Bale. Il n'a présenté aucune pièce d'identité et a payé en liquide pour une seule nuit. J'ai appelé le labo. Ils envoient une équipe de techniciens qui passera l'endroit au peigne fin.

— Je ramène les enfants à la maison, dit Jack.

Il tenait Mick dans ses bras, tandis que de son côté Marisa était chargée de David, qui serrait tendrement ses petits bras autour de son cou.

— Attendez, j'ai encore des questions à vous poser, objecta Cookson.

— Plus tard, rétorqua Jack d'une voix ferme. Mes fils

devraient être couchés depuis longtemps. Nous partons tout de suite afin qu'ils puissent dormir dans leurs lits.

Il devança la réplique de l'officier d'un regard péremptoire.

— Ecoutez, si vous y tenez, vous pouvez venir poser vos questions au ranch maintenant ou demain matin, mais pour ce qui nous concerne, nous rentrons.

— Je vais rester ici, intervint Harold. Je leur dirai tout ce qu'ils doivent savoir. Ensuite je pense que l'officier Cookson aura l'obligeance de me reconduire à ma voiture, n'est-ce pas ?

Cookson acquiesça.

Tandis qu'ils sortaient de la réception du motel, une joie indicible, euphorique, submergea Marisa. C'était terminé. Le danger, le drame, la terreur, tout cela était enfin derrière eux et sa famille était saine et sauve.

Sa famille... Un farouche désir de protection lui gonfla le cœur. Mick, David et Jack. En une période incroyablement brève de sa vie, ils étaient devenus une partie d'elle-même, de son âme. Ils étaient un bloc d'amour dont elle ne pouvait plus désormais imaginer l'absence dans sa vie.

Ils venaient juste de sangler les deux garçons dans leurs sièges à l'arrière lorsque Harold s'approcha de la voiture. Instantanément, elle se crispa.

Durant les longues minutes où ils avaient été ensemble dans la voiture de Jack puis l'avaient suivi jusqu'au parking de l'ancien casino, Harold avait beaucoup parlé. Ses paroles avaient montré à Marisa un homme qui reconnaissait les erreurs qu'il avait commises au cours de sa vie, un homme qui semblait vouloir les corriger, s'en amender.

Mais en le voyant à présent marcher vers eux, cet instinct protecteur qui avait surgi en elle balaya toute autre considération. Elle ne pouvait oublier qu'il était la seule personne au monde qui pouvait légalement retirer ses enfants à Jack.

— Jack, dit-il. Il faut que nous parlions.

Elle se plaça aussitôt entre les deux hommes.

— Monsieur Rothchild, il est tard et nous devons ramener les garçons à la maison, là où est leur place.

Elle détacha bien chacun des derniers mots.

— Je suis sûre que ce que vous avez à dire peut attendre un autre jour.

A sa grande surprise, les lèvres d'Harold se retroussèrent en un demi-sourire.

— Une sacré petit bout de femme, hein ? Je vois à présent ce que Jack vous trouve. Voyez-vous, je crois qu'il sera heureux d'apprendre ce que j'ai à lui dire.

Posant une main sur l'épaule de Marisa, Jack se dressa devant son ex-beau-père.

— De quoi s'agit-il, Harold ?

— J'ai fait beaucoup d'erreurs dans ma vie, Jack. Je n'ai pas toujours été un homme bon ni juste.

— Vous êtes venu jusqu'ici pour me dire ça ?

Harold secoua la tête.

— Je suis venu jusqu'ici pour vous dire que je me rends compte aujourd'hui que vous enlever les enfants ne serait qu'une nouvelle et grave erreur de ma part. Je ne vous en disputerai pas la tutelle, reprit-il. Je vois combien Mick et David vous aiment… et combien vous les aimez. Je voulais juste que vous sachiez que je n'entreprendrai rien contre vous.

Il le regarda au fond des yeux.

— Vous n'avez plus de souci à vous faire à cause de moi, je vous le promets. On peut me reprocher beaucoup de choses, mais vous savez que je suis un homme de parole.

Il lui tendit la main. Marisa laissa échapper l'air

qu'elle retenait dans ses poumons. Elle croyait Harold. Apparemment, c'était aussi le cas de Jack puisqu'il avança la sienne et la lui serra.

L'air lui semblait soudain plus léger grâce à la réconciliation entre ces deux hommes qui, chacun à sa manière, voulaient que les choses se passent au mieux pour les deux précieux petits êtres qui étaient déjà endormis dans leurs sièges capitonnés.

— Si vous avez besoin de quoi que ce soit pour eux ou pour vous-même, ajouta Harold lorsqu'ils rompirent leur poignée de main, n'hésitez pas à me passer un coup de fil.

Ce n'est que lorsqu'ils furent dans la voiture en route pour le ranch que Marisa prit brutalement conscience de ce que ces paroles induisaient. Toute sa joie retomba sur-le-champ comme un soufflé.

Jack savait à présent de quel genre de père ses fils avaient besoin : à la fois aimant et autoritaire. Quant à Harold, il avait promis qu'il ne livrerait aucune bataille de tutelle.

Cela signifiait que sa présence dans la vie de Jack n'avait plus aucune raison d'être. La véritable raison de leur mariage était caduque. On n'avait plus besoin d'elle.

Elle regarda Jack du coin de l'œil, se demandant combien de temps s'écoulerait avant qu'il n'arrive à la même conclusion.

13

Jack demeura des heures assis dans la chambre des garçons après leur retour de l'hôtel de police. Il avait besoin d'être auprès d'eux, de les entendre respirer, de sentir leur émouvante odeur infantile, si familière.

Seigneur, il avait été si près de les perdre… Son cœur se serra douloureusement et une terreur rétrospective le glaça à ce souvenir.

Si près, si horriblement près…

Mais à présent ils étaient en sécurité dans le foyer qui était le leur, et Harold avait promis qu'il ne chercherait pas à les lui enlever.

Jack le croyait. Comme le vieil homme l'avait dit, on pouvait lui reprocher beaucoup de choses, mais pas de manquer de parole. Il ne lui causerait plus aucune inquiétude concernant le sort de ses deux fils, et Jack pourrait dormir la nuit sur ses deux oreilles sachant que le père de Candace ne constituait plus une menace.

Ce qu'Harold avait dû voir entre Marisa, lui et les deux petits, c'était l'amour qui les unissait. L'image d'entité familiale soudée qu'ils offraient devait avoir été le facteur déclenchant de sa décision de les laisser enfin en paix.

Certes, il y aurait sans doute encore des moments dans le futur où Harold et lui se crêperaient le chignon, et il fallait s'attendre à ce qu'Harold occupe sa place de grand-père dans la vie des enfants. Mais l'angoisse de les perdre avait été évacuée du cœur de Jack, laissant s'épanouir librement l'immense amour paternel qu'il leur portait.

C'était presque l'aube quand Marisa apparut dans l'encadrement de la porte, dans sa courte chemise de nuit de soie rouge et les cheveux tout emmêlés. Sa vue chassa instantanément de l'esprit de Jack tous les souvenirs de terreur, et il se leva enfin de sa chaise.

— Il faut que tu dormes un peu, dit-elle d'une voix douce.

Il fourragea d'une main dans ses cheveux et laissa échapper un soupir las.

— Tu as raison.

Souriant, il glissa l'index le long de sa joue, aussitôt émoustillé par le contact de sa peau.

— Tu viens te coucher avec moi ?

Il y eut un moment d'hésitation, pendant lequel elle scruta son regard.

— Oui, répondit-elle enfin.

Ensemble, ils remontèrent le couloir jusqu'à sa chambre, où il se déshabilla tandis qu'elle se glissait sous les draps.

Il était épuisé, tant physiquement que du point de vue émotionnel. Mais à l'instant où il la rejoignit dans le lit et attira son corps tiède contre le sien, il eut une énorme envie d'elle.

Il ne voulait pas parler. Il ne voulait pas discuter des événements tragiques de la nuit. Il voulait juste faire l'amour avec sa femme.

Elle sembla sentir ce dont il avait besoin. Sans un mot, elle fit passer sa chemise de nuit par-dessus sa tête, la laissa tomber au bas du lit et ils s'enlacèrent avec une infinie tendresse. Toute l'horreur des événements de la nuit s'envola, remplacée par la chaleur de ses lèvres et le réconfort de son corps contre le sien.

Pourtant, il y avait quelque chose de désespéré dans

le baiser de Marisa, dans la manière dont ses mains se crispaient sur ses épaules. Le contrecoup des émotions qu'ils venaient de connaître, se dit-il.

Resserrant son étreinte, il l'embrassa avec toute la ferveur, tout l'amour qui lui embrasait le cœur. Oui, elle était celle qui lui était destinée comme épouse, son exacte complémentaire parmi toutes les femmes.

C'était le vent du Destin qui l'avait amenée dans sa vie. Elle avait eu besoin de ses fils, et ils avaient eu besoin d'elle. Qu'il soit tombé aussi éperdument amoureux d'elle n'était que la cerise sur le gâteau.

Elle poussa des gémissements de plaisir sous ses caresses. Il aimait la douceur satinée de sa peau, le goût de sa chair tandis qu'il glissait ses lèvres d'un sein à l'autre.

Il n'avait jamais rien ressenti de tel avec Candace. Il n'avait jamais éprouvé ce désir, cette qualité de communication qui allaient bien au-delà des relations physiques. Lorsqu'il sut qu'elle était prête, il se déplaça pour la prendre pleinement.

Tout en la pénétrant, il contempla son visage baigné par la clarté diaphane du jour naissant. Des larmes apparurent aux commissures de ses paupières, dont il supposa qu'elles étaient de soulagement, de plaisir.

Il ferma les yeux pour mieux savourer cette merveilleuse sensation d'être uni à elle. Il était perdu en elle, et cette fusion avec cette femme qu'il aimait élimina pour de bon les dernières réminiscences du cauchemar qu'ils avaient vécu, le laissant comblé et en paix.

Les bruits produits par les garçons les réveillèrent juste après 8 heures. Avec un petit grognement, il voulut attirer Marisa à lui, mais elle se glissa prestement hors du lit et enfila sa chemise de nuit.

— Dors, dit-elle. Je vais m'occuper d'eux.

Il referma les yeux tandis qu'elle quittait la chambre.

Quelques minutes plus tard, il entendit les rires de Mick et David, et il comprit qu'il était vain d'espérer pouvoir rester au lit.

Du reste, il voulait partager ces moments de joie simple avec eux. Il avait besoin d'être entouré de ses fils et de Marisa. Sa famille, songea-t-il avec une bouffée de fierté et d'instinct protecteur.

Il sortit du lit, se glissa dans son jean puis quitta la pièce pour se joindre à cette hilarité matinale débordante d'amour.

— Il ne sera retenu aucune charge contre Harold, annonça Rita à Jack et Marisa tandis qu'ils prenaient le café, installés dans les fauteuils du séjour.

Rita était arrivée au ranch juste après le déjeuner pour prendre des nouvelles de sa nièce et voir comment se portait tout ce petit monde.

— Je n'osais l'espérer, répondit Jack. Vous reprendrez un peu de café ?

— Non, je vous remercie. Il va falloir que j'y aille. Nous sommes toujours en train d'essayer de démêler toute cette affaire.

Elle reporta son attention sur Mick et David, qui jouaient au milieu de la pièce avec leurs camions.

— Nous avons trouvé de l'antalgique pour enfants dans la chambre du motel. Nous croyons que Paz a tenté de les droguer avant de les laisser seuls pour vous rejoindre. Mais apparemment, les doses étaient insuffisantes pour qu'ils dorment assez longtemps.

— Dieu merci, soupira Jack.

— Mick m'a confié qu'il leur avait donné un hamburger et un soda, expliqua Marisa. David est tombé endormi le premier sur le lit, et lui-même peu de temps après. Quand ils se sont réveillés, ils étaient seuls. C'est alors que David a décidé que ce devait être plus drôle à l'extérieur. Il n'a pas réussi à débloquer le verrou du bouton de la porte, mais il s'est débrouillé pour grimper sur la commode placée sous la fenêtre. La suite, vous la connaissez.

— Eh bien, pour une fois je me réjouis qu'il ait cette prédisposition à l'évasion ! s'exclama Jack.

Il considéra ses deux fils, le cœur rempli de joie, puis reporta les yeux sur Marisa et l'observa un instant. Depuis son réveil, ce matin, elle était calme et songeuse, presque distante.

— Si Harold n'avait pas tué Paz, poursuivait Rita, celui-ci aurait passé le reste de sa vie en prison. Nous savons que c'est lui qui a tué Candace, et les prélèvements d'ADN effectués dans le cadre de l'enquête sur le rapt de Jenna l'incrimineront aussi très certainement.

Elle porta la main au pansement sur sa tempe.

— Il a bien failli me tuer, moi aussi. Et quand je pense que Marisa aurait pu périr dans l'incendie de cette grange, j'en ai des frissons dans le dos.

Marisa lui prit la main.

— Dieu merci, ce n'est pas arrivé.

— L'autre bonne nouvelle, c'est que nous avons retrouvé le coffre bancaire où Paz avait déposé les « Larmes du Quetzal ». La bague est à présent en sûreté dans les locaux de la police, d'où elle n'aurait jamais dû sortir.

— Et tu as conservé ton job, la taquina Marisa.

Sa tante leur avait relaté la disparition de la bague chez elle, et son affolement lorsqu'elle s'en était aperçue et s'était lancée dans une recherche frénétique pour la retrouver.

— Grâce à Dieu, répondit Rita en souriant, mon supérieur hiérarchique a un cœur. Et je lui ai juré que plus jamais je n'emporterai le moindre indice pour l'étudier chez moi.

— En somme, tout est bien qui finit bien, conclut Jack.

— Nous ne connaissons toujours pas l'étendue des crimes de Paz, nuança Rita. Je crains qu'il nous faille du temps pour en avoir une idée précise.

— Sa haine a mijoté pendant des années, fit remarquer Marisa.

— Tout comme celle de Kent, dit Jack.

Il fronça les sourcils à la pensée de cet homme qui avait jadis été son meilleur ami.

— Il n'a pas eu assez de tripes pour partir d'ici et essayer de tracer lui-même son chemin. Il a eu peur de tenter l'aventure à Los Angeles. Mais il m'a haï pour avoir eu le courage de le faire sans lui.

— Eh bien, il aura tout le temps d'y réfléchir en prison, philosopha Rita.

Ils devisèrent encore ainsi quelques minutes, puis Rita se leva pour partir.

— Marisa, tu me raccompagnes ?

Jack regarda les deux femmes se diriger vers la porte, puis, lorsqu'elles furent sorties, s'installa sur le sol entre Mick et David et se mit à jouer avec eux.

Désormais, plus rien ne les empêchait de reprendre leur vie d'avant le kidnapping. C'était ce qu'il voulait. Un quotidien paisible et agréable. Partager de bons moments avec ses fils la journée, retrouver Marisa et les étreintes amoureuses la nuit.

Pour la première fois depuis longtemps, il voyait se dessiner devant lui un avenir qu'il aimait, et souhaitait vivre pleinement toutes ses promesses.

Marina revint et gagna directement sa chambre. Jack fronça les sourcils. Son étrange humeur le mettait mal à l'aise. Que se passait-il sous son joli crâne ? Aujourd'hui était censé être un jour de joie, mais une aura de tristesse semblait l'envelopper, ce qu'il ne comprenait pas et l'inquiétait au plus haut point.

Il repensa aux larmes qu'il avait vues perler aux coins de ses yeux quand ils avaient fait l'amour. A ce moment-là, il avait cru qu'il s'agissait de larmes de soulagement après ces heures traumatisantes. S'était-il trompé ?

Son inquiétude s'accrut lorsqu'il la vit pointer la tête hors de sa chambre et l'appeler.

— Jack, je peux te parler un instant ?

— Je reviens tout de suite, les enfants, dit-il en se relevant.

— Dépêche-toi, papa, s'écria Mick. On va faire une course de camions.

Comme toujours, le mot « papa » distilla en lui une douce chaleur. « Jack méchant » n'était plus qu'un souvenir. Désormais, même quand il les réprimandait, ses fils continuaient à l'appeler papa. Marisa lui avait restitué sa paternité.

Jack entra dans sa chambre, où flottait son parfum, toujours aussi émouvant.

— Qu'y a-t-il ?

— Tante Rita m'a apporté quelque chose que je pense qu'il faut que tu voies, répondit-elle en lui tendant une enveloppe blanche.

Il fronça les sourcils.

— Qu'est-ce que c'est ?

— Les résultats d'un test de paternité, pour toi et les enfants.

Il la considéra d'un air ébahi.

— Mais, je ne me suis soumis à aucun test.

Une lueur de culpabilité brilla dans les beaux yeux marron de la jeune femme.

— Je me suis permis d'effectuer des prélèvements dans la bouche des enfants, de subtiliser un gobelet où tu venais de boire ton café, et j'ai apporté le tout à Rita. Je savais que je me mêlais de ce qui ne me regardait pas, mais je savais aussi que les doutes sur ta paternité étaient une menace agitée par Harold comme une épée de Damoclès au-dessus de ta tête. Quoi qu'il en soit, Rita a obtenu du labo du FBI qu'ils procèdent rapidement à une analyse comparative des ADN. Un renvoi d'ascenseur, m'a-t-elle expliqué.

Jack contempla l'enveloppe comme s'il s'agissait d'un serpent venimeux. Il repensa à toutes les fois où Candace avait laissé entendre qu'elle l'avait trompé, à toutes les fois où Harold lui avait dit qu'il y avait de fortes présomptions pour qu'un des deux garçons au moins ne soit pas le sien.

— Je m'en fiche, grommela-t-il en fourrant les mains dans ses poches. Ça m'est égal de savoir ce qui est inscrit sur ce papier. Ce sont mes fils, tous les deux. Ils sont ma raison de vivre, et ce n'est pas un test à la noix qui y changera quoi que ce soit.

— Ouvre-la, Jack. Vas-y. Tu en auras le cœur net une fois pour toutes.

Elle lui plaça l'enveloppe presque sous le nez.

A contrecœur, il ôta ses mains de ses poches et s'en saisit. Le papier semblait brûlant sous ses doigts. Sa gorge devint toute sèche et son rythme cardiaque s'accéléra.

Il était sincère. Il se moquait de ce que le test pouvait révéler. David et Mick étaient ses enfants de toutes les manières qui importent. Qu'ils soient ou non de son sang ne changerait rien à l'amour qu'il leur portait.

Pourtant, dans la connaissance était le pouvoir, disait l'adage. Même si Harold avait promis de ne rien faire pour lui enlever ses gosses, la question de sa paternité pouvait très bien revenir un jour sur le tapis. Ne valait-il pas mieux être armé dès maintenant de la vérité ?

C'est d'une main nerveuse et maladroite qu'il ouvrit

l'enveloppe. Il retira le feuillet plié qu'elle contenait et la laissa tomber en voletant jusqu'à terre.

— Vas-y, Jack, regarde, dit doucement Marisa.

Ses yeux brillaient d'un éclat inhabituel.

Il n'avait qu'une envie, jeter ce maudit papier et emmener Marisa jusqu'à son lit. Au lieu de cela, il le déplia et regarda.

Un petit cri lui échappa. Dans les deux cas, il était bel et bien le père des garçons. Il n'y avait absolument aucun doute sur ce point. Il releva les yeux. Marisa souriait.

— Tu savais, dit-il à mi-voix.

Elle hocha la tête.

— Je l'ai lu avant de te le donner.

— Qu'aurais-tu fait si les résultats avaient été différents ? Me l'aurais-tu donné quand même ?

Elle fronça les sourcils, l'air songeur.

— Je n'en sais rien. Dieu merci, ce dilemme m'a été épargné.

Ce n'est qu'alors que Jack aperçut, par-dessus son épaule, une valise ouverte sur le lit.

— Qu'est-ce que tu fais ? s'étonna-t-il.

— Tu le vois. Mes bagages.

— Tes bagages ?

Il fouilla son visage, éberlué.

— Nous allons quelque part ?

— Pas nous. Je.

Détournant les yeux, elle recula d'un pas.

— Tu n'as plus besoin de moi ici, Jack. Tu te débrouilles très bien avec les enfants, et Harold a promis qu'il n'engagerait aucune procédure pour te les prendre. Je n'ai plus de raison valable de rester ici.

Des milliers de pensées se télescopèrent dans la tête de Jack, des milliers de raisons pour lesquelles il voulait, il devait, la garder.

— Les garçons ont besoin de toi.

— Ils ont tout ce qu'il leur faut avec toi, répliqua-t-elle, évitant toujours son regard.

Elle se dirigea vers le placard, décrocha plusieurs chemisiers de leur cintre et les déposa sur le lit à côté de sa valise.

Une soudaine panique s'empara de lui. Ce qui l'alarmait, ce n'était pas tant le fait qu'il n'aurait plus personne pour l'aider à s'occuper de Mick et David. Il savait que Marisa avait raison. Il était désormais parfaitement à même de se débrouiller seul avec eux. Mais seul, il ne voulait pas l'être.

Il paniquait parce qu'il l'aimait. A en perdre la tête.

Sauf qu'il n'avait pas le droit de mettre en avant cet argument. Elle avait été très claire depuis le début : elle était là pour ses enfants, pas pour lui.

— J'aimerais que tu réfléchisses, dit-il.

Ces mots étaient à des années lumières de la peine qu'il ressentait.

Elle secoua la tête.

— C'est pour le mieux, répondit-elle, avant de revenir vers lui et d'ôter de son doigt la bague qu'il lui avait donnée lors de la brève cérémonie de mariage. Tiens, elle est à toi. Je ne la portais qu'à titre temporaire.

Il replongea les mains dans ses poches, refusant de prendre cette alliance qui avait jadis été celle de sa mère et qui, dans son esprit, appartenait aujourd'hui à Marisa.

Elle haussa les épaules et posa le bijou sur la coiffeuse, où le soleil fit scintiller le petit diamant.

— Je préférerais que tu ne dises pas aux enfants que je m'en vais pour toujours. Je leur expliquerai que je dois faire un voyage. Ils sont jeunes. Dans deux ou trois semaines, je ne serai plus pour eux qu'un vague souvenir.

Sa voix s'était légèrement altérée.

Tandis qu'elle commençait à plier les chemisiers et à les placer dans la valise, Mick se mit à crier. Jack la laissa pour aller s'occuper des garçons.

Il savait faire de la musique.

Il savait maintenant comment réagir lorsqu'un de ses fils se comportait mal.

Mais il n'avait pas le moindre début d'idée quant au moyen d'empêcher la femme qu'il aimait de l'abandonner.

Des larmes brûlantes affluèrent aux yeux de Marisa. Assise sur le rebord du lit, elle tenta bien de les refouler, mais elles jaillirent malgré elle, dégoulinant sur ses joues telle une rivière rompant ses digues.

Elle s'était réveillée ce matin dans la chaleur des bras de Jack, le corps imprégné de son odeur, et sachant qu'elle devait partir.

Le faire maintenant serait moins pénible que de reporter son départ à plus tard. Au moins s'en allait-elle par sa propre volonté plutôt que d'en être priée par Jack.

Pour autant, cela n'allégeait pas la souffrance qui la déchirait. Elle avait cru pouvoir y arriver, cru qu'elle pourrait épouser Jack dans le seul intérêt des enfants tout en conservant ses distances émotionnelles avec leur père.

Elle s'était trompée. Jack avait instillé en elle un amour et un désir infiniment plus forts que ce qu'elle avait connu jusque-là, et elle en était terrifiée.

Dans le long terme, il ne pourrait se satisfaire d'être marié à une femme qu'il n'avait épousée que dans le but de lever toute menace sur sa tutelle concernant les enfants. Il valait mieux partir maintenant, plutôt que d'attendre de le voir malheureux et de s'y sentir forcée.

Elle ne pouvait rester au ranch en sachant qu'elle avait son respect, sa gratitude, et de façon ponctuelle son désir. Mais un désir sans amour. C'était au-dessus de ses forces.

Il aurait été plus facile de filer à l'anglaise au milieu de la nuit sans un mot d'adieu, mais sitôt née, elle avait chassé de son esprit cette idée insupportable de disparaître sans embrasser ses chers petits.

Se relevant du lit, elle se remit à la tâche, essayant d'ignorer le bruit que Mick et David faisaient en jouant dans le séjour et la voix grave, mélodieuse, de Jack qui les accompagnait.

Alors qu'elle achevait de remplir sa valise, Marisa se rendit compte qu'une partie d'elle-même, quelque part, s'était attendue à ce moment. C'était la raison pour laquelle elle n'avait entrepris aucune démarche pour vendre sa maison.

Elle s'empressa de verrouiller les serrures de son bagage et fut bientôt prête. Une fois encore, les larmes lui gonflèrent les paupières. Elle ne voulait pas partir, mais la force de ses sentiments pour Jack lui donnait envie de fuir sur-le-champ et de se cacher avant que la douleur ne prenne le dessus.

C'est avec toute la détresse du monde qu'elle empoigna la valise avec laquelle elle était arrivée au ranch. Elle paraissait beaucoup plus lourde que ce jour-là, mais elle savait que l'excédent de poids n'était autre que son émotion.

Quand elle arriva dans le séjour, Jack et les enfants étaient allongés par terre au milieu de la pièce, absorbés dans les cabrioles d'un rallye de petits camions.

— M'isa, regarde ! dit David en faisant passer l'un d'eux par-dessus un coussin, puis remonter le long du bras de Jack.

Cet appel lui serra la gorge et faillit la faire flancher. Mais elle refusa de pleurer devant les enfants.

— David, Mick, venez vous asseoir ici une minute avec moi.

S'installant sur le canapé, elle tapota les coussins à sa droite et à sa gauche. Les garçons grimpèrent à ses côtés, et elle passa les bras autour de leurs épaules.

La peine qui la submergeait était indicible. Pendant quelques instants, elle ne parvint plus à respirer. Ces enfants, songea-t-elle, étaient censés être aujourd'hui les siens, et sans le savoir, cet homme assis à même le sol possédait à jamais son cœur.

— Il faut que je parte pour un petit voyage, annonça-t-elle enfin. Je veux que vous soyez très gentils avec votre papa pendant mon absence, d'accord ?

Mick se figea, la mine incrédule.

— Tu avais promis, protesta-t-il avec une grimace indignée. Tu avais promis que tu ne t'en irais pas !

— Oui, tu avais promis, fit écho David. M'isa méchante !

Elle ne sut trop si elle devait éclater de rire ou fondre en larmes. Elle se tourna vers Jack, mais celui-ci ne lui fut d'aucun secours. Il demeura assis par terre, une vague lueur accusatrice dans ses yeux gris.

— Je sais, reconnut-elle. Mais vous n'avez plus besoin de moi. Vous avez votre papa, qui s'occupera de vous pour toujours.

— Mais nous te voulons toi aussi, insista Mick.

David se colla à elle de toute la vigueur de son petit corps, et la fixa d'un œil courroucé.

— M'isa méchante, répéta-t-il.

Ils lui brisaient le cœur. Incapable de contenir plus longtemps ses larmes, elle chercha de nouveau l'appui de Jack.

— M'isa méchante, dit-il.

Ebranlée, elle se leva du canapé, sachant que si elle ne le faisait pas maintenant elle ne le pourrait plus. Que les enfants lui en veuillent était déjà déchirant en soi, mais cette expression de panique dans les yeux de Jack lui portait le coup de grâce.

— On se reverra très bientôt, dit-elle à Mick et David.

Empoignant ses bagages, elle se dirigea vers la porte, qu'elle ne voyait plus que brouillée.

— Marisa, attends.

Jack se leva et s'avança vers elle.

— Les garçons, si vous essayiez de nous faire une route avec tous ces cubes ?

Tandis que les petits retournaient à leur jeu, Jack lui saisit les deux épaules et plongea son regard gris dans le sien avec une intensité telle qu'un regain de douleur la traversa.

— Je ne peux pas te laisser partir sans te dire quelque chose, déclara-t-il.

Elle ferma les yeux un moment, incapable de le regarder tandis qu'il lui répétait combien il appréciait ce qu'elle avait fait pour ses fils et pour lui-même.

— Marisa, je t'aime, dit-il enfin.

Elle rouvrit les yeux et le regarda avec stupéfaction.

— Je ne voulais pas t'en parler, poursuivit-il, parce que j'étais conscient que m'aimer n'était pas stipulé dans ton contrat d'embauche.

— Tu m'es juste reconnaissant, balbutia-t-elle, les poumons oppressés par une grosse boule d'émotion.

— C'est vrai, je te suis reconnaissant. Mais ce n'est qu'une infime parcelle de ce que je ressens pour toi. La vérité, c'est que je suis fou amoureux de toi.

Il posa la main sur sa joue.

— Tu me stimules, Marisa. Tu me fais du bien, tu m'inspires. Je veux que tu sois la femme qui sera à mes côtés quand mes enfants passeront du stade de marmots exubérants à celui de beaux jeunes gens… Et je veux que nous passions le reste de notre vie ensemble.

Laissant retomber sa main, il scruta son regard, les yeux assombris par ce qui ressemblait à de l'appréhension.

— Mais si tu restes ici, reprit-il, je ne veux pas que ce soit à cause des enfants. Je veux que ce soit parce que tu m'aimes, toi aussi. A présent si tu décides de t'en aller, je comprendrai.

— Oh, Jack, je m'en allais parce que je suis amoureuse de toi, parce que je ne pouvais supporter l'idée de continuer à vivre ici avec uniquement ta reconnaissance.

Elle lui sourit à travers ses larmes.

— Je t'aime, Jack Cortland. De tout mon cœur. Et je serai très honorée d'être cette femme qui se tiendra à tes côtés jusqu'à la fin de ta vie.

A peine eut-elle prononcé ces mots qu'il fondit sur sa bouche, et prit possession de ses lèvres dans un baiser qui fit voler en éclats le reste de la peur qui pouvait encore demeurer au fond d'elle, un baiser qui l'électrisa de passion et de la promesse d'un amour qui durerait toujours.

— On les attrape ! cria Mick en refermant ses petits bras sur les jambes de Jack.

— On les attrape ! répéta David en se joignant à lui. Papa et maman par terre !

Jack se laissa choir sur le sol, emmenant Marisa avec lui, et ce ne fut plus que rires, chatouillis et tendresse. Marisa sut alors que sa véritable place était ici, à jamais… avec la famille de son cœur.

Épilogue

Les gens s'agglutinaient sur la pelouse devant la maison, où des tables chargées de nourriture et de boissons avaient été dressées. Sur une petite estrade à côté, un trio jouait de la bonne vieille musique country.

Deux semaines s'étaient écoulées depuis le rapt des enfants, et Jack et Marisa avaient décrété qu'une petite fête s'imposait pour célébrer leur vie de couple. Toute la famille Rothchild avait été invitée, de même que celle de Marisa.

La fête avait démarré une heure plus tôt, et battait déjà son plein. Depuis le perron de la maison, Marisa promena son regard sur la petite foule en effervescence.

Ses parents se tenaient à côté d'Harold et de sa seconde épouse, Anna. Tous les quatre conversaient avec animation, sans aucun doute de l'immobilier à Las Vegas et de la dépression actuelle du marché.

Harold était rentré chez lui le matin même de son audition à l'hôtel de police, et avait annoncé à sa femme potiche qu'il voulait divorcer. Celle-ci avait depuis quitté la maison avec leur fils, et ils étaient aujourd'hui engagés dans une âpre bataille pour régler les détails de leur séparation. Entretemps, Harold avait renoué avec sa précédente épouse, Anna.

Conner Rothchild, son neveu, était venu en jeune marié avec sa femme, Vera LaRue, une femme délicieuse, ancienne danseuse au caractère affirmé et qui n'avait pas sa langue dans sa poche. Marisa reconnut également la sœur jumelle de Candace, Natalie, en compagnie de son mari, Matt, devant la table à victuailles.

— J'ai une fournée de chili con carne toute chaude, annonça Betty depuis la porte, derrière elle. Vous connaissez les règles, madame Cortland : je cuisine, mais je ne sers pas.

Marisa se retourna et lui sourit.

— Merci, Betty. Je vais m'en charger.

La cuisinière s'activait depuis deux jours à préparer la nourriture pour l'événement, sans jamais se plaindre. Petite révolution, elle acceptait même désormais que Marisa prenne son café du matin dans la cuisine, et des liens d'amitié commençaient à se tisser entre les deux femmes.

Jenna Rothchild et son fiancé, l'agent du FBI Lex Duncan, étaient en discussion avec Rita, et il y avait fort à parier que le sujet en était Paz Marquez et ses odieux crimes.

Marisa entra d'un pas leste dans la cuisine et se saisit du grand plat de chili qui attendait, fumant et diablement appétissant, sur la table de bois brut.

En le portant à l'extérieur, elle aperçut Sam et Max qui se tenaient un peu à l'écart de l'assemblée, mal à l'aise dans leur costume du dimanche. Ils ne lui donnaient plus la chair de poule. Elle avait fini par comprendre qu'ils étaient simplement d'une grande timidité. Déposant le plat sur la table, elle leur fit signe de s'approcher.

— J'espère que vous allez faire honneur à la cuisine de Betty, déclara-t-elle. Et peut-être, tout à l'heure, me montrerez-vous comment on danse le « two-step ».

Le visage de Sam vira au cramoisi.

— Je ne sais pas danser, confessa-t-il d'un air gêné. Mais en revanche ce chili me met l'eau à la bouche.

— Pour ma part je ferais bien un « two-step » tout à

l'heure, confia Max en observant une jolie blonde qui était là en tant qu'invitée.

Une main se posa sur l'épaule de Marisa. Elle se retourna pour se retrouver face à Rita.

— Géniale, ta petite fête, observa celle-ci.

— Merci. Ça fait plaisir de voir les Rothchild s'entendre aussi bien.

— Harold t'a-t-il dit qu'il avait récupéré la bague ? Elle est aujourd'hui en lieu sûr, attendant d'être cataloguée. Il en a fait don à sa collection d'art itinérante.

— Eh bien, bon voyage ! répondit Marisa. Ce bijou aura causé plus de souffrance que de joie.

— Oh, ça, je n'en sais rien. A en croire la légende maya, toute personne qui s'en approche rencontre l'amour de sa vie.

Marisa éclata de rire.

— Je suis la preuve vivante que c'est faux. Patrick et moi étions ensemble quand je me suis trouvée à proximité de cette bague. Et en ce qui me concerne, il n'était certainement pas l'amour de ma vie.

Un sourire étira les lèvres de sa tante.

— Tu devais être encore un peu sous son influence magique quand tu as rencontré Jack. Car si j'en crois ce que tu m'as dit, ç'a été le coup de foudre des deux côtés.

D'un geste spontané, elle la serra entre ses bras.

— Je ne t'ai jamais vue aussi heureuse.

— Parce que je n'ai jamais été aussi heureuse, répliqua Marisa tandis que Rita la relâchait.

— Au fait, j'ai appris que tu avais commencé tes entretiens d'embauche pour ton agence ?

Marisa hocha la tête.

— Le premier a eu lieu hier. D'ici deux mois, je pense avoir mon effectif au complet et être opérationnelle.

— J'en suis contente pour toi, s'exclama Rita. Et

maintenant, si tu ne m'en veux pas, je vais m'emplir une assiette de cette délicieuse nourriture.

Remontant vers la maison, Marisa nota la présence de la fille d'Anna, Silver Rothchild, assise dans l'un des fauteuils de jardin, aux côtés de son très séduisant mari, le capitaine Austin Dearing.

Le sourire aux lèvres, celui-ci tendit la main et la posa sur le ventre arrondi de Silver, geste intime, s'il en était, entre un homme et la femme enceinte qu'il aimait, et Marisa en eut un léger pincement au cœur.

Jamais son ventre ne connaîtrait le contact de la main d'un homme à l'occasion d'une grossesse. Jamais elle ne ferait l'expérience des nausées matinales aux premiers jours du développement d'un bébé.

Mais son pincement au cœur s'envola tandis que lui parvenait le rire cristallin de David, porté par la chaude brise estivale. Elle reporta son regard au-delà de l'étendue de terre calcinée où s'était élevée la grange, vers l'écurie un peu plus loin.

Jack avait fait aux enfants la surprise de l'acquisition de deux poneys, et il les emmenait à présent pour leur toute première promenade équestre.

Son cœur se gonfla d'émotion à la vue de cet homme qui, s'il ne l'avait pas fait frétiller des hanches par ses talents de batteur au sein de son groupe Creation, avait tourneboulé son univers par la force de son amour.

— C'est vraiment devenu un type bien, fit la voix profonde d'Harold juste derrière elle.

Marisa pivota sur elle-même et sourit au sémillant vieil homme.

— En effet, agréa-t-elle. Il a toujours été pétri de qualités. Il lui manquait juste quelqu'un qui croie en lui.

— Et vous avez cru en lui.

— De tout mon cœur, répondit-elle.

Les yeux d'Harold survolèrent la petite foule pour s'arrêter sur Anna, sa seconde épouse.

— C'est important d'avoir quelqu'un qui croit en vous dans la vie, dit-il. Quelqu'un qui vous aime. J'espère cette fois ne pas commettre d'erreur. Anna est en tout point une femme remarquable.

Son portable sonna dans sa poche. Il fronça les sourcils, le sortit et décrocha en s'éloignant.

Marisa le suivit un instant des yeux, se disant qu'Harold était finalement plus humain qu'elle ne l'avait d'abord cru. Avec un soupir, elle reporta son attention sur l'écurie et aperçut Jack qui lui faisait signe.

Même à cette distance, elle sentit son amour voler jusqu'à elle et son cœur s'emballa. Sans doute, songea-t-elle, serait-il grossier de sa part d'abandonner ses invités et de se précipiter vers l'écurie.

Mais son hésitation dura le temps d'un feu de paille et elle se dirigea d'un pas vif vers Jack et les enfants. Il devait être évident pour tout le monde qu'elle se hâtait de retrouver les deux petits garçons de son cœur.

Après tout, ses invités lui pardonneraient certainement de les délaisser pour rejoindre l'homme qu'elle adorait, et la promesse d'un avenir de rires, de tendresse et d'amour.

SUZANNE BROCKMANN

Soupçons sur un amour

éditions Harlequin

Titre original : LOVE WITH THE PROPER STRANGER

Traduction française de CHRISTINE MAZAUD

83/85 boulevard Vincent-Auriol 75646 PARIS CEDEX 13.
Service Lectrices — Tél. : 01 45 82 47 47
www.harlequin.fr

Prologue

Elle versa un peu d'opium dans son café.

Il n'était pas censé boire du café si tard le soir — ordre du médecin. Mais elle savait qu'il aimait tricher de temps à autre et passer outre les recommandations de la faculté.

En la voyant lui apporter une tasse, il sourit. Et sourit de nouveau en buvant une gorgée. Il aimait son café sucré.

L'opium ne le tuerait pas, il faisait juste partie du jeu. Elle lui en avait donné assez pour lui brouiller l'esprit et le garder docile le temps qu'elle le mette échec et mat.

Comme elle posait un baiser sur son crâne chauve, il poussa un long soupir de contentement. Tel un roi qui, après une dure journée de travail, se détend dans son palais doré, auprès de sa sublime épouse…

Sauf que, ce soir, le roi allait mourir.

John Miller fronça les sourcils. La respiration de Tony s'était accélérée. Il haletait, suffoquait presque. Et John savait pourquoi : il avait peur.

— Exact. Je suis du FBI, entendit-il dans les écouteurs.

Il se raidit sur son siège. Son coéquipier avait été démasqué. Pas de doute, il avait un problème. Et un problème de taille.

John tourna les boutons de sa radio pour tenter d'éliminer la friture.

— Si tu es aussi malin qu'on le dit, Domino, ordonne à tes gars de tomber les armes et de se rendre.

Le dénommé Domino ricana.

— T'es encerclé par tous mes hommes, et tu crois que je vais me rendre ?

— J'ai plus de vingt collègues pour me couvrir, mentit Tony.

— Ah ouais ? Vas-y, montre !

John, d'ordinaire très pondéré, faillit craquer. Les ordres qu'il avait reçus étaient clairs — « Planque le plus près possible de l'entrepôt en attendant que les hélicos arrivent » —, mais il ne pouvait plus attendre. Il ne *voulait* plus attendre.

Tout à coup, la radio grésilla, et une voix rocailleuse s'éleva dans les écouteurs.

— Hé, Miller, t'es au parfum ? Les hélicos ont été déroutés. Il y a eu une tentative d'assassinat sur le gouverneur. Niveau d'alerte rouge. Priorité absolue. Faut que tu te débrouilles seul.

Pas d'hélicos. Pas de renfort. Rien que Tony entre les mains d'Alfonse Domino, et lui dehors, dans la camionnette.

Ce scénario, il ne l'avait pas imaginé une minute. Ni ne s'y était préparé…

Refusant de perdre une seconde de plus, il saisit le fusil d'assaut qui gisait au fond de la camionnette et bondit hors du véhicule. Il faudrait un miracle…

Mais il n'avait pas le temps de s'arrêter pour prier. Et, de toute façon, ni lui ni Tony ne savaient prier.

— Je démissionne.

Le silence se fit dans la pièce tandis que les douze

membres du conseil d'administration la dévisageaient d'un air médusé.

Elle regarda un à un ces visages si familiers. Tous étaient en état de choc. Les deux mots qu'elle venait de prononcer lui rendaient sa liberté. Elle n'aurait jamais cru que ce serait si simple. Marie Carver, présidente de Carver Software, quittait le navire.

— J'ai organisé ma succession, ajouta-t-elle en s'efforçant de ne pas montrer sa joie.

Elle démissionnait. Demain, elle ne passerait pas les portes de l'immeuble, elle ne prendrait pas l'ascenseur jusqu'au dernier étage où siégeait la direction. Demain, elle serait ailleurs. Dans une autre ville, un autre Etat. Voire dans un autre pays.

Attrapant des chemises de couleurs vives, elle fit circuler les comptes rendus des entretiens qu'elle avait fait passer à quelques candidats, tapés par sa secrétaire.

— J'ai déjà vu plusieurs candidats au poste afin d'opérer un premier tri. Il en reste trois en lice. A mon avis, les trois conviennent.

Comme s'ils se réveillaient brusquement, les membres du conseil d'administration se mirent à parler tous en même temps.

Elle leva la main pour imposer le silence.

— Au cas où vous decideriez d'engager quelqu'un d'autre, vous êtes tenus de me demander mon accord, en tant qu'actionnaire majoritaire de la société. Mais je suis convaincue que les candidats que j'ai sélectionnés vous feront excellente impression.

Elle passa la main sur la chemise jaune fermée devant elle.

— Je vous demande de ne pas me poser de questions avant d'avoir terminé la lecture de ce document. S'il vous reste des points à éclaircir, vous pourrez me joindre chez moi jusqu'à 18 heures. Je resterai ensuite en contact par le biais de ma secrétaire à laquelle j'ai accordé une promotion. Elle est dorénavant assistante de direction.

De nouveau, elle les regarda les uns après les autres et conclut :

— Je vous remercie de votre compréhension. Nous nous reverrons dans un an, lors de la prochaine assemblée générale.

Sur ces mots, elle rangea rapidement ses affaires dans son porte-documents et quitta la pièce.

L'opium faisait son effet. Ses pupilles s'étaient rétractées et, bientôt, elles ne seraient pas plus grosses qu'une tête d'épingle. Il commençait à s'assoupir. Il voulait la regarder danser, mais il clignait des yeux. Ses paupières étaient lourdes… lourdes…

C'était le moment qu'elle préférait. Elle lui montrerait alors ce qu'il n'aurait jamais plus l'occasion de toucher, de caresser, de violer.

Certes, celui-ci s'était révélé gentil. Ses mains étaient vieilles mais douces, et elles ne l'avaient jamais patouillée. Il s'était efforcé de ne pas lui faire mal. Il lui avait offert de très beaux présents, l'avait couverte de cadeaux luxueux. Mais l'acte lui-même, qu'elle considérerait toujours comme une forme de violence méprisable, méritait un châtiment.

Un châtiment capital.

Sa robe tomba à ses pieds, s'étalant autour d'elle telle une flaque de soie. Elle leva les jambes l'une après l'autre pour en sortir. Bien qu'il ait déjà les yeux un peu vitreux, l'on pouvait encore y lire le désir qu'elle lui inspirait. Il tendit la main, mais ne put aller jusqu'à elle.

Le sang battait dans ses veines, et elle se mit à danser

à son rythme, jouissant à l'avance de l'instant où il plongerait dans son regard et comprendrait sans l'ombre d'un doute qu'il était fichu.

Libre.

Marie frissonna comme l'aurait fait frissonner un courant d'air frais. La porte au bout du couloir était ouverte et, tout en marchant, elle aperçut sa voiture sur le parking, prête à l'emmener vers d'autres horizons. Vers l'aventure.

Libre.

Elle inspira profondément. Une bouffée de pure fraîcheur la traversa, telle une brise printanière annonciatrice d'espoir et de renaissance.

— Mariah !

Il n'y avait qu'une personne au conseil d'administration qui puisse retarder son départ. Une seule personne aussi, à l'appeler par ce surnom qu'on lui donnait quand elle était enfant.

Susan Kane. Tante Susan.

Marie se retourna sans pour autant cesser d'avancer vers la sortie. Susan la suivit, sa longue robe bigarrée virevoltant autour de ses chevilles. La réprobation se lisait dans ses yeux bleu ardoise.

— Mariah… Quelle bombe ! Il est évident que tu avais préparé ça de longue date.

Marie secoua la tête.

— Deux semaines seulement.

— Tu aurais pu me le dire.

Marie s'arrêta et la fixa sans ciller.

— Impossible. Je ne l'ai annoncé à mon équipe que ce matin.

— Pourquoi fais-tu ça ?

— Carver Software n'a plus besoin de moi. Les derniers

licenciements remontent à trois ans. On a redressé la situation. L'entreprise est sauvée. Le chiffre d'affaires ne cesse d'augmenter et les profits avec. La société ne s'est jamais aussi bien portée. Tu connais les résultats aussi bien que moi.

— Prends un congé… ou une année sabbatique. Pars en vacances. Tu peux t'asseoir sur tes lauriers et te détendre un peu, tu l'as bien mérité.

Marie eut un sourire forcé.

— C'est bien là, le problème. Enfin… une partie du problème. Je suis incapable de me détendre.

Susan se radoucit, visiblement peinée.

— Tu as toujours tes brûlures d'estomac ?

— Entre autres, répondit Marie avec un geste vague de la main.

Elle se posait des questions sur sa vie.

Parce qu'elle avait trente-deux ans et que depuis son divorce, quatre ans plus tôt, elle n'avait plus aucune vie sociale en dehors de son travail.

Parce qu'elle travaillait comme une damnée, restant au bureau jusqu'à point d'heure pour développer l'entreprise, engager toujours plus de personnel — et ce, bien que la société au bord de la faillite que lui avait laissée son père, décédé subitement d'une crise cardiaque, soit revenue dans le vert depuis longtemps et compte aujourd'hui parmi les cinq cents entreprises les plus florissantes des Etats-Unis.

Parce que, chaque matin, quand elle entrait dans l'immeuble moderne et luxueux dans lequel la société avait récemment emménagé, elle se disait « à quoi bon ? ».

A quoi lui servait de continuer de stresser pour l'entreprise, au point d'en avoir un ulcère, alors que les affaires marchaient ?

Un jour, elle aurait soixante ans et continuerait d'arriver

tous les matins dans ce fichu bâtiment et de repartir tous les soirs à des heures impossibles pour retrouver un appartement triste qu'elle n'aurait pas eu le temps de décorer, encombré de cartons de déménagement qu'elle n'aurait pas eu le temps de vider.

Elle se retournerait alors sur sa vie et regarderait défiler à l'envers toutes les années perdues et insignifiantes qui composaient son passé perdu et insignifiant…

Car elle avait beau avoir décroché avec les honneurs un doctorat en sciences économiques, répondant ainsi au désir de son père, elle n'avait jamais eu envie de prendre les rênes de sa société.

Bigre, il lui en avait fallu des années pour le reconnaître !

En réalité, elle n'avait pas la moindre idée de ce qu'elle voulait faire. Ou plutôt si. Elle savait que diriger une entreprise pesant plusieurs millions de dollars ne la satisfaisait pas. Elle voulait faire quelque chose qui ait vraiment un sens à ses yeux. Elle voulait pouvoir se retourner sur sa vie et être fière de ce qu'elle aurait accompli.

Oui, fière.

Elle avait songé à entrer en politique. Elle avait aussi pensé à s'engager dans le *Peace Corps* ou toute autre organisation bénévole réclamant à cor et à cri des personnes de toutes compétences, depuis des comptables pour l'Armée du Salut jusqu'à des maçons, soudeurs ou terrassiers à qui l'on pourrait confier la construction de logements destinés à des familles déshéritées. La liste était longue…

Seulement, avant d'entreprendre quoi que ce soit, il fallait qu'elle évacue son stress.

Première étape : stopper son addiction au travail et, en coupant complètement les ponts, sevrer l'entreprise. Cela, elle le ferait sans état d'âme.

Carver Software s'en remettrait — ils s'en remettraient

tous. Quel que soit le candidat retenu, le nouveau venu apporterait fraîcheur et dynamisme à une entreprise qui avait un peu tendance à s'endormir, ces derniers temps.

Quant à savoir comment elle le vivrait, ça, c'était une autre affaire…

Susan l'observait avec une pointe d'inquiétude, semblait-il.

— Où comptes-tu aller ?

— Je ne sais pas encore. Je vais juste prendre mon appareil photo et partir, répondit Marie. J'ai lu un livre sur le stress. Il faut savoir s'octroyer de la liberté pour souffler. Partir en laissant tout derrière soi, y compris son nom. L'auteur recommande de prendre une nouvelle identité pendant cette période. C'est censé aider à mettre de la distance entre la personne stressée et la cause de ses troubles. Je compte là-dessus pour guérir mon ulcère.

Elle sourit.

— Je vais laisser Marie Carver enfermée dans mon appartement avec tous mes soucis, mes doutes et ma crainte incessante de voir Carver Software couler à pic dès que j'ai le dos tourné !

Sans prévenir, Susan la prit dans ses bras. Surprise, Marie lui rendit son étreinte. Sa tante n'était pas démonstrative, d'ordinaire.

— Tu retrouveras ton poste à ton retour, murmura cette dernière. Je ferai en sorte qu'on te garde ton fauteuil.

Incapable de répondre, Marie se dégagea. Si elle s'écoutait, elle ne reviendrait pas, et adieu les ulcères. Elle ne saurait plus jamais ce que c'est.

Elle utilisa un couteau bien aiguisé pour lui couper une mèche de cheveux. Il n'en avait pas beaucoup, juste une couronne de poils gris à l'arrière de la tête, mais cela n'avait pas d'importance. C'était la seule et unique chose qu'elle garderait de lui.

En plus de l'argent.

Il était menotté, maintenant. Il l'avait laissée faire sans protester, sûr qu'elle préparait un jeu sado-maso. Pas une seconde il ne s'était douté qu'il n'avait plus que quelques secondes à vivre.

Ce n'est que lorsqu'elle dégaina le stylet de son fourreau, qu'un éclair effrayé passa dans ses yeux vitreux.

— Qu'est-ce que tu fais ? demanda-t-il d'une voix que la drogue rendait sourde et hésitante.

Elle le fit taire d'un baiser. Il ne fallait pas qu'il parle. Il n'était pas autorisé à dire un mot.

Mais il ignorait les règles.

— Clarise ? fit-il un peu plus fort alors que la peur enflait en lui. Clarise ?

Elle posa la pointe du stylet sur son torse. Malgré sa torpeur due à l'opium, il se mit à trembler d'effroi.

Le temps d'un flash, elle ressentit une sorte de remords. *Clarise.* Elle aimait beaucoup ce prénom. Dommage qu'elle ne puisse plus le porter, à l'avenir. Mais elle ne commettrait pas l'erreur de le réutiliser. Elle était trop intelligente pour cela.

— Cette fois, ça va trop loin, Clarise, reprit-il de sa voix altérée, essayant de cacher sa panique sous un semblant d'autorité. Libère-moi, s'il te plaît.

Sourire aux lèvres, elle se pencha sur la lame fine et, d'un geste délié, la lui enfonça dans le cœur. Il était libre pour toujours.

— Tue-le.

L'ordre de Domino arriva avant que John ait pu atteindre

les portes de l'entrepôt. Il entendit plusieurs détonations, dont quatre coup sur coup, assourdissantes.

Tony.

Tony était mort.

Pétrifié, il serrait son fusil dans ses mains à s'en faire craquer les jointures. Il n'avait plus aucune chance de sauver son ami. Restait la vidéo où l'on voyait Domino donner l'ordre de le descendre…

John avait assez de preuves pour l'envoyer croupir dans le couloir de la mort. A quoi bon foncer dans l'entrepôt ? Seul contre la garde armée de Domino, cela ne servirait à rien. Ce serait même suicidaire. Il le savait comme il savait que deux et deux font quatre et que son cœur battait à soixante.

Si ce n'est que, pour l'instant, il devait battre deux fois plus vite.

Tony était mort. Et si le fils de salaud qui avait donné l'ordre de le tuer se figurait qu'il allait pouvoir s'enfuir à bord d'une vedette à moteur quelque part en Amérique du Sud, hors du champ d'action du FBI, il se mettait le doigt dans l'œil jusqu'au coude ! Alfonse Domino finirait dans le feu de l'enfer.

Le nuage rouge qui voilait ses yeux, au lieu de brouiller sa vue, semblait la rendre encore plus perçante. Avec un cri de rage, John s'élança vers la porte de l'entrepôt, leva son arme, puis la positionna sur sa hanche, prêt à tirer.

Dans le bâtiment, le corps recroquevillé de Tony gisait sur le ciment froid, dans une mare de sang…

Elle avait fait établir son billet d'avion sous un faux nom. Un nom d'emprunt qui ne serait que temporaire.

Jane Riley. Un patronyme passe-partout.

Elle sourit — pas longtemps. Son sourire était de ceux

que l'on remarque, or elle n'avait aucune envie qu'on la reconnaisse.

Pour l'occasion, elle avait plaqué ses cheveux sous un bandana et enfilé une veste très quelconque, beigeasse, qu'elle avait achetée dans un dépôt-vente.

Elle n'avait rien pris de Clarise avec elle. Rien, sauf l'argent et sa collection. Neuf mèches de cheveux.

Elle voyageait léger. Dans son sac à dos qu'elle prendrait avec elle en cabine, il n'y avait que deux ou trois vêtements, des romans achetés à l'aéroport et deux cents dollars en espèces. Le reste de l'argent avait déjà été versé sur son compte suisse.

A Atlanta, elle prendrait le train pour Dieu sait où. Elle choisirait une nouvelle ville dans un nouvel Etat. Peut-être New York. Ou Philadelphie.

Une fois à destination, elle se promènerait en ville, irait voir un ou deux spectacles, prendrait son temps pour décider qui elle voulait être. Alors seulement, elle se ferait couper les cheveux, décolorer, et se procurerait une garde-robe en accord avec sa nouvelle personnalité.

Elle recommencerait tout de zéro.

Et bientôt, une autre mèche viendrait compléter sa collection.

1

A son réveil, John avait la bouche sèche et le cœur qui battait la chamade. Se levant d'un bond, il attrapa son arme et la pointa devant lui. Premier réflexe.

— Ça va, Miller ?

L'arme au poing, tremblant, il regarda autour de lui. Mince, il était au bureau ! Apparemment, il s'était endormi la tête sur un dossier.

Sur le seuil de la pièce se tenait Daniel Tonaka. Le visage parfaitement neutre, comme toujours, il ne quittait pas son arme des yeux.

John rengaina son revolver et se frotta les joues.

— Ouais, ça va. Je me suis endormi, c'est tout. Juste quelques secondes.

— Tu ferais peut-être mieux de rentrer te coucher.

Me coucher. C'est ça. Dans une autre vie.

— Tu as vu ta tête ?

Bon sang, il n'avait pas besoin qu'on lui fasse remarquer qu'il avait l'air d'un zombie ! Il avait besoin d'un dossier pour s'étourdir. Tant qu'il travaillait, il arrivait à tenir ses cauchemars à distance. C'étaient les heures de sommeil qui étaient épouvantables.

— J'ai juste besoin d'un café.

Daniel l'observait en silence. Nouveau au bureau, il avait à peine vingt-cinq ans, un visage charmant avec des pommettes hautes et des yeux foncés, en amande, dus à des ascendances asiatiques. La sagesse qui imprégnait ses traits surprenait chez un garçon de son âge. Jamais on ne l'entendait dire un mot plus haut que l'autre, ni parler à tort et à travers. Il savait tenir sa langue. Chez lui, un silence ou un haussement de sourcils en disaient plus que de longs discours.

Malgré sa jeunesse, Daniel Tonaka était un sage.

Depuis Tony, John avait eu six coéquipiers, mais le seul qui ait duré était Daniel. La semaine prochaine, cela ferait sept mois, calcula-t-il. Seigneur, le gosse méritait une médaille !

John savait parfaitement ce que ses collègues pensaient de lui. Il savait qu'on s'étonnait qu'il n'ait pas d'amis. Pour tout le monde, il était *le robot*. Une machine, un automate qui ne laissait personne empiéter sur ses plates-bandes. D'un seul regard, tranchant comme le laser, il réduisait les autres au silence. On disait de lui qu'il était froid et dénué d'émotion, en plus d'être intraitable. Déjà du temps de Tony, il gardait ses sentiments pour lui. Un comportement qui ne s'était pas amélioré en deux ans, après la mort de son meilleur ami. Du coup, les bruits de couloir s'étaient amplifiés, laissant entendre qu'il était même incapable de compassion et d'humanité. Les nouvelles recrues — et quelques anciens — allaient jusqu'à dévier de leur chemin pour l'éviter. C'est dire !

Toutefois, s'il était craint, il était aussi respecté. Avec le nombre record d'arrestations à son actif et ses enquêtes rondement menées, il ne pouvait en être autrement. Restait qu'il n'était pas aimé.

Bah, quelle importance pour un robot d'être aimé ou détesté ?

Daniel s'avança vers le bureau.

— Tu travailles sur le dossier de la veuve noire ?

Avec un hochement de tête, John baissa les yeux sur

les documents étalés devant lui. Il étudiait les photos et les informations qu'ils avaient recueillies sur une série de meurtres, quand il avait sombré dans le sommeil, son cauchemar s'empressant de venir lui rendre visite…

Il se rassit et se cala contre le dossier de son siège avec une grimace. Il avait le dos raide. Aïe ! En fait, il avait mal partout. Le dos, les jambes, les bras, tout lui faisait mal. Il fallait absolument qu'il dorme, mais la seule pensée de rentrer chez lui, de se mettre au lit et de fermer les yeux lui était insupportable. A peine aurait-il baissé les paupières qu'il se reverrait devant l'entrepôt. Il rêverait au soir où Tony était mort, et ce mauvais film repasserait en boucle. Pour la énième fois, il se verrait en train d'arriver trop tard. Pour la énième fois, il se dirait que planter du plomb dans les fesses de Domino ne réparerait jamais ce que cette ordure avait fait à Tony, à savoir éparpiller sa cervelle sur le ciment.

La culpabilité et le chagrin d'avoir perdu son ami étaient si aigus, si déchirants qu'il fallait qu'il trouve un moyen de ne plus y penser. D'enfouir cette douleur dans un trou si profond qu'elle n'en ressorte plus jamais. De mettre un fossé entre cette souffrance et lui. Il pouvait le faire. Il le ferait. N'était-il pas *le robot* ?

Attrapant la tasse posée sur son bureau, il but une gorgée du liquide brunâtre. Le café était froid, maintenant, et avait un goût de paille — ou de foin. Bref, il sentait l'étable, mais il avait le mérite d'humecter la bouche.

— La tueuse a fait une autre victime, il y a trois mois. Ce qui signifie qu'elle est sûrement en train de préparer son prochain coup. Elle doit être à l'affût quelque part, en quête d'un huitième mari à assassiner. Je dis huit, mais on n'en sait rien. Si ça se trouve, il y en a eu d'autres qu'on ignore.

— Peut-être a-t-elle décidé qu'elle était assez riche comme ça.

— Elle ne tue pas pour l'argent.

John prit la photo de la dernière victime, un certain Randolph Powers, et la tendit à son coéquipier.

Daniel s'assit sur la chaise réservée aux visiteurs pour mieux étudier le cliché. L'homme était assis à table, le regard vide, un stylet planté dans le cœur.

— Elle tue parce qu'elle aime tuer.

Se penchant sur le bureau, il fit glisser le dossier jusqu'à lui.

— Est-on sûr que c'est toujours la même femme qui tue ?

— C'est le même mode opératoire, en tout cas. La victime est dans la salle à manger, menottée à sa chaise. Les restes du dîner sont sur la table.

John se passa une main dans les cheveux. Voilà qu'il avait mal au crâne, maintenant.

— L'autopsie a révélé la présence d'opium dans le corps. Aucune empreinte sur la scène de crime. Visiblement, la maison a été soigneusement nettoyée. La seule image qu'on ait d'elle est une photo de mariage, mais son voile dissimule complètement son visage.

Tandis qu'il fourrageait dans son tiroir à la recherche d'un tube d'aspirine, Daniel parcourut rapidement le rapport, puis releva les yeux vers lui, visiblement intrigué.

— Powers a épousé cette femme, une certaine Clarise Harris, deux semaines et demie avant sa mort. Dans les cas précédents, elle n'avait pas attendu deux ou trois mois avant de passer à l'acte ?

— Si, répondit John en ouvrant un autre tiroir.

— Elle devient impatiente.

Bingo ! Attrapant vivement le tube d'aspirine, il le déboucha.

Vide.

— Bon Dieu ! Dis, Tonaka, t'aurais pas de l'aspirine dans ton bureau ?

— Tu n'as pas besoin d'aspirine. Tu as besoin de dormir. Rentre chez toi et couche-toi.

Le regard glacial que John lui lança aurait gelé le soleil lui-même. C'était exprès.

— Quand j'aurai besoin de conseils, je te le ferai savoir. Tout ce que je te demande pour l'instant, c'est de l'aspirine.

Mais le gosse ne se laissa pas impressionner. Il se leva, un petit sourire sur les lèvres.

— Tu sais quoi, John ? J'espère qu'on restera ensemble longtemps, parce que je n'ai pas encore réussi à imiter ta tronche. J'ai beau m'exercer tous les soirs devant mon miroir, je n'y arrive pas.

Il secoua la tête.

— Tu as vraiment reçu un don à la naissance. Allez, à plus tard.

Sur ces mots, il quitta la pièce et referma la porte derrière lui, laissant John abasourdi, les yeux rivés sur le battant, à espérer… Quoi, au juste ?

Si le gosse avait été Tony, il lui aurait parlé de ses cauchemars, il lui aurait expliqué que la trouille l'empêchait de dormir — même d'*essayer* de dormir. Si le gosse avait été Tony, il lui aurait sans doute dit que ce matin, quand il s'était pesé, il faisait dix kilos de moins que son poids normal. Il avait perdu dix kilos. Comme ça.

Seulement, Daniel Tonaka n'était pas Tony.

Tony était parti. Mort et disparu depuis deux longues années.

Sortant de sa torpeur, John attrapa le téléphone.

— Ouais. Miller. Passez-moi le commandant Blake.

Il était temps de se mettre au boulot sérieusement. Il

fallait arrêter cette veuve noire. Peut-être qu'ensuite, il arriverait à dormir…

Garden Isle, coquette petite île de Géorgie, était le secret le mieux gardé de la jet-set. Ses plages, longs rubans de sable blond et fin, se noyaient dans un océan d'un bleu aussi pur que le ciel. La ville aussi était un ravissement, avec ses ruelles pavées et ses maisons de briques rouges aux fenêtres décorées de fleurs multicolores. Le luxe régnait partout, ou presque. Boutiques et restaurants, quatre étoiles au moins, affichaient des prix scandaleux, s'attirant une clientèle hyper branchée. A moins de savoir où aller, mieux valait dîner chez soi.

Mariah Robinson, elle, savait où aller. Après deux mois passés sur l'île, elle connaissait les lieux comme sa poche.

Appareil photo et affaires de bain rangés dans le porte-bagages avant de son vélo, elle se mit à pédaler en direction de la plage. Pas la plage tranquille et balayée par la brise tout près de sa villa, mais celle très fréquentée du complexe hôtelier cinq étoiles communément appelé *resort*. Là-bas, il se passait toujours quelque chose.

Sur sa plage, seuls le ressac et les cris des mouettes perçaient le silence quasi religieux, et si, d'ordinaire, elle préférait nettement sa solitude au fourmillement de ses semblables, aujourd'hui, elle se sentait d'humeur sociable. Cela l'avait pris comme ça, sur un coup de tête. Aujourd'hui, elle avait envie d'un bain de foule. Aujourd'hui, elle avait envie de photographier les vacanciers en villégiature sur l'île.

Elle avait rendez-vous avec son amie Serena pour déjeuner dans l'un de ces restaurants chic très prisés de l'élite qui fréquentait ce paradis. Mais elle était en avance d'une heure.

Après avoir pédalé jusqu'à la plage, elle coucha son vélo sur le sable, puis étendit sa serviette de bain à côté. Sous une tente jouxtant le bar de l'hôtel, un orchestre jouait du reggae, et leurs notes joyeuses s'étiraient jusque sur la plage. A Garden Isle, il n'était jamais trop tôt pour écouter de la musique.

Mariah s'assit au soleil et regarda autour d'elle. Tous ces gens semblaient déborder d'énergie. Allongés sur des transats, certains lisaient. D'autres faisaient des mondanités, bavardaient, flirtaient à l'occasion, à quelques-uns ou en grands groupes. Des hommes et des femmes en tenue de sport joggaient sur le sable mouillé et dur, de l'eau jusqu'aux chevilles. D'autres marchaient ou baguenaudaient. D'autres encore paradaient, fiers d'exhiber leurs silhouettes élancées, musclées et bronzées à souhait, dans des maillots de bain haute couture.

Mariah sortit son appareil photo et cadra un golden retriever qui gambadait près d'un homme musclé vêtu d'un bermuda vert fluo. Elle adorait les chiens. Et maintenant qu'elle n'était plus enfermée dans son bureau du matin au soir, sept jours sur sept, elle songeait fortement à s'en procurer un…

— Ça, c'est une surprise ! Toi, ici et si tôt ?

Elle leva les yeux vers la femme qui se tenait devant elle, mais le soleil l'aveuglait. Pas grave. L'accent anglais un peu pointu ne trompait pas.

— Bonjour, Serena, répondit-elle avec un sourire.

S'asseyant à côté d'elle sur la serviette, la nouvelle venue l'observa par-dessus ses lunettes de soleil qu'elle avait dû payer les yeux de la tête.

— Je croyais que tu avais juré de ne jamais mettre les pieds sur cette plage.

Serena Westford était plus âgée qu'elle ne l'avait pensé quand elles s'étaient rencontrées, quelques semaines plus tôt. C'est-à-dire qu'elle était plus proche de quarante que de trente ans. Son sourire jeune et son rire gai et éclatant laissaient entrevoir deux rangées de dents nacrées absolument parfaites. Sur la tête, elle portait immanquablement un chapeau de paille à large bord d'où s'échappaient quelques mèches folles d'un joli blond cendré. Pour ne rien gâcher, elle avait un corps de rêve et une silhouette de jeune fille.

Et elle était aussi zen et sûre d'elle qu'elle était belle.

En somme, elle était tout ce que Mariah aurait rêvé d'être. Non, corrigea-t-elle *in petto*. Elle était tout ce que Marie Carver aurait rêvé d'être. Sauf que Marie Carver avait été laissée à Phoenix, au fin fond de l'Arizona, ni par erreur ni à regret, mais volontairement. C'était Mariah Robinson qui était ici, en Géorgie, et cette Mariah était satisfaite de sa vie. Elle se laissait vivre, sereine et détendue. Pas de souci. Pas de problème. Pas de stress. Et, surtout, pas de jalousie.

Serena portait un maillot de bain noir, ou plutôt un cache-sexe, avec, par-dessus, un mini paréo transparent que la brise tiède du large faisait voleter sur ses cuisses juste au ras des fesses. Pas besoin de faire preuve de beaucoup d'imagination pour…

Bien que Serena ait largement dépassé l'âge de l'adolescence, elle faisait partie de l'infime pourcentage de femmes qui avaient belle allure en mini Bikini.

Je la hais, pensa Mariah, l'espace d'une seconde. Pourquoi ne pourrait-elle jamais porter de Bikini comme elle ? Pourquoi, physiquement, était-elle son exacte opposée ? Pourquoi faisait-elle plus d'un mètre quatre-vingts, pourquoi avait-elle cette carrure de nageuse, cette poitrine généreuse ? Pourquoi était-elle bâtie comme une athlète ?

Pourquoi avait-elle des bouclettes châtaines, ternes et impossibles à lisser, et des yeux marron ? Marron bête, même pas noisette ou chocolat ou noir profond comme un ciel nocturne, ou vert mousse, couleur de sous-bois, comme ceux de Serena…

N'empêche, Mariah aurait parié que derrière le masque de la Serena zen et sûre d'elle se cachait une femme pétrie d'angoisses. Elle faisait probablement deux heures de gymnastique par jour pour garder sa silhouette longiligne et se maintenir en forme. Sans doute passait-elle autant de temps à soigner ses cheveux et son maquillage. La pauvre devait être minée par les soucis et le stress !

— Je suis venue violer, à leur insu, les droits photographiques des vacanciers, répondit Mariah, incapable de retenir un sourire.

Toutes les deux s'étaient rencontrées ici, sur cette plage, alors que Mariah prenait une photo de Serena. Cette dernière n'avait pas du tout aimé être prise en photo, et elle lui avait demandé de lui donner le film avant qu'il soit développé. Ce qui aurait pu dégénérer en une dispute aigre et tendue avait pris un tour complètement inattendu. Elles s'étaient tout de suite appréciées. Serena avait expliqué à Mariah que lorsqu'elle était dans le *Peace Corps*, elle avait vécu un certain temps avec les tribus d'Afrique pour qui être photographié était synonyme de se faire voler son âme.

Mariah lui avait donc remis la pellicule, puis avait écouté tout l'après-midi les récits fascinants de ses voyages humanitaires autour du monde. Serena ayant fait allusion à la fourgonnette de LFD (Logements pour familles déshéritées) dans laquelle elle avait vu Mariah à plusieurs reprises, elles avaient également abordé la mission des organisations qui emploient des volontaires afin d'aider à construire des maisons abordables, destinées à des familles de travailleurs à faible revenu. Mariah passait trois ou quatre jours par semaine un marteau à la main, et elle aimait autant ce travail que le sens qu'il donnait à sa vie.

— Au fait, j'ai reçu un avis de la poste, reprit-elle. Un paquet est arrivé pour moi. Je pense que c'est le matériel pour ma chambre noire. Tu crois que tu pourrais m'emmener le chercher ?

— Si tu avais une voiture, tu pourrais y aller toi-même.

— Si j'avais une voiture, je ne m'en servirais pas plus d'une fois par mois et seulement pour aller chercher un gros paquet à la poste.

— Si tu avais une voiture, tu n'aurais pas besoin d'attendre que la fourgonnette de LFD vienne te prendre pour t'emmener sur le continent quatre fois par semaine.

Mariah sourit.

— J'aime bien rouler en fourgonnette.

Serena la considéra d'un air intrigué.

— Le chauffeur est beau garçon ?

— Le chauffeur est marié avec l'une des directrices de LFD, et ils sont heureux.

— Dommage…

Le soupir de dépit de Serena la fit rire.

— Tu sais que tout le monde n'est pas en chasse d'un mari, Serena. Je suis très bien toute seule.

Serena s'esclaffa à son tour.

— En chasse d'un mari… Moi, je veux du gros gibicr. A ton avis, il me faudrait une balle de quel calibre pour en descendre un ?

Avec un sourire, Mariah rassembla ses affaires.

— Si on allait déjeuner ?

Elle le reconnaîtrait quand elle le verrait, c'est tout. Il aurait de l'argent — plein d'argent. Assez pour que, lorsqu'elle lui demanderait d'avancer le montant destiné à l'achat d'une maison, il n'hésite pas une seconde et le lui donne. A elle directement. Assez pour qu'il ouvre un compte courant à son nom et dépose dessus une coquette somme. L'argent serait immédiatement transféré vers d'autres comptes occultes, loin d'ici.

Bien sûr, elle avait fait en sorte que les virements et autres mouvements ne puissent pas être pistés. Elle commencerait par garder le cash avec elle pendant une semaine ou deux, puis le déposerait sur ses comptes numérotés en Suisse.

Trois millions de dollars et neuf mèches de cheveux.

Oui, elle saurait qu'il était le bon dès qu'elle le verrait.

— Garden Isle en Géorgie, déclara l'agent Taylor en posant un dossier sur la table de conférences.

Devant lui étaient assis John, Daniel Tonaka et le commandant Patrick Blake, patron de l'unité chargée de l'affaire.

Il poussa vers eux des agrandissements noir et blanc.

— C'est elle, la veuve noire. La tueuse. Ça ne peut être qu'elle.

John se pencha sur la table pour en prendre un et, gêné par le miroitement de la lumière sur le papier glacé, l'orienta de sorte qu'il n'y ait plus de reflet. Puis, remarquant que la photo tremblait dans sa main, il la reposa vite sur la table.

— Elle s'appelle ou se fait appeler Serena Westford, poursuivit Taylor. Personne ne sait d'où elle sort. D'après ce qu'elle raconte, elle vient de passer sept ans en Europe, à Paris, mais là-bas, personne ne semble la connaître ni avoir entendu parler d'elle. Une chose est sûre : si elle a réellement vécu en France, elle s'est arrangée pour ne pas payer d'impôts.

La femme de la photo traversait un parking, d'un pas alerte, semblait-il. Elle portait un chapeau et des lunettes de soleil, et son visage était flou.

John releva la tête.

— C'est quoi ton nom, déjà ?

Le jeune agent soutint son regard — pas longtemps.

— Taylor. Steven Taylor.

— Tu ne pouvais pas nous dégotter un meilleur cliché, Taylor ?

— Non, monsieur. On a même de la chance d'avoir celui-ci. Il a été pris au téléobjectif depuis une chambre de l'hôtel. C'est le moins mauvais des vingt que j'ai réussi à prendre. Les autres fois, c'était comme si elle sentait l'objectif braqué sur elle. Elle se couvrait presque complètement. Je dois avoir pas loin de cinq cents photos très nettes sur lesquelles elle se cache derrière des lunettes noires qui lui bouffent tout le visage et un chapeau taille XXL. J'en ai cinq cents autres où on la voit très bien mais de dos.

— Pourtant, tu affirmes qu'il s'agit de notre veuve noire, remarqua John, sceptique.

Daniel Tonaka remua sur sa chaise.

— Je crois vraiment que c'est elle, John. Laisse-le parler.

John lui lança un coup d'œil. En général, il se trompait rarement sur les gens. Il savait, par exemple, que le commandant Blake ne l'appréciait pas malgré le nombre d'arrestations à son actif. Il savait aussi que Steven Taylor avait peur de lui. Bien sûr, il se montrait poli et respectueux, mais John se doutait qu'il allait demander à être déchargé du dossier maintenant qu'il savait qu'il faisait partie de l'équipe. C'était évident.

Cerner Daniel était beaucoup plus difficile. Imperturbable,

il avait un humour assez bizarre, très personnel et qui fusait quand on s'y attendait le moins. Il traitait tout le monde sur un pied d'égalité, c'est-à-dire avec la même courtoisie, qu'il ait affaire à la reine d'Angleterre ou à une femme de ménage, et parlait rarement pour ne rien dire. On pouvait compter sur les doigts d'une main les fois où il avait pris la parole pour exprimer une intuition ou une impression concernant un suspect. Et le fait est qu'il ne s'était jamais trompé.

Or, cette fois, il avait été anormalement affirmatif. D'après ses propres termes, il croyait *vraiment* que Serena Westford était la veuve noire.

John fixa Taylor d'un regard éloquent. Il attendait la suite.

Le jeune agent s'éclaircit la voix.

— J'ai… euh… J'ai essayé de voir, en m'aidant de l'ordinateur, les endroits où la veuve noire pourrait frapper la prochaine fois. Elle choisit de préférence les petites villes avec seulement un ou deux hôtels. J'ai programmé l'ordinateur afin qu'il laisse de côté tout ce qui se trouve à moins de trois cents kilomètres des endroits où elle a soit rencontré ses précédentes victimes, soit vécu avec elles, et il m'a proposé une liste de cent vingt-trois possibilités. A partir de là, j'ai répertorié tous les hôtels et mené une enquête téléphonique auprès des employés de ces établissements. Je leur ai demandé s'ils avaient dans leur clientèle une femme petite, un mètre cinquante-cinq environ, voyageant seule et enregistrée chez eux pour un long séjour. Franchement, on a eu un bol incroyable. Serena Westford est arrivée à Garden Isle deux jours seulement avant nous. Une fois sûr qu'elle voyageait sous un faux nom, je me suis rendu moi-même en Géorgie pour tenter d'identifier la suspecte, mais…

Il secoua la tête d'un air dépité.

— … mais comme vous le voyez, elle cache son visage sur tous les clichés en notre possession.

— Mais pas ses jambes, fit remarquer Daniel. D'ailleurs, tu ne t'es pas privé de les photographier !

Taylor s'esclaffa.

— On n'a peut-être pas de clichés de son visage, mais on ne manque pas de photos de ses jambes. On en a trouvé pas mal chez les victimes, expliqua-t-il à l'attention de John et Blake. Tonaka a eu l'idée de scanner les photos trouvées chez les victimes et de les comparer aux nôtres. Selon l'ordinateur, il y a quatre-vingt-dix-huit pour cent de chances que les jambes de la veuve noire et celles de Serena Westford soient les mêmes.

John considéra Daniel. Le gosse avait de l'imagination. La conclusion était hâtive, mais ne manquait pas d'intérêt.

— Bien vu, Taylor. Seulement, ça ne tiendra jamais devant un tribunal. Des jambes qui ont l'air d'être les mêmes… Ça ne prouve rien quant à l'identité d'un suspect.

— Peut-être… monsieur, ajouta Taylor en hâte. Mais ça suffit à me convaincre qu'il faut orienter l'enquête dans cette direction.

John passa la photo à Blake. Ses mains tremblaient encore, provoquant un haussement de sourcils chez son supérieur.

— Dis-moi tout ce que tu sais, Taylor.

— Quand Serena Westford est arrivée, elle avait des bleus sous les yeux. Elle s'est peut-être fait refaire le nez récemment, pour changer de visage…

— On a envisagé de faire venir la femme de chambre de son septième mari à Garden Isle, intervint Blake. Mais si la veuve noire a subi une chirurgie esthétique, elle ne la reconnaîtra pas de façon formelle. Il me faut du cent pour cent, vous m'entendez. Il n'y a pas de place pour le doute dans notre enquête. Cette femme ne nous échappera pas.

John opina. Il fallait prendre la tueuse en flagrant délit.

— Elle a loué récemment une villa à Garden Isle, ce qui prouve qu'elle a l'intention d'y rester un moment, reprit Taylor. Cela dit, à ce stade, je ne pense pas qu'elle ait déjà choisi sa prochaine victime. J'ai établi la liste des gens avec lesquels notre suspecte a eu des contacts. Sur quarante-sept personnes, vingt-huit ont quitté l'île — des vacanciers qui sont rentrés chez eux. Sur les dix-neuf restantes, il y en a une qui sort du lot.

Il donna un dossier rempli de photos à chacun.

— Elle s'appelle Mariah Robinson. Du moins, c'est ce qu'elle dit. Jusqu'à preuve du contraire, il n'existe pas de Mariah Robinson. En revanche, on l'a identifiée comme étant Marie Carver, ex-présidente de Carver Software, la fameuse société d'informatique de Phoenix, dans l'Arizona.

John ouvrit le dossier. Sur la première photo, il vit une jeune femme avec des cheveux châtains jusqu'aux épaules, vêtue d'un short et d'un débardeur. Elle était assise sur une serviette de plage à côté d'une autre femme en Bikini, dont le visage disparaissait sous un immense chapeau de paille à large bord. Serena Westford, sans aucun doute. Son Bikini, si mini qu'on pouvait presque parler de cache-sexe, était destiné à faire monter la pression sanguine chez les hommes. Pourtant, c'était l'autre femme qui piquait sa curiosité.

— Marie Carver… ou Mariah Robinson, comme elle se fait appeler, vit seule dans une maison de location sur l'île, poursuivait Taylor. Elle passe le plus clair de son temps sur la plage à prendre des photos d'oiseaux et des vues de l'île. Elle doit aimer la nature. Elle a une chambre noire chez elle. De temps à autre, elle quitte l'île, mais je ne sais pas pour quelle destination. Je ne l'ai pas encore suivie. Westford et elle semblent assez proches.

— Mariah Robinson a l'air très grande, remarqua John.

Elle l'était, en effet. C'était une amazone. Une déesse. Elle devait être à peu près de sa taille, à quelques centimètres près, donc pas loin d'un mètre quatre-vingt-cinq. La taille d'un homme avec les rondeurs d'une femme. Poitrine généreuse mais bien proportionnée, hanches arrondies, ni trop larges ni trop droites — elle devait le savoir puisqu'elle se permettait le port du short —, des jambes longues et joliment fuselées.

Sur une autre photo, on la voyait à vélo, un vieux vélo sans âge avec lequel elle grimpait à l'assaut d'une colline en danseuse. Les muscles de ses jambes étaient contractés, ceux de ses seins aussi, et son T-shirt était tendu sur sa poitrine.

Quel corps ! Il y avait de quoi rêver !

Si Serena Westford s'était, semble-t-il, servie de sa silhouette sans défaut pour attirer les hommes, John n'arrivait pas à quitter Mariah du regard. Il avait toujours été un homme à femmes. Mais pas n'importe quelles femmes. Il les choisissait en fonction de la longueur de leurs jambes et de l'opulence de leur poitrine, le tout devant rester harmonieux. Compte tenu des photos qu'il avait sous les yeux, jambes et poitrine étaient parfaits pour lui. A tel point qu'il se serait bien vu enfouir le nez entre ses seins et se perdre dans leur douceur pendant un an ou deux…

Bon sang, qu'est-ce qui lui prenait ? Jamais encore il n'avait eu ce genre de réaction devant une personne mêlée de près ou de loin à une affaire. Cela devait faire trop longtemps qu'il n'avait pas eu d'aventure, surtout avec une femme aussi belle. Oui, cela faisait très longtemps… Cela remontait même aux calendes grecques, avant la venue de Daniel. En fait, il ne se rappelait plus quand cela lui était arrivé pour la dernière fois, ni avec qui.

C'était peut-être pour ça qu'il ne dormait plus. Peut-être qu'en faisant l'amour, il retrouverait la sérénité et le sommeil. Si ses insomnies étaient d'ordre sexuel, il lui fallait juste un soulagement physique. Une soupape. L'apaisement des sens.

Sauf que, s'il n'avait pas fait l'amour depuis si longtemps, c'était parce qu'aucune femme ne lui avait plu.

Et voilà que, tout à coup, il réagissait physiquement devant les photos de la meilleure amie d'une criminelle. Une amie d'autant plus louche qu'elle avait adopté un pseudonyme pour ne pas être repérée.

Bon sang, tu perds la boule ou quoi, Miller ?

Il prit la cinquième photo, un gros plan du visage de Mariah Robinson. Elle était charmante, mais pas exceptionnelle. Visage en forme de cœur, pommettes hautes et menton affirmé. Sa bouche était grande avec des dents bien alignées, et son sourire creusait des fossettes dans ses joues. Elle avait des yeux assez clairs. Difficile de dire avec précision s'ils étaient bleus, vert clair ou noisette, vu que la photo était en noir et blanc. Mais ils brillaient, incontestablement, comme si on venait de lui raconter quelque chose de drôle.

Pourquoi eut-il soudain l'impression que c'était de lui qu'elle se moquait ?

Il ressentit un drôle de pincement au creux du ventre, à la fois agréable et déplaisant. Un pincement qu'il n'avait pas éprouvé depuis longtemps. Tel un désir physique, très charnel, mélangé à autre chose. Mais à quoi ? Cela semblait remonter des profondeurs de ses entrailles, cela accélérait le rythme de son pouls. C'était tout ce qu'il pouvait en dire.

A côté de lui, le commandant Blake feuilletait son dossier tout en lissant son crâne dégarni.

— A votre avis, il faut combien de temps pour mettre en place la couverture d'un agent jouant le rôle d'un mari potentiel ?

— Une semaine, répondit Taylor. Deux, tout au plus. Pour coller avec le profil des précédentes victimes, il faut un agent qui fasse très vieux ou en mauvaise santé. Il faut lui fabriquer tout un passé, lui inventer un dossier bancaire et des finances impressionnants et, surtout, lui ouvrir des comptes en banque généreusement garnis. Ce n'est pas de la galette qu'il faut, mais un matelas ! On peut parier que Westford prendra des renseignements sur la solvabilité de celui ou ceux qu'elle aura dans sa ligne de mire. Elle cherchera à savoir combien ils pèsent. Il faudra préparer l'agent, prévoir une protection rapprochée, une équipe de surveillance…

John se redressa.

— Je suis volontaire. Je peux être à Garden Isle dès demain.

Taylor le regarda comme s'il tombait tout droit de Mars.

— Vous ? Mais vous n'êtes pas assez vieux !

— Le mari numéro trois avait vingt-neuf ans, et le numéro six, dans les trente-cinq, intervint Daniel. Ni l'un ni l'autre n'étaient en grande forme. Il y en avait même un en fauteuil roulant.

Sortant de son attaché-case deux copies du dossier qu'il avait préparé, John en tendit une à Blake et poussa l'autre sur la table vers Taylor.

— Tenez, faites connaissance avec Jonathan Mills. J'ai trente-neuf ans. Je suis en rémission depuis peu, après une lutte sans merci avec la maladie de Hodgkin.

Taylor ouvrit le dossier et parcourut des yeux le plan que John avait imaginé.

— Quoi ? s'exclama-t-il soudain. Vous avez l'intention de l'épouser ?

— Si je ne l'épouse pas, elle n'essaiera pas de me tuer.

— Vous allez vraiment l'épouser ? Et coucher avec elle ?

John haussa les épaules. Même Daniel, généralement impassible, semblait l'observer avec une pointe de curiosité.

Blake secoua la tête d'un air renfrogné.

— J'aime autant ne pas entendre les détails.

— Pas de problème, commandant, assura John. Le mariage sera légal, elle sera ma femme. Et ne vous inquiétez pas, je sais ce qu'est un rapport protégé.

Et il ajouta, un léger sourire aux lèvres :

— Evidemment, dans ce cas, ça implique d'éviter les poignards dans le lit.

Il se leva et s'adressa à son supérieur.

— Je peux y aller ? C'est bon ?

Blake hocha la tête.

— C'est bon.

Taylor et Daniel se levèrent comme un seul homme, ramassèrent leurs affaires et se dirigèrent vers la sortie. John s'apprêtait à les suivre quand son chef l'arrêta.

— Une minute, John.

Blake attendit que les deux jeunes agents aient quitté la pièce pour se lever et aller fermer la porte.

— Vous avez une mine de… Enfin, vous avez l'air patraque.

John savait qu'il avait vu ses mains trembler.

— Trop de café, répondit-il. Je vais bien. Merci de vous être inquiété.

Blake opina mais, de toute évidence, il n'était pas dupe.

— Ecoutez, John, je sais que nous n'avons jamais été très proches, vous et moi. J'ai toujours préféré rester en dehors de votre périmètre et vous laisser faire ce que vous faites le mieux, multiplier les arrestations, un nombre record dont tout le FBI profite. Mais je vous le dis aujourd'hui, si vous avez un problème et que je peux faire quelque chose pour vous, dites-le-moi et je vous aiderai.

John le regarda droit dans les yeux.

— J'ai seulement envie de me mettre au travail.

— Avez-vous quelqu'un à qui parler ?

— Ce sera tout, monsieur ?

Blake poussa un soupir.

— Je ne suis pas censé vous prévenir, mais une fois cette affaire classée, j'ai l'intention de vous faire faire un bilan psychiatrique. Vous pouvez y aller, maintenant. Et tâchez de passer un peu de temps sur cette île de rêve, les yeux fermés et la tête sur l'oreiller.

— Ces deux dernières années, je me suis montré plus efficace que jamais…

— Bien sûr, parce que vous travaillez vingt-deux heures sur vingt-quatre tous les jours.

Autre soupir de Blake.

— Filez à Garden Isle, John. Attrapez-moi cette tueuse et nettoyez l'île des méchants pour que les vieux vicieux pleins aux as puissent s'amuser en paix. Mais, à votre retour, soyez prêt à passer sous le microscope du psy.

Sur ces mots, il se replongea dans le dossier, signe que la conversation était terminée. Sachant qu'il était inutile d'argumenter, John se dirigea vers la porte. Son pouls s'était encore accéléré, et le sang cognait à ses tempes comme un marteau. Un bilan psychiatrique… Il ne manquait plus que ça ! Bon sang, il avait intérêt à dormir dans les semaines à venir, sinon… Sinon, il aurait droit à un nouveau cauchemar : celui du psy.

— Bon Dieu, vite un café, grogna-t-il.

Il était à mi-chemin de la salle de repos quand il entendit des voix provenant de la salle où travaillaient les agents nouvellement recrutés. Il crut reconnaître celle de… Comment déjà ? Ah oui, Taylor. Steven Taylor.

— C'est une bombe à retardement, et tu le sais aussi bien que moi, entendit-il. Tu sais les bruits qui courent sur lui ? Il paraît qu'il est au bord de la dépression nerveuse.

— Parce que tu écoutes les bruits de couloir, toi ?

C'était Daniel.

— Généralement pas, mais tu as vu sa tête ? On dirait un chien crevé !

— Ce type est une légende vivante, répliqua Daniel. C'est le meilleur de tous, ici. Il a cette tête parce qu'il ne dort pas assez. Il est insomniaque, et ses insomnies s'aggravent quand il est sur une enquête. Mais je ne me fais pas de souci, ça va s'arranger. Ne demande pas à changer de service, avec lui tu es à bonne école. Tu peux me croire.

Taylor ne parut pas convaincu.

— T'as vu comme il tremble ? Il sucre les fraises. Pas question que je travaille sous les ordres d'un sous-James Bond insomniaque qui part en quenouille ! Ses coéquipiers ne sortent jamais indemnes, avec lui.

John en avait assez entendu. Il entra dans la salle, le regard glacial.

— Un problème, Taylor ? Si tu as quelque chose à me reprocher, viens donc me le dire en face.

Le jeune agent piqua un fard et regarda ailleurs, essayant sans doute de se rappeler ce qu'il avait dit — et ce que John avait pu entendre.

Bombe à retardement. Insomniaque qui part en quenouille. Sous-James Bond.

— Euh… pardon, monsieur, bredouilla-t-il avant de sortir précipitamment.

Bon débarras, songea John, sûr qu'il ne le reverrait plus.

Puis il se tourna vers Daniel.

— Viens dans mon bureau.

Le gosse ne sembla pas inquiet, mais l'était-il jamais ?

Sortant dans le couloir, John le précéda jusqu'à son bureau et l'attendit sur le seuil.

— Grouille.

— Qu'est-ce qui se passe ? s'enquit Daniel sans se départir de son calme.

John referma la porte derrière lui et lui fit face.

— Si je te surprends encore à parler de moi avec un autre agent, je te fais transférer à l'administration tellement vite que tu n'auras pas le temps de comprendre ce qui t'arrive.

Pris de court, Daniel laissa passer un silence.

— J'ignorais que tu croyais que tes insomnies étaient un secret.

— Ce n'est pas le cas. Je sais parfaitement que tout le monde est au courant. Ce que je ne veux pas, c'est t'entendre en parler. Mêle-toi de tes affaires.

Daniel hocha la tête.

— Très bien, je n'en parlerai plus. Désolé si je t'ai blessé.

— Tâche d'être prêt à partir à la première heure demain matin, gronda John en rouvrant la porte de son bureau.

— Je serai prêt.

Daniel passa le seuil, puis se tourna vers lui, un petit sourire au coin des lèvres.

— Merci pour cette conversation. C'est bien qu'on ait pu mettre les choses à plat.

John attendit d'avoir refermé la porte pour sourire à son tour.

— Merci pour cette conversation. C'est bien qu'on ait pu mettre les choses à plat, répéta-t-il en le singeant.

Quel gosse ! Un autre que lui aurait mouillé sa chemise. Taylor, par exemple. Mais après ce qui s'était passé, il y avait de fortes chances qu'il ne le revoie plus.

S'approchant de son bureau, il prit le dossier de la veuve noire dans son attaché-case et en sortit les photos qu'il étala sur la table. La première qui montrait Serena Westford sous son grand chapeau glissa et laissa apparaître la photo de Mariah Robinson. Ses yeux rieurs semblaient se moquer de lui.

Demain, il serait à Garden Isle, et il tomberait sur elle par hasard. C'était la première fois depuis des années qu'il était excité à la perspective de rencontrer une femme. *Cette* femme.

2

Malgré l'heure matinale, un chien gambadait dans les vagues, sur la plage.

Un chien… et son maître.

Mariah les observa de loin. Il n'y avait rien d'exceptionnel à ce qu'un homme et son chien se promènent sur la plage en bas de sa villa. La bande de sable s'étendait à perte de vue depuis l'hôtel jusqu'au pied du phare, au nord de l'île. Quinze kilomètres au moins. Les joggers ambitieux et les marcheurs au grand souffle alimentaient un flux incessant de circulation dans les deux sens.

Non, voir un chien et un homme sur la plage n'avait rien d'étrange, si ce n'est qu'il était vraiment tôt. Pas encore 5 heures du matin.

Mariah s'était levée à l'aube dans l'intention de photographier la plage déserte au lever du soleil. Elle avait encore le temps… et elle pourrait leur demander de s'éloigner un peu. Mais l'homme assis dans le sable était penché, la tête dans ses mains. Tout dans son attitude laissait à penser qu'il était fatigué. Le chien, lui, s'en donnait à cœur joie.

Mariah s'avança. Le vent venait de la mer. Ni l'homme ni le chien ne pouvaient soupçonner sa présence. Elle s'allongea sur le ventre et, les coudes plantés dans le sable, dirigea son objectif sur le chien ruisselant d'eau.

C'était un bâtard, apparemment une femelle. Sans doute un croisement de colley et d'épagneul, avec un petit rien de… De quoi ? De cocker, peut-être. Court sur pattes, il avait des poils longs qui avaient grand besoin d'un toilettage, un corps trapu, un museau pointu et deux oreilles qui retombaient tristement de chaque côté de sa drôle de tête. Pourtant, il était heureux. Il ne gagnerait certes pas le premier prix à un concours de beauté, ni même l'avant-dernier, mais elle se surprit à rire en le regardant jouer avec les vagues. Il bondissait dans l'eau en jappant si joyeusement qu'elle aurait juré qu'il riait de plaisir.

Le maître, lui, c'était une autre affaire.

Elle le vit se relever péniblement, comme si chaque geste était une souffrance. Il fit quelques pas, donnant l'impression d'avoir cent ans. Pourtant, il n'était pas âgé, si tant est qu'elle pouvait en juger à distance. Aucun fil gris ne se voyait dans ses cheveux foncés et coupés ras, et les rides qui creusaient son visage semblaient dues à la douleur plus qu'à la vieillesse.

Comme il se redressait complètement, elle nota qu'il était grand et la dépassait sans doute de quelques centimètres. Le pantalon de jogging et le coupe-vent qu'il portait flottaient autour de lui, à croire qu'il avait perdu beaucoup de poids récemment ou qu'il avait été malade.

Le chien, visiblement heureux de voir son maître debout, se mit à faire des bonds autour de lui. Ils formaient un beau tableau, tous les deux, et, le doigt sur le déclencheur, elle prit cliché sur cliché.

— Oh là, Princess ! Doucement !

Sa voix lui arrivait directement, portée par le vent du large.

— On va rentrer, ma belle. Allez, on y va.

Sa voix était grave mais tonique. Avec un beau timbre.

A présent, le chien et le maître se découpaient sur le ciel rougeoyant. Une image saisissante de beauté. Mariah relevait son appareil pour les prendre en photo quand le chien se tourna vers elle, oreilles dressées. Il s'élança vers elle. Le maître se retourna à son tour et la vit.

— Stop, ordonna-t-il.

Il avait parlé doucement, juste un mot. Le chien, obéissant, recula un peu en se dandinant.

Cette fois encore, Mariah aurait parié qu'il lui souriait.

Toujours allongée sur le sable, elle leva les yeux, du chien vers le maître.

Ce dernier était nettement plus beau que sa bête — et il l'aurait été plus encore s'il avait souri. Ses cheveux bruns étaient très courts, comme s'ils commençaient à repousser après avoir été rasés. Malgré tout, c'était un très bel homme. Il avait un menton volontaire, des lèvres pleines et un nez plutôt grand et busqué. Des traits ciselés dans un visage racé, avec des sourcils épais et foncés qui formaient une barre au-dessus de ses yeux. Etait-ce ses sourcils, son regard sombre ou l'ensemble du personnage, toujours est-il qu'il avait quelque chose d'intimidant. Et beaucoup de classe.

En l'étudiant plus attentivement, elle se dit que tout le monde ne devait pas le trouver beau. Certes, il n'avait rien d'une gravure de mode, mais il était mieux que ça. Il avait une beauté originale, une élégance peu classique… Bref, il avait du chien.

Du chien ! En regardant le bâtard qui frétillait à côté de lui, elle eut envie de rire de la comparaison.

Comme il approchait, elle remarqua son teint gris et son visage buriné et tiré. Sûrement les stigmates d'une très grande fatigue. N'empêche, malgré l'épuisement et sa coupe militaire, il restait extrêmement séduisant.

— Bonjour, lui lança-t-elle en s'agenouillant.

De la main, elle épousseta le sable accroché à son T-shirt

de nuit et s'aperçut avec embarras qu'elle n'avait pas pris la peine de se changer ni de mettre un soutien-gorge avant de sortir.

— Euh… pardon, fit-elle, gênée, en le voyant regarder le mouvement de sa main sur elle.

Elle croisa les bras sur sa poitrine. Persuadée qu'à une heure aussi matinale, elle ne rencontrerait personne, elle ne s'était pas habillée. Une fantaisie qu'elle ne se permettait jamais en public, vu sa poitrine généreuse. Les seules fois où elle s'autorisait cette liberté, c'étaient les petits matins comme celui-ci où il n'y avait pas âme qui vive sur la plage.

Sauf qu'aujourd'hui, elle n'était pas seule.

— Je suis désolée. Je ne voulais pas vous déranger.

Elle s'excusait d'être sur *sa* plage. C'était complètement absurde !

Elle n'avait pas à s'excuser. Ni à s'excuser de ne pas porter de soutien-gorge. D'ailleurs l'homme ne semblait ni choqué, ni horrifié. Vu son regard, il semblait même apprécier.

Il cessa de la détailler pour regarder la villa sur la dune.

— C'est vous qui habitez là ?

Elle acquiesça.

— Je la loue pour la saison.

— Pas mal, commenta-t-il.

Il avait reporté les yeux sur elle et contemplait ses jambes nues. Il dut se rendre compte de son indiscrétion, car il remonta très vite vers son visage.

— J'espère qu'on ne vous a pas dérangée. Ma chienne est gentille, mais elle aboie fort. Elle est encore jeune.

— Ne vous inquiétez pas. Je m'étais levée tôt pour prendre le lever du soleil.

Il leva les yeux vers le ciel. Le soleil avait déjà percé à l'horizon, et il montait très vite.

— Désolé. On a dû vous gêner.

— Pas de problème.

Il lui tendit la main afin de l'aider à se relever, mais elle hésita. Pour lui donner la main, il faudrait qu'elle déplie le bras, or déplier le bras, c'était exhiber sa poitrine. Très gênant. Encore que… Avec une gueule d'amour comme la sienne, il avait dû avoir son lot d'aventures et voir des femmes bien plus dénudées qu'elle… Elle ne portait pas de soutien-gorge, et alors ? Il n'y avait pas de quoi en faire un fromage. Il en avait sûrement vu d'autre.

Elle, en revanche, n'avait jamais vu d'homme tel que lui !

L'air faussement dégagé, elle lui donna la main, se releva. Et se retrouva près de lui. Beaucoup trop, à son goût. Elle voulut s'écarter, mais il la retint par le bras. Ses doigts étaient chauds — une sensation très agréable.

Il était grand et large d'épaules. Pour le reste, on ne voyait pas grand-chose à cause de son coupe-vent, mais elle devinait des hanches minces et…

Gênée du tour que prenaient ses pensées, elle ramena les yeux sur son visage. Il avait les yeux bleus, un bleu électrique, très brillant, un peu comme du néon. Et il la regardait avec un air… Comment dire ? Comme s'il la trouvait attirante. Oui, il avait l'air sous le charme. Séduit, lui aussi.

— Il n'y a que vous ? s'enquit-il.

Elle le fixa bêtement en se demandant ce qu'il voulait dire.

— Vous louez la maison toute seule ? ajouta-t-il devant sa mine perplexe.

— Ah… Euh, oui.

Il n'avait toujours pas lâché sa main. Elle se dégagea et recula d'un pas.

— Oui, je suis seule.

Il hocha la tête. Seigneur, qu'est-ce qu'il était sombre ! Elle ne l'avait pas encore vu sourire.

— Et vous ? Vous êtes en vacances avec votre famille ?

— Non. Je suis seul, moi aussi.

Il montra l'autre extrémité de la plage où se trouvait le complexe hôtelier cinq étoiles.

— J'habite à l'hôtel. Pour quelque temps... Je me demande si je ne vais pas plutôt louer une maison au bord de la plage. Je commence à en avoir assez de prendre tous mes repas au restaurant. J'aimerais bien avoir ma cuisine.

— Il y a du bon dans les deux cas. Quand vous louez, vous avez tout à faire. Fini le personnel d'étage qui range et fait le ménage à votre place. En plus, il y a tellement d'insectes, ici, qu'il faut nettoyer après chaque repas. On ne peut rien laisser. A la moindre miette, ils accourent par milliers. Ils doivent se donner le mot ! C'est une plaie. Mais si ça ne vous gêne pas, une villa, c'est génial.

Il haussa les épaules.

— Finalement, je vais peut-être rester à l'hôtel.

La chienne, qui avait contourné Mariah, planta soudain son museau au creux de son genou. Elle laissa échapper une exclamation de surprise.

— Princess, ici, ordonna l'inconnu.

— Ne la grondez pas, elle jouait. J'ai été surprise, c'est tout. Mais elle ne me gêne pas. Elle est drôle. C'est un croisement plutôt... inhabituel.

Il lui sembla qu'elle l'avait amusé.

— Et vous, vous avez un tact... inhabituel.

Elle rit.

— En fait, Princess est un croisement de rien du tout,

poursuivit-il. C'est un bâtard pur jus, et elle le sait. Elle ne s'en offusque pas, et moi non plus.

— En tout cas, elle vous obéit au doigt et à l'œil.

Princess leva le museau vers elle, la langue pendante mais les oreilles dressées et l'œil vif. Elle semblait comprendre qu'ils parlaient d'elle.

— Ça vaut tous les pedigrees.

— Elle a été bien dressée.

— Je l'ai héritée il y a quelques années… D'un ami.

Il se tourna vers la mer comme s'il essayait de cacher sa tristesse. Mais peut-être avait-elle rêvé. Peut-être n'était-il pas triste du tout. Parfois, elle s'imaginait des choses…

— Au fait, reprit-il en lui tendant la main. Je me présente. Jonathan Mills.

Sa main était grande et puissante, ses doigts chauds.

— Bonjour, je suis…

Elle s'arrêta, ne sachant quel nom avancer.

— Mariah Robinson.

Ce n'était pas vraiment un mensonge. Ces derniers temps, elle avait de moins en moins agi comme Marie Carver et de plus en plus comme Mariah Robinson. Du moins, comme la Mariah Robinson dont sa grand-mère lui racontait l'histoire. Son surnom venait d'elle.

Il gardait sa main dans la sienne, les yeux de nouveau rivés à ses seins.

— Vous êtes là pour la semaine ? s'enquit-elle.

Il releva les yeux et, l'espace d'une seconde, elle crut y lire de l'embarras. Etait-il gêné d'avoir été surpris en flagrant délit ?

— Je suis ici le temps que mes cheveux repoussent.

— C'est un pari que vous avez fait ? demanda-t-elle en retirant sa main.

Il sourit presque. Presque seulement. Et se passa une main sur le crâne.

— Pas exactement.

Mince ! Est-ce qu'elle l'avait vexé ?

— Je suis désolée, je ne voulais pas dire que je trouve vos cheveux… moches ou je ne sais quoi…

Pour la première fois, il sourit vraiment.

— Ne vous excusez pas. Je sais exactement à quoi ils ressemblent, et je peux vous dire qu'ils sont bien mieux qu'ils n'étaient encore il y a quelques jours.

Il avait un joli sourire. Un petit sourire, tout juste esquissé, qui faisait rebiquer le coin de ses lèvres.

Il regarda l'appareil photo qu'elle tenait à la main. La bandoulière était entortillée autour de son bras.

— Vous êtes photographe professionnelle ?

Elle secoua la tête.

— Non, non, je suis… euh, rien.

Qu'est-ce qu'il lui arrivait ? Cela faisait des années qu'elle avait quitté le collège, et elle réagissait comme une adolescente énamourée !

— C'est juste un passe-temps.

— J'ai un appareil photo, moi aussi. Mais à ma grande honte, je ne sais pas m'en servir. Je l'ai acheté il y a longtemps, et je ne m'en sers jamais. Si je l'apporte à la plage un jour, vous accepterez de me montrer son fonctionnement ? Ça ne vous dérangerait pas ?

Quelle question !

— Bien sûr que non.

Il se tourna vers l'hôtel que l'on devinait à l'autre bout de la plage.

— Bon, je crois que je vais y aller.

Il avait pâli, et des gouttes de transpiration perlaient au-dessus de sa lèvre supérieure. Elle fronça les sourcils, inquiète. Le soleil matinal était chaud mais pas à ce point-là.

— Ça ne va pas ?

Il pressa les doigts sur ses tempes.

— Si, si. Je me sens seulement… un peu faible.

Elle savait qu'il ne fallait pas inviter d'inconnus chez soi, mais, franchement, que risquait-elle ? Elle pourrait lui proposer de venir s'asseoir sur sa terrasse, le temps de se remettre.

— Venez donc un instant chez moi. Il y a de l'ombre sur la terrasse. Et j'ai fait du thé glacé.

Il hocha la tête. Il ruisselait de sueur, à présent.

— Merci.

Princess leur emboîtant le pas, ils se mirent en route vers la villa. Mariah lui jeta un regard en coin. Elle ignorait ce qu'il avait, mais il était clair qu'il souffrait. Son visage était tordu de douleur et ses lèvres crispées.

— Dites-moi, vous n'allez pas avoir une crise cardiaque au moins ?

— Non, mon cœur va bien.

Notant qu'il avait du mal à parler, elle cessa de lui poser des questions, afin de lui éviter des efforts inutiles. Mais il avait aussi des difficultés à marcher. Elle ralentit l'allure et passa un bras sous ses épaules pour le soutenir.

Il était chaud et massif, et serré contre elle depuis l'épaule jusqu'à la cuisse. Elle l'avait aidé spontanément, sans idée préconçue, mais maintenant qu'ils étaient plaqués l'un contre l'autre, elle ne pensait plus qu'à ça !

A quand remontait la dernière fois où elle avait marché ainsi bras dessus bras dessous avec un homme, comme ça ?

Comme ça, ça n'était jamais arrivé. Jonathan Mills était tellement différent des hommes qu'elle avait connus, y compris Trevor. Surtout Trevor.

— Je suis désolé de vous imposer ça, souffla-t-il alors qu'ils atteignaient les marches qui donnaient accès à la terrasse.

— Vous pensez que vous allez pouvoir monter ?

Il s'assit sur la première marche.

— Vous pourriez me rendre un service ?

— Dites toujours.

— Appelez mon assistant à l'hôtel. Daniel Tonaka, chambre 756. Soyez gentille, dites-lui de venir me chercher.

— Tout de suite.

Elle monta les marches deux par deux, l'abandonnant à la surveillance de son chien qui le regardait de ses yeux tristes.

Le coup de fil fut très bref. Daniel Tonaka, qui dormait encore, réagit très vite. Elle lui indiqua où elle habitait et lui expliqua en deux mots la situation.

— J'arrive tout de suite, promit-il.

Après avoir raccroché, elle se rendit dans la cuisine, remplit un verre de thé glacé, puis traversa le salon vers la terrasse.

— S'il vient de l'hôtel, il sera là dans dix minutes maximum, et…

Jonathan Mills n'était plus sur les marches. Il n'était pas non plus sur la terrasse, ni dans la maison où elle l'aurait vu entrer.

En bas, sur la plage, le chien aboyait à la mort. Mariah dévala l'escalier et, à mi-chemin, aperçut son maître.

Affalé sur le sable, sans connaissance.

Parfaitement immobile.

D'abord, elle crut qu'il était mort. Les gestes fébriles, elle se baissa pour poser le verre de thé glacé sur une marche, mais le renversa. Tant pis. Elle se précipita près de lui. Posant le doigt à la base de son cou, elle poussa un soupir de soulagement. Son pouls battait, faible mais régulier. Rassurée, elle caressa sa joue. Sa peau était tiède, et son menton râpeux. Cela faisait un bout de temps qu'elle n'avait pas touché le visage d'un homme. Depuis que Trevor l'avait quittée.

— John, murmura-t-elle dans l'espoir de le faire revenir à lui.

Il remua en grommelant, mais n'ouvrit pas les yeux.

Le soleil s'était levé, et Mariah sentait ses rayons lui chauffer le dos et la nuque.

— John, fit-elle un peu plus fort, en lui tapotant l'épaule. Allez, John, réveillez-vous. Il ne faut pas que vous restiez au soleil. Je vais vous aider.

Par chance, elle n'était pas impotente, et bien qu'il soit plutôt imposant, elle se savait capable de le soutenir, voire de le traîner en le prenant sous les bras.

Alors qu'elle le tirait vers un coin ombragé, il bougea un peu. Ses paupières s'entrouvrirent avant de se refermer aussitôt, gênées par le soleil.

— Où suis-je ? Que se passe-t-il ?

— Vous vous êtes évanoui.

Il y avait de l'ombre un peu plus loin. Hors d'haleine, elle le lâcha. Il s'affala sur le sable.

— Vous ne pouvez pas vous asseoir ? s'enquit-elle.

— J'ai la tête qui tourne.

Il était allongé sur le dos, dans le sable qui entourait la maison, un bras replié sur le visage comme pour se protéger du soleil. Des grains de sable étaient collés à sa joue.

— Je vais chercher une serviette humide pour vous rafraîchir, dit-elle en les époussetant. Surtout, n'essayez pas de vous lever.

— D'accord.

De nouveau, elle gravit les marches deux par deux et rentra dans la maison. Attrapant une serviette propre dans un placard, elle la passa sous l'eau froide, puis ressortit en courant. Jonathan n'avait pas bougé.

— Je… je suis vraiment désolé de vous imposer ça, s'excusa-t-il en ouvrant les yeux à son approche.

Quels yeux ! Elle n'en avait jamais vu d'aussi bleus.

Après s'être assise près de lui, elle lui souleva légèrement la tête et la posa sur ses genoux. Cela lui ferait un oreiller moins dur que le sable. Puis elle appliqua la serviette fraîche sur son front. Il ferma les yeux.

— Je ne sais pas ce que vous avez, mais j'espère que ce n'est pas contagieux.

Il rouvrit les yeux. Nouvel éclat bleu.

— Non, non… Je ne suis pas contagieux, je vous le jure. J'ai simplement mal dormi et… et… Je suis vraiment navré.

Un jour, ils raconteraient l'histoire de leur rencontre à leurs enfants qui ne manqueraient pas d'être émerveillés…

A cette pensée, elle ne put s'empêcher de piquer un fard. Quelle drôle d'idée ! Leurs enfants ? D'où sortait-elle ça ? N'empêche, cela ferait une superbe histoire. On se croise sur la plage, il verdit et s'évanouit. Original, n'est-ce pas ? Voilà qui n'arrivait pas à tout le monde…

— Je ne sais pas ce qui s'est passé, reprit-il. J'étais assis sur les marches, et je me suis senti mal. Alors, je me suis levé pour aller vo…

Il eut un petit rire embarrassé. Il semblait avoir encore mal.

— Je crois que c'est la première fois de ma vie que je tombe dans les pommes.

Voyant qu'il essayait de se relever, elle l'aida à s'asseoir. C'était un paquet de nerfs et de muscles contractés, on le sentait rien qu'à le toucher. Epaules, bras, cou, tout son corps semblait tendu à se rompre, même ses joues qu'un tic pinçait toutes les deux secondes.

— Je vais vous masser pour vous aider à vous détendre, proposa-t-elle en posant les mains sur ses épaules.

Elle commença tout doucement. C'était l'occasion de mettre en pratique les techniques de relaxation qu'elle avait apprises dernièrement.

— Ça fait du bien, murmura-t-il après quelques secondes.

— J'aimerais vous apprendre, mais il faut du temps. Cela dit, il y a un masseur diplômé à l'hôtel. Vous devriez prendre rendez-vous. Vous êtes terriblement tendu.

Sous la pression de ses doigts, elle le sentait se détendre. Ses épaules étaient encore contractées, mais à un niveau plus tolérable. Il laissa échapper un soupir, ferma les yeux et fit le dos rond.

— Ah non, ne vous endormez pas maintenant, le sermonna-t-elle en le voyant poser la tête dans ses mains.

Elle se pencha vers lui et chuchota :

— Votre ami ne va plus tarder. D'ailleurs, je crois que j'entends sa voiture. Il est en train de se garer.

Elle se trouvait à quelques millimètres à peine de son oreille dont elle devinait la douceur. Sans réfléchir, elle combla l'espace qui les séparait et l'effleura de ses lèvres. Un baiser ? Une caresse, plutôt. Un frôlement d'aile. Doux et tendre, absolument pas sensuel.

Il rouvrit les yeux et tourna la tête vers elle, les yeux écarquillés, comme si elle venait de lui croquer un bout d'oreille.

Atrocement gênée, elle s'empourpra. Embrasser un inconnu qui s'était évanoui devant chez elle… Seigneur, elle avait dû perdre la tête ! Il n'y avait pas d'autre explication.

Son regard bleu se faisait plus doux, remarqua-t-elle soudain. Sans doute parce qu'il l'avait vue rougir et cherchait à la rassurer. Restait malgré tout une lueur de crainte dans son regard, une fragilité attendrissante.

— John, ça va ?

Daniel Tonaka s'était précipité vers lui. Mince et plus petit que la moyenne des hommes, il n'en était pas moins fort. Se penchant, il attrapa John sous les aisselles et, sans effort apparent, l'aida à se remettre debout.

— Qu'est-ce qui s'est passé ? demanda-t-il en se tournant vers Mariah.

— Je ne sais pas.

Prenant l'autre bras de John, elle l'aida à le soutenir jusqu'à la voiture.

— Il arrivait de l'hôtel quand on s'est croisés sur la plage. On a commencé à parler, et tout à coup… il s'est mis à transpirer et il s'est écroulé.

— Ce n'est rien, intervint l'intéressé. Il faut juste que je mange.

Ils l'installèrent tant bien que mal sur le siège du passager tandis qu'il insistait :

— C'est passé. Je vais bien.

— C'est ça, fit Daniel. Si tu voyais ta tête… On dirait que tu t'es échappé d'un film d'horreur !

Mariah inclina légèrement le siège et se pencha sur John pour attacher sa ceinture. Dans son mouvement, ses seins le frôlèrent. Elle lui jeta un coup d'œil. Il avait les yeux grands ouverts et la regardait bizarrement.

— Merci, dit-il avec un petit sourire.

Elle recula, la bouche soudain sèche, et referma la portière.

— Viens, Princess, appela Daniel.

La chienne bondit sur le siège arrière. Sans perdre de temps, il referma la portière, puis se tourna vers Mariah et lui tendit la main.

— Merci beaucoup, mademoiselle… ? Excusez-moi, j'ai oublié votre nom.

— Robinson. Mariah Robinson.

Elle recula tandis qu'il s'installait au volant et démarrait.

Quand la voiture passa devant elle, elle vit Jonathan Mills agiter mollement la main en guise de salut.

Pensive, elle reprit le chemin de sa maison.

Il n'était pas encore 6 heures du matin. La journée ne faisait que commencer.

Elle les vit par la fenêtre du club de remise en forme.

Elle faisait de la gymnastique tous les matins, plusieurs heures de suite, plus tôt que la plupart des clients de l'hôtel. Tout ce qu'elle voulait, c'était remuscler son corps — il en avait besoin, selon elle. Elle ne venait pas là pour admirer sa silhouette dans les miroirs qui tapissaient les murs du sol au plafond, ni pour attirer l'attention d'un quelconque *musclor*, plus préoccupé de la taille de ses triceps que de ses cellules grises.

Non, l'homme qu'elle espérait trouver un jour ne serait pas obsédé par la gonflette.

L'œil attiré par un mouvement à l'extérieur, elle vit une voiture entrer sur le parking de l'hôtel, ralentir puis s'arrêter le long du bâtiment. Un homme de type asiatique descendit et contourna le véhicule afin d'aider un autre homme à mettre pied à terre. Tous les deux se dirigèrent ensuite vers l'aile de l'hôtel la plus luxueuse. Un chien les suivait.

Le plus âgé des deux hommes était courbé en deux, les épaules tombantes, la mine plombée. Il semblait épuisé. Pourtant, quelque chose chez lui retint son attention.

Elle reposa les poids et s'approcha de la fenêtre afin de le suivre des yeux.

*
* *

Mariah Robinson était faite pour lui. Et le jeu qui avait commencé ce matin à l'aube était allé bien plus loin qu'il ne l'escomptait.

John s'arrêta devant chez elle et inspira profondément, à la fois amusé et dégoûté de ce qu'il s'apprêtait à faire. Mariah n'était que le moyen d'approcher une femme soupçonnée de meurtre. Et les fleurs posées à côté de lui sur le siège du passager complétaient la mise en scène : il devait créer des liens avec cette femme, proche de la suspecte.

N'empêche, la situation l'excitait. Elle l'excitait même beaucoup plus qu'elle ne l'aurait dû…

Il avait commandé une douzaine de roses hier avant même de rencontrer Mariah Robinson, ainsi qu'elle se faisait appeler. Mais quand, en entrant chez le fleuriste pour en prendre livraison, il avait vu des seaux pleins de fleurs jaunes, de grosses fleurs jaune orangé, magnifiques, qui illuminaient toute la boutique de leur couleur éclatante, il s'était dit aussitôt qu'elle préférerait ces fleurs-là. Elles étaient plus sauvages, plus rustiques que les roses, belles certes mais précieuses et un peu solennelles. Sans hésiter, il avait annulé la gerbe de roses et demandé un énorme bouquet de ces fleurs pleines de soleil et de gaieté dans lesquelles il avait demandé qu'on pique quelques gerberas et des branches d'une plante plus délicate, aux fleurs blanches, que la fleuriste avait appelée « souffle de bébé ».

Il n'aurait sans doute pas dû annuler les roses et les lui apporter, conformément au scénario. Mais les roses étaient trop impersonnelles. Ç'aurait représenté un merci banal, conventionnel, celui de n'importe qui, alors que le bouquet de fleurs jaunes rappelait la douceur de ses mains sur son visage, de ses doigts actifs mais si tendres sur ses épaules, de l'effleurement de ses lèvres sur son oreille quand elle l'avait embrassé…

Voilà qui était bien ennuyeux.

Le bouquet de fleurs jaunes n'avait rien à voir avec son enquête et tout à voir avec l'incroyable bouffée de désir qui l'avait submergé quand il avait plongé dans les yeux veloutés de la belle Mariah.

Elle était telle qu'il l'avait imaginée en la voyant en photo — et bien davantage encore.

Et maintenant, il allait entrer chez elle avec ces fleurs idiotes et lui raconter des bobards sur son identité et la raison de sa présence ici. Mais le plus gros mensonge de tous serait de jouer l'indifférence alors qu'ils étaient déjà attirés l'un par l'autre. Jonathan Mills devait devenir l'ami de Mariah et le rester. C'était John Miller qui avait envie de faire d'elle sa maîtresse. John Miller qui avait envie de se perdre en elle, dans sa sérénité rassurante, pendant un an au moins. Lui aussi qui n'avait pas pu détacher les yeux de son T-shirt moulant, laissant deviner son corps si désirable. Il s'était surpris à l'admirer ouvertement. Restait à espérer qu'elle ne s'en était pas rendu compte…

Vœu pieux. Il savait qu'elle l'avait vu. Elle avait même rougi.

Attrapant les fleurs, il descendit de voiture et se dirigea vers la villa. Il sonna à la porte.

Pas de réponse.

Etrange. Il savait qu'elle était chez elle. Daniel, qui l'avait surveillée toute la journée, l'avait appelé quand elle était revenue de ses courses en ville. D'ailleurs, son vélo était appuyé contre le mur de la villa.

John contourna la maison, descendit sur la plage. Et tomba nez à nez avec elle.

Elle venait de se baigner. L'eau faisait boucler ses cheveux, et les gouttes encore accrochées à ses cils brillaient dans le soleil comme de petites perles. Son maillot de bain une pièce à décolleté carré mettait en valeur son corps de sirène. Elle était bien telle qu'il l'avait imaginée.

Elle écarquilla les yeux en le voyant.

— John ? Bonjour ! Qu'est-ce que vous faites là ?

Une vraie beauté…

En hâte, elle attrapa sa serviette de plage et la noua autour de sa taille comme si elle était consciente de l'effet qu'elle faisait en maillot de bain.

Il brandit les fleurs devant lui.

— Je voulais vous remercier pour ce matin.

Elle prit les fleurs, mais les regarda à peine. Ses yeux étaient braqués sur lui.

— Vous allez bien ? Vous n'êtes pas venu à pied jusqu'ici, j'espère ?

— Non, je suis en voiture.

— C'est vous qui avez conduit ?

Elle jeta un coup d'œil par-dessus son épaule pour voir la voiture, mais il était plus grand qu'elle, et elle ne vit rien.

— Je me sens beaucoup mieux, la rassura-t-il. Je ne sais pas ce que j'ai eu… Un coup d'hypoglycémie, je suppose. Je n'avais pas mangé grand-chose hier soir et rien du tout ce matin avant de venir à la plage. Mais ça y est. J'ai avalé un petit déjeuner, et je me suis même débrouillé pour dormir quelques heures après mon retour à l'hôtel avec Daniel.

— Hypoglycémie, répéta-t-elle sans le quitter des yeux.

Elle n'avait pas l'air de le croire. C'était le moment de lui raconter ses mensonges. De lui parler de Jonathan Mills, de sa maladie, des raisons qui l'avaient poussé à venir ici. Mais les mots — les mensonges — restèrent coincés dans sa gorge. Impossible de parler.

— Comment dire…

Et il se tut.

Qu'est-ce qu'il lui prenait ? D'habitude, c'était ce qu'il aimait le plus dans son métier, mentir, approcher au plus près les principaux acteurs de la pièce. Jusqu'à cette seconde, il était toujours entré dans la peau de ses personnages en se régalant. Et tout à coup… Pour la première fois de sa vie, il voyait sa couverture comme un tissu de mensonges. Il fallait qu'il se reprenne. Sa couverture était sa nouvelle réalité, il *était* Jonathan Mills.

Les yeux fixés sur Mariah, il cligna des paupières. Il n'arrivait pas à chasser John Miller. La fatigue et le stress de ces dernières années le rattrapaient. Il payait ses excès.

— En réalité, reprit-il en passant la main dans ses cheveux ras, je pense que c'est à la fois une baisse de mon taux de sucre et le fait que je viens de terminer mes séances de chimiothérapie.

Elle eut un frisson de surprise mêlée de peur.

— Oh…

Au lieu de se réjouir de sa réaction, il se sentit coupable — un sentiment qu'il détesta. Il serra les dents. Il fallait qu'il s'endurcisse. Et le robot, où était-il passé ? Avait-il usurpé ce surnom ?

— Oui, un cancer. La maladie de Hodgkin, plus exactement. Heureusement, il a été pris à temps… J'ai eu de la chance.

Elle avait baissé les yeux sur les fleurs, mais elle semblait ailleurs. Quand elle releva la tête pour le regarder, il vit des larmes au bord de ses paupières. Des larmes de pitié, de sympathie. Parfait. Un nouveau pas avait été franchi pour entrer dans son cercle.

Malgré tout, robot ou pas, il avait l'impression d'être un beau salaud…

— Ça vous dirait, un verre de thé glacé ? demanda-t-elle

avec un sourire forcé qui ne le trompa pas. Je vous en ai proposé un ce matin, mais je l'ai renversé…

— Volontiers, merci.

Passant devant lui, elle attaqua les marches qui montaient vers la terrasse. Il lui emboîta le pas. Elle avait un déhanchement gracieux sous sa serviette. Gracieux, pas du tout provocant.

Et dire qu'il ne pouvait que regarder. Qu'il ne pourrait jamais que regarder. Quel supplice ! Il n'était plus seulement le robot, à présent ; il était devenu le martyr…

— Vos fleurs sont magnifiques, mais ce n'était pas la peine.

Mariah lui fit signe de s'asseoir à l'ombre du grand parasol planté au milieu de la table et disparut dans la maison avec le bouquet.

Un cancer. Jonathan Mills avait un cancer, et il venait de terminer sa chimiothérapie.

Se sentant chanceler, elle agrippa le bord du comptoir.

Pas étonnant qu'il soit tendu, fatigué et perclus de douleur. Ses petits malheurs à elle n'étaient rien à côté de cette maladie qui, si elle n'était pas prise à temps et bien suivie, pouvait être fatale. Même en étant soigné, il risquait de ne pas survivre.

Un cancer.

Un cancer. Et c'était lui qui lui apportait des fleurs.

Assommée par la nouvelle, il lui fallut du temps pour mettre les fleurs dans un vase et le vase sous l'eau. Puis elle attrapa deux verres dans le placard, les remplit de thé glacé, et prit une profonde inspiration. Il lui fallait du courage pour retourner discuter avec cet homme condamné.

Un cancer.

Elle plaqua sur ses lèvres un sourire qui devait ressembler à une grimace, et revint sur la terrasse.

Mais elle ne le trompa pas.

— Je vous ai fait peur, n'est-ce pas ?

— Euh… non, mentit-elle en posant les verres sur la table.

— Je suis désolé.

Elle s'assit en face de lui et arrangea sa serviette sur ses cuisses de façon à les cacher complètement. Cela dit, avec sa maladie, il avait sûrement autre chose à faire que de s'intéresser à des jambes, même féminines.

— Vous voulez en parler ?

Il but une gorgée de thé glacé.

— Pour tout vous dire, j'ai eu l'impression de ne parler que de ça depuis un an.

— Si vous n'y tenez pas, pourquoi…

— Je voulais que vous sachiez, c'est tout. Vous comprenez, je n'ai pas pour habitude de plonger tête la première dans le sable.

Il reprit son souffle et lui adressa un sourire forcé.

— En résumé, j'étais malade, le diagnostic est tombé, maladie de Hodgkin, stade un. Par chance, il a été pris très tôt. Les mauvaises cellules ne s'étaient pas encore disséminées dans mon organisme. J'ai suivi un traitement lourd, j'ai subi des séances de chimio qui m'ont rendu plus malade que la maladie elle-même… Et voilà. J'attends maintenant que mes cheveux repoussent.

Il marqua une pause avant d'ajouter :

— Et de savoir si je suis guéri. Je veux dire… hors de danger.

Il avait l'air épuisé, son visage était tiré. Elle se rappela la tension qui nouait ses épaules. Il y avait de quoi ! Attendre de savoir si l'on va vivre ou mourir, quelle épreuve !

— Je comprends que vous n'ayez pas d'appétit. Je suppose que vous ne dormez pas bien non plus.

Une lueur qu'elle ne parvint pas à définir passa dans son regard. Il tourna la tête vers l'océan et s'abîma dans la contemplation des vaguelettes qui venaient achever leur course sur le sable doré.

Mariah ne le brusqua pas et attendit sa réponse patiemment.

— Non, lâcha-t-il enfin.

— Vous n'arrivez pas à vous endormir, ou vous vous endormez tout de suite et vous réveillez trois heures plus tard, noué par l'inquiétude ?

Il la regarda.

— Les deux.

— J'étais comme ça, moi aussi. Je m'endormais comme une masse, et deux heures plus tard, c'était fini. Je n'avais plus qu'à attendre que les heures passent. Or, la nuit, les problèmes sont encore plus obsédants. On en fait des montagnes.

Elle secoua la tête.

— C'est un vrai cauchemar.

— Je fais des cauchemars.

Elle le vit soudain reprendre sa contemplation de l'océan, un pli sur le front, distant. L'avait-elle blessé ? Leur conversation était jusque-là amicale, presque intime. Qu'avait-elle bien pu dire qui ait ainsi cassé le lien ?

Trop tard. Les mots lui avaient échappé. Jonathan Mills ne faisait pas de cauchemars. Les cauchemars, c'était l'albatros de John Miller.

Il finit son thé glacé et se leva.

— Je ne vais pas vous déranger plus longtemps. J'imagine

que vous avez des tas de choses à faire. Je voulais seulement vous remercier pour… tout.

Elle se leva également.

— Si ça vous intéresse, j'ai un livre sur les techniques de relaxation. Je peux vous le prêter.

Un livre. Elle pouvait le lui prêter…

Etait-ce une bonne idée ? Cela lui permettrait de revenir le lui rendre un après-midi… où Serena Westford serait là, par exemple. *Quelle coïncidence ! Serena, je te présente Jonathan Mills. John, je vous présente Serena…*

— Merci, dit-il. J'accepte.

Un peu gênée par sa serviette, Mariah disparut dans la maison. Le livre ne devait pas être loin, car elle revint presque aussitôt.

Il le prit et regarda la couverture.

— *101 trucs pour vous libérer de votre stress — Méthode et astuces*, lut-il à voix haute. Eh bien, merci. Je vous le rapporterai dans quelques jours.

— Gardez-le. Je connais par cœur la plupart des techniques. Et puis, si j'en ai besoin, je n'aurai pas de mal à en trouver un autre.

Son plan s'écroulait. Quoique…

— Pas question, je vous le rendrai. Comme ça, j'aurai une bonne excuse pour revenir.

Son regard déjà doux se radoucit encore, lui rappelant la façon dont elle l'avait massé ce matin et la tendresse de son baiser sur l'oreille.

— Ce n'est pas la peine d'inventer des prétextes pour revenir. Vous êtes le bienvenu quand vous voulez.

Il dut se forcer à sourire. Décidément, il n'était pas dans son état normal. Pourquoi ne triomphait-il pas ? De toute évidence, elle appréciait sa compagnie, et le plan qu'il avait fomenté fonctionnait dans ses moindres détails.

Alors ?

Alors, il avait honte de lui. Il s'écœurait lui-même.

Retournant à sa voiture, il ouvrit la portière et s'installa derrière le volant, morose.

— Tu n'es qu'un ignoble salaud ! grommela-t-il en mettant le contact.

3

Mariah travaillait sur l'un des chantiers de la Fondation LFD. Perchée sur le toit de la maison en construction, elle plantait des clous avec Thomas et Renée, les futurs propriétaires du logement. L'ambiance était joyeuse, et tous les trois riaient et chantaient.

Depuis le toit, elle vit arriver le cabriolet de Serena. Cette dernière en descendit et, l'avisant sur la charpente, s'approcha du chantier.

— Hel-lo ! lança-t-elle de son accent anglais inimitable.

Mariah lui rendit son salut avec un sourire. Se redressant, elle s'essuya le front d'un revers de main. Elle transpirait. Demain, il faudrait qu'elle pense à emporter un bandana. La météo annonçait une vague de chaleur sans précédent.

Elle jeta un coup d'œil à ses acolytes qui continuaient à travailler joyeusement. Ils étaient fiers d'aider à construire la maison qui les abriterait, leurs filles et eux.

Mariah n'avait jamais été aussi heureuse que depuis qu'elle s'était engagée dans l'association. LFD commençait chaque matin par une minute de méditation silencieuse, les yeux fermés, pendant laquelle on se donnait la main. Ensuite, tout le monde se mettait au travail. Les repas, composés essentiellement de sandwichs et de citronnade, étaient préparés par des bénévoles et pris tous ensemble dans une vieille grange. A la fin de la journée, quand était venu le moment de se quitter, Thomas et Renée serraient Mariah dans leurs bras en la remerciant de son aide. Elle ne pouvait s'empêcher d'en avoir les larmes aux yeux.

Oui, jamais elle n'avait été aussi heureuse. Pourtant, le travail était dur, et elle finissait souvent la journée, sale et courbatue, le dos douloureux.

Sur le trottoir, Serena mit sa main en visière pour regarder en l'air.

— Tu termines à quelle heure ?

— A 18 heures. Pourquoi ?

Mariah prit sa bouteille d'eau dans sa ceinture à outils et en but une longue gorgée.

— Retrouve-moi à l'hôtel à 19 heures, déclara Serena. On dînera au grill près de la piscine, et on fera ensuite le tour des bars… à la chasse au mari, selon tes mots.

A l'hôtel où Jonathan Mills séjournait. Si ce n'est qu'il n'était pas du genre à traîner dans les bars.

C'était tentant, et elle faillit accepter.

— Désolée, je ne peux pas, répondit-elle finalement.

Elle non plus n'était pas du genre à traîner dans les bars. C'était bruyant, bondé ; ça suintait l'alcool et la tristesse.

— Je serai trop fatiguée, ce soir. Et puis, je dois revenir ici après-demain, il faut que je me repose entre-temps. Laronda a rameuté tous les bras disponibles pour travailler sur le chantier.

L'air légèrement dédaigneux, Serena considéra les cloisons en contreplaqué qui servaient d'armature à la petite maison.

— Tu plaisantes ?

— Pas du tout, répondit Mariah joyeusement. Tu sais qu'on accepte les volontaires. Si ça te dit…

— Surtout pas ! J'ai largement donné il y a quinze ans, avec le *Peace Corps*.

Serena lui avait dit avoir passé près de dix-huit mois en

Afrique à construire des infrastructures dans une région où l'électricité n'était toujours pas arrivée. Un récit auquel Mariah avait beaucoup de mal à croire. Comment imaginer cette blonde sophistiquée en bleu de travail, creusant des trous pour des latrines ? Pourtant, cela avait beau paraître impossible, Serena en parlait avec beaucoup d'autorité. Et puis, elle n'avait aucune raison de lui mentir.

— Tu es sûre que tu ne veux pas sortir ce soir ? Ça te changerait les idées. S'amuser n'a jamais fait de mal à personne.

Mariah secoua la tête.

— Ce que je fais ici m'amuse beaucoup.

— Tu es vraiment tordue, répliqua Serena.

Tournant les talons, elle repartit vers son cabriolet et, à mi-chemin, lui lança par-dessus son épaule :

— N'oublie pas que je fais une soirée vendredi soir.

Mariah n'avait aucune envie d'aller à sa soirée. Lors des précédentes, elle s'était mortellement ennuyée, n'échangeant que des banalités avec les amis plus snobs les uns que les autres que Serena s'était faits à l'hôtel. Autant dire qu'elle avait perdu son temps.

— Tu sais que je ne suis pas très fête...

Mais Serena s'était déjà glissée au volant de son cabriolet et démarrait en trombe.

Mariah fronça les sourcils en la regardant disparaître au coin de la rue. Après sa dernière soirée — où il n'avait été question que du temps, de la bourse et des meilleures adresses de location de jet-skis —, elle s'était juré de ne plus jamais accepter d'invitation de sa part.

Il faudrait qu'elle trouve une bonne excuse. Plus tard. Pour l'instant, elle avait une maison à construire. Elle ne voulait pas de soucis. Pas de problème.

Se déridant, elle se remit à l'ouvrage.

*
* *

John était à bout de souffle. Vidé.

Il s'était réveillé avant l'aube après seulement quelques heures de repos. Un cauchemar l'avait brutalement sorti du sommeil. Un cauchemar inhabituel, sombre et glauque. Mais il savait que s'il se rendormait, il se retrouverait très vite aux abords de ce maudit entrepôt.

Alors, il était sorti de son lit, s'était fait une tasse de café, puis avait secoué Princess pour descendre sur la plage.

Direction : la villa de Mariah.

Les premières lueurs du jour pointaient lorsqu'il était arrivé en bas de chez elle. Il y avait de la lumière dans la villa. Puis, brusquement, l'obscurité était retombée. Quelqu'un avait éteint. Presque aussitôt, Mariah était sortie, un sac à dos sur l'épaule, avait enfourché son vélo et était partie en pédalant tellement vite qu'il n'avait pas pu la rattraper.

Il était resté là un moment dans l'espoir de la voir revenir. En vain. Plus tard, en se promenant en ville, il avait vu son vélo rangé dans un râtelier devant la bibliothèque.

Certes, attendre quelqu'un avait quelque chose de frustrant, mais il avait l'habitude. Cela lui était déjà arrivé de planquer pendant des mois, et il avait appris à maîtriser son impatience. Enduit de crème solaire, il s'était donc installé à l'ombre d'un parasol et s'était préparé à l'attendre.

Il avait passé la première moitié de la matinée à lire le livre qu'elle lui avait prêté. Il s'agissait d'un de ces ouvrages qui prônent le contact physique et recommandent de se libérer de ses émotions sans retenue, en pleurant, criant ou hurlant si besoin. Selon l'auteur, un certain Dr Gerrard Hollis — un Californien, bien sûr —, éliminer toutes les sources d'anxiété et d'angoisse était indispensable sous peine de ne pouvoir évacuer son stress.

John feuilleta rapidement le livre, passa sur les chapitres consacrés aux exercices respiratoires et aux diverses techniques d'hypnose avant de se concentrer sur le chapitre intitulé *Réduire le stress par le sexe*. Selon le très estimable Dr Hollis, rien ne valait un bon orgasme pour évacuer le trop-plein de stress et ses méfaits sur le système nerveux. De bons orgasmes réguliers.

Chacun des exercices, expliqués dans le livre avec un luxe de détails, devait apporter un soulagement à la fois physique et mental. Le mieux était de les exécuter à deux, même s'il était possible de les faire seul. Les femmes pouvaient d'ailleurs s'adjoindre quelques « accessoires », si elles en éprouvaient le désir.

A midi, le vélo était toujours là, et John avait eu le temps de se passer plusieurs fois le film de Mariah exécutant ces exercices avec ou sans l'aide des « accessoires ».

En désespoir de cause, il finit par rentrer à l'hôtel et passa l'après-midi avec Daniel à régler le matériel de surveillance placé chez Serena Westford. La veille, quand la suspecte avait quitté l'île, Daniel avait saisi l'occasion pour aller installer des micros miniatures chez elle, sûr qu'elle ne reviendrait pas avant un bon moment.

Tout était au point, à présent. Le système d'écoute fonctionnait à merveille.

Du coup, John retourna s'installer sur la plage, en bas de la villa, histoire de contempler le coucher du soleil. Où Mariah avait-elle bien pu passer ? Il commençait à être épuisé.

Soudain, un grincement régulier attira son attention. Il tendit l'oreille. C'était sûrement elle. Un petit coup d'œil le lui confirma. Elle venait de descendre de son vélo et finissait la côte un peu raide à pied. Arrivée devant la villa, elle mit la béquille, laquelle s'enfonça dans le sable. Finalement, elle appuya son vélo contre le mur.

Faisant glisser la bandoulière de son sac, elle le posa sur la terrasse, se débarrassa de ses gros sabots, puis attrapa le bas de son T-shirt. Elle descendit les marches vers la mer tout en ôtant ses vêtements.

Sous le regard admiratif de John, elle abandonna T-shirt et short sur le sable et piqua une tête dans les vagues. Elle ne remarqua sa présence qu'en sortant de l'eau. C'est d'ailleurs Princess qu'elle vit en premier.

Elle portait un boxer et une brassière comme en mettent les sportives, sur lequel était imprimé en grosses lettres *Championne*. L'ensemble avait beau être plus pratique que sexy, il sentit une vague de désir le traverser en la voyant dans ces vêtements qui la moulaient comme une seconde peau.

— John ! fit-elle, visiblement surprise de le voir. Bonjour.

Elle tentait maladroitement de cacher sa poitrine, tout en remontant son boxer sur son nombril qu'elle semblait vouloir lui cacher absolument. Et lui ne pensait qu'au livre du Dr Hollis. Plus exactement, au chapitre qui proposait un exercice à deux appelé *Libérer sa tension*. Et à cet autre au titre évocateur — *Se détendre, technique de la cocotte-minute*. Et à ce troisième au nom très intrigant de *Mouettes en vol*… Tout un programme. Il n'avait qu'une idée en tête, rejouer avec Mariah la fameuse scène de la plage du film *From here to Eternity*.

— Bonjour, répondit-il, heureux que son bermuda ne soit pas mouillé et ne lui colle pas à la peau…

Il avait réussi à parler d'une voix très naturelle malgré les circonstances.

— Où étiez-vous toute la journée ?

— Vous m'avez cherchée ?

De toute évidence, elle était heureuse de le revoir. Ses yeux brillaient d'un éclat qui ne trompait pas. Sentant de drôles d'idées le titiller, il s'obligea à penser à autre chose.

Donc, elle l'aimait bien. Super.

— Je suis passé, ce matin.

Elle s'avança vers lui, visiblement gênée de se montrer ainsi, sans serviette. Malgré tout, elle se pencha pour caresser Princess qui sauta sur elle avec un enthousiasme débordant.

— Je suis allée sur le continent, expliqua-t-elle en lui caressant le museau. Je travaille pour LFD, une association caritative qui s'occupe de construire des logements pour les familles démunies. Grâce à LFD, des gens aux revenus modestes peuvent accéder à la propriété en bénéficiant d'un taux zéro. Ce sont des bénévoles, comme moi, qui construisent ces logements, aidés par les futurs propriétaires.

— Je croyais qu'il fallait être dans le bâtiment pour être accepté dans l'association.

Elle le considéra, les yeux plissés.

— Et qui vous dit que je n'en suis pas ?

Oups, terrain miné…

Il s'esclaffa, histoire de lui cacher son embarras. Si elle devinait qu'il avait enquêté sur elle, elle allait se méfier. Voire se douter qu'il travaillait pour le FBI…

Mais non, sa réponse ne comportait aucune ambiguïté. Elle plaisantait, voilà tout.

— Ne faites pas attention, répondit-il sur le même ton. Je suis un incorrigible macho qui croit qu'il n'y a que les hommes qui peuvent être charpentiers ou couvreurs. Toutes mes excuses, mademoiselle Robinson. Je plaide coupable.

Elle sourit.

— Faute avouée est à moitié pardonnée. Cela dit… je ne suis pas charpentier. Ni couvreur. Mais je ne désespère pas de le devenir. Je crois que je suis sur la bonne voie. Depuis deux mois, j'ai aidé à construire une dizaine de charpentes. Comme je n'ai pas le vertige, contrairement à d'autres, je me retrouve toujours sur le toit.

— Vous y consacrez combien de temps par semaine ?

— Trois au quatre jours. Quelquefois plus, s'il faut donner un coup de reins.

— Un coup de reins ?

— Mettre le paquet, si vous préférez. Aujourd'hui, par exemple, on voulait finir les murs. Parfois, quand il faut absolument terminer, on travaille non-stop tous les jours. Si ça vous amuse, vous pourrez venir avec moi, un de ces jours. J'y retourne après-demain.

— Ça me plairait de voir ça.

Il se sentait mal à l'aise, non parce qu'elle le troublait, mais parce qu'il était sincère. Ses activités l'intéressaient vraiment. Or, il n'était pas là pour s'intéresser à elle. Elle n'était qu'un instrument, un moyen d'accéder à Serena Westford. Et elle devait rester cantonnée à ce rôle.

Elle lui sourit de ce sourire charmant, un peu timide, qui faisait pétiller ses yeux. Des yeux qui avaient la couleur chaude d'un bon whisky…

— Très bien. Mais je vous préviens, je pars tôt le matin. La fourgonnette passe me prendre à 6 heures. Soit on se retrouve ici, soit vous me rejoignez en ville devant la bibliothèque.

Elle leva les yeux vers le ciel. De petits nuages ronds, très hauts, rougeoyaient dans le soleil couchant.

— Regardez comme c'est joli ! s'exclama-t-elle soudain.

Il en profita pour l'admirer. Son visage était régulier, et sa peau semblait aussi douce qu'une peau de bébé. La bouche légèrement entrouverte, elle avait l'air émerveillée par le spectacle qui s'offrait à sa vue. Comme il aurait aimé caresser ses joues, les effleurer du bout des lèvres…

Il suivit son regard. A l'horizon, le soleil peignait le ciel de longues traînées rouges, jaunes et orangées qui se reflétaient dans l'océan. Un spectacle à vous couper le souffle.

De quand datait la dernière fois où il avait contemplé un coucher de soleil ?

— Ma mère adorait les couchers de soleil, commenta-t-il, avant de se rendre compte avec horreur qu'il avait parlé tout haut.

Nom d'un chien, à quoi pensait-il ? Il n'allait tout de même pas lui raconter sa vie !

Elle se tourna vers lui et le regarda de ses beaux yeux pleins de chaleur.

— Elle *adorait* ? Vous parlez d'elle au passé.

— Oui, elle est morte quand j'étais petit.

Il la fixa, espérant lire dans ses yeux un peu de cette sympathie qu'il lui avait déjà vu manifester.

Serena Westford. Tu es là pour Serena Westford. Mariah Robinson n'est que le moyen de parvenir à tes fins.

Comme il s'en doutait, ses yeux se firent plus câlins que ceux d'un nounours. Décidément, Mariah était vraiment une proie facile pour lui qui avait déjà berné nombre de criminels endurcis. Comparée à eux, elle était du gâteau. Evoquer sa mère décédée avait suffi à l'apitoyer, sans même qu'elle cherche à savoir s'il disait la vérité.

— Je suis désolée, murmura-t-elle.

Un instant, il crut qu'elle allait pleurer. Mais non. Elle prit sa main et la serra dans la sienne.

— Ma mère avait toujours rêvé d'aller à Key West, poursuivit-il, le regard plongé dans le sien. Elle adorait l'idée que les gens prennent le temps d'admirer le coucher du soleil. C'est un rituel, là-bas. Chaque soir, au moment du coucher de soleil, tout le monde interrompt ses activités et va s'asseoir quelques minutes devant la mer, jusqu'à ce que le soleil disparaisse dans l'eau. Ça me fait tout drôle, ajouta-t-il d'un air rêveur. Je n'y avais pas pensé depuis des années…

Le sourire de Mariah s'accentua.

Il soupira intérieurement. Voilà qu'il recommençait. Qu'il se mentait à lui-même. C'était son vrai passé, sa vraie histoire, pas un baratin inventé par Jonathan Mills. Il lui parlait de sa mère parce qu'il avait envie de lui parler d'elle. Jamais il ne l'avait mentionnée devant Tony — pas une fois. Et pourtant, leur amitié avait duré presque vingt ans.

Alors, pourquoi racontait-il cette histoire à cette quasi-inconnue ? C'était vraiment bizarre.

— Mon père et elle avaient projeté de louer une voiture et de faire la route de New Haven à Key West. Et puis… elle est morte.

Mariah avait reporté son attention sur l'horizon. Il suivit son regard. La nuit n'allait pas tarder à tomber.

— Vous avez des projets pour ce soir ? s'enquit-il.

Elle se détourna et alla récupérer son T-shirt et son short dans le sable.

— Pas vraiment. Une de mes amies m'a proposé de faire la tournée des bars avec elle, mais j'ai décliné. Ça ne m'intéresse pas, et en plus, je suis vannée. Je vais rentrer prendre une douche, dîner et me coucher avec un bon livre. A moins que je ne lise dans le salon, les pieds sur la table basse…

— Très bien. Je vais vous laisser.

Il fallait qu'il s'en aille. L'amie qu'elle venait de mentionner était sûrement Serena Westford, laquelle ne viendrait pas ici ce soir. Mieux valait revenir demain matin, au lever du soleil.

— Oh, j'allais oublier. J'ai rapporté quelque chose pour vous du continent.

Elle remonta rapidement vers la terrasse où elle avait laissé son sac à dos. John lui emboîta le pas, à son rythme. Qu'avait-elle bien pu lui rapporter ?

— Attendez une seconde. Je vais allumer la lumière extérieure.

Princess l'avait suivie en haut des marches et faisait mine de vouloir rentrer dans la maison avec elle.

— Qu'est-ce que tu fais là ? la gronda Mariah gentiment. Tu n'as pas le droit d'entrer. Mon propriétaire n'autorise ni les chiens ni les chats dans la maison. Or, désolée de te le dire, tu es un chien. D'accord, tu ne me crois pas, mais je t'assure que c'est vrai…

John parvenait en haut de l'escalier quand la terrasse s'illumina. Une lumière jaune semblable aux citrouilles d'Halloween.

Ressortant de la maison, Mariah prit son sac et ouvrit la fermeture Eclair. Il la regarda faire, un peu à l'écart. Il préférait garder ses distances avec elle, de peur de succomber à son charme.

Elle n'est qu'un moyen d'arriver à tes fins, se répéta-t-il pour la énième fois.

— Il y a une boutique d'objets amérindiens près de l'endroit où je travaille, expliqua-t-elle en sortant une lourde ceinture à outils de son sac. J'adore farfouiller dans ce genre de boutiques. Ils fabriquent de beaux bijoux, faits à la main, et toutes sortes d'objets artisanaux. Quand je suis passée devant, ce matin, je pensais à vous et je suis entrée.

Elle posa un paquet sur la table.

— Et voilà. Je vous ai acheté ça.

Ouvrant le papier d'emballage, elle sortit un cercle de bois traversé de fils qui formaient une sorte de toile d'araignée. Il y avait une plume piquée au centre, elle-même tenue en place par une ficelle. D'autres plumes pendaient sous le cercle.

John sourit, bien qu'il ignore totalement à quoi cet objet servait. L'important, c'était que Mariah l'ait acheté en pensant à lui.

— Je ne sais pas ce que c'est, mais je vous remercie.

— Vous ne voyez pas du tout ?

— Euh… C'est un objet décoratif à accrocher au mur ?

— Vous brûlez. C'est effectivement quelque chose qu'on accroche au mur mais près de son lit. Ça s'appelle un attrapeur de rêves. D'après certaines tribus indiennes du nord-ouest du pays, ça vous empêche de faire des cauchemars.

Elle le lui tendit.

— C'est peut-être vrai. Suspendez-le au-dessus de votre lit, et vous verrez bien. Peut-être que vous dormirez mieux.

Il combla la distance qui les séparait encore et accepta son cadeau. Il ne savait que dire. Cela faisait un temps fou que personne ne lui en avait fait.

— Merci, fit-il platement.

Elle avait pensé à lui. Ils ne s'étaient rencontrés que deux fois, et elle avait pensé à lui…

Il dut se faire violence pour ne pas la toucher, l'embrasser, la prendre là, sur la terrasse, sans même lui demander son avis. Sauf qu'il ne pouvait pas. Il ne *devait* pas. Il n'était pas salaud au point de profiter d'elle de cette manière.

Quand il ouvrit la bouche afin de prendre congé, une tout autre phrase sortit de ses lèvres.

— Que diriez-vous de dîner avec moi ? Je connais un bon restaurant plus bas dans la rue.

— Pour être honnête, je n'ai pas envie de sortir. En

revanche, j'ai des steaks d'espadon dans mon frigo, et je pensais en cuire un sur mon barbecue. Si ça vous tente, vous êtes le bienvenu.

Sans lui laisser le temps de répondre, elle fit coulisser la baie vitrée qui donnait dans la maison.

— Je vais aller prendre une douche. Je n'en ai pas pour longtemps. Installez-vous et servez-vous à boire. Il y a tout ce qu'il faut dans la cuisine.

Sur ces mots, elle disparut avant qu'il ait pu trouver une excuse pour ne pas rester. Dieu sait qu'il avait une ribambelle de raisons de s'en aller ! Dîner avec elle — *chez* elle — était bien trop intime. Se tenir sagement, accepter de n'être que son ami, ce qu'elle lui demanderait sûrement, allait exiger de lui des efforts surhumains. Quant à l'imaginer nue sous sa douche et l'attendre, comme si de rien n'était, tenait du supplice…

Mais il ne dit rien.

Parce qu'il voulait rester avec elle, même s'il était conscient de jouer avec le feu.

Parce que cela faisait des années qu'il n'avait pas ressenti un désir aussi fort. Et c'était bon de se sentir revivre.

— Je suis P.-D.G. d'une entreprise qui fabrique des alarmes de voitures, expliqua John en aidant Mariah à débarrasser les restes du dîner. C'est mon père qui a créé l'entreprise dans les années quatre-vingt quand le secteur a connu un essor très important. A sa retraite, j'ai repris les rênes. Seulement, avec ma maladie, j'ai été obligé de me trouver un remplaçant. Ça fait pas mal de temps que j'ai décroché, mais maintenant que je vais mieux, je vais devoir y retourner. Je m'accorde encore un mois ou deux.

Elle s'appuya contre l'évier.

— Ce n'est pas embêtant que vous ne soyez pas là ? L'activité de votre entreprise ne s'en ressent pas ?

— Non, ça va. Les résultats sont stables et satisfaisants.

— Dans ce cas, vous n'avez pas besoin de vous précipiter. Attendez d'être complètement remis avant de vous relancer dans la fosse aux lions. Il faut savoir lever le pied quand c'est nécessaire.

Il sourit.

— Vous voulez dire que j'ai encore une sale mine ?

— En fait, vous avez bien meilleure mine qu'à notre première rencontre.

Ses cheveux, très bruns et épais, avaient un peu repoussé. Sans doute faisait-il partie de ces gens dont les cheveux poussent très vite et qui ont besoin d'une coupe tous les quinze jours. Sa peau était moins grise. Il avait même pris des couleurs, ce qui n'avait rien d'étonnant avec le soleil qui régnait sur l'île. Ses yeux, en revanche, c'était une autre affaire. Ils étaient injectés de sang et vagues comme s'il n'avait pas dormi depuis des lustres.

— Avez-vous regardé le livre que je vous ai prêté ?

— Oui.

Il eut un petit sourire.

— C'est très pédagogique. En particulier le chapitre intitulé *Réduire le stress par le sexe*, ou quelque chose comme ça.

Elle se sentit rougir.

— J'avais complètement oublié ce passage. Il donne en effet des détails très précis… J'espère que vous n'avez pas cru que… que je voulais…

— Je n'ai rien cru, la coupa-t-il gentiment. Je plaisantais.

Elle s'esclaffa, mais son rire sonnait tellement faux à ses propres oreilles qu'elle s'arrêta.

— Moi qui allais justement vous demander de venir dans le salon faire un exercice avec moi… Quand je suis fatiguée et nerveuse, il y en a un qui me détend particulièrement. Mais maintenant, je n'ose même plus vous le demander.

— Ce ne serait pas celui de la cocotte-minute, par hasard ?

— Pas du tout, répondit-elle en masquant sa gêne sous une fausse sévérité.

Elle savait très bien de quoi il parlait. Peut-être un jour, quand elle le connaîtrait mieux…

Il sourit comme s'il avait lu dans ses pensées.

Seigneur, il avait le sourire le plus craquant de la planète ! Cela lui arrivait peu, mais quand il le faisait, son visage se transformait littéralement. Ses traits s'adoucissaient, et le bleu électrique de ses yeux virait au gris-bleu velouté. Une vraie métamorphose.

Elle se surprit à lui rendre son sourire et détourna la tête. Elle devait avoir l'air idiot à lui sourire comme ça, sans raison. D'ailleurs, il ne la regardait même plus. Il s'était levé et se servait une autre tasse de café, avec un demi-sucre et pas de lait.

La conversation dérapait. C'était John qui avait commencé et lui qui y mettait un point final. Mariah n'aurait su dire si elle aurait aimé qu'il continue ou si elle était soulagée qu'il passe à autre chose.

Il s'était révélé un invité très agréable. Pendant qu'elle se douchait, il avait allumé le barbecue et avait même préparé une salade composée avec les légumes rangés dans le réfrigérateur.

Il cuisinait très bien. Une chance, avait-il déclaré au cours du dîner, car il n'avait jamais été marié. Il lui avait aussi beaucoup parlé de l'entreprise qu'il avait héritée et qui affichait des résultats que beaucoup devaient lui envier.

Elle ne comprenait pas qu'il soit encore libre. Qu'aucune femme ne lui ait mis le grappin dessus semblait complètement absurde. Il était tellement séduisant — et à l'aise matériellement. Un beau parti, quoi.

Elle dut se rappeler qu'elle ne cherchait pas à nouer une relation sérieuse, contrairement à Serena qui voyait dans chaque spécimen du sexe fort un mari potentiel. Dès qu'elle avait un homme dans sa ligne de mire, cette dernière sortait sa *check-list* et vérifiait s'il remplissait tous les critères. D'abord, l'argent. Serena ne voulait pas d'un homme qui ne soit pas plein aux as, selon ses propres termes. John était certes fortuné, mais il avait aussi un cancer. Serena n'irait sûrement pas se jeter dans les bras d'un homme condamné.

Qui aimerait s'engager avec quelqu'un qui portait La Mort au-dessus de sa tête ? Personne.

Mariah se racla la gorge.

— Bon, fit-elle. Si ça vous dit, il existe un autre exercice de relaxation que je trouve très efficace.

Il parut embarrassé.

— Je ne sais pas. Je n'ai jamais été très porté sur ce genre de techniques. Mes précédentes tentatives n'ont pas vraiment été couronnées de succès.

— Ça ne vous engage à rien d'essayer avec moi.

Croisant son regard, il se mit à rire.

— Je ne suis pas patient quand il s'agit de s'allonger sur le dos, les yeux fermés, et d'écouter quelqu'un qui vous dit des choses du genre : « Imaginez que vous êtes dans un endroit que vous aimez beaucoup. Si c'est au bord de la mer, imaginez les vagues qui viennent mourir à vos pieds avec un clapotis régulier et les mouettes qui passent en piaillant. » De toute façon, ces endroits…

Elle lui tendit la main.

— Essayez. Ça ne coûte rien.

Il considéra son visage, puis sa main, puis de nouveau son visage. Mais il ne bougea pas.

— Je ferais mieux d'y aller, marmonna-t-il.

Elle s'approcha et lui prit la main.

— Je vous jure que ça ne vous fera pas mal.

Et elle l'entraîna vers le salon.

Il avait tort de se laisser faire. Il savait très bien à quoi pouvaient mener ces exercices qui privilégient les contacts physiques. Et il avait beau vouloir que cela arrive, ce n'était pas prévu dans son programme.

Bon sang, il était là pour confondre une tueuse ! se morigéna-t-il. Et Mariah devait lui fournir l'occasion de la rencontrer, point final. Son rôle se limitait à celui d'une amie. Une bonne amie. Pas une maîtresse.

En passant près de l'halogène, Mariah réduisit l'intensité de la lumière. Un peu gêné, il regarda autour de lui. C'était le salon typique d'une maison de location en bord de mer. Des murs et des rideaux blancs pour faciliter l'entretien, du mobilier robuste ne nécessitant pas de soins particuliers, des canapés recouverts de plaids, de la moquette rase. Comme accessoires, quelques lampes, des lithographies un peu banales représentant des oiseaux, des bateaux et des phares, un téléviseur et un lecteur de DVD.

Mariah était là depuis deux mois, et elle avait ajouté çà et là des objets à elle, histoire de personnaliser la villa. La connaissant, il savait très bien quels objets étaient les siens. Le carillon près de la baie vitrée, qui sonnait à la moindre brise, la pile de livres, depuis les romans sentimentaux jusqu'aux essais philosophiques ou livres historiques, le lecteur de disques et la pile de CD à l'autre extrémité de la table. Devant la fenêtre, l'oiseau en cristal sur une branche qui étincelait dans la lumière pourtant faible du salon. Le batik qui égayait le canapé, ainsi que le bouquet de fleurs jaunes qu'il lui avait offert quelques jours plus tôt…

Arrivée au milieu du salon, elle lui lâcha la main.

— Allongez-vous.

— Par terre ?

L'exercice était à peine commencé qu'il le détestait déjà. Néanmoins, il obtempéra.

— Et je ferme les yeux, c'est ça ?

— C'est ça.

Comme il fermait les yeux, il l'entendit s'asseoir sur le canapé et laisser tomber ses sandales par terre. Elle avait dû replier ses jambes sous elle, dans une position plus confortable.

— Parfait. Vos yeux sont bien fermés ?

Il poussa un soupir agacé.

— Oui.

— Bien. Maintenant, je veux que vous vous imaginiez dans un endroit qui vous plaît. Disons un champ de fleurs, avec des oiseaux qui volettent au-dessus de vous. Au loin, il y a une fontaine qui gazouille. Si vous préférez la mer, imaginez le clapotis des vagues qui viennent mourir à vos pieds et les mouettes…

A ces mots, il rouvrit les yeux et tourna la tête vers elle. Pas de doute, elle se moquait de lui.

— Si vous vous voyiez ! s'exclama-t-elle en riant. C'est à mourir de rire !

Il se redressa en position assise et se frotta le cou et les épaules.

— Je suis heureux d'avoir pu vous distraire. Mais maintenant, mon stress est tellement élevé qu'il ne diminuera peut-être plus jamais.

De nouveau, elle s'esclaffa. Elle avait un rire qu'il adorait. A la fois rauque et musical. Un véritable enchantement.

— Je vous accorde que le plancher n'est pas très confortable. Venez vous allonger sur le canapé, proposa-t-elle.

Elle se poussa et tapota les coussins.

— Mettez-vous sur le ventre. Je vais vous masser pour faire retomber votre stress à un niveau acceptable qui, chez vous, doit se situer à un niveau anormalement élevé. Je me trompe ?

Elle s'arrêta net comme si elle venait de dire une bêtise. Sans doute s'était-elle rappelé que son stress était probablement dû à son cancer.

— Ecoutez, John, je propose simplement de vous masser. Si vous ne le voulez pas, je ne vais pas vous forcer.

A son tour, il hésita. En avait-il envie ? Bien sûr. Se faire masser par elle. Sentir ses doigts courir sur ses épaules, son cou, sa colonne vertébrale…

Il se releva et s'allongea sur le canapé. Après tout, il ne prenait pas de risque. Il se connaissait, il était capable de se tenir.

Il replia les bras et posa la tête dessus.

— Ce sera plus facile si vous retirez votre T-shirt, lui conseilla-t-elle, avant d'ajouter en hâte : mais vous n'y êtes pas obligé.

Il se redressa pour la regarder.

— On est bien d'accord : vous me massez le dos, c'est tout ?

Elle acquiesça d'un signe de tête.

— Puisque vous faites ça pour me faire plaisir, j'aurais mauvaise grâce à ne pas vous faciliter la vie.

— Les gens ont souvent tendance à mal interpréter les choses. Sous prétexte que vous leur demandez d'ôter un vêtement, ils s'imaginent que vous allez les entraîner vers je ne sais quoi de sensuel.

Il ne put s'empêcher de sourire.

— Il faut reconnaître que c'est en général ce qui se passe, non ?

Elle s'assit près de lui, ses cheveux tombant en vagues sur ses épaules.

— Si c'était dans mes intentions, je serais honnête avec vous. Je vous dirais franchement : « John, vous me plaisez. Je ne serais pas contre une aventure. » Mais ce n'est pas du tout ce que je recherche. On se connaît à peine. Vous avez des soucis, j'en ai aussi.

— Vous avez des problèmes ?

Etait-ce la raison pour laquelle elle avait traversé la moitié du pays et était venue vivre ici sous une fausse identité ? Que cachait-elle, en réalité ?

— Mes problèmes ne sont pas aussi graves que les vôtres, mais, oui, j'en ai. Qui n'en a pas ?

— En effet…

Il ôta son T-shirt, le roula en boule et s'en servit comme d'un oreiller. En se rallongeant, il sentit la jambe de Mariah contre lui. C'était bon — *trop* bon. Il aurait dû se pousser, mais il avait envie de se rapprocher encore. Elle non plus ne bougeait pas. Il était quasiment coincé entre sa cuisse et le dossier du canapé. L'aurait-il voulu qu'il n'aurait pu reculer.

Il ferma les yeux et serra les dents. Les doigts de Mariah pétrissaient ses épaules et son cou. Une sensation vraiment délicieuse.

— Ce que je fais a pour but de vous détendre, pas de vous crisper, murmura-t-elle.

— Excusez-moi.

— Serrez le poing.

Rouvrant les yeux, il la considéra.

— Pardon ?

Elle appuya sur sa tête afin de l'obliger à se rallonger.

— Vous êtes droitier ou gaucher ?

— Droitier.

— Serrez votre main droite. Serrez fort. Ne relâchez pas.

— Je peux vous demander pourquoi ?

— Bien sûr.

— Alors, pourquoi ?

— Parce que je vous le dis. Vous avez accepté de faire cet exercice, mais ça ne marchera pas si vous ne fermez pas le poing. Alors, faites-le.

— Je n'ai jamais accepté de faire quoi que ce soit, protesta-t-il.

— Vous m'avez donné votre accord tacite en vous allongeant sur le canapé. Allez, John, serrez le poing.

Elle retira ses mains de son dos.

— Ou j'arrête de vous masser.

Vaincu, il ferma la main droite et la serra très fort.

— Et maintenant, je fais quoi ?

— Maintenant, détendez-vous. Chaque muscle de votre corps doit se relâcher, mais gardez le poing fermé. Commencez par vos orteils, continuez avec les pieds. Vous avez sûrement déjà fait des exercices comme celui-ci. Vous devez complètement vous laisser aller, les jambes d'abord puis les bras et le cou, la tête.

— Oui, mais ça ne marche pas.

— Mais si, ça marche. Je vais vous aider. Commencez par vos pieds. Pliez-les, relâchez. Recommencez. Voilà. Encore une fois.

Elle plongea la main dans ses cheveux et lui massa l'arrière de la tête puis les tempes. Ouille, c'était le paradis sur terre…

— Parfait, maintenant faites la même chose avec vos jambes, vos mollets. Serrez, lâchez. Vous savez, cet exercice est particulièrement recommandé aux femmes enceintes. On leur apprend à relâcher tous leurs muscles pendant que l'un d'eux fait son travail tout seul. Comme elles ne peuvent pas agir sur ce muscle-là, elles serrent le poing à la place.

Sa voix était douce, lénifiante, aussi apaisante que l'étaient ses mains. Au bout de quelques minutes, malgré sa résistance, il sentit qu'il commençait à évacuer sa tension.

— Bien, contractez les jambes. Allez, serrez fort. Maintenant, détendez-vous. Vous devez sentir que vous vous relâchez…

Elle se pencha sur lui, prit une de ses jambes et lui donna des tapes sur le mollet.

— Pas mal du tout, John. Continuez. Les hanches, le ventre, les fesses. Et n'oubliez pas de respirer doucement, en prenant votre temps. Mais fermez le poing.

Quelle étrange sensation… Il avait l'impression de flotter entre deux eaux.

— Parfait. Vos bras, maintenant. Et vos épaules. Relâchez-les. Votre main gauche… Voilà. Détendez tous vos muscles, sauf votre main droite. Elle doit rester serrée comme si vous teniez quelque chose que vous ne voulez pas lâcher.

Ses mains volaient sur sa peau comme sur le clavier d'un piano, avec finesse et légèreté. Elle massa ainsi ses bras et ses épaules.

— Maintenant, pensez aux muscles de votre visage et décontractez-les, chuchota-t-elle.

Sa voix rauque, musicale, semblait venir de très loin.

— Relâchez votre menton. Laissez votre mâchoire tomber. Ne cherchez pas à résister. Parfait. Maintenant, desserrez votre main droite. Ouvrez-la complètement, comme si vous laissiez échapper quelque chose… En l'occurrence, toute votre tension, tout votre stress. Allez-y, laissez-vous aller. Lâchez tout.

Lâchez tout.

Lâchez tout…

Il fit ce qu'elle disait et, incapable de résister, sombra dans un sommeil profond et sans rêve.

4

Mariah se réveilla, le cœur battant, en se demandant si elle avait fait un cauchemar.

Non. Un cri montait bien du salon, étranglé, angoissé.

Dans sa précipitation à allumer, elle faillit faire tomber sa lampe de chevet. 4 h 58.

Etait-ce John qui hurlait ainsi ?

Le cri cessa. Elle attendit quelques secondes, puis, n'entendant plus rien, éteignit la lumière.

La veille au soir, John s'était endormi sur le canapé pendant son massage. Et il n'avait plus bougé. Aurait-il reçu un coup sur la tête qu'il n'aurait pas été plus immobile. Pour un peu, elle l'aurait cru mort. Elle était restée dans le salon le plus longtemps possible avec un livre, mais après 22 heures, morte de fatigue, elle avait déclaré forfait et était allée se coucher. Elle n'avait pas eu le cœur à le réveiller pour le renvoyer chez lui.

Avant de se retirer dans sa chambre, elle avait recouvert John d'un drap, puis avait aménagé sur la terrasse une sorte de matelas avec une vieille couverture. Princess était aussitôt venue s'y coucher. Alors seulement, Mariah était allée se coucher.

Un autre cri la fit sursauter. Cette fois, elle bondit de son lit et se précipita dans le salon.

John dormait toujours, allongé sur le canapé. Très

agité, il avait repoussé le drap. De petites gouttes de sueur perlaient sur son visage et son torse.

Il faisait un cauchemar.

— John, appela-t-elle doucement en s'agenouillant près de lui. John, réveillez-vous.

Elle lui effleura l'épaule, mais il ne réagit pas vraiment. C'est tout juste s'il ouvrit les yeux. Puis, tout à coup, son visage se tordit en une horrible grimace. A croire qu'il avait vu le diable.

Il poussa un cri de terreur. Un cri presque animal.

— Non, hurla-t-il.

La terreur se métamorphosa en rage.

— Non ! Non !

Il lui saisit les bras avec tellement de force que ses ongles s'enfoncèrent dans sa chair. Elle prit peur. L'espace d'une seconde, elle crut qu'il allait la lancer à travers la pièce. Elle ignorait qui lui était apparu en rêve, mais il était clair que cette personne ne lui voulait pas de bien. Elle essaya de se dégager, sans succès. Il resserra son emprise, lui égratignant la peau.

— John, réveillez-vous ! Bon sang, c'est moi, Mariah ! Ne…

Quelque chose dut se passer dans sa tête, car il se réveilla enfin.

— Oh, mon Dieu…

Il la lâcha si brusquement qu'elle tomba en arrière. S'éloignant en toute hâte, elle alla se cogner dans une chaise.

Elle respirait avec difficulté. Lui aussi. Il s'assit sur le canapé et resta plié en deux. Il était sous le choc, cela se lisait dans ses yeux.

— Je suis désolé, Mariah. Je ne sais pas ce qui s'est passé. J'étais… Enfin, je rêvais que…

Il s'interrompit et la considéra avec inquiétude.

— Je ne vous ai pas fait mal, au moins ? Je m'en voudrais…

Elle baissa les yeux : sur ses bras apparaissait déjà la marque de ses mains.

— Vous m'avez surtout fait peur, répliqua-t-elle. Je ne sais pas qui vous voyiez dans votre rêve, mais vous étiez fou furieux.

— Je suis désolé.

Il se leva et se mit en quête de son T-shirt. Il tremblait comme une feuille.

— Ecoutez, je… je vais partir. Je suis vraiment… vraiment désolé.

Sous son regard étonné, il finit par abandonner ses recherches et se rassit sur le canapé.

— Vous ne laissez jamais exploser votre colère ? demanda-t-elle, compatissante.

— Vous auriez un T-shirt à me prêter ? La mien a disparu.

— John, votre colère… vous ne la laissez jamais sortir ?

Il évita son regard.

— Non. Piquer des crises ne règle pas les problèmes.

— Peut-être, mais ça fait du bien.

Elle se rapprocha de lui.

— Vous vous rappelez quand vous avez pleuré pour la dernière fois ?

Il secoua la tête.

— Mariah…

— Vous ne pleurez jamais, c'est ça ? Vous vivez avec vos peurs, votre colère et vos chagrins enfouis bien profondément en vous. Pas surprenant que vous fassiez des cauchemars !

***

John détourna le regard. Il aurait voulu s'en aller loin d'ici, loin de la peur qu'il avait lue dans ses yeux.

Dire qu'il aurait pu la blesser…

Il la sentit poser la main sur son épaule. Elle caressa sa joue. Ses doigts étaient d'une douceur incroyable. Tournant la tête vers elle, il s'aperçut que la peur avait laissé la place à une gentillesse émue. Oui, elle semblait s'inquiéter à son sujet.

Démaquillée, les cheveux emmêlés, elle portait un T-shirt beaucoup trop grand qui couvrait le haut de ses cuisses sans rien cacher de ses jambes longues et soyeuses.

Presque à l'aveuglette, il tendit la main vers elle. Il voulait seulement la toucher, c'était tout. Parce qu'elle était là et lui offrait un réconfort qu'il ne pouvait pas refuser.

A peine eut-il passé le bras autour d'elle qu'elle fondit contre lui. Doucement, il vint poser les lèvres sur les siennes, tièdes et douces, suaves même. Puis, emporté par le désir, il l'embrassa avec plus de fougue. Il avait soif d'elle, faim d'elle. Ses seins ronds et fermes pressés contre lui, elle répondait à son étreinte avec la même ardeur. Leurs corps étaient faits pour s'entendre, ils s'imbriquaient parfaitement comme les deux moitiés d'un tout.

Soudain, la pièce se mit à tourner autour de lui. Il avait envie de la toucher partout. De lui enlever son T-shirt pour sentir le satin de sa peau sur son torse. La serrant contre lui, il l'entraîna en arrière sur le canapé, puis du genou, écarta ses jambes et y glissa la sienne.

Il commettait là la plus grosse erreur de sa vie, et il le savait. Malheureusement, il ne pouvait plus revenir en arrière. C'était tellement bon, cela lui faisait tellement de bien qu'il n'avait pas la force de dire stop.

Comme elle se serrait un peu plus contre lui, il chassa

toute pensée de son esprit. Il préférait se perdre dans ses baisers, dans la douceur de ses seins qu'il tenait entre ses mains. Déjà, elle s'ouvrait pour l'accueillir, elle était prête à lui donner tout ce qu'il désirait. Et plus encore.

Il allait la prendre pour satisfaire son désir, puis s'en irait sans même se retourner lorsqu'elle lui aurait présenté Serena Westford, sa grande amie. Lorsqu'il aurait enfin devant lui son suspect numéro un…

Bon Dieu, non, il ne pouvait pas faire ça, ou il ne pourrait plus se regarder dans le miroir. Et pourtant, comme c'était tentant ! Il était si près de l'extase. Si près du paradis…

Il se redressa. Avec un sourire, elle s'assit à son tour et, passant les bras autour de lui, laissa ses mains caracoler sur son dos jusqu'à ses fesses.

— Reste, John, chuchota-t-elle. Tu ne vois pas que j'ai envie de faire l'amour ?

— Je n'ai pas de protection.

— Moi, si. Dans ma chambre.

Elle glissa la main entre eux et défit le premier bouton de son jean tout en murmurant :

— Je vais les chercher.

Il se sentit flancher. Elle avait envie de lui, sans aucun doute.

Il se pencha sur elle pour l'embrasser et la laissa caresser le devant de son jean tout en maudissant sa faiblesse, son incapacité à dire non, à empêcher que les choses aillent plus loin. Il n'était qu'un minable. Un serpent visqueux. Quand elle aurait découvert sa trahison, elle le haïrait, et elle aurait raison.

Sans savoir comment, il réussit à s'écarter et à se mettre hors de sa portée. Il s'assit sur le bord du canapé.

— Non, fit-il, les mâchoires serrées. Je ne peux pas. Je ne veux pas profiter de vous, Mariah.

Elle posa la main sur son dos.

— Vous ne profitez pas de moi, je vous le jure.

Il se retourna pour la regarder. L'erreur à ne pas commettre. Elle n'était pas juste désirable, elle était le désir incarné avec son T-shirt relevé et entortillé autour de ses hanches, sa drôle de culotte en coton infiniment plus excitante que le plus sophistiqué des strings en dentelle. Elle voulait lui faire l'amour. Et alors ? Il n'avait qu'à tendre la main et lui ôter culotte et T-shirt. Il serait en elle en moins de temps qu'il ne lui en faudrait pour aller chercher sa provision de préservatifs dans sa chambre.

Il regarda ailleurs avant de parler.

— J'en ai envie, mais…

Il devina qu'elle se tortillait de façon à remettre son T-shirt en place.

— C'est bien comme ça. Vous n'avez pas à vous expliquer.

— Je ne veux pas précipiter les choses, expliqua-t-il tout en regrettant de ne pouvoir lui avouer la vérité.

Quelle vérité ?

Qu'il ne pouvait pas lui faire l'amour parce qu'il avait l'intention de séduire puis d'épouser une femme qu'elle considérait comme l'une de ses meilleures amies ?

Il devait cesser de penser comme John Miller et se mettre à penser comme Jonathan Mills. Le reste suivrait tout seul. C'était quand même étrange, jamais il n'avait eu autant de mal à se mettre dans la peau d'un autre.

— J'aimerais que nous restions amis. Je ne suis pas prêt à aller plus loin. Vous comprenez, je sors tout juste de l'hôpital. Mes dernières analyses ne sont pas excellentes et…

Il se tut et regarda dehors. Médusé, il vit l'aube pointer à l'horizon.

— Le jour se lève ? Mais alors… j'ai dormi tard.

Il se leva et s'approcha de la baie vitrée, le regard fixé sur les nuées orangées dans le ciel bleu pâle.

— C'est vraiment incroyable…

— Ça alors, fit Mariah avec une pointe d'ironie. Je me demande ce qui a pu se passer.

John délaissa le lever de soleil pour se tourner vers elle. Un petit sourire flottait sur ses lèvres, pas au point d'éclairer tout son visage, mais un sourire tout de même. Du coup, elle en oublia sa frustration et lui rendit son sourire.

— Vous allez être obligé d'admettre que les exercices de relaxation que je vous ai fait faire — vous savez, ces exercices idiots — marchent.

Il la regarda avec intensité. Son regard était ardent, presque fiévreux, comme devait l'être le sien, d'ailleurs. Elle ne parvenait pas à détacher les yeux de lui tant il était beau, torse nu, le premier bouton de son jean défait. D'accord, il manquait un peu de chair, mais elle devinait qu'avant d'être malade, il avait un corps d'Apollon.

Elle finit par se détourner. Les raisons pour lesquelles il ne souhaitait pas s'engager étaient compréhensibles. Il sortait tout juste de l'hôpital, il ne savait pas s'il allait s'en tirer, et s'il pensait que ses années ou ses jours étaient comptés… Un autre que lui aurait sans doute profité de cette incertitude pour vivre à cent à l'heure. Pas lui. Il refusait de profiter d'elle sous prétexte qu'il était peut-être condamné. Il ne voulait pas qu'elle souffre, il ne voulait pas l'entraîner dans une aventure qui risquait de finir en eau de boudin.

Seulement, le mal était fait. Elle était amoureuse.

Elle aurait dû garder ses distances, l'éviter. A quoi bon tomber amoureuse d'un homme dont la vie ne tenait qu'à un fil ? Cela ne rimait à rien.

Elle n'avait plus qu'à lui trouver son T-shirt et à le reconduire à la porte.

Il récupéra son T-shirt tout seul, par terre près du canapé, et l'enfila.

— Je m'en vais.

Il n'en avait pas du tout envie, cela se lisait dans ses yeux.

Il se pencha sur elle pour l'embrasser. Un, deux, trois baisers, chacun plus long que le précédent. L'espace d'un instant, elle crut qu'il allait changer d'avis, mais non. Il finit par s'écarter et recula jusqu'à la porte.

— Ça me ferait plaisir que vous reveniez ce soir. On pourrait dîner sur la terrasse, proposa-t-elle, sachant à quoi elle s'exposait.

Elle vit une lueur indéfinissable passer dans son regard.

— Je ne vais pas pouvoir, répondit-il.

Dieu, qu'il était difficile à déchiffrer ! Il y avait eu ces trois baisers pour le moins appuyés et, maintenant, ce refus évasif. Cela n'avait pas de sens. Ou ça en avait trop, au contraire. Laquelle des deux hypothèses était la bonne ? Elle n'aurait su le dire. C'était la première fois qu'elle arrivait à ce degré d'intimité avec une personne atteinte d'une maladie aussi grave et dont le pronostic vital était engagé.

— Téléphonez-moi. Si vous voulez.

Il la considéra fixement, puis juste avant de sortir, murmura :

— Bien sûr que je voudrais. Mais je ne pense pas que ce soit une bonne idée.

Tout en appelant Mariah, Serena fit coulisser la baie vitrée et pénétra dans le salon.

— Ah, tu es là ! s'exclama-t-elle en la découvrant devant la table. Je meurs de soif, et je me demandais comment j'allais réussir à rentrer chez moi si je ne buvais pas en cours de route !

— Je te rappelle que tu habites un peu plus bas dans la rue. Tu aurais pu supporter encore quelques kilomètres avant d'étancher ta soif.

Mariah, installée devant la table du salon, triait des photos. Après un aller-retour dans la cuisine, son amie s'installa à côté d'elle et but une grande gorgée du thé glacé qu'elle venait de se servir.

— Ça fait quand même cinq kilomètres. J'avais tellement soif que je n'aurais pas fait cent mètres de plus ! Dieu merci, tu as eu la bonne idée de mettre un pichet au frigo.

Reposant son verre sur la table, elle éparpilla les clichés qui y étaient posés et pointa un doigt parfaitement manucuré sur l'un d'eux.

— C'est moi, ça ?

Mariah se rapprocha pour mieux voir. C'était elle, en effet. La photo avait été prise sur la plage de l'hôtel juste avant un orage. L'on voyait Serena en train de marcher avec, en toile de fond, un ciel bleu presque marine, menaçant.

Depuis qu'elles se connaissaient, Mariah avait fait attention à ne pas l'agacer en la prenant en photo. Ou, plus exactement, elle s'était arrangée pour qu'elle ne la voie pas la photographier. Car elle n'avait pas résisté à la tentation. Elle avait fait quelques clichés de la sublimissime Anglaise avec un petit appareil jetable bon marché. Serena était incroyablement photogénique et, même sur une pellicule de qualité médiocre, elle irradiait.

— Tu as dû passer devant moi au moment où j'appuyais sur le déclencheur.

Serena regarda le cliché de plus près.

— Je suis complètement floue, sauf le visage. Tu l'as en double ?

Mariah fourragea dans son tas de photos.

— Non, je ne crois pas.

— Et le négatif ? Tu l'as toujours ?

— Je ne sais pas. Sûrement. Il doit être quelque part dans la chambre noire, à moins que je ne l'aie mis dans le paquet que je viens d'apporter au labo B&W.

— Pourquoi au labo ? demanda Serena, l'air surpris.

— Pour qu'ils les mettent à l'abri.

— A l'abri ? Je ne voudrais pas te faire de peine, ma chère, mais je ne vois pas qui tes photos peuvent intéresser, ni qui pourrait vouloir te les voler. Tu sais que je t'aime beaucoup, Mariah, mais tu n'es pas Sarah Moon. Soit dit sans t'offenser, bien sûr.

Mariah éclata de rire.

— J'ai confié les négatifs à B&W pour leur conservation. Je n'ai pas l'air conditionné ici, et l'humidité et la chaleur ne font pas bon ménage avec les photos.

Serena glissa le cliché dans son sac.

— Je vais être obligée de te tuer, maintenant, pour m'avoir volé mon âme.

— Je ne t'ai rien volé du tout, c'est toi qui t'es imposée sur ma pellicule ! riposta Mariah. Si tu veux, je demanderai à B&W de me rendre le négatif la prochaine fois que j'irai. Tu récupéreras ton âme, Serena, ne t'inquiète pas.

— Tu me le jures ?

— Promis. Cela dit, je te rappelle que tu n'es plus en Afrique, mais aux Etats-Unis. Et aux Etats-Unis, on ne vole pas l'âme de quelqu'un en le prenant en photo.

— Grâce au Ciel !

Serena but une autre gorgée de thé, puis la regarda dans les yeux.

— Maintenant, dis-moi, comment vas-tu ?

— Très bien.

Mariah lui lança un coup d'œil soupçonneux.

— Pourquoi me demandes-tu ça ?

— Pour rien.

— Je n'ai pas l'air d'aller bien ?

Le menton dans le creux de la main, Serena la scruta.

— Je pensais que tu irais beaucoup mieux que ça.

Mariah attendit.

— Allons, tu n'as rien à me raconter ? insista son amie. Tu ne vas quand même pas m'obliger à te poser des questions, si ? Allez, ne me force pas à te tirer les vers du nez…

Mariah plongea la tête dans ses photos.

— Je ne sais pas de quoi tu parles.

— De l'homme, ma chère.

— Quel homme ?

— Celui que j'ai vu sortir de chez toi ce matin à 5 h 30. Un grand type brun, beau, encore que je ne puisse l'affirmer… J'étais trop loin pour voir ses traits en détail.

Mariah la considéra, bouche bée.

— Qu'est-ce que tu faisais dehors à 5 heures du matin ? Ce n'est pas une heure pour se lever !

— Je me lève tous les jours à cette heure-là pour aller au club de remise en forme de l'hôtel.

— A 5 h 30 ? Tous les matins ?

— Dans ces eaux-là. Ce matin, comme la marée était basse, j'ai fait du vélo sur la plage. Quand je suis passée devant chez toi, j'ai vu un homme sortir sur la terrasse. Je me suis douté qu'il ne s'agissait pas d'un quelconque réparateur.

— Bien sûr que non.

Comme Mariah restait le nez plongé dans ses photos, Serena dut faire une nouvelle tentative.

— Alors… ?

— Alors, quoi ?

— C'est le moment de me dire qui c'est, où tu l'as connu, si c'est un bon amant, et ainsi de suite.

Mariah se sentit rougir.

— On est amis, c'est tout.

— Un ami qui reste jusqu'à l'aube ? Comme tu es moderne, Mariah !

— En fait, il est venu dîner, et il s'est endormi sur le canapé. Il a été très malade, récemment.

Elle hésita. Elle avait envie de parler de John, mais elle ne voulait pas non plus en dire trop.

— Il s'appelle Jonathan Mills, et il est très sympa. Il séjourne à l'hôtel.

— Ce qui signifie qu'il a de l'argent, conclut Serena. Il est moyennement riche ou plein aux as ?

— Je ne sais pas… Et qu'est-ce que ça peut faire ? On s'en fiche.

— Pas moi.

Bien qu'agacée, Mariah répondit :

— Je pense qu'il a une très grosse fortune. Il a hérité de son père une entreprise qui fabrique des alarmes pour voitures.

— Tu as bien dit qu'il est malade ? Rien de sérieux, j'espère.

Mariah poussa un profond soupir.

— Si, il a un cancer. Il vient de terminer ses séances de chimio. J'ai cru comprendre que le pronostic était plutôt bon, mais avec cette cochonnerie de maladie, on n'est jamais sûr de rien.

— Comment m'as-tu dit qu'il s'appelle ?

— Jonathan Mills.

— Je serais toi, je garderais mes distances. Si tu n'y prends garde, tu finiras veuve. Evidemment, dans ce cas, tu hériteras son entreprise d'alarmes de voitures. Il y a pire…

— Serena ! lança Mariah, offusquée. Ne dis pas des choses pareilles ! Il ne faut pas qu'il meure !

— Tu viens de me dire que ce n'était pas impossible.

Serena se leva, sans s'excuser ni même s'émouvoir de ses remarques cyniques.

— Bon, j'y vais. Je suis pressée. Merci pour le thé, et à ce soir.

— A ce soir ? répéta Mariah.

— Je fais une fête, tu as oublié ? Mariah, tu es vraiment sans espoir. Tu ne devrais jamais te séparer de ton agenda.

— Si, justement. Sans agenda, je suis beaucoup plus zen. A propos, ça me rappelle quelque chose… Peux-tu me prêter ta voiture, cet après-midi ? Juste pour une heure.

Serena consulta sa montre.

— J'ai rendez-vous chez le coiffeur à 14 h 30. Tu n'as qu'à m'y emmener et garder la voiture ensuite pendant une heure.

— Parfait. Mais pour ce soir, je ne vais vraiment pas pouvoir venir. J'ai proposé à John de dîner avec moi.

Sauf qu'il avait refusé et s'était empressé de partir…

— Tu peux l'amener. Appelle-le et dis-lui que je l'invite à ma soirée. J'ai très envie de le rencontrer, ton ami. Et ne dis pas non.

Sur ces mots, Serena ressortit sur la terrasse et descendit les marches qui menaient à la plage.

Mariah la regarda s'éloigner, pensive. Téléphoner à John et l'inviter à la soirée. Qui sait, peut-être accepterait-il…

C'était lui, l'homme au visage gris. Elle le reconnut tout de suite.

Qu'il ait passé la nuit avec cette grosse vache était parfait. Cela lui rendait même service.

Dès ce soir, elle commencerait son petit jeu de séduction. Et elle réfléchirait au dîner qu'elle lui servirait.

Oh, bien sûr, ce ne serait pas pour tout de suite, mais d'ici quelques mois, peut-être quelques semaines… Cela viendrait, et elle le savourait à l'avance.

Demain matin, elle irait acheter le couteau idéal.

Le voyant du téléphone clignotait quand John regagna sa chambre après le déjeuner, signe qu'il avait des messages.

Un casque sur les oreilles, Daniel se servait de son ordinateur portable pour régler le volume des micros placés un peu partout dans la villa de Serena Westford. Sur la bande de l'enregistreur, chaque phrase, chaque mot prononcés dans l'immense maison au bord de la plage étaient enregistrés.

— C'est très animé, déclara le jeune homme sans quitter son ordinateur des yeux. Une fête se prépare. Ce soir, la veuve va commencer à tisser sa toile.

— Je sais.

John prit le téléphone et composa le numéro de la réception.

— Jonathan Mills, dit-il. Des messages pour moi ?

Il y eut un grésillement, un *clic*, puis la voix de Mariah s'éleva sur la ligne.

« Bonjour, John. C'est moi, Mariah Robinson. La nuit dernière… vous vous rappelez ? Excusez-moi, j'ai l'air un peu idiote. Bien sûr que vous vous rappelez. Ecoutez, je voulais juste vous inviter ce soir à une fête organisée par une de mes amies… »

— Jackpot, murmura John.

Daniel le regarda.

— Une invitation à une soirée ?

John leva le pouce en signe de victoire. Mais le message de Mariah n'était pas fini.

« … commence vers 21 heures. Je pensais qu'on pourrait peut-être dîner ensemble avant d'y aller… Si vous êtes libre. Et si ça vous dit… »

Il entendit qu'elle reprenait son souffle.

« J'aimerais beaucoup vous revoir. Ça ne doit pas trop vous surprendre compte tenu de ce qui s'est passé ce matin. »

Elle marqua une hésitation.

« Appelez-moi pour me dire, d'accord ? »

Suivait son numéro de téléphone et le *clic* de fin.

Lui aussi avait très envie de la revoir. Vraiment très envie.

Comme Daniel lui lançait un autre coup d'œil, John s'empressa de raccrocher.

— Ça va ? s'enquit son jeune coéquipier.

— Ouais.

— Tu avais l'air complètement dans la lune.

— Ah ?

Daniel ne s'était permis aucun commentaire à propos de son retour tardif à l'hôtel, la nuit passée. Il n'avait même pas levé un sourcil. Mais, de toute évidence, sa feinte indifférence n'allait pas durer, car il venait de se gratter la gorge.

— Je ne voudrais pas interférer dans tes affaires, mais…

— Dans ce cas, reste à ta place, le coupa John d'un ton sec. D'une part, ça ne te regarde pas, et d'autre part, il ne s'est rien passé.

Comment osait-il mentir aussi effrontément ? Bien sûr qu'il s'était passé quelque chose ! Mariah Robinson l'avait touché, et pendant près de huit heures, les démons qui le hantaient jusque-là s'étaient évanouis.

Ce qui était arrivé cette nuit était incroyable.

Pour la première fois depuis des années, John Miller avait dormi.

Ce soir, je me mets sur mon trente et un, décida Mariah.

Cela faisait un temps fou qu'elle n'avait rien porté d'autre qu'un short et un T-shirt, ou un maillot de bain. Même pour les précédentes soirées de Serena, elle s'était habillée très simplement. Mais, ce soir, c'était différent.

Elle avait sorti toute sa collection de robes du placard — quatre en tout. Les trois premières étaient des robes de ville, jolies mais chastes, le genre de robes qu'elle mettait pour se rendre à ses rendez-vous d'affaires. Soie légère, fleurie et décolleté sage.

Sans tergiverser, elle opta pour la quatrième, un fourreau à bretelles noir, qui lui arrivait au-dessus du genou. Son décolleté plongeant était fait pour attirer les regards — si possible celui de Mills — vers son généreux capital. Ses seins, en fonction de son humeur, étaient ce qu'elle avait de plus précieux ou de pire. Ce soir, ce serait un atout maître.

Les jambes, maintenant. Elle hésita. Collant noir ou rien ? Elle rejeta finalement l'idée du collant au profit de la crème hydratante pailletée d'or destinée à rendre ses jambes lisses et chatoyantes.

D'habitude, lorsqu'elle sortait avec un homme, elle portait des ballerines, mais John était assez grand pour qu'elle puisse se permettre des stilettos. Elle arriverait à peu près à sa hauteur, sans toutefois le dominer.

Depuis l'instant où il avait appelé pour dire qu'il ne serait pas libre à dîner mais qu'il acceptait de l'accompagner à la soirée, elle n'avait pas touché terre. Elle était tellement excitée à l'idée de le revoir qu'elle n'avait pensé qu'à ça tout l'après-midi.

D'aussi loin qu'elle s'en souvienne, personne ne lui avait jamais fait autant d'effet. Même à la fac, quand elle était sortie pour la première fois avec Trevor, elle ne s'était pas sentie aussi heureuse. Elle avait l'impression de flotter. De vilains cumulus noirs avaient beau étendre leur ombre sur l'avenir de John, cela ne la perturbait pas plus que cela. Il est vrai qu'il lui avait dit que le pourcentage de guérison était élevé. Il vivrait. Il suffisait de positiver.

Elle enfila ses escarpins et recula de façon à se regarder dans le miroir.

— Pas mal, murmura-t-elle.

Son reflet lui renvoyait l'image d'une femme sexy. Et bien proportionnée. Bien sûr, elle n'était pas maigre, mais compte tenu de sa taille, qu'elle soit un peu large d'épaules était tout à fait normal. Et dans le cas présent, ce serait un atout. Cette robe, avec son décolleté plongeant, mettait particulièrement en valeur ses seins épanouis. Sans soutien-gorge, s'il vous plaît !

La sonnette de la porte d'entrée retentit. Lissant son fourreau sur ses hanches une dernière fois, elle se pencha vers le miroir pour inspecter son rouge à lèvres, puis se décida à aller ouvrir. Prête ou pas, il fallait bien qu'elle se jette à l'eau. Son chevalier servant était arrivé.

Tout en espérant qu'il ne la trouverait pas trop provocante, elle ouvrit la porte.

— Bonjour, lança-t-elle, un peu essoufflée d'avoir couru.

John ne répondit pas. Il la regarda de la tête aux pieds, une fois, deux fois, puis plus lentement, avant de revenir sur son visage en souriant.

Enfin !

— Eh bien… Vous êtes… incroyable.

Elle ouvrit la porte en grand et s'effaça pour lui laisser le passage.

— Incroyablement grande, ajouta-t-il en jetant un coup d'œil à ses hauts talons.

Devait-elle le prendre comme un compliment ? Elle décida que oui.

— Merci, dit-elle tout en se dirigeant vers la cuisine. Venez avec moi. Avant de partir, j'aimerais vous montrer quelque chose.

Contrairement à elle, il ne s'était pas mis sur son trente et un. Il portait un jean délavé, des *docksides* en cuir souple et une veste sport sur un T-shirt uni.

— J'ai l'impression que j'aurais dû m'habiller plus chic.

— Ne vous en faites pas. Je connais les amis de Serena, il y aura de tout, des tenues Saint-Laurent avec tout le tralala, et des paréos sur des maillots de bain.

— Serena ?

Elle ouvrit la porte qui menait au sous-sol.

— Serena Westford, précisa-t-elle en allumant la cage d'escalier. Elle habite à cinq kilomètres d'ici, en bas de la rue.

— Je connais des Westford à Boston. S'agit-il de sa famille ?

Mariah haussa les épaules et posa le pied sur la première marche.

— Elle ne m'a pas parlé de Boston. Ni de sa famille. Quand nous nous sommes rencontrées, elle m'a donné une carte de visite professionnelle sur laquelle était mentionné l'hôtel Hartford. Je pense que c'était une adresse temporaire. Je crois qu'elle a vécu quelques années à Paris.

Elle descendit les marches avec précaution, à cause de ses stilettos.

— Vous venez, John ?

— Au sous-sol ? Vous voulez me montrer votre chambre noire ?

— Non, autre chose.

Elle actionna un autre interrupteur. Le plafond était bas, et ils durent se baisser tous les deux pour ne pas se cogner dans les tuyaux. Ce détail mis à part, l'endroit était aussi bien aménagé que peut l'être un sous-sol. Sol en ciment peint en gris clair, cartons proprement empilés sur les étagères qui couraient le long des quatre murs, espace buanderie avec lave-linge, sèche-linge et une table pour plier directement les vêtements sortis de la machine. Dans un autre angle se trouvait une petite pièce plongée dans l'obscurité. Sa chambre noire.

— Plus loin, dit-elle en montrant un carton à côté d'une chaise au pied cassé.

Elle l'ouvrit. Dedans se trouvait un tas d'assiettes en porcelaine, les plus moches qu'elle ait jamais vues. Elle les avait achetées dans un vide grenier un jour où elle avait emprunté sa voiture à Serena.

Elle en tendit une à John qui la considéra d'un air perplexe.

— Chef-d'œuvre de mauvais goût, commenta-t-il.

Elle était tout à fait d'accord avec lui. Comment pouvait-on peindre des motifs aussi laids ?

— J'ai pensé à une chose ce matin : je crois que cela vous ferait du bien de vous défouler.

— Me défouler ?

— Oui.

Elle se pencha et attrapa une autre assiette dans le carton.

— Comme ça. Regardez.

Elle prit son élan et, de toutes ses forces, lança l'assiette contre le mur, laquelle explosa en mille morceaux dans un bruit de vaisselle cassée.

En la voyant aussi réjouie, John se mit à rire. Puis il s'arrêta net et la regarda.

— Vous plaisantez, n'est-ce pas ?

— Non.

Elle lui montra l'assiette qu'il tenait à la main.

— Allez-y, essayez.

Il parut hésiter.

— Elles appartiennent à quelqu'un, non ?

— Non. Sincèrement, John, avez-vous déjà mangé quelque chose de bon dans une assiette aussi peu ragoûtante ? Elle vous supplie de la casser parce qu'elle a trop honte d'elle !

Il la leva.

— Allez-y… Vous verrez comme c'est libérateur. Ça fait un bien fou. Allez-y ! Défoulez-vous !

Elle prit une autre assiette dans le carton et la lança contre le mur.

— Ouais ! s'écria-t-elle.

John se tourna brusquement et envoya son assiette contre le mur comme s'il agissait d'un frisbee. La porcelaine explosa avant de retomber en pluie par terre.

Mariah lui en tendit une autre.

— Ça fait du bien, n'est-ce pas ?

— Ouais.

Elle en prit une pour elle.

— Celle-là, c'est pour mon père qui ne s'est jamais inquiété de savoir si ça me plaisait de travailler vingt-quatre heures sur vingt-quatre, qui n'a fait aucun effort pour arrêter de fumer ou perdre du poids alors que son cardiologue lui disait qu'il était un infarctus ambulant, et qui est mort avant que j'aie eu le temps de lui dire que je l'aimais, l'imbécile.

L'assiette explosa contre le mur. John lança la sienne juste après et en prit une autre dans le carton sans attendre qu'elle lui en donne une.

— Vous y prenez goût, on dirait.

— Ça soulage !

— Celle-ci est pour le directeur de la banque qui a refusé le prêt que la famille Johnson avait demandé pour construire sa maison par l'entremise de LFD, alors que les diacres de la paroisse proposaient de se porter garants. Tout ça parce qu'elle a été alcoolique et que lui a fait de la prison. Et pourtant, aujourd'hui, ils ont tous les deux un vrai métier, stable, et travaillent bénévolement aux alcooliques anonymes.

Les deux assiettes volèrent en même temps.

— Il va falloir qu'on y aille. C'est la dernière, John, annonça Mariah. Pour qui, celle-ci ? C'est à vous de dire.

Il secoua la tête.

— Je ne peux pas.

— Mais si, vous pouvez. C'est facile.

— Non.

Il fixa l'assiette qu'il tenait dans la main.

— Ça devient trop compliqué.

— Vous plaisantez ? C'est simple comme bonjour. Au lieu de casser la figure à quelqu'un, vous brisez une assiette. Ça s'appelle un transfert.

— Ce n'est pas forcément facile.

Il plongea ses yeux dans les siens comme s'il voulait lui expliquer ce qu'il ressentait rien que par le regard. Puis, brusquement, il abandonna. Et lâcha un juron.

— Celle-là est pour moi, marmonna-t-il.

Et il lança l'assiette contre le mur avec tant de force que

des éclats de porcelaine fusèrent de tous côtés. D'un bond, il vint se placer devant Mariah afin de la protéger.

— Eh bien…

Bien qu'elle ignore ce qu'il avait voulu dire, une chose était sûre : il ne s'était pas fait de cadeau.

— Excusez-moi.

— Non, c'est excellent, au contraire, répliqua-t-elle. Excellent.

Elle s'avança afin de retirer un débris de porcelaine qui avait atterri dans ses cheveux. Il sentait bon, un mélange assez inattendu d'eau de Cologne citronnée et de café.

— Je crois qu'il est temps d'y aller…

Mais il ne recula pas. Elle non plus. Comme elle le regardait, il fixa sa bouche puis de nouveau ses yeux.

— Je ne devrais pas vous embrasser.

— Pourquoi ?

Il s'était rasé, probablement juste avant de venir la chercher, et ses joues semblaient toutes douces, toutes lisses. Incapable de résister, elle se mit à les caresser.

— Parce que je ne pourrais plus arrêter, murmura-t-il en fermant les yeux.

Elle se pencha et effleura sa bouche de ses lèvres. Avec ses stilettos, elle était à sa hauteur et n'avait pas besoin de se hisser sur la pointe des pieds. Elle l'embrassa encore, avec tendresse et douceur.

Il laissa échapper un gémissement sourd. Puis, soudain, il l'attira dans ses bras et prit possession de ses lèvres. Elle ferma les yeux à son tour, offerte à sa langue gourmande et à ses mains impatientes.

Ce moment de grâce ne dura pas. Aussi brusquement qu'il avait pris sa bouche, John recula et la repoussa.

— Tu es le danger fait femme, déclara-t-il avec un petit rire. Que vais-je faire de toi ?

Tiens, il l'avait tutoyée ?

Elle eut un sourire tentant.

— Non, fit-il en posant un doigt sur sa bouche. Non, ne réponds pas.

— Mais je n'ai rien dit !

— Je sais. Mais ton sourire coquin en disait plus long que n'importe quels mots.

Elle se dirigea vers les marches et s'arrêta au pied de l'escalier, consciente que John ne la suivait pas. Presque aussitôt, une assiette alla exploser contre le mur.

Se tournant vers lui, elle lui sourit.

— Je vous avais dit que vous y prendriez goût. Ça fait du bien, non ?

Il secoua la tête.

— Non.

Sa voix sourde lui fit mal au cœur. Les yeux tristes, il avait l'air sombre, et il ne riait plus du tout.

— Mariah, je suis vraiment, vraiment désolé…

— Pourquoi ? Parce que vous voulez prendre votre temps avant de vous engager ? Parce que vous essayez de vous battre contre une maladie qui risque d'être plus forte que vous ? Parce que c'est injuste et que vous êtes révolté ? Vous n'avez pas à vous excuser.

Elle le regarda droit dans les yeux.

— Nous ne sommes pas obligés d'aller à cette soirée. On peut rester ici et casser des douzaines d'assiettes si ça vous fait plaisir.

Elle marqua une pause avant d'ajouter :

— On peut aussi parler.

Il essaya de sourire, mais cela ne suffit pas à effacer la tristesse qui noyait son regard.

— Non, allons-y, déclara-t-il. Je suis prêt. Plus prêt que je ne l'ai jamais été.

5

Serena Westford, une petite blonde aux yeux verts et à la taille si fine qu'il aurait pu en faire le tour de ses deux mains, était une femme très soignée. Mains manucurées, ongles vernis, coiffure étudiée, coupe jeune. Svelte et souple comme une liane, elle portait une robe noire près du corps, qui flattait sa jolie silhouette. Pas de ventre, bien sûr, de petites fesses hautes, de belles jambes fuselées, des bras musclés juste ce qu'il fallait. Elle pouvait se vanter d'avoir un corps parfait. Sans doute comptait-elle des milliers d'heures sur des tapis de course et autres machines destinées à faire souffrir les femmes en quête de beauté éternelle… Mais la beauté n'est-elle pas un métier ?

En bref, elle était très belle, et les hommes devaient se battre pour la courtiser.

Contrairement à beaucoup de ses congénères, John avait appris la méfiance. N'aurait-elle été le suspect numéro un dans une série de meurtres ignobles, il ne lui aurait pas lancé plus qu'un simple coup d'œil.

Mais elle était son suspect, et c'est à elle qu'il sourit lorsqu'elle posa sur lui son regard félin. Au fond du cœur, pourtant, il n'avait d'yeux que pour Mariah.

D'après le scénario qu'il avait imaginé, il ne devait pas seulement lui sourire, il devait aussi l'épouser. Jusqu'à ce que la mort — ou une tentative de meurtre — les sépare.

Bien sûr, tout le succès de son plan reposait sur la

coopération de Serena. Or, il était à craindre qu'elle n'entre pas dans son jeu étant donné l'attitude de Mariah qui le tenait jalousement par le bras. Serena était certes une tueuse, mais John savait d'expérience que chaque tueur a son code. Si planter un stylet dans le cœur de ses amants ne lui causait pas de scrupules, elle répugnerait peut-être à voler l'amoureux d'une de ses amies. Le cas échéant, John n'aurait plus qu'à faire appel à un autre agent. Pour jouer encore un malade en phase terminale ? Un compagnon d'infortune qu'il aurait rencontré lors des séances de chimiothérapie ? Que de mensonges…

Si Serena ne mordait pas à l'hameçon, c'est toute leur affaire qui était à reprendre de zéro. Il ne désespérait tout de même pas de…

— Serena, je te présente John.

Serena lui adressa un sourire de chatte et garda sa main dans la sienne plus longuement que nécessaire. Voilà qui s'annonçait bien. Cette femme ne respectait aucun code. S'il lui plaisait — et il pensait que c'était le cas —, elle ferait ce qu'il lui chanterait, quoi qu'en pense son amie.

— Regardez ça, fit-elle en considérant Mariah. On porte presque la même robe, ce soir. On pourrait nous prendre pour des jumelles.

Elle accompagna ces mots d'un clin d'œil appuyé à l'attention de John, histoire de bien lui faire comprendre qu'elle savait pertinemment qu'il n'y avait que les robes qui se ressemblaient. Physiquement, elles étaient très différentes et, à ses yeux, il était évident que ces différences allaient à son avantage.

Entrant dans son jeu, John lui rendit son sourire, sachant que Mariah le verrait. Il savait qu'elle interpréterait cette connivence comme de la politesse. Au début. Plus tard, quand elle y repenserait, elle comprendrait qu'il avait flirté avec elle dès le départ.

— Vous ne seriez pas de Boston, par hasard ? s'enquit-il. J'ai connu un certain Harcourt Westford à Harvard. Sa famille était de Belmont, très précisément.

— Non. Et je vais même vous faire une confidence, je ne suis jamais allée à Boston.

Un mensonge. Elle avait rencontré, épousé et assassiné sa sixième victime à Hyannisport, près de Cap Cod, dans la région de Boston. Lors de l'enquête, la sœur de la victime avait révélé aux policiers que son frère et son épouse — elle se faisait appeler Alana à l'époque — se rendaient fréquemment à Boston pour assister aux concerts du Boston Symphony Orchestra.

— Le buffet est là-bas, indiqua-t-elle en leur montrant le comptoir où officiait un serveur. Surtout, goûtez les beignets au crabe, ils sont exquis. Le traiteur s'est surpassé.

Elle adressa à John un sourire complice et un baiser que Mariah ne vit pas, avant de s'éloigner pour accueillir d'autres invités.

Les dés étaient jetés, songea-t-il, dégoûté de lui-même.

Mariah se tourna vers lui et fronça les sourcils.

— Ça va, John ? Vous êtes tout blanc.

— Ça va.

— Si vous vous asseyiez ? Je vais aller chercher quelque chose à manger.

— Ce n'est pas la peine, Mariah.

Il ne voulait pas qu'elle le laisse. Il ne voulait pas croiser le regard de Serena et être obligé de lui sourire.

— J'y vais quand même. Qu'est-ce que je vous rapporte ?

— Eh bien, un jus de fruit, puisque vous insistez.

— Je reviens tout de suite.

Les yeux braqués sur elle, il la regarda s'éloigner. Elle

avait une démarche élégante, un peu déhanchée sans être provocante. Si cela n'avait tenu qu'à lui…

S'obligeant à penser à autre chose, il tourna les yeux vers la mer. La soirée avait lieu sur l'immense terrasse, avec une vue superbe sur l'océan. Une volée de marches descendait jusqu'à la plage. Avisant Serena en haut de l'escalier, il s'éloigna vers une chaise longue un peu à l'écart. Il ne se sentait pas d'humeur à affronter ses sourires entendus.

Il sentait son regard posé sur lui. Du coin de l'œil, il la vit se pencher vers l'homme avec lequel elle bavardait. Ce dernier se tourna vers le buffet où se trouvait Mariah et hocha la tête, avant de se diriger vers elle.

John s'abîma dans la contemplation de l'océan, sûr que Serena allait en profiter pour le rejoindre. Ses cellules grises s'étaient mises en marche. Il était Jonathan Mills. Université de Harvard. Année 1980. Maîtrise de sciences économiques de l'université de New York en 1985. P.-D.G. d'une entreprise de fabrication d'alarmes de voitures. Maladie de Hodgkin. Chimiothérapie. Confronté à une mort possible. Pas de femme, pas de descendance. Fin de la lignée familiale.

Tant pis pour Mariah. Elle se porterait mieux sans lui. Ce n'était pas pour rien si on l'avait surnommé *le robot*. Que ferait une femme aussi vive et aussi tendre avec un homme au cœur de pierre ?

— Vous allez bien ?

Brutalement tiré de ses pensées, il leva la tête. Serena s'asseyait dans la chaise longue à côté de lui. Son regard brillant trahissait sans conteste l'intérêt qu'elle lui portait.

— Mariah m'a dit que vous aviez été très malade, commença-t-elle.

— C'est exact.

A l'autre bout de la terrasse, un verre dans chaque main,

Mariah discutait avec l'homme que lui avait envoyé Serena. Elle lui lança un coup d'œil, mais il détourna les yeux.

— C'est terrible…

— Parlez-moi plutôt de vous. Mariah ne m'a rien dit à votre sujet.

Il savait qu'elle ne débiterait qu'un tissu de mensonges. Elle lui mentirait, il lui mentirait, et ainsi de suite, jusqu'à ce que l'un d'eux se coupe.

Ce ne serait pas lui. Ce n'était jamais lui.

Jusqu'à aujourd'hui, il appréciait beaucoup ce jeu du chat et de la souris. Mais ce soir, cela ne l'amusait pas. Il aurait voulu remonter le temps et changer son avenir. Il aurait voulu passer les cent prochaines années avec Mariah dans ses bras et le goût de ses baisers sur les lèvres.

— Je crois que notre Mariah a un faible pour vous, déclara Serena. A mon avis, elle n'avait pas très envie de nous présenter.

Traduction : « Dès que vous m'aurez mieux vue, vous la laisserez tomber pour moi. »

Décidément, cette femme avait un ego gros comme un camion de trente-cinq tonnes !

Il se pencha vers elle. Il détestait jouer les Judas, mais il n'avait pas le choix.

— Je ne la connais pas très bien. Nous nous sommes rencontrés il y a quelques jours, vous savez. Bien sûr, nous sommes venus ensemble, mais nous sommes juste amis. Cela dit, elle est charmante.

A traduire par : « Je n'ai pas encore fait mon choix. »

— Eclairez-moi, reprit-il. Qu'est-ce qu'une femme comme vous fait toute seule à Garden Isle ?

La question sous-entendait qu'il la trouvait à son goût, belle et même séduisante avec son corps sculptural et sa cascade de cheveux blond cendré.

Elle sourit. Parfait. Il pouvait lancer la deuxième phase du jeu.

A côté de Serena, Mariah avait l'impression d'être une géante. Elle la dominait de plus d'une tête, et elle détestait cela. Elle se sentait comme un joueur de basket-ball, si ce n'est qu'un joueur de basket n'aurait pas porté de hauts talons ni de fourreau pour mettre une balle dans le panier. Pourquoi s'était-elle crue obligée de se déguiser en femme fatale ? Pour tromper son monde et faire croire qu'elle incarnait la féminité dans toute sa splendeur ? C'était raté.

Elle était grotesque.

John et Serena discutaient d'Acapulco. Elle-même n'y était jamais allée. Quand en aurait-elle eu le temps ? Jusqu'à sa démission, elle n'était allée nulle part, ou presque. A de rares occasions, elle avait assisté à des conférences à Lake Havasu City et à Flagstaff. C'était tout. Et maintenant, elle se sentait complètement à côté de la plaque. Pour se donner une contenance, elle passait d'un pied sur l'autre, buvait de petites gorgées de vin avec l'espoir que, l'alcool lui montant à la tête, elle se lâcherait. Mais au fond d'elle-même, elle savait qu'en abusant de l'alcool, elle ne gagnerait qu'une profonde migraine le lendemain matin.

Rien ne se déroulait comme elle l'avait espéré. Pas une seconde elle n'avait imaginé que John tomberait sous le charme de Serena dès le premier coup d'œil. Fallait-il qu'elle soit naïve !

L'air complètement subjugué, il la regardait avec des yeux béats. Les rares fois où Serena s'était éloignée et où elle avait été seule avec lui, il ne lui avait parlé que d'elle. Il lui avait posé des questions sur elle, avait fait des commentaires élogieux sur ses cheveux, sa villa, sa soirée, ses chaussures. Ses *petites* chaussures, alors qu'elle, avec ses jambes et ses pieds immenses, elle ressemblait à une amazone chaussée de poulaines à talons !

D'accord, il n'avait fait aucune remarque, ni sur leur taille respective ni sur leurs pointures. Mais elle, elle savait pertinemment qu'elle n'avait jamais porté de souliers aussi petits depuis la cinquième !

Dire qu'elle avait cru lui plaire… Tout n'était-il donc que faux-semblant ? Les baisers. Les paroles gentilles… Mais était-ce lui ou elle qui avait commencé ? Elle ne s'en souvenait pas. Elle en était bien incapable… Voyons, ce matin sur le canapé ? Elle ne savait plus. Dans le sous-sol, en revanche, il n'y avait aucun doute : l'initiative venait d'elle.

Chaque fois qu'elle l'avait embrassé, il lui avait clairement fait comprendre qu'il préférait qu'ils restent amis.

L'avait-elle écouté ? Non.

Que pouvait-elle faire maintenant ? S'immiscer dans leur conversation ? Elle n'avait rien à dire. Acapulco. Le ski à Aspen… Tous les deux avaient tellement de choses en commun, tellement de sujets à partager. Les musées qu'ils avaient visités à New York, les galeries à Washington, les concerts à…

Serena semblait aussi impressionnée par John qu'il l'était par elle. C'était fascinant de les voir. D'autant plus que, si elle se souvenait bien, son amie en personne l'avait mise en garde contre le danger de s'amouracher d'un homme à l'espérance de vie limitée…

Drôle d'amie !

Il est vrai qu'elle lui avait dit que John et elle ne sortaient pas ensemble. N'empêche, elle pensait que Serena aurait deviné ses sentiments naissants et qu'elle se serait tenue à l'écart.

Elle s'excusa et s'éloigna sur la pointe de ses grands pieds, sans que ni l'un ni l'autre ne lèvent les yeux. Arrivée près du buffet, elle décida de mettre un terme à cette comédie. Si Serena avait jeté son dévolu sur John, ce qui semblait être le cas, elle était fichue.

Dégoûtée d'elle-même, elle reposa brutalement son verre vide sur la table et refusa celui que le serveur lui tendait. Cela suffisait, il était temps qu'elle batte en retraite.

— Vous auriez une feuille et un crayon ? demanda-t-elle.

Le serveur lui tendit un crayon. A défaut de feuille, elle prit une serviette en papier et écrivit :

« Je suis fatiguée, et comme je dois me lever tôt demain, je file. Je ne voulais pas que vous vous croyiez obligé de me raccompagner chez moi. Amusez-vous bien. Mariah. »

Elle plia la serviette en deux et demanda au serveur de la remettre à John dans deux minutes.

Le menton levé, digne comme toujours, elle ôta ses stilettos, histoire de passer plus inaperçue, et descendit pieds nus sur la plage.

Quelle déception ! Jonathan Mills n'était pas l'homme qu'elle avait cru. Il était futile et superficiel. Et cette façon de parler pour ne rien dire... Franchement, elle s'attendait à mieux de sa part, à plus de profondeur. Comment avait-elle pu se tromper à ce point ?

Elle pensait avoir vu en lui un amoureux, il n'était en fait qu'une relation très quelconque.

Elle se dirigea vers le sable mouillé et longea la mer en direction de sa villa. Non, elle ne se retournerait pas.

— John ?

Daniel écarquilla les yeux. De toute évidence, il se

demandait ce qu'il faisait ainsi sur le pas de sa porte à cette heure de la nuit.

— Un problème ?

John secoua la tête. Le gosse avait raison : que faisait-il là ?

— Non, je…

Il passa une main sur son crâne hérissé d'un petit centimètre de poils drus.

— J'ai vu qu'il y avait de la lumière chez toi, alors je suis venu, comme…

Comme quoi ?

— … comme je n'arrivais pas à dormir. Il y a du nouveau ?

Ce qu'il y avait de nouveau, c'était qu'il admette qu'il ne dormait pas.

Daniel se garda bien de faire le moindre commentaire.

— Entre, l'invita-t-il en ouvrant la porte en grand.

Sa suite était plus petite que la sienne, mais le mobilier était le même, mêmes rideaux, même tapis. Malgré tout, John eut l'impression étrange de débarquer sur une autre planète.

Debout, mal à l'aise, ne sachant s'il devait rester debout au milieu de la pièce ou prendre un siège, il songea un instant à battre en retraite.

Avant qu'il ne soit trop tard.

Du temps de Tony, il entrait dans sa chambre sans frapper, lui piquait des bières dans le réfrigérateur sans même lui demander l'autorisation. Il se souvenait des longues soirées passées à éplucher chaque mot prononcé et entendu, à les tourner et retourner sans fin pour en extraire un sens qu'ils n'avaient pas forcément relevé la première fois, pour déterminer s'il y avait eu des fuites ou non, s'ils s'étaient découverts ou si leur couverture tenait encore.

Ils faisaient déjà la même chose au lycée, si ce n'est qu'à l'époque, leurs conversations portaient essentiellement sur les filles, le basket et leurs petits problèmes qu'ils considéraient comme infranchissables. Il y avait eu, entre autres, ces ennuis avec les deux bandes rivales qui voulaient imposer leur loi dans les rues de leur misérable petite ville oubliée de tous. On les avait souvent menacés. A plusieurs reprises, on les avait sommés de choisir leur camp. Mais ils étaient restés neutres, comme la Suisse. Pour personne et contre personne.

La Suisse... Mince ! Cela faisait un bail qu'il n'y avait pas pensé.

— Tu bois quelque chose ? demanda Daniel. Une bière ?

— Tu bois avec moi ?

Il secoua la tête.

— Je ne bois pas. Je pensais que tu le savais.

John le fixa.

— Je croyais que tu ne buvais pas quand j'étais dans les parages, mais j'ignorais que tu ne buvais jamais.

— Je ne bois pas, répéta Daniel.

— Je n'aurais pas dû venir. Je te dérange, il est tard...

— Fais attention avec le suspect, tu y vas un peu fort.

John fronça les sourcils.

— Pardon ?

Le gosse sourit, visiblement amusé. Son sourire, plein de charme, le rajeunissait encore.

— Je pensais que c'était pour ça que tu étais là. Pour me demander mon opinion sur ton numéro de rentre-dedans avec Westford.

De nouveau, John se demanda ce qu'il était venu faire ici. Il se tourna vers la porte.

— Allez, je te laisse à tes affaires.

— John, le rappela Daniel. Assieds-toi et prends un soda.

Il ouvrit le mini réfrigérateur, puis releva les yeux vers lui.

— Un truc sans caféine, ça te va ?

Tandis qu'il sortait deux canettes du réfrigérateur, John revint sur ses pas et prit une chaise.

— J'ai écouté à peu près toutes vos conversations, commença Daniel en buvant une gorgée de soda. A mon avis, ça roule. Westford a continué à parler de toi après ton départ. Elle demandait à tout le monde si quelqu'un te connaissait. C'est sûr, tu lui as tapé dans l'œil. Elle raconte à qui veut l'entendre que tu es l'ami de Mariah, mais je suis convaincu que ça ne l'empêchera pas de te piquer à elle.

John le considéra, un peu surpris. C'était la première fois qu'il entendait son coéquipier parler autant et sans que quiconque ait sollicité son avis.

— C'est aussi ce que je pense.

— Tu vas faire quoi ?

— Qu'est-ce que tu me conseilles ?

Il était clair que le gosse y avait réfléchi.

— Le plus normal, c'est de revoir l'amie. De jouer le jeu de Serena. De titiller son intérêt en lui montrant que tu n'es pas une proie facile. De l'exciter, en somme.

Il s'abîma dans la contemplation de sa canette comme s'il la voyait pour la première fois, avant d'ajouter :

— Il y a d'autres éléments à prendre en considération.

D'autres éléments…

— Par exemple ?

Daniel riva ses yeux aux siens.

— Par exemple, le fait que l'autre femme te plaise

beaucoup. Mariah. Marie. Peu importe le nom qu'elle se donne…

John faillit nier. Mais à quoi bon mentir ? En revanche, il pouvait essayer de dévier la conversation.

— Mariah m'a invité à visiter un chantier LFD, demain matin.

C'était avant qu'il ne la batte froid à la soirée de Serena.

— Qu'est-ce que tu vas faire ? s'enquit Daniel.

— Je n'en sais rien.

C'était la première fois de sa vie qu'il hésitait à prendre une décision. Jamais il n'hésitait dans le cadre de son travail. Sauf que, dans le cas présent, il craignait de heurter la sensibilité d'une femme à laquelle il tenait.

C'était absurde.

Il ferma les yeux. Aussitôt, l'image de Mariah quittant la soirée s'imposa dans son esprit. Ulcérée au point de partir sans lui, mais assez bonne pour lui faire savoir qu'elle s'en allait. Il la revoyait, tête haute, descendant les marches qui menaient à la plage.

Il avait quitté la soirée juste après et l'avait suivie, afin de s'assurer qu'elle rentrait sans encombres. Longtemps, il était resté assis dans sa voiture, tous phares éteints. Elle avait arpenté la maison un long moment avant de disparaître dans le couloir, les bras levés — pour descendre sa fermeture Eclair ? —, en direction de sa chambre.

Elle était revenue quelques instants plus tard, vêtue de ce T-shirt XXL qu'elle portait la nuit précédente. Et quand il l'avait vue se pelotonner sur le canapé, il avait préféré s'en aller. Il avait eu trop peur de faire une bêtise, du style sortir de sa voiture, frapper à sa porte et se répandre en excuses jusqu'à ce qu'elle le laisse entrer.

Il savait que, s'il était entré chez elle, il aurait fini dans son lit. Elle aurait accepté ses excuses, il l'aurait touchée, ils se seraient embrassés. Et là, rien n'aurait pu les arrêter. La force qui les attirait était si puissante. Magnétique.

Ensuite, ç'aurait été pire. Passer la nuit avec elle et se précipiter le lendemain chez sa meilleure amie… Il y a des choses qui ne se font pas. Des sacrifices que l'on ne peut pas demander. Des tortures qu'on n'a pas le droit d'infliger.

Il ne dormirait donc pas avec elle. C'était juré.

Demain matin, il se présenterait à 6 heures devant la bibliothèque, et il verrait bien. Il avait envie qu'elle soit là, mais il ne voulait pas être seul avec elle. Au moins, en public, ne serait-il pas tenté de la toucher. Il lui parlerait de leur relation, insisterait sur son côté strictement amical. Elle accepterait — ou pas. Et pendant ce temps, il s'arrangerait pour faire croire l'inverse à Serena qui pourrait alors le séduire sans la blesser.

Il se leva.

— Je vais faire comme ça. Considère que je ne suis pas là demain.

Daniel se leva à son tour.

— Très bien. Je surveillerai Serena.

John se dirigeait vers la porte quand sa voix posée l'arrêta.

— Tu sais, John, on pourrait procéder autrement.

Il secoua lentement la tête. Sa couverture était au point. Il était là, en place. Il n'avait aucune raison de ne pas continuer, sauf pour convenance personnelle. Jusqu'à présent, il n'avait jamais laissé sa vie privée empiéter sur sa vie professionnelle, et ce n'était pas aujourd'hui qu'il allait commencer.

— Je ne vois pas de moyen plus rapide pour la coincer, répliqua-t-il. Il faut la coffrer au plus vite avant qu'elle tue encore quelqu'un.

6

A peine eut-elle tourné au coin de la rue qu'elle le vit, assis devant la bibliothèque, les épaules basses, une tasse de café dans les mains.

Elle ne pensait pas qu'il viendrait. Pas après ce qui s'était passé la veille. Serena l'avait littéralement envoûté, c'était flagrant. Mais qui d'autre pouvait-il bien attendre ? Personne. Elle était la seule de tout Garden Isle à faire du bénévolat pour LFD — elle ne comptait pas les étudiants en vacances qui proposaient occasionnellement leurs services.

L'espace d'une seconde, elle hésita à poursuivre sa route, l'air de rien, et à aller attendre la fourgonnette plus loin, devant la poste ou l'épicerie. Un petit signe en passant suffirait amplement. Mais où garerait-elle son vélo ? Il n'y avait qu'un râtelier dans tout Garden Isle. Devant la bibliothèque.

Peut-être que si elle l'ignorait, il s'en irait…

Ce n'était pas la solution, et elle le savait. Passant devant lui, elle lui fit donc un vague signe de tête et s'arrêta à côté du râtelier.

Il se leva péniblement comme s'il était cassé et n'avait pas dormi de la nuit.

— Je viens juste de me rendre compte que je n'avais pas un seul outil, remarqua-t-il en s'approchant.

Elle fit celle qui n'entendait pas. Son sac à dos, dans

lequel se trouvait sa ceinture à outils, semblait peser une tonne. Enlevant les bretelles, elle posa son sac sur le trottoir et rangea son vélo dans le râtelier. Elle ne savait plus quelle attitude adopter vis-à-vis de John. Etait-il sérieux ? Avait-il vraiment l'intention de rester toute la journée avec elle ?

A la pensée de ce qui s'était passé ces derniers jours, elle rougit. La situation était ridicule. Et complètement absurde. Elle avait vu qu'elle lui plaisait, et vice versa. Elle s'était littéralement jetée à son cou, et…

Seigneur, jamais elle n'arriverait à tenir plus de cinq minutes en sa compagnie !

Elle n'avait qu'à lui dire de rentrer se coucher.

Lui dire de partir ? Elle n'en avait pas le courage.

Hier soir, pourtant, elle en était arrivée à la conclusion qu'elle n'avait rien à faire avec lui, qu'il était creux et égocentrique, ce qu'elle n'avait pas remarqué les premiers jours. Malgré tout, elle ne pouvait se résoudre à le renvoyer chez lui.

— Je n'ai pas fermé l'œil de la nuit, commença-t-il. J'ai allumé la radio et écouté de la musique pendant des heures. A un moment, la station a passé une chanson qui m'a fait penser à vous. Deux filles chantaient, accompagnées à la guitare. Les paroles étaient de circonstance : il était question de sortir de son lit et de prendre un marteau et des clous, ou quelque chose comme ça. On aurait dit que le texte avait été écrit pour vous.

Elle se retourna et, pour la première fois depuis qu'elle avait rangé son vélo, posa les yeux sur lui. Vêtu d'un jean, d'un T-shirt et de vieilles baskets, il donnait l'impression d'être tombé du lit. Il n'était ni lavé, ni rasé. Une casquette de base-ball cachait ses cheveux courts.

Elle connaissait la chanson dont il venait de parler.

Les paroles étaient pleines de sens et de sensibilité. Pas creuses comme lui.

— Ce sont les Indigo Girls.

— Ah ? Eh bien, j'ai beaucoup aimé leur chanson. Je n'écoutais pas souvent de musique… avant.

Avant qu'on ait découvert son cancer, acheva-t-elle *in petto*. Son cancer. La seule raison qui l'empêchait de lui dire de partir. Car s'il vivait là ses derniers jours, alors il avait tous les droits, y compris celui de faire ce qu'il lui plaisait. A quel titre l'en aurait-elle empêché, d'ailleurs ?

— Je suis désolé pour hier soir, reprit-il. Quand je me suis aperçu que je vous avais un peu négligée, vous étiez déjà partie…

— C'est ma faute. J'attendais trop de… de notre relation. Mais ça, vous ne pouviez pas le savoir.

— Conserver votre amitié est très important pour moi.

Elle le dévisagea. Il lui avait déjà dit qu'il ne voulait être que son ami. Pourquoi ne l'avait-elle pas écouté ? Ou pas entendu ? Ce n'était pas sa faute si elle éprouvait des sentiments plus profonds à son égard.

— Laissez-moi venir avec vous, aujourd'hui.

Apercevant la fourgonnette de LFD, elle chargea son sac sur son dos et s'avança au bord du trottoir.

— D'accord, lâcha-t-elle, sachant qu'elle perdait la face.

Elle allait passer la journée avec lui parce qu'il voulait qu'ils soient amis. Elle allait faire semblant d'être son amie alors qu'elle l'aimait déjà. Alors qu'elle le désirait un peu plus chaque fois qu'elle le voyait.

S'agissant d'un autre homme, elle l'aurait envoyé sur les roses depuis longtemps déjà. Mais pour Jonathan Mills et son sourire triste, ses yeux bleus si pâles qu'ils en étaient presque transparents, sa maladie, elle était prête à tous les sacrifices.

Bien qu'elle se doute qu'elle le regretterait…

John avait pris le rythme.

— Tu poses un clou, tu tapes une première fois doucement, et *clac*, tu l'enfonces, lui avait-on expliqué.

Lui qui n'avait encore jamais eu l'occasion de manier le marteau ne s'en sortait pas mal. Il l'avait bien en main, presque aussi bien que son revolver.

Du coin de l'œil, il vit Mariah se redresser et essuyer les gouttes de sueur qui coulaient sur son front.

— Fatigué ? lui lança-t-elle.

— Non, je vais bien.

A leur arrivée, elle avait commencé par l'installer sur une chaise longue à l'ombre, comme un invalide. Ou plutôt, comme l'invalide qu'il était censé être.

Mais il n'avait pu rester assis à les regarder. Au risque d'être découvert — n'était-il pas un grand malade, quasiment à l'article de la mort ? —, il avait supplié qu'on lui donne un marteau et des clous, puis s'était mis lui aussi au travail.

Leur mission consistait à poser des plaques de placoplâtre dans la maison afin de séparer les différentes pièces. Aidés par des bénévoles plus expérimentés, qui avaient passé les câbles électriques dans les gaines puis percé des trous pour les prises et les interrupteurs, ils avaient terminé le salon et le couloir, et entamé la plus grande des deux chambres. Le bâtiment commençait à ressembler à une maison. Bien sûr, il y avait encore beaucoup à faire, mais cela prenait tournure.

Les propriétaires de la maison, un grand Noir du nom de Thomas et sa femme Renée, venaient voir l'avancement des travaux dès qu'ils avaient quelques minutes de libre. John avait compris qu'ils n'avaient jamais eu de maison à eux et pensaient que leurs espoirs étaient vains. Main dans la main comme deux adolescents, le couple ouvrait de grands yeux émerveillés en passant de pièce en pièce.

— Mon Dieu, merci ! répétait infatigablement Thomas, des larmes dans les yeux. Mon Dieu, merci !

A un moment, il s'était arrêté devant John et l'avait pris dans ses bras pour le remercier, lui aussi.

Voilà pourquoi Mariah aimait tant ce travail. Tout le monde chantait, sur le chantier — quand on ne versait pas des larmes de joie. Du pop, du folk, des spirituals en rythme avec le transistor qu'on baladait partout. John se surprit à chanter sur un air des Beatles. Il était tout jeune quand le groupe avait percé puis connu la gloire, mais il s'en souvenait bien. A sa grande surprise, il n'avait pas oublié une seule parole.

A cette heure de la journée, le soleil était haut dans le ciel, et il commençait à faire chaud dans la maison. John avait enlevé son T-shirt depuis un bon moment déjà. Il regrettait de ne pas avoir mis un short au lieu de ce jean qui lui tenait chaud. A vue de nez, la température dépassait les trente degrés, et le mercure n'avait pas fini de grimper.

Comme si elle avait lu dans ses pensées, Mariah posa son marteau et enleva son haut, laissant apparaître une brassière. Elle s'épongea le visage avec son T-shirt, puis l'accrocha à sa ceinture à outils, avant de se remettre au travail. John s'efforçait ne pas la regarder, mais il avait du mal. En plantant un nouveau clou dans la cloison, il faillit écraser son pouce.

Dans l'autre chambre, quelqu'un avait changé de chaîne, et la radio diffusait maintenant de la musique classique.

— Du Mozart, déclara-t-il, sans se rendre compte qu'il avait pensé tout haut.

Il leva les yeux vers Mariah. Elle le dévisageait d'un drôle d'air.

— Concerto pour clarinette, précisa-t-il. Ma mère adorait cette œuvre. Elle prétendait qu'écouter du Mozart rendait plus intelligent.

— Oui, j'ai entendu dire ça, moi aussi. Il paraîtrait que la complexité de sa musique élargit le champ du raisonnement.

— Repos ! lança Renée, sur le seuil, deux verres dans les mains. Qui veut de la limonade ?

Reposant son marteau, Mariah prit l'un des verres, tandis qu'il prenait l'autre.

— Merci, Renée. On en a bien besoin.

Il s'assit près d'elle sur le contreplaqué couvert de poussière, qui recouvrait le sol.

— Ça fait du bien ! s'exclama-t-elle après avoir bu la moitié de son verre d'un trait. Maintenant, ce qu'il me faudrait, c'est un tuyau d'arrosage. Quelqu'un sait si la température va encore monter ?

— Oui.

Elle éclata de rire.

— Ce n'est pas possible !

Elle laissa aller sa tête en arrière et la posa contre la cloison qu'ils venaient d'ériger. Les yeux fermés, elle pressa son verre frais sur son cou.

Il la contempla. Tant qu'elle gardait les yeux clos, il pouvait en profiter. La dévorer du regard. S'enivrer, se soûler de son étrange beauté. Ses cils, très longs, épais et noirs, formaient une légère ombre sur ses joues cuivrées par le soleil. Ses pommettes, son nez, ses épaules et la naissance de ses seins étaient mouchetés de taches de rousseur. Un détail assez inattendu sur une femme aussi grande. Cela n'en était que plus charmant.

Relevant la tête, il s'aperçut qu'elle avait rouvert les

yeux. Elle avait sûrement senti son regard. Pourtant, elle ne fit pas un geste. Ni aucune remarque.

— Thomas et Renée piaffent, ils ont hâte d'emménager, déclara-t-elle. Leur maison sera jolie. J'ai déjà aidé à en construire sept du même genre.

— J'habitais dans une maison comme celle-là quand j'étais petit.

Elle remonta ses genoux vers sa poitrine. Ses yeux brillaient.

— Ah bon ?

— Oui. D'ailleurs, ça me fait tout drôle d'être là.

Il montra le bout du couloir.

— Là-bas, près de la salle de bains, c'était ma chambre. Et là, celle de ma mère.

En voyant ses yeux posés sur lui, si doux et si tendres qu'il aurait aimé qu'elle ne cesse jamais de le regarder, il comprit qu'il en avait trop dit. Si Mills et Miller avaient la même enfance, leurs vies divergeaient à onze ans. A la mort de sa mère, Miller avait été placé en famille d'accueil. Mills, lui, était parti vivre avec son père fictif, le roi des alarmes de voitures. Il fallait qu'il s'en souvienne.

— Je me rappelle parfaitement les odeurs qui émanaient de la cuisine, ajouta-t-il néanmoins. Ça sentait la cannelle et le gingembre. Ma mère adorait faire des gâteaux.

Il fixa la cloison qu'ils venaient de construire et balaya l'air de la main.

— Elle adorait lire. Il y avait des étagères bourrées de livres sur tout ce mur. On y trouvait de tout, du bon et du moins bon. Si c'était bien, elle le lisait.

Il tourna la tête vers elle et sourit.

— Dans le fond, elle était un peu comme vous.

Physiquement, Mariah ne ressemblait en rien à sa mère, de taille plutôt moyenne et plate comme une limande. C'étaient leurs sourires confiants et lumineux qui les rapprochaient. Toutes les deux respiraient la confiance et le respect d'autrui, et sans doute était-ce pour cela qu'il se sentait rassuré avec Mariah comme avec sa mère autrefois. Ces qualités, il n'avait pas eu souvent l'impression de les voir chez qui que ce soit au fil des années.

— Elle était secrétaire, mais elle se disait dix fois plus intelligente que son patron. Je me rappelle que, malgré le prix du fuel, elle chauffait la maison à blanc tout l'hiver. Elle avait tout le temps froid. Moi, je vivais en T-shirt et en short, et elle grelottait sous trois épaisseurs de lainage, plus un cache-nez !

Ce souvenir le fit sourire.

— Je me souviens du jour où elle a décidé de repeindre le salon. Elle m'a dit : « C'est toi qui choisiras la couleur, mon chéri. » Je devais avoir six ans, à l'époque. J'ai choisi du jaune, et pas n'importe quel jaune ! Ce que j'ai trouvé de plus voyant, de plus criard. Elle m'a laissé faire. Les gens qui venaient nous rendre visite avaient les yeux qui sortaient de leurs orbites. Mais ça n'avait pas d'importance pour elle : j'avais choisi, et elle respectait mon choix. Elle était comme ça.

— Quand est-elle morte ?

— Je venais d'avoir onze ans.

— C'est triste.

— Oui, c'est très triste de perdre sa maman à onze ans.

— Vous parlez tout le temps de votre mère, mais vous ne dites jamais rien de votre père.

Son père — du moins, le père de John Miller — était mort au Viêt-nam. Médecin militaire, il s'était fait tuer alors que sa troupe évacuait un hôpital de campagne qui venait d'être bombardé. Cela s'était passé deux semaines avant la fin de sa mission. Pas de chance !

Il haussa les épaules.

— Il n'y a pas grand-chose à dire. Mes parents étaient divorcés, mentit-il. Je suis allé habiter chez lui après la mort de ma mère.

Il décroisa les jambes et changea de sujet.

— Mais on ne parle que de moi. Et vous ? Vous ne m'avez rien dit de vous.

— Il ne s'est rien passé de très excitant dans ma vie, vous savez.

— Vous m'avez dit que votre père était mort d'une crise cardiaque. Et l'autre soir, au dîner, j'ai appris que vous aviez été mariée.

— Oui, il s'appelait Trevor. Nous nous sommes mariés juste après la fac et, très vite, nous nous sommes séparés pour incompatibilité... d'emploi du temps ! Croyez-le si vous voulez, il voulait des enfants, et je ne voyais pas comment j'allais pouvoir ajouter des tétées et des couches dans mon agenda. Je lui ai dit pas avant fin 2011. Alors, il a fait ses valises.

Elle se tut, le regard dans le vide. Il attendit qu'elle poursuive.

— Il s'est remarié six mois plus tard. Je suis tombée nez à nez avec lui il y a un an environ. Il avait deux gamins avec lui, et sa femme était à l'hôpital en train de mettre au monde le numéro trois.

Un autre silence.

— Je l'ai regardé, lui et ses enfants, et j'ai essayé d'être triste. Ç'aurait pu être ma vie, mes enfants...

— Mais ?

— Mais je n'ai pas réussi à me sentir triste. Au contraire, je me suis sentie soulagée. J'ai pris conscience que j'avais épousé Trevor simplement parce que je n'avais pas de raison de ne pas le faire. Je l'aimais, oui, mais je n'étais pas amoureuse de lui. Avec lui, je ne me suis jamais dit : « S'il ne m'embrasse pas, je meurs ! »

Elle se tut et contempla ses mains.

— Si j'ai une relation avec quelqu'un aujourd'hui, ce sera parce que je ne peux pas vivre sans lui. Je veux vivre une passion torride qui me fasse perdre la tête. Je ne veux pas de quelque chose de tiède.

Ainsi, elle voulait connaître une passion torride qui lui fasse perdre la tête. Le genre de passion qui embrase les hommes, les pousse à déclarer la guerre et fait s'écrouler les empires. Le genre de passion qui empêche même les plus intraitables — comme lui — de remplir correctement leur mission. Le genre de passion qui fait tout oublier, les règles du métier et les bonnes résolutions…

Elle parlait de ce courant qui passait entre eux même quand ils ne faisaient que parler de leurs vies.

Tous les deux étaient perdus dans leurs pensées quand une enfant, l'une des filles de Thomas et Renée, fit irruption dans la pièce.

— Mariah ! Jane Ann a grimpé dans l'arbre qui est dans la cour, et elle ne peut plus descendre. Papa dit qu'il est trop lourd et que les branches vont casser s'il monte. Maman ne peut pas non plus. Elle a le vertige. Mariah, il faut que tu viennes. Jane Ann pleure. Elle a peur, elle dit qu'elle va lâcher !

Mariah se leva d'un bond et partit à toutes jambes.

Moins rapide, John la rejoignit dehors. Il y avait un attroupement sous l'arbre de belle taille qui ombrageait le jardinet de la future maison. Avec ses branches basses, l'arbre ne demandait qu'à être escaladé par les enfants. LE problème, c'est que les branches s'amenuisaient avec la hauteur, et Jane Ann, perchée presque au sommet, hurlait plus fort qu'une sirène de pompiers.

Mariah grimpa très vite, se glissant entre les branches. Mais elle non plus n'était pas un poids plume, songea John avec inquiétude. Si elle n'avait pas le vertige, l'entreprise n'en était pas moins périlleuse.

— Mariah, descendez ! lança-t-il. On va appeler les pompiers.

Elle lui jeta un rapide coup d'œil.

— On n'a pas le temps. Jane Ann a peur et se fatigue. Elle n'attendra pas les secours.

Que répondre à cela ? Que faire ? Devait-il grimper derrière elle, ou attendre en bas en espérant qu'il pourrait les rattraper si l'une ou l'autre tombait ?

Il se tourna vers le père.

— Il n'y avait pas une bâche devant la maison ? Vous savez, une de ces bâches en plastique bleu, épaisses, dont on se sert pour mettre les maisons hors d'eau quand les toits fuient. Et qui ne sont jamais étanches…

Thomas ne comprit pas.

— Si on tient la bâche à plusieurs sous l'arbre, la chute de Jane Ann sera amortie, le cas échéant, expliqua John patiemment.

Thomas hocha la tête et ordonna aussitôt à deux gosses d'aller chercher la bâche.

Relevant les yeux, John vit Mariah arriver à mi-hauteur. Elle continua à grimper, mais en ralentissant l'allure, comme si elle se méfiait des branches sur lesquelles elle posait les pieds. D'en bas, il l'entendait rassurer la fillette.

— Voilà la bâche ! s'écrièrent soudain les garçons derrière lui.

Tout le monde se précipita pour leur prêter main-forte.

— Je vais aider Mariah, déclara John.

Elle était montée très haut. Accrochée à une branche, elle tendait la main à Jane Ann. Elle cherchait à l'attirer vers elle de façon à pouvoir la prendre à bras-le-corps.

Comprenant qu'il lui faudrait un relais pour redescendre, il commença à monter, lui aussi.

Lentement, centimètre par centimètre, la fillette se mit à ramper vers Mariah. Au sol, on s'autorisa à souffler.

— Je la tiens ! cria Mariah.

Elle avait attrapé l'enfant qui serrait ses bras autour d'elle. Mais le plus dur restait à faire. Descendre en tenant cette enfant de huit ans dans ses bras sans perdre l'équilibre... Un vrai numéro de funambule.

Mariah redescendait prudemment, branche après branche, testant leur solidité avant d'y poser le pied, quand il y eut un claquement aussi sec qu'un coup de feu.

Une branche avait cédé.

— Accrochez-vous ! cria John, paniqué.

D'un bras, Mariah se raccrocha à une branche, mais sa posture était loin d'être confortable, d'autant plus qu'elle tenait Jane Ann sous son autre bras. Elle essayait désespérément de trouver un point d'appui sous ses pieds.

Un peu plus bas, John voyait les muscles de son bras tendus à se rompre. Soudain, sa main qui se tenait à l'arbre glissa.

— Mariah !

Elle tomba. Ferma les yeux. Puis il y eut un choc. Un arrêt brutal. Elle rouvrit les yeux en grimaçant de douleur.

John accéléra, sans se soucier de l'écorce qui lui écorchait les paumes. D'après ce qu'il voyait, c'était la ceinture à outils qui avait arrêté Mariah dans sa chute, et les maintenait toutes les deux suspendues dans le vide, telle une décoration dans un sapin de Noël.

En s'approchant, il s'aperçut que Mariah saignait du coude. Ses genoux aussi étaient égratignés. Mais le pire, c'était sa ceinture qui lui écrasait les côtes.

— Amusant, fit-elle.

Dire qu'elle trouvait le courage de sourire...

— Ça va ?

Au même instant, il remarqua des bleus sur ses bras. Lesquels n'avaient rien à voir avec son escalade dans l'arbre. C'était lui qui lui avait fait ça, quand il avait dormi chez elle et eu ce cauchemar horrible. Croyant qu'elle était Domino, il lui avait serré le bras au point de lui laisser des marques. Bon sang, il aurait pu la tuer…

Il refoula cette pensée. Ce n'était pas le moment de se flageller, il aurait tout le temps pour cela quand il aurait aidé Mariah à redescendre avec la fillette.

— J'ai du mal à respirer. Je crois que je me suis fêlé une côte, avança-t-elle, le souffle court. Si vous pouviez attraper Jane Ann, vous me rendriez service. Jane Ann, tu vas descendre avec John. N'aie pas peur, il est très fort, et ton papa et ta maman t'attendent en bas.

A moitié paralysée par la peur, la fillette s'agrippa à lui. Il leva les yeux vers Mariah.

— Je vais vous aider à descendre.

— Non, occupez-vous d'abord de Jane Ann. Vous aurez besoin de vos deux mains pour moi.

Il descendit en hâte de l'arbre, l'enfant dans les bras. Arrivé en bas, il jeta un coup d'œil en l'air. Mariah avait fermé les yeux. Seigneur ! Si elle s'était fracturé une côte, l'os pouvait perforer son poumon à tout moment !

Il n'y avait pas une minute à perdre.

Il jeta quasiment la petite fille dans les bras de son père.

— Prenez-la.

Et il remonta aussitôt.

— Mariah, tenez bon ! J'arrive.

Elle avait rouvert les yeux, toujours accrochée à l'arbre par sa ceinture.

— Vous pouvez respirer, ou ça vous fait mal ?

— Je ne sais pas. Je suis… oppressée. Je ne peux pas détacher la ceinture, le crochet est dans mon dos.

Arrivé à sa hauteur, il se cala sur une branche.

— Accrochez-vous à moi, je vais vous soulever pour vous décrocher.

Il lui sembla qu'elle hésitait.

— Je sais, je suis en nage, s'excusa-t-il. Allez, mettez vos jambes autour de ma taille.

— Je préfère attendre les pompiers.

— Passez vos jambes autour de moi, répéta-t-il d'un ton sans réplique. Allez, Mariah.

Elle s'exécuta.

Pendant un quart de seconde, il ressentit un immense plaisir à la sentir contre lui. Sauf que l'heure était mal choisie pour savourer ce contact. Si elle tombait, elle se casserait le cou. Il avait mieux à faire qu'à fantasmer.

— Serrez plus fort.

Il s'efforçait de la soulever tout en tâtonnant derrière son dos afin de trouver la branche qui la maintenait prisonnière.

— Ça y est, je l'ai ! s'exclama-t-il.

Un liquide un peu poisseux lui mouilla les doigts.

— Bon sang, Mariah… vous saignez ?

Le bout de branche avait dû lui écorcher le dos avant de coincer sa ceinture. Il l'entendit haleter.

— Essayez de vous redresser au maximum, ordonna-t-il, conscient de l'urgence qu'il y avait à la sortir de là. Mariah, il faut que vous m'aidiez.

Elle resserra les jambes autour de lui tandis qu'il la soulevait. Sa tête se trouvait quasiment entre ses seins, une sensation ô combien agréable.

— Un, deux, trois…

Avec une force qu'il ne se connaissait pas, il réussit à

la dégager. Elle se serra contre lui. Jamais il n'aurait osé rêver pareil bonheur.

— J'ai peur…

— Vous ne craignez rien, je vous tiens.

Il l'aida à trouver une branche où poser son pied et guida sa descente jusqu'en bas.

— Bravo !

Un tonnerre d'applaudissements les accueillit, mêlés de quelques rires nerveux.

— Après l'angoisse, le sourire ! lança l'un des bénévoles, visiblement soulagé.

John se tourna vers Laronda, la coordinatrice de LFD.

— Je l'emmène tout de suite à l'hôpital. Elle a une plaie dans le dos, et je crois qu'elle s'est cassé une côte. Est-ce que je peux prendre la fourgonnette ?

— Je pensais demander à Bobby de l'emmener, mais si vous souhaitez l'accompagner…

— Absolument, répliqua-t-il d'un ton sec.

Laronda opina.

— Pouvez-vous me montrer votre permis de conduire, monsieur Mills ? Je vous donnerai les clés ensuite.

Il sortit son portefeuille et lui présenta ses papiers.

— Très bien. Voici les clés.

Il courut dans la maison pour récupérer son T-shirt, puis revint auprès de Mariah. Quand il voulut l'entraîner vers la fourgonnette, elle protesta faiblement.

— Je veux d'abord me laver.

— Vous vous laverez à l'hôpital.

Elle ne résista pas. Mauvais signe, songea-t-il avec inquiétude. Elle devait avoir plus mal qu'elle ne voulait bien le montrer.

Après l'avoir aidée à s'installer dans la fourgonnette, il s'assit derrière le volant et mit le contact.

— Je vais essayer d'éviter les nids-de-poule, mais la route est tellement défoncée que je risque d'en rater quelques-uns.

— Ça ira.

Il prit le chemin de l'hôpital. A côté de lui, Mariah, les bras croisés sur sa poitrine, avait fermé les yeux.

— Vous dormez ?

Elle releva les paupières et le regarda, les yeux pleins de larmes.

— J'ai eu très peur. J'ai cru que Jane Ann allait tomber…

Elle se mit à sangloter. Bouleversé, il se gara sur le bas-côté et la prit dans ses bras.

— J'ai cru qu'on allait se tuer toutes les deux, bredouilla-t-elle, la voix mouillée de larmes.

— Chut…

C'était de la folie de la serrer ainsi contre lui, même pour la réconforter. D'autant qu'il sentait son corps réagir à son contact. S'il n'y prenait garde…

Non, il ne fallait pas qu'il l'embrasse. Il *ne* fallait *pas* qu'il l'embrasse.

Il en était là de ses pensées quand elle releva la tête avec un sourire malgré ses larmes.

— Excusez-moi, je suis en train d'inonder votre T-shirt.

Jamais il n'avait eu autant envie de l'embrasser. Ses lèvres étaient à quelques centimètres des siennes, si douces et tentantes…

Il serra les dents.

— Ne vous inquiétez pas pour ça.

Un nouveau flot de larmes dévala ses joues.

— Je crois que je n'ai jamais eu aussi peur de ma vie. Mais je ne l'ai pas lâchée. Même pas quand j'ai perdu mon souffle et que j'ai senti la branche me cisailler le dos.

Il lui ôta une mèche de cheveux des yeux.

— Vous avez été formidable. Vous êtes une femme vraiment étonnante, Mariah.

— J'aurais surtout dû attendre l'arrivée des pompiers.

— Vous avez été courageuse, et vous avez eu de la chance.

— Vous avez raison, j'ai eu beaucoup de chance. Quand je pense à ce qui aurait pu arriver…

Elle se lova un peu plus contre lui. Et en sentant son corps chaud contre le sien, il ne put résister plus longtemps. Il posa ses lèvres sur les siennes.

Baiser divin.

Divin et diabolique, car cette étreinte aurait une fin.

Au prix d'un effort surhumain, il réussit à rompre leur étreinte et s'écarta légèrement.

— Je dois vous emmener à l'hôpital, murmura-t-il.

— Je sais, mais c'est dommage… J'aime tellement vous embrasser.

Sans répondre, il reprit sa place derrière le volant et redémarra.

— Excusez-moi, fit-elle. Je dis des bêtises.

Elle sécha son visage tout mouillé de larmes.

— L'hôpital n'est pas loin. J'y ai emmené José il y a quelques semaines, quand il a marché sur un clou.

John garda le silence. Les yeux obstinément fixés sur la route, il se maudissait intérieurement. Pourquoi était-il aussi faible quand une femme lui plaisait ? Non, corrigea-t-il. Pourquoi était-il aussi faible devant *cette* femme ?

Il attendait Mariah devant la salle de radiologie. Les vêtements couverts de poussière, il avait chaud et se sentait sale et mal rasé. Une vision pas très ragoûtante.

Enfin, la porte s'ouvrit, et Mariah apparut, assise dans un fauteuil roulant.

— Tout va bien, annonça-t-elle joyeusement. Je n'ai rien de cassé ni de fêlé. C'est juste une écorchure.

Il sourit tandis qu'un poids s'envolait de ses épaules.

— Vous ne pouvez pas savoir comme je suis soulagé. Que fait-on maintenant ? demanda-t-il à l'infirmière qui la poussait.

— Sa plaie dans le dos nécessite quelques points de suture. Mais il va falloir que vous attendiez. Le médecin n'est pas disponible tout de suite.

— Je peux attendre avec elle ?

— Evidemment.

Il se tourna vers Mariah.

— Enfin, si vous êtes d'accord…

— Oui. Je serais contente que vous restiez.

L'infirmière les précéda dans un box doté d'une table d'examen sur laquelle il aida Mariah à s'allonger. Pour les besoins de la radio, elle avait enlevé sa brassière et ne portait plus que son short et la casaque de l'hôpital nouée en haut du dos.

La climatisation, un peu trop efficace, la fit frissonner. Il la regarda gigoter pour descendre ses manches, et, une fois de plus, son regard tomba sur ses bleus.

— Je suis désolé, s'excusa-t-il. C'est horrible, ce que je vous ai fait…

— Je ne sais pas de quoi vous rêviez, mais ça semblait violent.

Il garda le silence un moment, puis se jeta soudain à l'eau.

— Tony, mon meilleur ami, était officier de police. Il s'est fait descendre par un gang de mafieux. Exécuté de plusieurs balles en pleine tête.

— C'est horrible ! s'exclama-t-elle, la main sur la bouche. A-t-on arrêté les tueurs ?

— Oui, mais ça ne m'empêche pas d'y rêver la nuit. Je vois leurs visages, je les vois…

S'interrompant, il se détourna.

— Je ne devrais pas vous raconter ça. C'est idiot de ma part.

— Vous les connaissiez ?

Il laissa passer un long silence.

— L'un des types qui travaillaient pour le parrain était au lycée avec nous. Depuis le carnage, je n'arrête pas de me demander si c'est lui qui a tiré la balle fatale. J'aurais dû lui régler son compte quand on était au lycée…

— C'est comme ça que vous avez eu Princess, conclut-elle. L'ami dont vous m'avez parlé, c'était lui.

— Oui. Tony lui manque. A moi aussi.

— Dans vos rêves, vous le voyez mourir ? Ne me dites pas que vous étiez là quand ça a eu lieu !

Il secoua la tête, l'air sombre. Il était temps de changer de sujet, il en avait beaucoup trop dit.

— Non, je suis arrivé trop tard. Ecoutez, Mariah, je suis désolé de vous avoir fait mal. J'ai dû vous serrer très fort. Ces marques…

— Ce n'est rien. Parlez-moi plutôt de Tony. Vous le connaissiez depuis le lycée ?

Au lieu de répondre, il alla s'asseoir sur la chaise installée près de la table d'examen. Pourquoi diable lui avait-il parlé de Tony ? Tony n'avait jamais approché le flamboyant Jonathan Mills, ils ne naviguaient pas dans les mêmes sphères !

C'était John Miller qui avait rencontré Tony à seize ans en échouant dans le même lycée que lui. Leur amitié était née le jour où John s'était accusé à la place de Tony qui avait accidentellement cassé un carreau. Tout le monde avait cru à sa culpabilité. De toute façon, ce ne pouvait être que lui. Un gosse de l'assistance était forcément un fauteur de troubles.

S'il s'était dénoncé à la place de Tony, c'était dans le but de lui éviter une belle saignée de la part de son beau-père. John vivait depuis assez longtemps dans sa famille d'accueil pour savoir qu'il recevrait un bon sermon et que cela s'arrêterait là. Tony n'avait pas cette chance. Son beau-père le frappait parfois tellement fort que les marques de ses doigts restaient imprimées sur ses joues.

Après cet épisode, Tony l'avait assuré de son amitié indéfectible. John l'avait d'abord refusée, mais Tony n'avait pas baissé les bras. Et à force de persuasion, il avait fini par fissurer la carapace en béton armé dans laquelle il s'enfermait. Tous les deux étaient devenus les meilleurs amis du monde.

Impossible de raconter cela à Mariah. Les familles d'accueil et les beaux-pères violents ne collaient pas avec le monde privilégié qu'avait toujours connu Jonathan Mills.

Le silence s'éternisait.

— A votre avis, ils vont me faire combien de points de suture ? s'enquit-elle soudain.

— Je ne sais pas.

Le silence retomba. Il sentait son regard posé sur lui. Elle l'étudiait — ce qui n'avait rien d'étonnant, vu la démonstration de force qu'il venait de faire.

— Au fait, comment vous sentez-vous ? Avec tout ce remue-ménage, j'avais presque oublié que vous vous étiez quasiment évanoui devant chez moi, l'autre jour. J'ai l'impression que vous allez mieux. A vous voir bricoler et grimper aux arbres, on croirait que vous êtes guéri.

Il évita son regard.

— Vous avez porté Jane Ann, et ensuite moi. Pour

quelqu'un qui vient de subir une grave maladie, vous êtes drôlement fort. Vous deviez être vraiment costaud, avant.

— Tous ces efforts m'ont beaucoup fatigué, vous savez…

Elle aurait dû savoir qu'un malade comme lui était incapable d'une telle gymnastique. Pourtant, cela ne parut pas l'effleurer une seconde. Malgré tout, il décida de rester prudent, car elle était tout sauf idiote.

Décidant qu'il était temps de changer de sujet, il reprit :

— A propos de ce qui s'est passé dans la fourgonnette…

Elle rougit, mais soutint son regard sans ciller.

— Excusez-moi, John. Je sais que vous souhaitez que nous soyons amis, rien de plus. Nous n'étions pas sur la même longueur d'onde, alors il a fallu que… que je m'y fasse. Mais ça y est, c'est fait.

— C'est plutôt à moi de vous présenter des excuses.

Elle sembla étonnée.

— A vous ? Mais…

— Je vous ai embrassée. Ce n'est pas vous qui m'avez embrassé, c'est moi qui ai commencé. Et je n'aurais pas dû.

Elle le fixait avec des yeux ronds. Adorable. Au point que s'il ne s'était pas retenu, il aurait récidivé.

— Je ne sais pas ce qui m'a pris, je n'ai pas pu résister.

Elle fronça les sourcils.

— Je ne comprends pas… Puisque, visiblement, nous avons tous les deux envie de nous embrasser, pourquoi en faire toute une histoire ?

Il haussa les épaules avec un petit rire, espérant que cela suffirait à clore le sujet, mais elle continua :

— Je dirais même mieux : pourquoi nous privons-nous de recommencer ?

Un médecin fit brusquement irruption dans le box, évitant à John de répondre.

— Je vais attendre dehors, murmura-t-il à Mariah.

Il allait sortir quand elle le rappela.

— John, oubliez ce que je viens de dire, d'accord ? On reste amis, ça me convient très bien.

Sortant dans le couloir, il s'adossa au mur et ferma les yeux. Il aurait payé cher pour s'endormir et se réveiller le lendemain, convaincu qu'être ami avec Mariah lui convenait très bien.

7

Deux points de suture. Deux petits points de rien du tout, et les médecins avaient prolongé son arrêt de travail. Elle n'avait même pas le droit de se baigner. Pendant combien de temps encore ? Deux jours ? Deux semaines ? Deux mois ? Personne n'avait pu lui répondre.

C'était fâcheux, car LFD avait besoin d'elle. Et elle avait déjà beaucoup manqué.

Afin de se calmer, elle entreprit de faire des exercices de respiration. Que lui arrivait-il ? Où était passée la Mariah zen et détendue ? Marie semblait avoir repris le dessus. Elle était à fleur de peau, et cela l'agaçait prodigieusement.

Fermant les yeux, elle inspira à fond, puis relâcha son souffle lentement. Mariah prendrait ces jours de congé comme un cadeau du ciel. Pour elle, c'était l'occasion inespérée de se rouler dans le sable chaud et de lire jusqu'à plus soif. Elle avait tellement de lecture en retard ! Elle pouvait faire la grasse matinée, mijoter de bons petits plats, contempler le coucher du soleil et l'arrivée des étoiles.

Les premiers jours, cela l'avait amusée. Jonathan Mills était passé la voir une fois par jour. Il lui avait apporté de quoi se nourrir, des livres, des journaux, des vidéo. Des bricoles qu'il avait achetées à la boutique de souvenirs, tel ce drôle de petit canard en coquillages nacrés. Un livre de coloriage de Garden Isle et une boîte de trente-six crayons de couleur. Un recueil de blagues, un autre de sudoku.

Des babioles drôles, un peu bébêtes, comme des amis s'en offrent mutuellement.

Lors de ses visites quotidiennes, John se montrait amical, sans plus. Il faisait attention à garder ses distances ; leurs conversations ne dérapaient jamais. Ils discutaient prix littéraires et cinéma, évoquaient les gros titres des journaux, parlaient de LFD et du meilleur restaurant de poissons de l'île.

Mariah ne savait pas quand il devait recevoir les résultats de ses analyses de sang. A certains détails, elle avait compris que cela ne tarderait pas. Il semblait bien se porter, d'ailleurs. Si ses analyses étaient bonnes, peut-être se laisserait-il aller… Elle avait bien remarqué qu'elle ne lui était pas indifférente.

Mais il y avait Serena. Lui plaisait-elle ? Son regard brillait-il autant quand il la regardait ?

Depuis sa dernière soirée, Serena n'était pas passée la voir, et Mariah ne l'avait pas appelée. Pas envie. Elle soupçonnait John, souvent absent à l'heure du dîner, d'être avec elle, même si elle espérait se tromper. La jalousie, ce sentiment si laid, commençait à la titiller, et elle avait beau vouloir la museler, cela la rongeait.

Serena était libre, John aussi. Ils avaient le droit de faire ce qu'ils voulaient. Ne lui avait-il pas dit que son amitié comptait beaucoup pour lui ? Il fallait donc qu'elle s'en contente. Cela lui suffisait, d'ailleurs. C'était très bien comme cela.

La menteuse ! Comment pouvait-on se mentir aussi effrontément ?

La vérité, c'était qu'elle avait adoré ses baisers. Et depuis, une méchante petite voix ne cessait de lui susurrer que, s'il avait été d'accord, elle se serait donnée à lui sans réserve. Malheureusement, l'attirance qu'elle éprouvait envers lui n'était pas réciproque.

Restait une certitude : elle n'avait aucune dignité, car chaque fois qu'il frappait à sa porte, elle le laissait entrer. Et pourtant, elle savait qu'être son amie ne lui suffisait pas. Mais parce qu'il était très malade, elle acceptait de sa part des choses qu'elle n'aurait jamais tolérées de quiconque.

Quelle opinion aurait-elle eue d'elle si elle lui avait refusé son amitié et qu'il était mort ?

De toute évidence, il appréciait sa compagnie. Lorsqu'ils discutaient, il était détendu et, apparemment, heureux. Elle ne pouvait quand même pas lui tourner le dos.

Tant pis s'il la prenait pour un pigeon. Au moins l'était-elle en connaissance de cause…

Cessant ses exercices de respiration, elle attrapa un livre et sortit sur la terrasse. Elle avait besoin de se changer les idées. Car cela faisait deux jours que John n'était pas venu.

De peur de lui déplaire, elle ne l'avait pas appelé. Elle ne voulait pas qu'il lui reproche de lui courir après. Mais, à plusieurs reprises, elle avait soulevé le combiné… avant de le reposer. Afin de tromper son attente, elle avait même téléphoné à l'hôtel pour demander si M. Mills y séjournait toujours. On lui avait répondu que oui. Elle avait raccroché sans laisser de message. Elle avait bien trop peur que John la trouve envahissante.

Toujours est-il qu'il lui manquait terriblement, et elle s'inquiétait à son sujet. Peut-être ne se sentait-il pas bien. Peut-être avait-il rechuté…

Bon sang de bonsoir, où était-il passé ?

Quelque part sur la plage, un chien aboya.

Elle leva les yeux du livre sur lequel elle essayait vainement de se concentrer, dans l'espoir qu'il s'agissait de Princess.

Et de John.

C'était effectivement Princess, mais il n'y avait pas

de John. La petite chienne sautait joyeusement dans les vagues et aboyait sur les mouettes. Apparemment, elle était seule.

Mariah posa son livre et descendit sur la plage. Elle siffla la chienne qui dressa l'oreille.

— Princess !

L'animal approcha en gambadant, les babines relevées comme si elle souriait.

— Eh bien, ma belle, que fais-tu toute seule sur la plage ? Où est ton maître ? Où est John ?

Bien sûr, la chienne ne répondit pas.

Mariah lança un coup d'œil vers le complexe hôtelier à l'autre bout de la plage. Le médecin lui avait recommandé de ne pas forcer, mais une marche tranquille, les pieds dans l'eau, ne pourrait pas lui faire de mal.

— Allez, viens, ma belle. Je vais te donner à boire, et après, on ira chercher John.

Rendre un chien errant à son maître était un geste amical — un geste qu'aurait eu n'importe quel voisin bienveillant.

C'était aussi sa meilleure initiative de la journée.

Serena Westford l'attendait dans le salon le plus élégant de l'hôtel. John pénétra dans la pièce sans se presser, laissant le temps à ses yeux de s'adapter à la semi-pénombre. D'épaisses tentures masquaient les fenêtres, de sorte que le soleil ne pénétrait pas à l'intérieur, et le salon baignait dans une atmosphère de luxe étouffé.

Assise dans un coin, jambes croisées, Serena buvait un café à petites gorgées. Elle portait une robe blanche haute couture.

Miller s'approcha non sans appréhension. Il avait dîné

avec elle deux jours plus tôt, après s'être attardé chez Mariah.

Bon sang, pourquoi diable lui rendait-il visite quand il savait le mal qu'il aurait à s'en aller ?

Il était allé la voir sept jours d'affilée, beaucoup trop et bien plus que sa mission ne l'exigeait. En vérité, sa mission ne le justifiait aucunement. S'il lui rendait visite, c'était parce que sa compagnie lui plaisait. Et qu'elle aussi semblait apprécier.

Mariah…

Incapable de feindre, elle explosait de joie dès qu'il arrivait. Bien sûr, il avait soigneusement gardé ses distances afin que l'épisode du baiser ne se reproduise pas. Mais la distance n'y faisait rien. Il était attiré par elle. Le sachant, il aurait dû l'éviter.

Seulement, il en était incapable. Il ne pouvait pas se priver d'elle.

Deux jours plus tôt, il avait failli lui révéler sa véritable identité et la raison de sa présence à Garden Isle. Plus rien alors ne l'aurait empêché de l'embrasser jusqu'au matin…

Mais au lieu de parler, il était parti rejoindre Serena. La veille, il avait passé l'après-midi avec elle. Ils avaient dîné ensemble, assez tôt, dans le restaurant de l'hôtel et, alors qu'elle lui contait par le menu son passé virtuel, il n'avait pensé qu'à Mariah. Serena était une menteuse à l'imagination débridée. Ce qu'elle lui avait raconté était pure fiction. Depuis sa vie en Afrique dans le *Peace Corps* jusqu'au… En fait, il ne l'avait pas vraiment écoutée. En tout cas, pas avec l'attention qu'il aurait dû lui consacrer. Il avait la tête ailleurs. Après le dîner, ils avaient pris un verre sur la terrasse. Elle béait d'admiration devant lui, mais il était tellement absent qu'il s'était surpris à ne pas répondre à ses questions. Et pour cause, il ne les avait même pas entendues !

A la fin de la soirée, constat effrayant, il ne se souvenait pas de quoi ils avaient parlé. Il était pourtant là en mission, il aurait dû se montrer plus attentif. Le pouvoir de Mariah sur lui était fascinant. Dangereux.

C'était en se faisant cette réflexion qu'il avait pris Serena dans ses bras. Il l'avait embrassée avec rage, dans l'espoir de repousser le fantôme de Mariah. Il avait bien essayé de mettre de la passion dans son étreinte, mais malgré les ondoiements de Serena contre lui, il était resté froid comme un iceberg. Dire qu'il suffisait d'un regard de Mariah pour qu'il s'enflamme…

Embrasser Serena Westford ne lui avait procuré aucun plaisir — ce dont, par chance, elle ne s'était pas rendu compte. Et alors qu'il s'apprêtait à la rejoindre, il priait le ciel de ne pas avoir à l'embrasser de nouveau.

Quand il arriva à sa table, elle se contenta de lui tendre la joue. Il l'effleura de ses lèvres, puis s'assit près d'elle.

— Bonjour, susurra-t-elle. Vous avez bien dormi ?

Bien qu'elle soit américaine, son accent anglais était parfait. Elle avait dû passer des heures à s'exercer.

— Comme un bébé, mentit-il.

En réalité, il avait fixé le plafond une bonne partie de la nuit… en pensant à Mariah. Lorsque, enfin, il s'était endormi, ce n'était pas un cauchemar qui l'avait réveillé mais un rêve délicieusement érotique et très réaliste. Mariah et lui étaient enlacés sur son canapé, leurs vêtements éparpillés par terre, et il allait la prendre quand…

Son excitation l'avait réveillé en sursaut. Et en nage. Complètement désorienté, il avait tâtonné tout autour de lui pour trouver Mariah. Qui n'était pas là, bien sûr.

Ses yeux verts fixés sur lui, Serena le regardait avec

circonspection. Il esquissa un sourire. Il était temps de passer à l'étape suivante.

— J'ai parlé à mon médecin aujourd'hui, annonça-t-il en s'armant de courage car il savait que cette nouvelle lui vaudrait un baiser. Il a reçu les résultats de mes dernières analyses. Ce n'est pas encore demain que je vais mourir.

— Oh, John, c'est formidable !

Comme prévu, elle se pencha sur lui et l'embrassa.

Et, comme prévu, il regretta qu'elle ne soit pas Mariah.

Une ambulance attendait devant l'hôtel. En la voyant, Mariah sentit son cœur manquer un battement. C'était sûrement pour John. Il avait dû rechuter. Il allait mourir. Il était déjà mort.

Elle stoppa net ces pensées morbides. Vu le nombre de clients de l'hôtel, il était fort probable qu'il s'agisse de quelqu'un d'autre. Et se monter la tête sans savoir ne servait à rien. Comme on le lui avait seriné toute son enfance, « la peur n'empêche pas le danger ».

Mieux valait en avoir le cœur net.

Tenant Princess par le collier, elle pénétra dans le hall de l'hôtel et alla droit à la réception.

— Bonjour. Pouvez-vous me dire quelle chambre occupe Jonathan Mills ?

Le réceptionniste s'excusa platement.

— Je suis désolé, madame, mais nous ne donnons pas les numéros de chambre de nos clients. En revanche, nous pouvons l'appeler au téléphone, si vous le souhaitez.

— Oui, s'il vous plaît. Jonathan Mills.

Le réceptionniste lui tendit le combiné. Elle attendit un moment. Pas de réponse.

La peur l'étreignit de nouveau. La gorge serrée, elle retint Princess qui cherchait à se sauver.

— Princess, ici !

La chienne réussit à se libérer et traversa le hall. Reposant en hâte le téléphone, Mariah courut derrière elle pour la rattraper.

John n'était pas dans sa chambre. Ce qui ne voulait pas dire qu'il était dans l'ambulance...

— Oh, pardon !

Elle venait de foncer dans quelqu'un. Relevant les yeux, elle reconnut John.

— Mariah ?

Elle se jeta à son cou.

— Ouf ! Vous êtes là !

Il était chaud et rassurant, et son odeur, mélange de café et d'ambre solaire, lui chatouilla agréablement les narines. Il sentait tout le temps le café. Peut-être qu'en en buvant moins, il dormirait mieux...

Il l'attira à lui et, l'espace d'une seconde, la serra très fort. Son étreinte fut tellement brève qu'elle se demanda si elle n'avait pas rêvé. Il l'avait déjà enlacée avec cette intensité quasi désespérée quand il était sur son canapé, quelques jours plus tôt. Mais aujourd'hui, au lieu de l'embrasser, il recula.

C'est alors qu'elle aperçut Serena.

Très calme comme à son habitude, jeune et fraîche dans sa robe d'été d'un blanc immaculé, Serena s'approcha de lui et posa la main sur son bras.

— Mariah, quelle surprise !

L'assistant de John était là également. D'un signe de tête, John lui fit signe de prendre le chien.

— Nous allions déjeuner près de la piscine, expliqua-t-il à Mariah. Ça vous dit de vous joindre à nous ?

— Mariah est adepte de la nourriture macrobiotique,

intervint Serena. Je pense qu'il n'y aura rien sur le menu qui lui convienne.

Pétrifiée, Mariah ne bougeait pas. John et Serena. En couple. Là, devant elle. Une vraie provocation ! Le duo était mal assorti. Serena était vraiment trop petite pour John. Pourtant, ils sortaient bel et bien ensemble. Et allaient déjeuner en tête à tête au bord de la piscine.

Mariah se racla la gorge et regarda John droit dans les yeux. Elle était consciente de ne rien cacher de l'humiliation qu'elle ressentait. Pourtant, elle n'avait aucun droit sur lui, elle n'avait pas de raison de se sentir humiliée ou froissée. Mais le fait est qu'elle était blessée.

— J'ai trouvé Princess toute seule sur la plage. Comme je ne vous avais pas vu depuis plusieurs jours, j'ai pensé que vous étiez malade, blessé ou… Mais je vois que ce n'est pas le cas. Je suis rassurée. Je vous laisse.

Les mots étaient sortis d'un seul bloc, rapidement. Alors qu'elle reculait pour s'en aller, Serena la gratifia d'un grand sourire, visiblement indifférente à la tension régnante.

— Tu connais la nouvelle ? Jonathan a reçu ses résultats d'analyses, ce matin. Plus de cancer, annonça-t-elle avant de sourire à John. Il va tous nous enterrer, n'est-ce pas, chéri ?

Ce matin, répéta Mariah, décomposée. Il le savait depuis ce matin, et il n'avait pas pris la peine de venir le lui annoncer.

— C'est une excellente nouvelle, lâcha-t-elle du bout des lèvres.

Elle réussit à sourire, mais ne put empêcher les larmes de lui monter aux yeux.

— Je suis vraiment très heureuse pour vous, John.

Elle s'était imaginé que lorsqu'il aurait des nouvelles, ce serait vers elle qu'il se tournerait, pas vers Serena. Malgré tout, c'était une excellente nouvelle. Et maintenant, il allait déjeuner avec Serena, sa chère amie qui lui avait fait comprendre qu'il n'y avait pas de place pour elle…

— Il faut que j'y aille, dit-elle.

Puis, les yeux dans les yeux avec John, elle ajouta :

— Je suis tellement heureuse pour vous.

John n'en revenait pas. Malgré les précautions qu'il avait prises avec Mariah, elle avait continué d'espérer. Et ses espoirs venaient d'être balayés. Pourtant, elle n'en était pas moins heureuse qu'il soit guéri, en dépit du coup de poignard qu'il venait de lui planter dans le dos.

Habillée simplement — short en jean et T-shirt moulant —, les cheveux un peu décoiffés, elle semblait complètement déplacée dans cet hôtel de luxe. Ses yeux étaient pleins de larmes, mais elle souriait.

— Je suis vraiment heureuse, murmura-t-elle.

Et elle s'en alla sans faire de bruit.

Il faillit la retenir, courir après elle. Il aurait tellement aimé qu'elle reste… Malheureusement, c'était impossible. Serena l'observait, et il devait faire semblant d'être heureux avec elle, alors qu'il était effondré. La tristesse qu'il avait lue sur le visage de Mariah lui avait brisé le cœur.

Un comble pour un robot, non ?

— Si nous allions déjeuner ? suggéra Serena d'une voix feutrée.

Il acquiesça avec un sourire. Ce soir, c'était décidé, il lui ferait sa demande en mariage. Et dans les prochaines semaines, elle lui planterait un stylet dans le cœur.

Il avait l'habitude. Cette sensation, il la connaissait déjà.

*
* *

— Coucou, c'est moi. On peut parler ? s'enquit Mariah.

Il y eut un silence à l'autre bout de la ligne. Puis la voix froide de Serena s'éleva.

— Si tu veux savoir si je suis seule, c'est oui. Mais je suis occupée pour l'instant. Je te rappellerai.

La tonalité revint sur la ligne. Au lieu de raccrocher, Mariah considéra le combiné qu'elle tenait à la main et composa le même numéro. Cette fois, Serena ne décrocha pas. Et son répondeur ne se déclencha pas.

Etrange de la part d'une maniaque du téléphone, songea Mariah en reposant le combiné sur son socle. Serena interrogeait constamment sa boîte vocale pour consulter ses messages. Qu'elle soit sortie sans brancher son répondeur paraissait improbable.

Alors ?

Alors, c'était bien mystérieux.

Mariah était en train de débarrasser la table quand le téléphone sonna. Elle décrocha aussitôt.

— Allô ?

C'était Serena.

— Désolée, il a fallu que je parte de chez moi. J'appelle d'une cabine en ville, devant la pizzeria de Northbeach. Ma villa est infestée de cafards. C'est répugnant. Je vais à Atlanta jusqu'à ce soir. J'ai des affaires à régler là-bas. Tu veux que je te rapporte quelque chose du monde des vivants ?

Mariah n'eut pas le temps de répondre qu'elle poursuivait :

— Ah, les sales bêtes ! Même quand je ferme les yeux, je les vois qui grouillent. Le service de désinfection est venu ; ils m'ont dit qu'ils allaient mettre un produit pour les éliminer, mais qu'il faudrait deux ou trois passages avant d'en venir à bout. J'ai prévenu l'agence de location que je ne reviendrais pas. En tout cas, pas dans cette villa. C'est trop immonde !

— Tu ne reviendras pas ? demanda Mariah avec le secret espoir qu'elle quitterait l'île définitivement.

— Si. Je m'installerai à l'hôtel quelques jours, le temps de trouver une maison qui ne soit pas envahie par ces abominables insectes.

L'hôtel. Là, elle serait tout près de John. Comme c'était pratique !

Mariah inspira à fond.

— Serena, je voudrais te parler de John.

— De Jonathan Mills ?

— Oui.

— Il était fou de joie quand il a appris ses résultats. Un vrai gosse ! Note bien que ça ne veut rien dire. Plus exactement, ça ne veut pas dire qu'il ne rechutera pas. C'est peut-être juste une rémission. Il peut encore mourir.

— Si c'est ce que tu penses, que fais-tu avec lui ? Tu veux un mari vivant, non ?

Serena pouffa.

— Un mari ? Qui parle de mari ?

Sa voix changea brusquement.

— Jonathan t'a dit qu'il voulait m'épouser ?

— Non.

— Tu vois bien ! Nous sommes amis, c'est tout. Je te jure qu'il n'y a rien de sérieux entre nous, même s'il m'a déjà embrassée. En tout cas, ce n'est jamais allé plus loin. J'aurais eu l'occasion de monter dans sa suite, mais il ne me l'a jamais proposé.

Elle marqua une pause.

— Enfin, pas encore…

Il avait embrassé Serena ? Emportée par une vague de jalousie, Mariah serra les poings.

— Ce n'est peut-être pas sérieux pour toi, mais pour lui, si. John est toujours sérieux. Et il est vulnérable. Son cancer l'a fragilisé, il fait des cauchemars terribles.

— Tu veux m'éloigner de lui, ou me demander de lui tenir la main et de lui chauffer son lait la nuit quand il fait de mauvais rêves ?

— Ce ne sont pas de mauvais rêves, Serena. Ce sont d'affreux cauchemars. Il ne t'en a pas parlé ?

— Il craint peut-être de m'inquiéter.

Ou il ne parlait pas beaucoup lorsqu'ils étaient ensemble…

— Il comprendra vite qu'il m'en faut plus pour m'effrayer, ajouta-t-elle. A quoi ressemblent ses cauchemars ? C'est lié à sa maladie ?

— Non, répondit Mariah. Il est hanté par la mort d'un ami policier.

— Comme c'est intéressant ! Il avait un ami policier ?

— C'est ce qu'il m'a dit. Son ami a été assassiné par un parrain de la mafia.

— Voilà qui ajoute du piment au jeu.

— Mais ce n'est pas un jeu, Serena ! Si c'est comme ça que tu le vois…

— La vie est un jeu, Mariah, la coupa-t-elle froidement. Tu joues et tu meurs. Quelles que soient tes règles du jeu, il y en a une immuable : la mort. On meurt tous un jour. Les uns plus tôt, les autres plus tard. Si le cancer ne tue pas Jonathan, il se fera peut-être renverser par un bus.

— C'est affreux ce que tu dis !

— Mariah, s'il te plaît. Arrête de jouer les Sarah Bernhardt.

Mariah était horrifiée.

— Tu t'en vas aujourd'hui, c'est ça ? Eh bien, tu ferais mieux de ne pas revenir.

Serena éclata de rire.

— Je ne reviendrai peut-être pas. Au fait, as-tu récupéré mon négatif au labo ?

— Non, je ne suis pas sortie.

— Rends-le-moi demain sans faute. Je passerai le chercher.

— Demain ? Ce sera difficile, désolée. Est-ce que…

Mais il n'y avait plus personne sur la ligne. Serena avait raccroché sans même dire au revoir.

8

De la lumière brillait chez Mariah.

Si seulement il avait pu trouver le sommeil. S'il était resté couché au lieu de se lever. S'il n'avait pas réveillé Princess pour l'emmener faire un tour. S'il était parti dans une autre direction…

Pourquoi ne pouvait-il oublier l'expression de Mariah quand elle avait appris qu'il allait déjeuner avec Serena ? La déception et la tristesse qui se lisaient dans son regard resteraient imprimées à jamais dans son esprit.

Il n'aurait pas dû venir ici. Mais quelque chose l'avait attiré. Quelque chose de puissant. Une force à laquelle il n'avait pu résister.

Tout était allé de travers, ce soir. Il avait prévu d'inviter Serena à dîner et de la demander en mariage, mais elle lui avait laissé un message pour annuler leur rendez-vous. Elle n'expliquait pas où elle allait ni quand elle reviendrait, se contentant d'annoncer qu'elle partait sur le continent pour régler quelques affaires et qu'elle serait très vite de retour.

A coup sûr, elle l'avait percé à jour. Elle savait qu'il était du FBI.

Non seulement cette femme était d'une intelligence diabolique, mais il avait tout fait de travers. Pour commencer, son obsession pour Mariah. Ensuite, son histoire à géométrie variable sur son identité. Enfin, sa prestation désastreuse sur le chantier LFD. Depuis quand un malade dans son état construisait-il des cloisons ? Et son escalade dans l'arbre ! Il connaissait comme tout le monde les effets secondaires de la chimiothérapie. S'il avait réellement subi ce traitement, jamais il n'aurait pu porter secours à une fillette de huit ans en perdition dans un arbre — et encore moins à Mariah.

Sa plus grosse erreur, toutefois, ç'avait été de lui parler de Tony. Et de préciser qu'il était policier. Un coup de génie ! Bon sang, où avait-il la tête ?

Justement, il n'avait plus toute sa tête. Il ne réfléchissait plus. Il réagissait. Il ressentait. Il désirait. Il se laissait mener par la partie de son corps pas vraiment réputée pour son QI ! C'était comme ça que les flics se faisaient tuer, et leurs coéquipiers avec. Dieu sait s'il se moquait de mourir, mais enterrer un autre partenaire, jamais. Impossible.

Le regard fixé sur l'horizon, il plissa les yeux de façon à distinguer la ligne de démarcation entre la mer et le ciel. Une brume légère voilait les étoiles, sauf une, particulièrement brillante. La brise projetait vers la plage des bouffées d'air marin. Il faisait presque froid.

Il était tendu, nerveux, trop fatigué pour pouvoir dormir. Et surtout, il avait peur. Peur des cauchemars qui ne manqueraient pas de resurgir. Peur de voir le regard vitreux de Tony. Peur d'entendre sa voix effrayée. Peur d'affronter sa culpabilité.

Princess, qui se trouvait déjà à mi-chemin de la villa de Mariah, se tourna vers lui. Les babines relevées, elle semblait dire : « Alors, tu viens ou quoi ? »

— Non, je ne viens pas, répondit-il à voix basse mais avec fermeté. Allez, Princess, reviens. Ici. Tout de suite.

Mais la chienne continua à courir, parce que ses paroles avaient été emportées par le vent, ou parce qu'elle n'avait pas envie d'entendre, tout simplement. John se mit à courir à son tour pour la rattraper. Malheureusement, elle avait pris de l'avance et attaquait déjà les marches qui menaient à la terrasse.

— Waouh ! Waouh !

Une fois. Deux fois. Bon Dieu ! Exactement ce qu'il ne voulait pas !

Il ne voulait pas que Mariah sache qu'il rôdait autour de sa villa dans l'espoir de… De quoi ? De l'apercevoir ? De lui parler ? De l'embrasser ? De tomber à la renverse sur son lit avec elle ? De s'enfermer dans sa chambre à double tour pour ne plus jamais en sortir ?

De tout. Oui, il avait envie de tout.

— Princess ! Ici ! gronda-t-il en montant l'escalier à son tour.

La baie vitrée coulissa.

— Eh bien, Princess, que fais-tu ici ? s'enquit Mariah.

Puis elle l'aperçut.

— John ?

La voix était loin d'être amicale.

Il gravit les dernières marches en maudissant Princess en silence. En se maudissant.

— Bonjour, Mariah. Désolé, je ne voulais pas vous déranger. C'est Princess qui est venue chez vous. Elle a de la mémoire.

Mariah était magnifique. Les cheveux remontés derrière la tête grâce à une pince, elle portait le short en jean et un T-shirt moulant qu'il lui avait vus à midi. Ses jambes longues et dorées semblaient si douces qu'elles appelaient les caresses. A côté de cela, elle semblait fatiguée. Ses yeux, d'habitude si pétillants, étaient un peu ternes, et elle ne cachait pas que sa visite la contrariait.

Elle poussa un profond soupir. En se soulevant, ses seins frottèrent contre le tissu de son T-shirt. *Se rend-elle compte à quel point elle m'excite ?* Il aurait donné n'importe quoi pour la serrer contre lui.

Elle se retourna et jeta un coup d'œil à la pendule que l'on apercevait sur le mur du salon.

— Il est 1 heure du matin. Vous devriez dormir.

— Je ne peux pas. Je ne dors jamais, sauf quand…

Il se tut. Les yeux posés sur lui, elle ne dit rien. Son expression était à la fois impassible et glacée, de sorte qu'il avait du mal à deviner ses pensées.

— La nuit est fraîche, lâcha-t-elle finalement. Entrez, si vous voulez.

Sans même attendre sa réponse, elle pivota sur elle-même et rentra.

Il aurait dû prendre Princess par le collier et s'en aller. Mais il n'était plus à un dérapage près ! Quant à Princess, elle s'était déjà roulée en boule, bien au sec, dans un coin de la terrasse. Alors, il suivit Mariah à l'intérieur et referma la baie vitrée derrière eux.

La lumière qui régnait dans la pièce l'agressa, après l'obscurité de la plage. Mariah avait rassemblé plusieurs lampes sur la table appuyée à la baie vitrée, et cette zone du salon était éclairée comme en plein jour.

— Au fait, comment va votre dos ? demanda-t-il, histoire de briser la glace.

Si seulement elle avait eu la bonne idée de lui dire de partir. Si seulement elle l'avait jeté à la porte… Mais, non. Elle avait beau ne pas être ravie de le voir, elle l'invitait chez elle.

— Ça va.

— Que faites-vous debout si tard ?

Plantée au milieu du salon, les bras croisés, elle le regardait.

— Comme vous, je n'arrivais pas dormir. Je me suis dit

que j'allais remplir mes albums photos. Ces derniers temps, j'ai eu tendance à repousser constamment ce moment.

D'un geste de la main, elle montra les photos étalées sur la table, de toutes les formes et de toutes les couleurs. Il y avait aussi des albums de divers formats.

De la musique sortait des haut-parleurs, le volume au minimum. Etrangement, il ne s'agissait pas de musique douce, loin de là ! Une slide guitar gémissait très fort pour couvrir le son d'une batterie déchaînée. Le chanteur essayait de se faire entendre en hurlant une complainte aux accents country, laquelle racontait les malheurs d'une fille qui s'était fait tatouer le Texas sur le bras.

John ne put s'empêcher de sourire.

— Avec vos exercices de relaxation, je vous voyais plutôt planant dans des harmonies New Age, déclara-t-il. Je n'aurais jamais cru que vous écoutiez cette musique de sauvage !

Sa remarque réussit à la dérider.

— Désolée. Je pensais que vous me connaissiez mieux que ça. La musique New Age me fait dormir.

— Dans ce cas, on devrait en écouter tous les deux.

Elle alla s'asseoir sur le canapé, loin de la lumière, et ramena ses jambes sous ses fesses. Elle avait quelque chose de mystérieux, assise là, dans la pénombre.

— Parlez-moi de vos résultats, dit-elle.

Il s'assit en face d'elle sur une chaise et s'éclaircit la voix avant de lui débiter ses mensonges. Il lui avait déjà tellement menti… En même temps, il lui en avait dit beaucoup plus sur lui qu'à qui que ce soit. Tous ces souvenirs de sa mère…

— Il n'y a pas grand-chose à raconter. Mes analyses de sang sont meilleures. Si ça continue comme ça, je serai bientôt déclaré en rémission. Et si je ne rechute pas dans les cinq ans, je serai considéré comme guéri.

Il n'avait pu masquer le cynisme dans sa voix. Parce qu'il connaissait bien la maladie de Hodgkin et son taux de survie. Sa mère avait été malade, elle avait connu une rémission, amenant même ses médecins à la déclarer guérie. Puis elle avait rechuté. Et au deuxième round, c'était la maladie qui avait gagné. Elle était morte.

— Cinq ans ? répéta Mariah. Il faut que vous arrêtiez de vous faire du mauvais sang, John. Vous n'allez quand même pas passer cinq ans de votre vie sans dormir ! Peut-être devriez-vous vous faire aider.

Il avait envie de s'asseoir à côté d'elle. Il en crevait d'envie. A tel point qu'il n'arrivait même plus à parler.

Que fabriquait-il là ? Rien, absolument rien de bon ne pouvait sortir de cette rencontre. Rien, sauf de brefs instants de réconfort, un peu de répit au milieu de l'enfer qu'était devenue sa vie. Oui, tout cela, elle pouvait le lui donner. Mais lui, que lui donnerait-il en retour ?

— Je sais que vous ne me croyez pas, mais la maladie de Hodgkin ne me fait pas peur. Pour moi, elle n'existe pas.

Il se leva, conscient d'en avoir trop dit. Une fois de plus. Il venait ni plus ni moins de lui avouer que son cancer n'était pas réel. Or, si John Miller n'en souffrait pas, ce n'était pas le cas de Jonathan Mills.

Sauf qu'il n'avait rien à voir avec Jonathan Mills.

Lui était insomniaque et sujet aux cauchemars. Rongé par un immense sentiment de culpabilité. A l'agonie de ne pouvoir se blottir contre elle et de lui dire la vérité…

Elle se leva, les yeux braqués sur lui.

— Ça va, John ? Vous êtes bien sûr ?

Il secoua la tête.

— Non. Il faut que…

Que quoi ? Qu'il parte en courant ? Qu'il se sauve ? Bon

sang, ce n'était pas du tout son genre. Et pourtant, il voulait fuir la seule personne au monde capable de le sauver…

Elle s'approcha de lui, tout doucement, comme elle aurait approché un animal blessé ou effrayé.

— Dites-moi, John, depuis quand n'avez-vous pas dormi ?

— Je ne sais pas.

Nouveau mensonge. Il n'en pouvait plus de lui mentir. Il savait très bien depuis quand il n'avait pas dormi.

— La dernière fois que j'ai dormi, c'était ici.

Elle ouvrit des yeux ronds.

— Vous voulez dire… il y a une semaine ?

— Pas tout à fait. En fait, je commence mes nuits et puis…

— Et puis un cauchemar vous réveille, et vous n'arrivez pas à vous rendormir. C'est ça ? Oh, John, vous vous êtes vu ? Vous tremblez !

Il enfouit les mains dans ses poches et se tourna vers la baie vitrée.

— Je dois partir.

Elle lui barra le chemin.

— Laissez-moi appeler Daniel, qu'il vienne vous chercher.

— Je vais bien.

— Non, vous n'allez pas bien, répliqua-t-elle d'un ton sans réplique. John, vous allez vous asseoir. Venez là sur le canapé.

Il ne bougea pas.

— S'il vous plaît, John, faites ce que je vous dis.

Il obéit. Elle s'assit près de lui. Voilà que son rêve se réalisait…

— Parlez-moi, dit-elle d'une voix douce. Parlez-moi de Tony. Pourquoi vous reprochez-vous sa mort ? Dites-moi ce qui s'est vraiment passé.

En la voyant si tendre et attentive, il comprit pourquoi il la désirait tant, pourquoi il aimait tant être avec elle.

Il évita son regard. Elle voulait connaître la raison pour laquelle il se reprochait la mort de Tony. Elle attendait sa réponse.

Facile : il n'avait pas été à la hauteur. Il pouvait le lui avouer, il savait qu'elle lui pardonnerait. Même si la mort de Tony était sa faute, même si l'on pouvait lui reprocher de ne pas avoir tout fait pour sauver son partenaire, elle lui pardonnerait.

Il aurait dû sortir plus tôt de la camionnette. Il aurait dû se douter que les renforts n'arriveraient pas à temps. Que les hélicos ne viendraient pas. La liste des reproches était sans fin, mais quels que soient sa longueur et son contenu, la conclusion restait la même.

Il avait échoué.

Pourtant, Mariah, avec son sourire adorable et son regard tendre, lui pardonnerait aussi cet échec. Elle l'absoudrait de ses fautes, elle lui pardonnerait de n'avoir été qu'un être humain.

Personne n'imaginait à quel point il avait besoin de ce pardon. Combien il avait besoin de l'entendre. Il savait aussi, de façon évidente, qu'il fallait qu'il parte d'ici très vite, sous peine de fondre en larmes et de pleurer comme un bébé. Pleurer Tony. Pleurer sur lui-même. Pleurer sur ce qu'il avait perdu cette sale nuit, deux ans plus tôt. Pleurer parce que la seule fois où cela aurait été vraiment important, la seule fois où sa réputation d'agent infaillible, de robot, qui n'acceptait jamais le mot *impossible*, aurait fait la différence, la réalité avait eu le dessus, et Tony était mort.

Il savait qu'il fallait qu'il s'en aille, mais Mariah lui prit le bras et l'empêcha de partir.

— Je n'ai pas été fichu de le sauver, lâcha-t-il d'une voix brisée.

Elle lui caressa la joue.

— Vous avez essayé, n'est-ce pas ? Vous étiez là.

Il dut fermer les yeux pour contenir ses larmes.

— Je n'ai pas assisté à son exécution, mais je les ai entendus tirer.

Il serra les paupières très fort et plaqua les mains sur ses oreilles.

— Je l'ai entendu mourir…

Alors, telle la lave d'un volcan qui bouillonne depuis trop longtemps, le chagrin, les reproches et la rage qu'il contenait depuis deux ans jaillirent dans un flot de larmes. Elles étaient si chaudes qu'elles brûlaient ses joues. Ses poumons lui faisaient mal, il manquait d'air.

— C'était trop tard… J'y suis allé trop tard…

Sentant les bras de Mariah autour de lui, il tenta de se dégager, d'arrêter de pleurer, de retenir son désarroi et d'enterrer de nouveau tout ce magma de sentiments, de reproches et de regrets. Il crut qu'il avait réussi, mais elle resserra son étreinte.

— Que se serait-il passé si vous étiez intervenu plus tôt ? s'enquit-elle d'une voix aussi douce que ses mains dans ses cheveux. Vous auriez pu empêcher qu'ils le tuent ?

Il ne répondit pas. Il connaissait la réponse… et il devinait qu'elle aussi.

— Vous vous seriez fait tuer aussi, n'est-ce pas ?

— Oui.

Ni sans doute, ni peut-être, mais sûrement. Il serait mort. C'était parce qu'il était arrivé après, une fois que les gars de Domino avaient vidé leurs chargeurs dans la tête de Tony, qu'il avait réussi à les coincer sans se faire descendre. S'il avait surgi plus tôt, on l'aurait retrouvé étendu sur le ciment, comme Tony. Mort.

— John, vous devez vous pardonner de ne pas être mort avec votre ami.

Voilà pourquoi il était venu ici. Pour recevoir l'absolution. Pour soulager son âme. Mais il voulait aussi soulager son corps. Il en avait tellement envie qu'il avait peur de succomber. Bon Dieu, il était à deux doigts de faiblir !

Il essaya de repousser ses mains. Ses mains qui le mettaient en transes et lui rappelaient que l'oubli serait doux s'il s'abandonnait.

Il était urgent qu'il s'en aille.

Mais une fois de plus, elle l'en empêcha.

— Voilà, murmura-t-elle.

Ses mains couraient dans ses cheveux, sur son visage, ses épaules et son cou.

— C'est bien. Laissez-vous aller… Ce n'est pas un péché d'être en colère et triste. Vous avez le droit, on a tous le droit d'avoir de la peine. Laissez-vous aller, pleurez, évacuez les poisons qui vous empêchent de vivre. Voilà, comme ça. N'ayez pas honte…

Il ne pouvait plus s'arrêter. Accroché à elle, il pleurait toutes les larmes de son corps.

— C'est bien, répétait-elle inlassablement en le serrant dans ses bras. C'est bien…

Seigneur, faites qu'elle ne m'embrasse pas. Faites qu'elle ne m'embrasse pas, ou je suis perdu…

Il ferma les yeux. Elle se mit alors à le masser comme elle l'avait fait une semaine plus tôt.

— Pardonnez-vous, murmura-t-elle. Je suis sûre que Tony vous a pardonné.

Et comme la dernière fois, la fatigue eut raison de lui.

*
* *

Mariah ne dormait pas.

Comment l'aurait-elle pu ? Le canapé était trop étroit pour deux personnes, surtout de leur gabarit.

Elle n'était pas vraiment mal. En fait, elle aimait bien sentir le poids du corps de John contre le sien, leurs jambes entrelacées. Cela lui plaisait même trop.

Ils n'avaient pas fait l'amour. Mais si cela n'avait tenu qu'à elle…

Seigneur, comme elle avait changé depuis leur première rencontre ! Que s'était-il passé ? Quel pouvoir avait ce Jonathan Mills pour faire d'elle la carpette qu'elle était devenue ?

Comme il remuait légèrement, elle décoinça son bras qui commençait à s'engourdir.

C'était cette histoire de cancer. Savoir que la vie de cet homme était menacée la touchait au plus profond d'elle-même. Le voir souffrir la faisait souffrir. C'était tellement affreux de vivre avec une épée de Damoclès au-dessus de la tête… Oui, ce devait être ça. Car, quand elle était tombée amoureuse auparavant, jamais sa dignité ni sa volonté n'avaient été entamées.

Amoureuse…

Elle baissa les yeux vers lui. Profondément endormi, les lèvres entrouvertes, il semblait tellement jeune, tellement fragile. Tellement attendrissant.

Elle était amoureuse de lui. Et elle n'avait jamais été aussi malheureuse de sa vie, même au moment de son divorce.

Malgré tout, elle ne voulait plus souffrir. Elle n'était pas folle.

Puisqu'il avait partagé bien plus que des repas avec Serena, puisqu'il se sentait si bien en sa compagnie, dorénavant il n'aurait qu'à chercher consolation auprès d'elle.

S'il voulait dormir, il s'adresserait à elle. Et tant pis pour les nuits blanches et les cauchemars !

Forte de sa décision, elle se dégagea complètement et faillit dégringoler du canapé. Se relevant avec précaution, elle le vit remuer mais sans se réveiller.

Elle aurait dû se sentir mieux. Avoir trouvé le courage de le repousser aurait dû la regonfler à bloc. Hélas, non. Sans son corps contre le sien, sans sa chaleur, elle ne ressentait qu'un immense vide.

Elle revint à l'hôtel assez tard après avoir fait la fermeture du bar, buvant et dansant comme une folle.

Sa robe sentait la cigarette et la transpiration. Elle l'enleva et la laissa tomber sur l'épaisse moquette. Elle ne l'emporterait même pas en partant demain matin.

Il fallait qu'elle y retourne, il lui fallait ce négatif. Si ce n'est que cette grosse vache n'avait pas eu l'air de vouloir se presser de le récupérer…

Où gardait-elle ses négatifs, déjà ? Au labo B&W, avait-elle dit. Sur le continent, juste en face de l'île. Facile à trouver. Il suffirait qu'elle se présente dans la boutique et demande tout le lot de négatifs.

Elle s'arrêta devant le miroir et s'y attarda pour s'admirer. Pas de doute, elle avait un corps sublimissime. Comme l'était son visage. Elle avait subi quelques interventions de chirurgie plastique de façon à se faire enlever ses cicatrices. Toutes sauf une, minuscule et dissimulée sous son sourcil gauche.

C'était son « premier » qui lui avait fait toutes ces marques. Du moins, celles que ne lui avait pas laissées son père avant lui.

Elle ferma les yeux au souvenir du frisson qui l'avait parcourue quand, au beau milieu de la nuit, un policier s'était présenté à sa porte pour lui annoncer que son premier était mort. Un accident de voiture. Il avait bu comme un soiffard, et au lieu de rentrer la frapper — ou plutôt, la réduire en bouillie —, il s'était encastré dans un platane.

En la voyant rester près du cercueil vingt-quatre heures sur vingt-quatre, la femme de l'entrepreneur des pompes funèbres avait pris pour du chagrin ce qui n'était que de la présence. Elle avait coupé une mèche de cheveux du mort et la lui avait remise comme un trésor. Quelle méprise ! Fallait-il qu'elle soit bonne comédienne, quand même !

En fait, elle avait peur. Peur, si elle cessait de le surveiller ne serait-ce qu'une minute, qu'il ne sorte de son cercueil avant qu'on ait scellé le couvercle. Oui, elle avait redouté jusqu'au bout de le voir surgir, tel un polichinelle de sa boîte, et revenir la hanter.

Elle s'apprêtait à jeter la mèche quand elle avait repris ses esprits. Elle l'avait gardée, enveloppée dans de la cellophane et rangée au fond de son coffret à bijoux.

L'argent de l'assurance additionné au paquet de billets qu'elle avait découvert dans le garage lui avait permis de se rendre sur l'île de Saint-Thomas où elle s'était acheté une nouvelle identité. De cette façon, elle était sûre que ceux à qui appartenaient les billets ne retrouveraient jamais sa trace.

C'était à ce moment-là qu'elle avait connu le deuxième.

Il était vieux, riche, et presque aussi méchant que le premier. Mais sa méchanceté s'exerçait différemment. Il ne la battait pas, ne lui faisait pas de mal physiquement. Pourtant, ce n'était pas mieux. Aussi, quand un jour, un morceau de poulet s'était coincé dans sa gorge, elle l'avait tranquillement regardé s'étouffer. Il avait vite compris qu'elle ne ferait rien pour le sauver et qu'il allait mourir.

Comme elle avait aimé ça. Elle avait aimé ce pouvoir, ce sentiment de domination.

Le troisième, elle l'avait épousé avec l'intention de l'éliminer. Et les suivants aussi.

C'était un jeu d'enfant. Elle était tellement plus intelligente qu'eux réunis. Plus maligne, aussi, que ce soi-disant Jonathan Mills.

Elle savait qu'un jour ou l'autre, la police essaierait de lui mettre la main dessus. Elle les guettait, elle était prête. Et quand elle avait trouvé leurs petits micros de quatre sous disséminés dans toute sa villa, elle avait compris que Jonathan avait été envoyé pour l'arrêter.

Alors, elle avait fui.

Elle se glissa entre les draps amidonnés de son lit d'hôtel avec un certain regret.

Elle aurait bien aimé enfoncer la lame d'un stylet dans le cœur de Jonathan Mills…

9

John ne dormait pas quand le téléphone sonna. Cela faisait au moins une heure qu'il était réveillé, mais il était resté allongé sur le canapé, tantôt à somnoler, tantôt à rêvasser en regardant le reflet du soleil sur le plafond.

Il ouvrit les yeux. Il faisait jour, et les rayons dardaient leur lumière sur lui.

— Allô ? dit une voix dans la pièce voisine. Oui, il est là. Je vais voir s'il est réveillé.

Entendant un bruit de pas, il se redressa et, machinalement, se passa une main dans les cheveux. Sa coupe rase lui rappela aussitôt où il était, ce qu'il faisait là et qui il était censé être.

Il avait dormi toute la nuit. Profondément. Sans l'ombre d'un cauchemar.

Incroyable…

— C'est pour vous, déclara Mariah en lui tendant un téléphone sans fil.

Elle évitait son regard. Tout en prenant l'appareil, il se repassa le film de la soirée. Lui avait de quoi être gêné : il s'était effondré comme une lavette et avait versé un torrent de larmes sur ses malheurs. En revanche, il ne se rappelait pas avoir fait quelque chose qui ait pu l'embarrasser ou la contrarier.

S'ils ne s'étaient pas embrassés, il se rappelait nettement s'être endormi dans ses bras.

Il approcha l'appareil de son oreille sans quitter Mariah des yeux. Elle s'était avancée près de la baie vitrée et l'ouvrait pour laisser entrer un filet d'air. La fraîcheur de la nuit ne s'était pas encore complètement dissipée, mais cela ne tarderait pas. Il devait déjà faire chaud sous le soleil. Elle resta un moment à contempler l'océan. A la façon dont elle se tenait, épaules affaissées, il comprit qu'elle était fatiguée.

Il avait peut-être bien dormi, mais pas elle.

— Oui ? lança-t-il dans le téléphone.

— John, c'est Daniel. Désolé de te déranger, mais j'ai une mauvaise nouvelle : Serena a disparu, et pour de bon, apparemment.

Il ne bougea pas un cil.

— Qu'est-ce qui te fait dire ça ?

— Elle a mis fin à sa location, hier. Sa maison est vide, tout a été déménagé. J'y suis allé tôt ce matin. Les micros sont toujours en place. Apparemment, elle n'y a pas touché, mais ça ne veut rien dire. Je suis prêt à parier qu'elle les a vus et qu'elle a pris peur.

Il lâcha un juron qui fit se retourner Mariah.

— Appelle Blake. Explique-lui la situation et rappelle-moi.

Lorsqu'il raccrocha, elle s'était de nouveau tournée vers la mer.

Il avait hésité à demander Serena en mariage, et maintenant, l'oiseau s'était envolé. Or, il savait d'expérience qu'un suspect qui se volatilise se retrouve rarement.

L'affaire tombait à l'eau — cette étape, du moins. Mis à part ce fâcheux problème, il éprouvait un profond soulagement. Pour la première fois de son existence, il avait trouvé un autre centre d'intérêt que ses enquêtes.

Il avait trouvé Mariah.

Reposant l'appareil sur la table, il se leva et s'étira.

— Vous permettez que j'utilise votre salle de bains ?

— Allez-y. Mais après, j'aimerais que vous partiez.

Sa demande le paralysa. Partir ? Il l'avait trouvée, et elle lui demandait de s'en aller ?

Elle se retourna et disparut dans la cuisine sans qu'il fasse un mouvement.

Comble de l'ironie, c'était la première fois depuis leur première rencontre qu'il était libre. Certes, le dossier n'étant pas officiellement clos, il ne pouvait pas lui dire qui il était, ni ce qu'il fabriquait sur l'île. Pas encore. Mais il pouvait la prendre dans ses bras et l'embrasser sans craindre de commettre une erreur.

Il n'avait jamais cru aux belles paroles du style « amour toujours ». Il redoutait les grandes promesses. Il se savait incapable de rendre Mariah heureuse toute une vie, mais il était certain d'une chose : il saurait la faire sourire pendant un bon bout de temps.

Il se rendit dans la salle de bains et se lava les mains. Comme il se passait de l'eau sur le visage, il aperçut son reflet dans la glace. Il avait encore l'air épuisé, malgré sa bonne nuit.

— Bon Dieu, je retournerais bien me coucher, marmonna-t-il.

Pour la première fois depuis des années, le sommeil lui apparaissait, non comme une horrible bête vicieuse penchée sur lui, mais comme une bénédiction.

Serena étant maintenant hors circuit, il n'avait plus rien à faire, pas d'endroit où aller. Du moins, tant que Daniel n'aurait pas pris contact avec le commandant Blake. Connaissant ce dernier, il convoquerait ses hommes et se déplacerait peut-être, histoire de constater le désastre de ses propres yeux. Ce qui n'arriverait pas avant des heures, voire des jours.

Mariah voulait qu'il s'en aille, mais il voulait rester. Il *pouvait* rester.

Prenant une profonde inspiration, il ouvrit la porte de la salle de bains et se dirigea vers la cuisine où il entendait l'eau couler.

— J'ai donné à boire à Princess, lui apprit-elle sans même lui jeter un regard.

— Merci. C'est gentil.

Il hésita et s'excusa, soudain gêné de s'être endormi chez elle, la veille.

— Pardon pour hier soir, et merci. Ça m'a fait...

Il eut un sourire malicieux.

— ... beaucoup de bien. Je me sens en forme.

Elle se décida enfin à le regarder.

— Vous avez dormi longtemps.

— Ça faisait plus de deux ans que je n'avais pas dormi comme ça.

— Vous ne l'aviez jamais pleuré avant, n'est-ce pas ?

Il jeta un coup d'œil par la fenêtre. Le soleil était si fort qu'il cligna des yeux.

— Non.

— Ce n'est pas votre faute s'il est mort.

— Non, ce n'est pas ma faute, je le sais. Mais je ne me résous pas à admettre que je ne pouvais rien faire.

Il se tut et reposa les yeux sur elle. Il avait envie de la prendre dans ses bras, de la sentir contre lui. Malheureusement, son attitude ne trompait pas : elle lui demandait de garder ses distances.

— Vous pourriez peut-être m'aider à faire ce travail sur moi...

— Désolée, mais je ne peux pas. Je ne veux plus être votre psychothérapeute, John. Casser des assiettes contre un mur ou faire des exercices de relaxation ne résoudront pas vos problèmes. Ce qu'il vous faut, c'est un professionnel. Moi, je…

Sa voix se brisa.

— Je veux que vous restiez à votre place, loin de moi. Je ne peux plus jouer les amies. C'est peut-être mesquin de ma part parce que je sais que vous avez besoin de moi, mais je ne peux plus. Je me respecte trop pour jouer ce jeu idiot avec vous. Vous avez envie de moi ou pas ? Chaque fois que je crois que c'est oui, vous freinez des quatre fers. Et quand, enfin, je me suis convaincue que c'est non, vous revenez en force. Vous me regardez comme… comme… comme ça ! Ne me regardez pas comme ça, John ! Arrêtez, je ne joue plus. Je vous demande de partir.

Il fit un pas vers elle.

— Mariah…

Elle croisa les bras devant elle et pointa le menton, crâne malgré les larmes qui brouillaient son regard.

— La porte est de l'autre côté.

Il ne recula pas. Les yeux fixés sur elle, il la vit retenir son souffle.

— Vous avez le droit de penser ce que vous voulez, sauf que je ne vous désire pas. Parce que je vous désire, justement. Je vous désire depuis l'instant où je vous ai vue, et depuis cet instant, vous n'avez pas quitté mes pensées.

Visiblement incrédule, elle secoua la tête et laissa échapper un petit rire qui ressemblait à un sanglot.

— Dans ce cas, pourquoi avoir embrassé Serena ?

Qu'elle soit au courant ne le surprit pas, et il ne chercha pas à nier.

— Je ne peux pas… Je ne peux pas vous l'expliquer.

— Essayez.

— Impossible.

Elle voulut sortir, comme si elle ne supportait pas d'être avec lui une seconde de plus, mais il bloquait la porte.

— Mariah, attendez, fit-il en lui prenant le poignet.

— Lâchez-moi !

Il obéit, craignant de la blesser une nouvelle fois. Il se reprochait encore les bleus qu'il lui avait faits sur les bras.

— Je l'ai embrassée parce que j'espérais, de cette façon, arrêter de vous désirer.

Ce n'était qu'une partie de la vérité, mais avec un peu de chance, cela lui suffirait.

Elle se retourna, l'air méprisant.

— Vous êtes tellement imbu de…

Il l'embrassa. Bien sûr, c'était de la triche, mais il s'en fichait. Il savait qu'en l'embrassant, il ferait retomber sa colère et raviverait le feu qui couvait dans ses veines. Les mots durs et les disputes passeraient au deuxième plan. Un baiser effacerait tout, sauf la vérité : l'attirance qu'ils ressentaient l'un envers l'autre.

Voyant qu'elle ne lui opposait aucune résistance, il approfondit son baiser. Elle lui répondit avec une violence qui le surprit. Elle passa les bras autour de son cou et, se serrant contre lui, caressa sa nuque, son dos, remonta vers sa nuque, ébouriffa ses cheveux.

Encouragé par sa fougue, il posa les mains sur ses hanches et la plaqua contre lui.

— Fais-moi l'amour, Mariah…

Elle ne répondit pas. L'ardeur qu'elle mettait à l'embrasser était plus explicite que des mots.

Mais, brusquement, elle s'écarta.

— Je ne sais pas… J'ai peur de le regretter.

— Non, Mariah, tu ne regretteras rien. Ce sera trop bon pour que tu aies des regrets.

Elle eut un sourire empreint de tristesse.

— J'avais décidé de ne plus te voir, et voilà que tu

viens tout chambouler. Dis-moi de te mettre à la porte. Dis-le-moi, s'il te plaît.

Il ne bougea pas. Partir alors qu'ils avaient autant envie l'un de l'autre ? Pourquoi se faire souffrir quand ils pouvaient se faire du bien ?

Il s'apprêta à reprendre possession de ses lèvres, mais elle posa un doigt sur sa bouche.

— Je crois que je ne me suis pas bien fait comprendre. Il ne s'agit pas seulement d'attirance physique, John. Ce que j'éprouve pour toi est bien plus profond. C'est facile de me déshabiller et de coucher avec toi, mais ce n'est pas ce que je souhaite. Une partie de jambes en l'air en passant, excuse-moi l'expression, ne m'intéresse pas. Ce que je veux, c'est vraiment faire l'amour. L'amour, tu saisis ?

Elle inspira à fond puis ajouta :

— Je suis amoureuse de toi, John. Si ça te fait peur, je préfère que tu t'en ailles tout de suite, avant de me démolir complètement.

Il ne répondit pas. C'était tout juste s'il pouvait encore respirer. Elle était amoureuse… de lui ?

Il plongea son regard dans le sien, le cœur serré. D'inquiétude ? De bonheur ?

— Voilà une bonne raison pour rester, murmura-t-il.

Lui aussi voulait être aimé. Il en rêvait. Dans le passé, il avait fui l'exaltation des grandes promesses dégoulinantes de sentiments, mais depuis qu'il connaissait Mariah, il rêvait d'amour, de tendresse. Et de volupté.

Il la serra un peu plus fort.

— Je veux que tu me fasses une promesse, l'arrêta-t-elle encore.

— Mariah…

— Je ne te demande pas de t'engager ou quelque chose comme ça. Simplement…

Elle s'arrêta et inspira profondément comme si ce qu'elle avait à dire lui pesait sur le cœur.

— Ne couche pas avec Serena, d'accord ?

Elle ne demandait rien de plus ? Facile.

— C'est d'accord, je te le promets.

Alors, elle lui prit la main et l'entraîna vers sa chambre.

Le soleil matinal qui filtrait à travers les rideaux colorait les murs en vert d'eau, et des éclats de lumière semblaient danser sur le plafond. Avec l'odeur du large qui flottait dans l'air, il se serait cru sous l'eau. Ou au paradis.

Le lit de Mariah se trouvait au milieu de la chambre. Défait et en désordre, les draps froissés repoussés contre le pied. Elle lui avait dit qu'elle n'avait pas fermé l'œil de la nuit. Effectivement ! Elle avait même dû beaucoup s'agiter pendant que lui dormait comme un bébé sur le canapé.

Elle lui mordilla les lèvres, lui arrachant un gémissement. Hmm, c'était bien le paradis…

Encouragée, elle glissa les mains sous son T-shirt. Il ferma les yeux. C'était trop bon, trop fort, trop… lent. Mais si c'était ce qu'elle voulait, alors il maîtriserait son désir et lui ferait l'amour doucement.

Elle lui passa son T-shirt par-dessus la tête. Il s'apprêtait à lui retirer le sien quand elle l'arrêta.

— Est-ce que tu as déjà remarqué ? Au moment de faire l'amour, les hommes ne se déshabillent jamais en premier.

Elle eut un petit rire tandis que ses doigts s'aventuraient plus bas et défaisaient le bouton de son jean, effleurant son sexe au passage.

— Question de domination, ajouta-t-elle. Celui qui est encore habillé a un certain pouvoir sur celui qui est nu.

— C'est à ça que tu penses ? C'est ça, ton *trip* ?

Elle le poussa sur le lit et l'aida à retirer son jean.

— Les femmes gardent une certaine réserve, parce qu'elles ont peur d'être prises pour des filles faciles. Et puis, on leur a toujours appris à se donner. A se laisser faire. C'est l'homme qui doit nous enlever nos vêtements, c'est à lui de diriger. De choisir le moment, le lieu et la position. A lui de faire le travail, si j'ose dire. C'est de là que vient l'expression faire l'amour à quelqu'un. Personnellement, je préfère l'autre formule : faire l'amour *avec* quelqu'un.

Elle jeta son jean par terre avec un sourire et conclut :

— Voilà mon *trip*.

Il l'attira à lui et la serra très fort avant de se rappeler subitement sa blessure.

— C'est vrai, ton dos ! s'exclama-t-il. Je ne t'ai pas fait mal ?

— Non, ça va.

Rassuré, il lui ôta son T-shirt — elle ne protesta pas —, puis déboutonna son short, le fit glisser le long de ses jambes et l'envoya rejoindre son jean. Elle était belle, désirable et extrêmement sexy dans ses dessous de dentelle blanche sous lesquels pointaient ses mamelons. Il en prit un entre ses lèvres et le taquina. Avec un gémissement, elle écarta les jambes afin qu'il vienne se loger au chaud entre ses cuisses.

Oui, c'était vraiment le paradis.

Dire qu'un instant plus tôt, elle déclarait solennellement qu'elle ne voulait plus le voir et que maintenant, elle se laissait déshabiller, étendue sur le lit, offerte. Comble du comble, elle redoutait qu'il ne la trouve pas à son goût, elle qui n'avait pas la plastique d'une poupée Barbie.

Elle sentait les mains de John courir sur sa peau. Bien qu'elle ait les yeux fermés, elle devinait qu'il la regardait.

Etait-il en train de juger ses formes ? De se moquer de ses rondeurs ?

— Tu es incroyable, murmura-t-il.

Prête à s'insurger, elle rouvrit les yeux, mais au lieu du mépris qu'elle redoutait, elle lut de l'admiration dans son regard. C'était sérieux ? Il admirait son corps ?

— Tu me plais, ajouta-t-il.

Donc, il n'était pas du genre à se laisser impressionner par une minette telle que Serena. Ni à vouloir à tout prix lui imposer un régime, comme l'avait fait Trevor, dans le but de la ramener — délire d'homme complexé — à sa hauteur !

Non, John n'était pas comme ça. John aimait vraiment les femmes. Même les femmes grandes et charnues, comme elle.

— Tu es belle, tu sais.

Si elle comprenait bien, à ses yeux, elle n'était ni trop grande ni trop large ; ses cuisses n'étaient pas trop grosses, ses jambes pas trop musclées. Elle n'avait pas les hanches trop rondes ni la poitrine trop forte…

Réconfortée, elle s'assit et défit son soutien-gorge, dévoilant sans se cacher sa poitrine généreuse. Une première. Mais le regard admiratif de John en valait la peine. Il sourit. Un sourire ravi qui acheva de la rassurer.

— Mariah…

Ils s'agenouillèrent ensemble sur le lit, poitrine contre poitrine, partageant la même chaleur, le même désir. Il était doux contre elle, doux et soyeux. Et il la désirait, incontestablement. Le moment était venu…

Ils rompirent le silence en même temps.

— Mariah, tu ne m'as pas dit que tu avais des protections ?

— Tu ne mets pas de préservatif ?

Ils éclatèrent de rire.

— Je vais en chercher, dit-elle en s'arrachant à son étreinte.

Elle fourragea dans le tiroir de la table de chevet à la recherche du paquet que lui avait offert sa tante avant son départ. Un cadeau accompagné d'un « bonnes vacances » malicieux. Les yeux écarquillés, elle s'était empressée de ranger la boîte dans son attaché-case. *Il y a peu de chance que je m'en serve,* avait-elle pensé alors.

Elle mettait enfin la main sur la boîte, au fond du tiroir, quand elle sentit John derrière elle. Posant la tête sur son épaule, il se plaqua contre elle et posa les mains sur ses seins. Il avait ôté son caleçon. Elle frissonna en sentant son sexe dressé contre ses fesses. C'était délicieux, érotique à souhait et diablement prometteur…

Trop prometteur pour languir plus longtemps.

Tournant la tête vers lui, elle plongea dans son regard bleu. Il laissa ses mains glisser le long de son ventre et passa les doigts dans sa petite culotte. Qui atterrit bientôt par terre.

Maintenant, ils étaient nus tous les deux. Cela aurait pu l'embarrasser, entre autres parce que cela faisait des années qu'elle ne s'était pas trouvée dans cette situation, et pourtant, elle se sentait parfaitement à l'aise. Elle avait été attirée par John dès l'instant où elle l'avait vu. Il lui avait plu tout de suite, à la seconde où il avait ouvert la bouche. Et entre cette seconde et maintenant, elle était tombée amoureuse. C'était cet amour qui l'empêchait de trouver la situation gênante.

Et tant pis si son amour n'était pas réciproque. Elle savait qu'il l'aimait beaucoup et, tout compte fait, elle préférait ce sentiment tiède mais rassurant à l'emballement passionné que les amants prennent pour de l'amour et qui n'est souvent qu'un feu de paille.

Elle lui mit le préservatif dans la main.

— Mets-le. Ensuite, allonge-toi et ferme les yeux.

Son ton autoritaire le fit rire.

— Qu'est-ce que tu me proposes ? L'exercice de la cocotte-minute ou les mouettes en rase-mottes ?

Elle le poussa doucement sur le lit.

— Tu verras…

Elle passa son déshabillé et se rendit dans le salon. Là, elle débrancha le lecteur, chercha un CD et les rapporta dans la chambre.

John était allongé sur le lit comme elle le lui avait demandé. Le torse recouvert d'un fin duvet noir, les muscles saillants sous une peau lisse et bronzée, il semblait insolent de santé. Difficile d'imaginer que cet homme gisait entre la vie et la mort sur un lit d'hôpital il y a quelques semaines encore…

Mais elle ne voulait pas y penser. Pour l'instant, seul comptait ce moment où leurs corps n'allaient plus faire qu'un.

Et, parole de Marie Carver, ce serait une expérience inédite.

Se relevant sur un coude, il la regarda brancher le lecteur et insérer le CD. Il avait eu du mal à mettre le préservatif tant il était excité, et voilà qu'elle prenait son temps, maintenant. Cette femme était décidément pleine de surprises…

Il en profita pour l'admirer. Son déshabillé turquoise n'était pas noué et laissait entrevoir son corps de déesse. La première fois qu'il avait vu sa photo, elle lui avait fait penser à Cyd Charisse, une star de Hollywood célèbre pour ses jambes. Celles de Mariah étaient encore plus belles qu'il ne l'avait pensé au départ.

— Encore une toute petite chose…

Il sourit, amusé, tandis qu'elle orientait vers le lit un petit haut-parleur posé sur la table de chevet. Aussitôt, un flot de notes douces déferla dans la pièce.

— Une chute d'eau, expliqua-t-elle.

Elle laissa son déshabillé glisser sur ses épaules.

— Ferme les yeux.

Il n'avait pas envie de fermer les yeux. Il voulait la regarder. Il ne se lasserait jamais de l'admirer.

Elle monta légèrement le son. La cascade céda la place à des piaillements d'oiseaux. Cris, gazouillis, pépiement, cui-cui…

— C'est le Philarmonic Animal Orchestra de Garden Isle ? plaisanta-t-il.

Elle revint s'asseoir près de lui et se pencha pour l'embrasser.

— Chut, et ferme les yeux, répéta-t-elle.

Il obéit.

Aussitôt, il sentit ses cuisses contre les siennes, ses lèvres sur sa bouche, puis son corps tout entier allongé sur lui, sexe contre sexe, seins contre seins. Il brûlait de désir, mais il voulait la satisfaire avant de prendre son plaisir. Il garda donc les yeux fermés et la caressa. Elle avait la peau incroyablement douce.

Tout à coup, elle se mit à onduler sur lui. Impatient, il voulut la pénétrer, mais elle l'en empêcha. Pourquoi le torturait-elle ainsi ? Voulait-elle lui faire payer son écart de conduite avec Serena ? Elle semblait faire exprès de prendre son temps.

— S'il te plaît, Mariah…

Elle bougea encore, se cala sur lui, puis prit son sexe dans sa main et le glissa en elle. Elle était plus douce que du satin, plus brûlante qu'un tison. Haletant, il l'empoigna par les hanches et la fit aller et venir sur lui. Son envie de jouir était telle qu'elle lui porta au cœur. Mais il ne fallait pas, c'était trop tôt, beaucoup trop tôt.

— Tu es dans un endroit merveilleux, murmura-t-elle. Avec des oiseaux qui chantent et une cascade qui susurre…

Il rouvrit les yeux. Penchée sur lui, elle souriait.

— La prochaine fois qu'on te dira « Fermez les yeux et imaginez que vous êtes au cœur d'un lieu merveilleux que vous aimez beaucoup », tu n'auras qu'à t'imaginer *ici*.

Elle ondula sur lui pour bien lui faire comprendre le sens du mot *ici*. Et continua son mouvement de va-et-vient, lentement, en prenant son temps. Elle le rendait fou… et elle le savait. Cela se voyait à son sourire.

Ne supportant plus le supplice qu'elle lui infligeait, il la saisit à bras-le-corps, prit sa bouche puis ses seins qu'il mordilla. Elle accéléra le rythme. Tout à coup, elle se cambra violemment et poussa un cri de plaisir.

Il gémit. Il lui sembla que le temps s'arrêtait, que plus rien n'existait que cette femme avec laquelle il ne faisait plus qu'un. Plus rien ne comptait que la jouissance qu'il lisait sur son visage.

Alors qu'elle s'effondrait sur lui, il sentit un déferlement de plaisir le submerger à son tour et s'abandonna à cette sensation vertigineuse.

Le souffle de Mariah sur son visage, son corps collé au sien, le bruit des oiseaux et de la cascade dévalant la falaise… Elle avait raison, c'était un lieu unique, magique, et il ne l'oublierait jamais.

Elle tourna la tête et effleura ses lèvres. Elle ne dit rien, ç'aurait été superflu puisqu'elle le lui avait déjà dit.

Donc, c'était cela, faire l'amour avec quelqu'un qui vous aime. Donner et se donner totalement. Avait-elle ressenti comme lui ce qu'il y avait de miraculeux dans leur étreinte ?

Il garda le silence également. Il manquait de mots pour exprimer son bonheur. Pourtant, il pouvait maintenant le nommer.

Car il avait eu une révélation : lui aussi l'aimait.

Elle sortit du labo B&W, un carton dans les bras. Quand elle avait prétendu vouloir récupérer les négatifs pour son amie, l'employé avait paru ravi d'accéder à sa requête.

De retour à sa voiture, elle s'installa derrière le volant et souleva le couvercle du carton. Elle fit défiler les bandes de négatifs devant le soleil. Au bout d'une vingtaine de bandes, elle s'arrêta. Le plus simple serait de brûler toute la boîte. Ni vu ni connu.

Elle inspecta une dernière fois le carton et avisa une pochette en papier, une de ces pochettes dans lesquelles les photographes rangent les clichés qu'ils ont développés.

Elle l'ouvrit. Dedans se trouvaient d'autres négatifs.

Elle leva une bande pour la regarder dans le soleil. Puis une autre et encore une autre.

Que des photos d'elle ! Cette misérable punaise avait réussi, Dieu seul sait comment, à la prendre à son insu !

La rage la prit. Une rage d'autant plus frénétique qu'elle se mêlait à la peur. Si les négatifs étaient là, cela voulait dire qu'il y avait des photos quelque part.

Elle allait devoir y retourner.

Elle inspira à fond pour se calmer. Ce n'était pas grave, elle était plus intelligente qu'eux. Elle retrouverait les photos, par quelque moyen que ce soit, elle détruirait les preuves et écraserait la vermine qui lui barrait le chemin.

Réjouie à cette perspective, elle finit par se calmer. Elle

était plus maligne qu'eux. Elle ne manquait pas d'idées. Ils allaient voir !

Elle referma le couvercle du carton et démarra. Elle avait du pain sur la planche, maintenant !

10

L'œil dans le viseur, Mariah cadra John.

— Souris, dit-elle.

Il la regarda et sourit.

— Tu me prends en train de faire la vaisselle ?

Elle appuya sur le déclencheur plusieurs fois de suite.

— Je te prends en photo, c'est tout. Peu importe que tu fasses la vaisselle. Je regrette de ne pas avoir encore développé les photos que j'ai prises de toi le jour où je t'ai rencontré.

Il haussa les sourcils.

— Tu m'as photographié sur la plage, le nez dans le sable ?

Sa remarque la fit rire.

— Non, je t'ai photographié alors que tu te promenais sur la plage avec Princess, et je ne sais pas ce que j'ai fait de la pellicule. Elle est sûrement là, quelque part. Dommage que je ne la retrouve pas, je t'aurais montré combien tu as changé entre ce jour-là et maintenant. Tu n'es plus le même. Aujourd'hui, tu as l'air détendu et… heureux.

Il l'attira à lui et l'embrassa.

— C'est parce que j'ai eu de la chance, ce matin. Le Dr Hollis ne recommande-t-il pas les galipettes pour soulager le stress ? Selon lui, c'est même le meilleur moyen de se détendre. Alors oui, je suis très détendu.

— Je ne suis pas sûre que le Dr Hollis emploie ce mot-là, répliqua-t-elle en riant.

Il l'embrassa, sur la bouche cette fois, avec tant de tendresse qu'elle se sentit fondre.

— C'est la première fois de ma vie que je me sens aussi chanceux. J'ai gagné le jackpot en te rencontrant.

Elle le considéra, intriguée.

— Qu'est-ce que tu racontes ?

Dans ses yeux bleus brillait une lueur si intense qu'elle l'aurait bien prise pour de l'amour si elle n'avait pas eu peur de se bercer d'illusions.

— Le téléphone, Mariah !

A regret, elle s'éloigna pour aller répondre. L'assistante du médecin lui annonça qu'elle pouvait reprendre ses activités, à condition de ne pas forcer.

Mariah raccrocha en souriant. Nul doute que l'assistante aurait classé dans la catégorie à risque les ébats qu'elle avait eus avec John pendant la nuit…

John se servit un autre café tout en la regardant parler au téléphone. Dans son déshabillé turquoise, les cheveux encore emmêlés, elle était vraiment étonnante. Attirante, exquise, aussi appétissante que le petit déjeuner qu'ils avaient pris sur la terrasse au soleil.

En temps normal, il détestait avoir quelqu'un dans les jambes le matin. C'était un temps à lui sur lequel nul ne devait empiéter. Mais en voyant Mariah aller et venir autour de lui, il se demanda s'il ne serait pas heureux, à l'avenir, de partager avec elle tous ses réveils et ses petits matins. Avec elle, tout était tellement naturel et agréable. Même les silences.

Il se voyait bien se réveiller chaque matin à ses côtés, le visage tourné vers elle. Le soir, il s'endormirait dans ses bras. Et quand il rentrerait de l'agence à la fin de la journée, elle serait là, débordante de tendresse et d'amour…

De telles pensées étaient dangereuses. Mariah n'avait rien dit ni rien fait qui l'autorisent à croire qu'elle voyait en lui plus qu'une aventure de vacances. Par ailleurs, avant d'aller plus loin, il faudrait qu'ils expliquent l'un et l'autre pourquoi ils vivaient actuellement sous des noms d'emprunt.

Il retint un soupir. L'enquête allait bientôt prendre fin, faute de combattant. Mais comment dire à sa maîtresse qu'elle ne vous connaît pas sous votre vrai nom ? Et quel moment choisir ? Juste après l'amour ? Au cours d'un dîner en tête à tête ? *Au fait, ma chérie, j'oubliais une chose, je ne suis pas celui que tu crois…*

Il imaginait déjà sa tête !

Si ce n'est qu'elle aussi se présentait sous une fausse identité. Mariah Robinson, alias Marie Carver. Ex présidente de Carver Software, à Phoenix, Arizona.

Il avait consulté les comptes rendus d'AG de la société. Carver Software se portait bien. Pas d'abus de biens sociaux, pas de détournements de fonds. Pourquoi y en aurait-il eu ? Mariah — ou plutôt Marie Carver — avait hérité les parts de son père à son décès. Par la suite, l'entreprise n'avait fait que croître et embellir. Même si elle ne la dirigeait plus, elle détenait encore la majeure partie des actions, et la société, si elle était revendue, lui permettrait d'empocher la coquette somme de quinze millions de dollars. Elle n'avait donc aucune raison de détourner des fonds. Quant au fisc, elle était à jour de ses impôts, quels qu'ils soient.

Dans ce cas, que faisait-elle sous un faux nom à des milliers de kilomètres de chez elle ?

Il avait essayé de lui tirer les vers du nez au petit déjeuner, mais elle avait habilement esquivé la question.

Leur conversation s'était terminée par des banalités sur les chiens !

En la voyant raccrocher, il fit une nouvelle tentative.

— Mariah, déclara-t-il, faussement rêveur. J'adore ton prénom. Où tes parents l'ont-ils trouvé ?

— En fait…

Bingo ! Elle allait se livrer.

— En fait, c'est ma grand-mère qui m'a appelée Mariah.

Elle lui prit la tasse des mains et la posa sur le comptoir.

— Mariah était le prénom de *sa* grand-mère. Autrement dit, de mon arrière-arrière-grand-mère, qui est née en Géorgie après la guerre civile.

Elle passa les bras autour de sa taille.

— A en croire ma grand-mère, à douze ans, Mariah était membre actif de l'Underground Railroad, un mouvement clandestin de résistance. C'est en partie pour ça que je suis venue à Garden Isle. Pour voir où elle a vécu. J'ai toujours été fascinée par le portrait et les récits que ma grand-mère me brossait d'elle.

Son déshabillé soyeux caressait son torse nu, une sensation enivrante qui lui donnait envie de plus. Voyant que sa ceinture n'était pas bien nouée, il l'entrouvrit et glissa les mains sur ses hanches. Aussitôt, elle défit les boutons de son jean.

— Encore ? demanda-t-il d'une voix rauque.

Il la souleva et l'assit sur le comptoir. Instinctivement, elle ouvrit les jambes.

— John, il te faut un préservatif…

Mariah rit en voyant son air dépité.

— Je n'ai pas dit que je ne voulais pas. Je veux juste que tu te protèges.

Elle se laissa glisser du comptoir, effleurant son sexe au

passage, et fila dans sa chambre. Le tiroir de sa table de nuit était encore ouvert, la boîte de préservatifs à portée de main.

Au même instant, le téléphone sonna. Pourvu que ce ne soit pas une de ces dames de la *Garden Isle Historical Society*, pensa-t-elle en décrochant. Le cas échéant, elle en avait pour une bonne demi-heure.

— Allô ?

— Désolé de vous déranger, madame Robinson, mais John est-il chez vous ?

Daniel. La voix douce et la pointe d'accent asiatique ne trompaient pas.

— Oui. Attendez une seconde, je vous prie.

Elle revint dans la cuisine et tendit l'appareil à John qui reboutonna son jean.

— Oui, c'est John. Que se passe-t-il ?

Elle croisa son regard. Il lui sourit tout en écoutant son assistant.

— Quand ?

Il jeta un coup d'œil à l'horloge de la cuisinière.

— Si tôt ?

Debout devant lui, elle n'avait pas refermé son déshabillé, et attendait qu'il termine sa communication. A son grand plaisir, la voir ainsi, les seins offerts, terriblement impudique, semblait le troubler profondément.

— O.K., j'y serai. Salut.

Elle lui prit le téléphone des mains et lui donna en échange la boîte de préservatifs.

— Je suis désolé, Mariah, il faut que je parte.

— Daniel peut bien attendre…

Elle baissa la fermeture Eclair de son jean.

— Trois minutes.

Il marmonna quelque chose, mais ne put résister plus longtemps à ses caresses. Une seconde plus tard, elle était assise sur le comptoir, et il la pénétrait de nouveau. Violemment. Ignorant son cri de surprise.

— Ça va ? chuchota-t-il en accélérant la cadence.

Elle se cambra. Ses mains, sa langue… Il était partout à la fois, et elle adorait ça.

— Oh, John… Encore…

Il se retira pour mieux replonger en elle. C'était comme s'il voulait l'assouvir, l'entendre crier grâce. Le supplier d'arrêter. La fièvre s'était emparée d'elle. Elle planta ses ongles dans son dos, le griffa. Les jambes autour de ses hanches, elle se tendait vers lui, impatiente, folle de désir. Ce n'était plus de l'amour, c'était de la rage, de la folie, de la passion brute.

— Encore ! Encore…

Personne ne lui avait jamais fait l'amour avec une telle violence. C'était excitant d'être l'objet de pareille folie. Ses fesses, ses seins, ses cuisses, il la touchait partout de ses doigts impatients, la caressait, la titillait, l'excitait. Jamais elle n'avait imaginé pouvoir ressentir des sensations aussi fortes. Jamais elle n'avait imaginé que cela puisse seulement exister…

Un dernier coup de reins, et elle poussa un cri.

— Ooooh !

Ils jouirent ensemble, secoués par les spasmes du plaisir.

Quelques secondes plus tard, alors qu'ils reprenaient leur souffle, étroitement enlacés, elle lui murmura quelques mots dans le cou.

— Je sais qu'il faut que tu partes, mais si je te soudoie en te promettant un bon dîner, reviendras-tu ce soir pour que nous recommencions ?

— Pas besoin de dîner. J'ai découvert un nouvel usage pour ta cuisine.

Il se redressa avec un sourire et ajouta :

— Je pourrais passer des journées entières sans manger, mais sans te faire l'amour, impossible.

Du pouce, il dessina le contour de ses lèvres puis lui caressa la joue. Le temps d'un éclair, elle crut qu'il allait lui avouer son amour. Mais elle dut se contenter d'un décevant :

— Je serai de retour à 19 heures au plus tard.

Il la reposa à terre et, après un dernier baiser, alla récupérer son T-shirt dans la chambre.

— Il faut que je m'active. A tout à l'heure, d'accord ?

— A 19 heures précises.

Appuyée au comptoir, elle le regarda traverser le salon pour gagner la baie vitrée. En passant près de la table, il s'arrêta brusquement.

— Où as-tu trouvé cette photo ?

Elle s'approcha et jeta un œil à la photo qu'il contemplait fixement. Il s'agissait d'une photo en couleur de Serena sur la plage.

— C'est moi qui l'ai prise il y a quelques semaines. Pourquoi ?

Il jura. Les traits de son visage s'étaient durcis, et dans ses yeux brillait un éclat vif et acéré comme une lame.

— C'est parfait. Absolument parfait, marmonna-t-il. Tu n'en as pas d'autres ?

Elle crut que la terre s'ouvrait sous ses pieds. Bien sûr qu'il voulait d'autres photos de Serena. Il était amoureux d'elle. Et elle, elle n'avait cessé de s'aveugler pour se donner un peu d'espoir…

— Si, répondit-elle d'une voix blanche. Je dois en avoir quatre ou cinq.

Au prix d'un immense effort, elle parvint à se ressaisir.

— Je les ai prises à son insu. Elle est très photogénique,

tu ne trouves pas ? Mais elle déteste qu'on la photographie. A ce point, c'est de la parano.

Il passa en revue les clichés étalés sur la table.

— Où sont-elles ? Tu les as toujours ?

Aucun doute possible. Il était toujours accro à Serena.

— Oui, elles doivent être là, sous d'autres photos, répondit-elle à contrecœur.

— Ah, les voilà.

Il y en avait une de profil, et trois de trois quarts.

— Je peux les prendre ?

Elle rit. Jaune.

— Tu te fiches de moi ?

A ces mots, il parut prendre conscience de ce que sa demande avait d'indécent. Une minute plus tôt, il faisait l'amour avec elle, et maintenant, il lui demandait des photos de la femme avec laquelle il était sorti juste avant. C'était pire que tout !

Il tenta maladroitement de se rattraper.

— Surtout, ne va pas t'imaginer des choses…

— Je crois ce que je vois ou ce qu'on me dit, répliqua-t-elle sèchement. Alors, explique-toi. Pourquoi veux-tu ces photos ?

Elle voulait bien lui accorder le bénéfice du doute, mais il fallait qu'il s'explique.

Il reposa les clichés sur la pile.

— Je suis désolé, Mariah. En fait, j'aurais bien aimé envoyer une de ces photos à l'un de mes amis new-yorkais. Serena est exactement le genre de fille qui lui plaît.

Il mentait comme un arracheur de dents, et elle faisait semblant de gober ses mensonges éhontés. C'était humiliant à la fois pour elle et pour lui.

— Je ne tiens pas à ce que tu les prennes. Désolée.

Elle l'entendit jurer tout bas, puis il plongea les yeux

dans les siens, comme si l'intensité de son regard pouvait la convaincre de changer d'avis.

— Mariah, je ne peux pas te dire pourquoi je veux ces photos, mais je te jure que ça n'a rien à voir avec toi et moi.

— J'ai bien compris. Ça a à voir avec Serena.

Elle referma les pans de son déshabillé et croisa les bras sur sa poitrine.

— Ce n'est pas la peine d'insister, John. Ces photos, je préfère les garder. D'autant que Serena ne sait pas que je les ai prises.

— Parfait. C'est parfait. Je comprends. Mais je te demande de me faire confiance, d'accord ?

— Tu vas être en retard. Tu ferais mieux de t'en aller.

Il fit un pas vers la baie vitrée, s'arrêta, se retourna. Seigneur, il ne partirait donc jamais ?

— Je te dirai tout très bientôt, lui promit-il.

Elle fit mine de sourire, mais le cœur n'y était pas.

— Je déteste les mystères, John. Or, c'est ce que tu es. Un mystère. Je sais que la vérité est souvent dure à entendre, mais je la préfère encore au mensonge. Quand tu auras décidé d'être franc avec moi, je t'écouterai.

— Bientôt, je te dirai tout, c'est promis.

Sur ces mots, il fit coulisser la baie vitrée qui donnait sur la terrasse.

— Zut, je n'ai pas pris de crème solaire, grommela-t-il avant de se retourner vers elle. Je vais frire si je n'en mets pas. Tu n'en aurais pas à me passer ? Indice quinze ou plus.

Elle comprit tout de suite. Pendant qu'elle aurait le dos tourné, il s'empresserait de prendre les photos de Serena. Alors qu'il venait juste de la supplier de lui faire confiance… Quel aplomb !

Elle se racla la gorge.

— Mon sac de plage est dans la chambre. Je vais la chercher.

Tournant les talons, elle retraversa le salon et disparut dans sa chambre, les larmes aux yeux. Qu'aurait-elle pu faire d'autre ?

En la voyant entrer dans sa chambre, John s'empara de deux photos et les glissa dans la poche arrière de son jean. Il était loin d'apprécier le procédé, mais il n'avait pas le choix. Les photos, de très bonne qualité, parfaitement nettes, montraient Serena sous deux angles différents. Idéal pour une identification. En les distribuant tous azimuts, le FBI aurait une chance de lui remettre la main dessus avant qu'elle ait eu le temps de subir une chirurgie faciale.

Si tout se passait comme il le souhaitait, il pourrait bientôt tout avouer à Mariah. Et, la connaissant, il savait qu'elle regretterait de ne pas lui avoir donné spontanément les clichés.

Quand elle revint avec la crème solaire, il s'en tartina le nez et les joues, puis l'embrassa une dernière fois — un baiser doux et profond, à l'image des sentiments qu'il éprouvait à son égard. Malgré sa contrariété, elle lui rendit son baiser avec tendresse. Il lui en faisait vraiment voir de toutes les couleurs, avec cette maudite affaire.

— A tout à l'heure, Mariah.

Il passa sur la terrasse où dormait Princess en l'attendant.

— Allez, viens, ma belle. Il faut courir, on est en retard.

Il descendit sur la plage au petit trot, Princess derrière lui. La nuit qu'il venait de passer l'avait épuisé, et ses jambes avaient du mal à suivre le rythme. Machinalement, il se retourna vers la villa. Debout sur la terrasse, Mariah le regardait. Il lui fit un signe de la main auquel elle répondit.

Rasséréné, il piqua alors un sprint. Il allait être en retard à la réunion qu'avait organisée Blake. Daniel lui avait dit, au téléphone, que le commandant avait déjà atterri sur le petit aérodrome situé sur le continent, juste en face de Garden Isle. Il n'allait pas tarder à débarquer à l'hôtel.

Miller accéléra. A coup sûr, il arriverait cinq minutes après lui… pas rasé, pas lavé et empreint de l'odeur de Mariah. Blake en avalerait sa glotte ! Lui qu'il n'avait jamais vu qu'en costume cravate, débraillé et négligé ? Par chance, tout serait pardonné dès qu'il produirait les photos.

Restait à espérer que Mariah lui pardonnerait aussi facilement quand elle saurait la vérité. Bon Dieu, il lui tardait de tout lui révéler. Peut-être saisirait-elle alors cette occasion pour lui dire la raison de sa présence à Garden Isle sous un faux nom.

Il se retourna une nouvelle fois vers la villa. Mais Mariah avait disparu.

Enfermée dans sa chambre noire, Mariah regardait les photos qu'elle avait prises ce matin éclore sous ses yeux. Elle se sentait nerveuse comme aux heures les plus sombres de sa vie de présidente de Carver Software. Le stress lui nouait le haut du dos, juste sous la nuque. Pour se détendre, elle fit des moulinets avec les bras tout en ressassant en silence son mantra : *Il n'y a pas de problèmes, il n'y a que des solutions.*

Elle se mentait. Elle était contrariée parce qu'il y avait un problème et, justement, pas de solution.

Elle aimait un homme qui, non content de lui mentir, l'avait volée. Ce n'était pas un problème, ça ?

Sur le papier photo qu'elle avait plongé dans l'eau pure destinée à neutraliser l'effet du bain chimique, le sourire de Jonathan s'épanouit peu à peu, tendre et charmeur. Quelle différence avec l'homme qu'elle avait photographié le premier jour ! Le contraste était saisissant. Les premières photos de lui séchaient à l'air libre, suspendues à un fil. Il se découpait, silhouette maigre sur un fond de plage ensoleillée, le visage marqué par la souffrance, froid et distant. *Comme quoi, les apparences peuvent être trompeuses…*

Que cherchait-elle à savoir, au juste ? S'il était sincère ou sournois et faux ? Comment en être sûre puisqu'elle ne pouvait se fier aux apparences ?

Son cœur se serra, et la douleur qui l'élançait sur la nuque augmenta.

— Pas de problème, que des solutions…

Elle épingla les photos récentes de John près des anciennes. Qui aurait cru que cet homme souriant ne faisait qu'un avec l'homme aux joues creuses du début ?

Et pourtant, c'était bien le même. C'était l'ami inconsolable qu'elle avait essayé de réconforter. C'était l'amant avec lequel elle avait fait l'amour passionnément. C'était le compagnon qui lui avait dit qu'il avait envie d'elle. D'elle, pas de Serena.

C'était aussi un menteur. Et un voleur.

A son départ, elle avait préféré ne pas compter les photos. Elle avait eu peur. Et honte de ne pas lui faire confiance alors qu'elle n'avait pas hésité à se donner à lui.

Pourtant, elle avait eu raison de douter de son honnêteté, car, quand elle s'était résolue à mettre un peu d'ordre sur la table, elle s'était aperçue que deux clichés manquaient.

John avait volé deux photos de Serena alors qu'elle avait refusé de les lui donner.

Le téléphone sonna. Espérant entendre la voix de John, elle décrocha.

— Allô ?

— Ça va, ma belle ? Et ton dos ?

— Ça va mieux, Laronda. Je n'ai plus mal. La faculté m'autorise à retourner travailler.

A l'autre bout du fil, la coordonnatrice de LFD poussa un soupir de soulagement.

— Tu reviens quand, alors ? J'ai besoin de couvreurs. La maison des Washburton n'est pas finie, or la météo vient d'annoncer des vents de cent kilomètres à l'heure et des pluies diluviennes. Comme on a trouvé un électricien qui avait du temps libre, on lui a fait faire l'électricité avant la couverture, mais si le toit n'est pas terminé quand la tempête éclatera, il va y avoir du grabuge au niveau des fils électriques ! Il me faut du monde ; on va tourner à plein régime vingt-quatre heures sur vingt-quatre pour finir à temps. Si tu te sens d'attaque, on t'attend.

— Quelle heure est-il ?

— Midi. Je peux t'envoyer la fourgonnette dans un quart d'heure. Service porte à porte, aujourd'hui.

— O.K., je serai prête. Mais, Laronda…

— Super, Mariah, tu es vraiment sympa !

— Il faudra que je sois de retour à 19 heures.

— On te ramènera.

Après un dernier coup d'œil aux photos accrochées sur le fil, elle éteignit la lumière et remonta à l'étage. Ce soir, pas question de laisser partir John avant qu'il ait répondu à toutes ses questions, décida-t-elle.

11

La baie vitrée était ouverte.

— Mariah ? lança John.

Pas de réponse. Un silence de mort régnait dans la villa.

Inquiet, il entra et referma la fenêtre derrière lui. Sans Mariah, sans son sourire et son énergie débordante, la maison était triste.

S'approchant de la table, il s'apprêta à glisser les deux photos parmi les autres, de façon à ce qu'elle ne sache jamais qu'il les avait empruntées.

— Nom de Dieu ! jura-t-il.

Elle avait mis les photos en pile, celles de Serena à part. Donc, elle savait qu'il en manquait deux et n'avait sûrement aucun doute sur l'identité du voleur. Il les remit tout de même avec les autres.

— Tant pis, dit-il tout haut.

Cela n'avait pas d'importance. Il avait toujours eu l'intention de lui révéler la vérité, et aujourd'hui, il en avait enfin l'autorisation. Lors de la réunion, Blake avait officiellement clos l'opération Garden Isle. Rester ici à attendre que Serena réapparaisse était une perte de temps et d'argent. Elle ne reviendrait pas.

En ce moment, Daniel finissait de ranger le matériel et bouclait les bagages. John l'avait d'abord aidé. Il voulait que tout soit terminé et son rapport bouclé, avant de retrouver Mariah pour le dîner. Mais l'inquiétude le taraudait. Daniel avait dit quelque chose pendant la réunion qui l'avait interpellé. Puisque Serena avait toujours veillé à ce que personne ne la photographie, comment Mariah pouvait-elle avoir des clichés d'elle ?

John se doutait que Serena avait découvert sa véritable identité. Comprenant qu'il était du FBI, peut-être avait-elle fait exprès de laisser traîner ces clichés, dans le jeu vicieux qu'elle jouait avec eux.

Quel jeu exactement ?

Etait-elle partie avec l'intention de se faire refaire complètement le visage, de sorte que les photos qu'elle laissait derrière elle importaient peu ? Etait-ce un défi qu'elle leur lançait avec cette suffisance qui la caractérisait ? Ou s'était-elle simplement enfuie, effrayée, après avoir trouvé les micros dans sa villa ?

Lorsqu'elle retrouverait son sang-froid, elle prendrait conscience que, Mariah étant photographe, il n'était pas impossible qu'elle ait pris des photos d'elle, volontairement ou non. Le cas échéant, reviendrait-elle ? Et si elle revenait, Mariah ne courrait-elle pas un danger ?

A cette pensée, il s'était empressé de l'appeler, mais elle n'avait pas répondu. Persuadé qu'elle se dorait sur la plage, il avait planté Daniel à l'hôtel avec le matériel et les bagages, pris sa voiture et foncé chez elle.

— Mariah ? lança-t-il encore.

Un pot de beurre de cacahuètes était ouvert sur le comptoir de la cuisine. Ne lui avait-elle pas dit un jour qu'il ne fallait pas laisser traîner de nourriture sous peine de voir aussitôt accourir des fourmis et d'énormes cafards ?

A côté du pot se trouvait une assiette avec des miettes de pain comme si elle s'était fait un sandwich et était partie en laissant tout en plan.

Pour aller où ? Son vélo était là, contre le mur de la

maison, il l'avait vu en arrivant. Et elle n'était ni dans le jardin, ni sur la plage.

Quelle que soit sa destination, elle était partie très vite. Elle devait être extrêmement pressée.

Il inspecta toute la villa. Apparemment, elle avait pris une douche. Une serviette de toilette encore humide gisait sur le carrelage, ainsi que le déshabillé qu'elle portait ce matin. Le tube de dentifrice était ouvert sur le lavabo. Dans sa chambre, le lit était défait, les draps sens dessus dessous tels qu'ils étaient quand ils avaient fait l'amour.

Il s'assit au bord du lit, puis s'allongea sur le dos, les yeux fermés. Les draps étaient encore empreints de son odeur, de son parfum. D'elle. Où avait-elle filé comme ça ?

— Réfléchissons, murmura-t-il.

Certains signes ne trompaient pas. Départ précipité, peut-être même fuite. Puisqu'on disait de lui qu'il savait interpréter les indices, c'était le moment d'imaginer ce qui avait pu se passer. Et ce qu'il imaginait ne lui plaisait pas.

Il y avait une Mariah Robinson — un nom d'emprunt — qui avait refusé de lui donner des photos de Serena Westford. La même Mariah avait trié les clichés après son départ, mis à part ceux de Serena et donc découvert qu'il en avait emporté deux. Elle avait pris une douche à la va-vite, s'était fait un sandwich encore plus vite et avait quitté la villa si précipitamment qu'elle n'avait même pas fermé la porte en partant.

Où allait-elle ? Voir Serena ? L'avertir qu'il avait des photos d'elle ?

Il pensa alors à Marie Carver qui, trois ans auparavant, vivait à Phoenix. Serena se trouvait là-bas elle aussi, en train de préparer le bouillon de minuit à l'attention de son mari numéro cinq. Les deux femmes s'étaient-elles rencontrées ? Le cas échéant, Mariah, alias Marie Carver, était-elle venue à Garden Isle pour servir de complice à Serena ? Faisait-elle une sorte de stage de formation auprès d'elle, du style « Tous les trucs et astuces pour devenir tueuse en série » ?

Il se redressa. Bon sang, cela faisait trop longtemps qu'il collaborait avec le FBI ! Comment osait-il penser de telles horreurs sur Mariah ? Sur la douce, la tendre, l'exquise Mariah…

Il rouvrit les yeux. Le sous-sol, maintenant. Peut-être y trouverait-il un indice sur l'endroit où elle était allée.

Retournant dans la cuisine, il ouvrit la porte qui menait au sous-sol, descendit l'escalier et se dirigea vers la chambre noire. A tâtons, il actionna l'interrupteur. La pièce était petite, avec des paillasses, un évier et des étagères sur lesquelles elle avait rangé les flacons de produits chimiques, du papier photo et d'autres fournitures. Il y avait aussi un réfrigérateur pour conserver les pellicules au frais. Sur la paillasse se trouvait du petit matériel et un appareil qui ressemblait à un agrandisseur.

Des bandes de négatifs accrochées à une corde à linge séchaient en s'enroulant sur elles-mêmes. Il s'approcha. C'étaient des photos de lui. Des photos en noir et blanc sur lesquelles elle avait réussi à capter, malgré l'absence de couleurs, toute la beauté du soleil levant. Princess et lui se trouvaient sur la plupart de ces clichés, pris de loin. Sur d'autres, en revanche, elle avait zoomé, et son visage, creusé par la fatigue, était très net. La souffrance qu'il endurait se voyait à l'œil nu.

Sur une autre bande, il avisa un gros plan de lui qu'elle avait pris ce matin. Il lui souriait. Etudiant le cliché plus attentivement, il s'aperçut qu'il ne s'était jamais vu sourire aussi naturellement. Sans se forcer. Sur cette photo, il n'avait rien d'un robot, n'en déplaise à ceux qui le surnommaient ainsi pour sa froideur et son indifférence. Voire son égoïsme.

Non, il n'était pas un robot. Avec Mariah, il n'était pas une machine. Il était en vie et vibrant. Un homme de chair et de sang, avec des sentiments et des émotions d'une violence à peine soutenable parfois.

Il secoua la tête. Elle avait été merveilleuse quand il avait fondu en larmes sur son épaule. Merveilleuse quand ils avaient fait l'amour et qu'ensuite, elle l'avait tenu dans ses bras.

Cet homme-là, cet homme de chair et de sang, était incapable de douter d'elle. Il n'y avait que le robot qui avait le droit de douter. Le robot doutait de tout et de tous.

Où était-elle passée ? Il fallait qu'elle revienne. Il avait besoin d'elle. Tellement besoin d'elle…

Après un dernier regard aux bandes de négatifs, il éteignit la lumière et remonta l'escalier. Au même instant, un crissement de pneus se fit entendre devant la maison.

— La voilà.

Un coup d'œil par la fenêtre lui apprit qu'il se trompait. La voiture de Serena, constata-t-il, surpris.

Avant qu'il ait eu le temps de faire un geste, elle sonna et entra dans la foulée.

— Mariah n'est pas là, annonça-t-il. La porte était ouverte quand je suis arrivé, mais je n'ai trouvé personne.

Serena s'approcha de lui et, passant les bras autour de son cou, l'embrassa avec une ardeur destinée à le mettre KO. A la fois ébahi et dégoûté, il dut se faire violence pour ne pas la repousser.

Etait-il possible qu'elle n'ait pas trouvé les micros et ne sache rien sur lui ? Que son absence soit due à une tout autre raison ?

— Je t'ai manqué ? susurra-t-elle en se collant à lui.

— Infiniment.

L'air faussement admiratif, il la tint à bras-le-corps et la contempla des pieds à la tête. Peut-être dissimulait-elle une arme blanche ou un revolver. Le meurtre ne l'effrayait pas, puisqu'elle avait déjà tué sept fois. Il est vrai qu'il n'était pas son mari, mais il était agent du FBI, ce qui revenait au même.

Aussi vite qu'elle s'était jetée sur lui pour l'embrasser, elle s'éloigna et s'approcha de la table sur laquelle étaient empilées les photos. Elle jeta un coup d'œil aux clichés jusqu'à ce qu'elle trouve les siens.

— Ah, je vois que Mariah a mis ça de côté pour moi, déclara-t-elle en les prenant. Je les lui avais demandées la semaine dernière. Elle a un talent fou, tu ne trouves pas ? Pour un amateur…

— Oui, elle fait d'excellentes photos.

Elle mit les clichés dans son sac, sans se cacher.

— Sais-tu où notre gentille petite Mariah, ou plutôt *notre géante*, est partie ? demanda-t-elle en s'esclaffant, sa main parfaitement manucurée devant la bouche. Sa ceinture à outils n'est pas dans l'entrée. J'imagine qu'elle s'est encore envolée au secours de la veuve et de l'orphelin. Pauvre Mariah, quelle naïveté ! Elle est indécrottable !

Il se serait giflé. Lui, l'un des meilleurs agents du FBI, n'avait même pas pensé à vérifier que sa ceinture à outils était là. Sa ceinture et son sac à dos. Pour un fin limier, il n'y avait pas de quoi pavoiser !

— Je ne suis jamais allée plus loin que les toilettes, déclara Serena en disparaissant dans le couloir. C'est quoi, cette pièce au fond ? Sa chambre ?

Il lui emboîta le pas, à la fois gêné et intrigué. Cette femme avait toujours eu un culot monstre, mais serait-elle revenue à Garden Isle, sachant que le FBI était à ses trousses ? Peu probable.

— Serena, arrête. C'est sa chambre, ça ne te regarde pas.

— Mais… elle n'a pas fermé sa porte, répliqua-t-elle en entrant.

Elle se laissa tomber sur le lit défait et parcourut la pièce des yeux.

— Je me demande pourquoi elle vit dans ce petit truc minable alors qu'elle croule sous l'argent.

Resté sur le pas de la porte, il insista pour qu'elle sorte, mais elle se mit à minauder.

— Viens, l'invita-t-elle, les yeux pétillants.

Elle le draguait afin de l'attirer sur le lit de son amie. Sans vergogne.

Ecœuré, il ne put s'empêcher de grimacer. Pourtant, c'était l'occasion rêvée. Celle qu'il espérait depuis des semaines. Faire l'amour avec elle pour pouvoir lui proposer le mariage de façon naturelle. Néanmoins, il aurait préféré que cela se passe ailleurs. Pas dans la chambre de Mariah. Pas sur son lit. Ce lit où il avait vibré de tout son corps, de toute son âme. Ce lit où il avait découvert l'extase avec Mariah.

Il ne pouvait pas non plus ramener Serena dans sa chambre d'hôtel. Daniel s'y trouvait en train de ranger le matériel électronique dans les valises adressées au Bureau. Quantico, Quartier général du FBI. En grosses lettres noires, hyper officielles. Reconnaissables entre toutes.

— Si nous allions nous promener sur la plage ? proposa-t-il.

— Avec ces chaussures ?

Elle lui prit la main et l'obligea à s'asseoir à côté d'elle sur le lit.

Sur le lit de Mariah.

Il faillit se relever et partir, mais il était là pour arrêter

Serena. C'était sa mission. Et tant pis si cela le dégoûtait. On ne lui demandait pas d'aimer, on lui demandait d'agir.

Il n'opposa donc aucune résistance quand, d'une pichenette, elle l'allongea sur le matelas. Ni quand elle s'assit à califourchon sur lui. Bon sang, que penserait Mariah si elle débarquait maintenant et les surprenait dans le lit où ils avaient fait l'amour quelques heures plus tôt ?

Quelle situation surréaliste ! Bien qu'il n'éprouve absolument rien à l'égard de Serena, il était obligé de se laisser dévorer par cette bouche de mérou siliconée. Il n'arrivait même pas à feindre. C'était d'autant plus ennuyeux qu'elle risquait de le remarquer et de s'apercevoir qu'il n'avait pas plus envie de l'embrasser que d'embrasser… Daniel. Encore moins, peut-être !

Il s'était complètement trompé en pensant qu'elle était partie pour de bon. Ce matin, il avait fait l'amour à Mariah, persuadé qu'elle ne reviendrait pas. Et ce soir, il allait demander à Serena de l'épouser. C'était moche.

A la limite de l'obscénité, elle se mit à se frotter contre lui. Il tremblait de rage contenue. Il ne voulait pas. Mais que faire ? Annoncer au commandant Blake et à son coéquipier qu'il abandonnait l'affaire ? Daniel comprendrait et pardonnerait. Blake, non. Pas si près du but. Blake le mettrait entre les mains du psy qui le déclarerait fou… Oui, il était fou, fou d'amour pour Mariah.

Les cheveux blonds de Serena retombaient sur son visage. Il allait la repousser quand elle se pencha à son oreille.

— S'il te plaît, murmura-t-elle. Je sais que tu as envie de moi, chéri, mais attendons d'être mariés pour faire l'amour, tu veux bien ?

Les yeux ronds comme des billes, il se retint d'éclater de rire. Quel aplomb ! C'était elle qui lui avait fait du rentre-dedans. Elle qui s'était installée à califourchon sur lui. Maintenant, elle lui demandait d'attendre, telle une vierge innocente ? Non seulement elle inversait les rôles, mais en plus, elle parlait mariage alors qu'il ne l'avait pas évoqué une seule fois. Au vu de sa technique pour le moins grotesque, elle avait de la chance d'avoir réussi à attraper ses ex-maris !

— Chéri, prenons l'avion pour Las Vegas, et marions-nous ce soir.

Comment refuser ? Cela faisait trop longtemps qu'il attendait ce moment. Et pourtant… Pourtant, il ne put s'empêcher d'hésiter.

Et Mariah ? Son cœur se briserait quand elle apprendrait la nouvelle.

D'un autre côté, s'il éconduisait Serena et que les photos de sa prochaine victime et des suivantes lui tombaient sous les yeux, il s'en voudrait éternellement. Il avait le pouvoir de stopper le massacre en arrêtant la tueuse. Là, tout de suite, maintenant.

— Je vais réserver un vol, déclara-t-il.

Il n'avait pas le choix.

12

En entendant la sonnerie du téléphone, Mariah monta l'escalier qui menait à sa villa deux par deux.

C'était peut-être John. Peut-être appelait-il afin de lui expliquer pourquoi il avait annulé leur dîner de la veille.

Ses insomnies étaient contagieuses. Elle avait passé le plus clair de la nuit à se retourner dans son lit, à la fois vexée, humiliée et effrayée à l'idée qu'il l'ait prise pour une imbécile.

Elle décrocha juste avant que le répondeur s'enclenche.

— Ah, tu es là ! s'exclama Serena. Veux-tu venir voir ma nouvelle villa ?

Mariah se renfrogna.

— Ça ne va pas être facile. Il faudrait que je…

— C'est juste au-dessus de chez toi.

— Tu veux parler de cette immense maison qui surplombe…

— Immense ? Ah, évidemment, comparée à la tienne…

— Mais c'est un palais ! Comment as-tu réussi à te l'offrir ?

Serena baissa la voix.

— Elle était libre pour une dizaine de jours entre deux locations. D'accord, c'est cher, mais comme il s'agit de ma lune de miel…

— Ta *quoi* ?

— Imagine-toi qu'on a pris l'avion pour Las Vegas hier soir et qu'on s'est mariés là-bas, expliqua Serena avec un rire perlé. Ça nous a pris comme ça !

Mariée. Serena s'était mariée. Avec quelqu'un qu'elle connaissait assez pour le convaincre de l'épouser rapidement.

Jonathan Mills ?

Non, elle n'avait pas fait ça ! Pas avec lui !

Mariah sentit un vent de panique la submerger.

— Qui est l'heureux élu ? demanda-t-elle en s'efforçant de rester neutre.

De nouveau ce rire perlé…

— C'est une surprise. C'est pour ça que je veux que tu viennes. Pour faire sa connaissance.

Elle se raisonna. Le mari de Serena ne pouvait pas être John. Elle le savait incapable d'une chose pareille. Il lui avait dit qu'il avait envie d'elle, pas de Serena. Et il lui avait promis qu'il ne coucherait pas avec elle. Cela dit, il n'avait pas promis de ne pas l'épouser…

— Allez, Serena, dis-moi qui c'est.

— Prends ton vélo. Tu seras là en moins de trois minutes. Allez, viens, on t'attend.

Mariah considéra le téléphone d'où ne sortait plus que la tonalité. Serena avait raccroché.

A la fois furieuse et inquiète, elle raccrocha.

Il allait falloir qu'elle grimpe là-haut.

D'accord, elle irait. Pas pour faire plaisir à Serena qui voulait juste se faire mousser en lui montrant sa belle villa, mais pour se rassurer.

Oui, elle pédalerait jusqu'à sa luxueuse demeure, verrait de ses propres yeux l'homme qu'elle venait d'épouser et qui n'était pas John. Sans doute Serena s'était-elle dégoté un vieux monsieur un peu gâteux mais encore capable de remplir des chèques avec plein de zéros…

— Parfait, marmonna-t-elle en laçant ses tennis.

Le danger était écarté. Maintenant que Serena était mariée, elle n'avait plus à craindre qu'elle lui chipe John ou lui fasse les yeux doux.

Elle enfourcha son vélo et commença à pédaler.

Il fallait maintenant que John revienne, avec des explications en béton sur le vol des photos et l'annulation du dîner.

— Que regardes-tu ?

John se tourna vers Serena, debout sur le seuil de la somptueuse salle à manger.

— Je contemple la vue, répondit-il.

Elle pointa l'index vers la haie et montra une fente à travers les arbres.

— Tiens, on dirait le toit de la maison de Mariah.

Oui, il avait vu. C'était ce qu'il regardait, justement.

Il n'avait pas prévu de s'installer aussi près, mais Serena ne lui avait pas laissé le choix. C'était elle qui avait loué ce monstre d'architecture contemporaine à leur retour de Las Vegas et insisté pour qu'ils y passent leur lune de miel.

Lui aurait préféré rester à Las Vegas. Il aurait téléphoné à Mariah depuis la cabine d'un casino pour lui dire qu'il était désolé d'avoir dû quitter Garden Isle mais que ses affaires l'avaient réclamé d'urgence. Il aurait promis d'être de retour quelques semaines plus tard, et avec un peu de chance, Mariah n'aurait jamais eu connaissance de ce simulacre de mariage…

Malheureusement, Serena détestait Las Vegas.

Et quand il lui avait proposé de l'emmener où elle voulait pour leur voyage de noces, elle avait choisi Garden

Isle. Il avait eu beau essayer de la convaincre de changer de destination, elle était restée inflexible. Alors, de peur d'éveiller ses soupçons — à supposer d'ailleurs qu'elle n'en ait —, il avait dû se résigner. Mais il ne l'avait pas fait de gaieté de cœur.

— J'adore cette pièce, déclara-t-elle en faisant le tour de l'immense table en acajou. Ce plafond cathédrale, cette vue sur la mer… On devrait donner une réception.

— Excellente idée.

Elle s'approcha de lui et le prit par la taille.

— A moins que tu ne préfères un dîner en amoureux ?

— C'est encore mieux, mentit-il. Mais… j'ai appelé mon médecin, ce matin. Il m'a dit qu'il me faudrait encore plusieurs mois avant de me sentir tout à fait bien. Je t'ai dit hier soir…

Hier soir. Leur nuit de noces. Il lui avait raconté qu'il ressentait encore les effets secondaires de sa chimiothérapie dont le plus ennuyeux était l'impuissance… temporaire, heureusement. Il l'avait priée de l'excuser de ne pas l'en avoir informée plus tôt. Elle lui avait alors proposé de lui faire des choses destinées à l'exciter, l'obligeant à trouver un nouveau prétexte pour y échapper. Il avait inventé une histoire abracadabrante sur l'effet néfaste que son moral ne manquerait pas de subir si ses efforts n'aboutissaient pas à l'effet désiré.

Cela n'avait pas semblé beaucoup la traumatiser.

Résultat, ils avaient regardé de vieux films toute la soirée sur une chaîne câblée. Serena avait fini par s'endormir, mais lui avait gardé les yeux ouverts toute la nuit. L'idée de se réveiller, au petit matin, une lame plantée dans la poitrine ne le réjouissait pas. A supposer qu'il se réveille !

Il avait un peu dormi dans l'avion qui les ramenait sur la côte Est. Le reste du temps, il n'avait cessé de penser à

Mariah, bien sûr, mais aussi à Daniel qui devait sûrement se demander où il était passé.

— Ça y est ! s'exclama Serena. Je sais ce que j'aimerais comme cadeau de mariage.

Il la prit dans ses bras et lui effleura le front du bout des lèvres. Elle s'était outrageusement parfumée. L'odeur était trop forte, trop sucrée, trop fleurie. Ecœurante.

— J'aimerais cette villa. Elle est à vendre, tu sais.

Excellent. Absolument excellent. Son mode opératoire habituel était en route. Elle allait lui demander un chèque ou d'opérer un virement sur son compte personnel. Elle lui raconterait que s'occuper de l'achat *elle-même* avec l'argent qu'il allait lui verser était follement excitant et faisait partie du cadeau.

— J'appelle l'agent immobilier demain matin à la première heure, déclara-t-il.

Elle recula légèrement.

— En fait, tu sais ce qui me ferait vraiment plaisir ?

— En plus de la maison ?

— Non, pas en plus.

Elle rit.

— J'adorerais négocier moi-même. Remplir le chèque moi-même.

— Si ça peut te rendre heureuse, je n'y vois pas d'inconvénient. Je vais faire un virement sur ton compte.

Cette fois, c'est elle qui l'embrassa.

— Oh !

L'exclamation venait de la porte. Surpris, John leva les yeux et aperçut Mariah sur le seuil. Elle semblait tellement choquée qu'elle lâcha son casque qui alla rebondir sur le parquet.

— Salut ! lui lança Serena avec un large sourire. C'est bizarre, je n'ai pas entendu la sonnette.

— Il y avait un mot sur la porte qui disait d'entrer sans sonner, répliqua Mariah sans le quitter des yeux.

Le sourire de Serena s'élargit.

— Quelle bonne surprise ! N'est-ce pas, Jonathan ?

Elle lui prit la main et l'entraîna vers Mariah. Il se laissa faire, le cœur brisé. Contrairement à lui, Mariah semblait avoir repris ses esprits et affichait un visage impénétrable.

— Je te présente M. et Mme Jonathan Mills, annonça Serena. Incroyable, n'est-ce pas ?

— En effet.

Mariah hocha la tête.

— En effet, c'est incroyable.

Elle eut un petit rire sans joie et le fixa avec mépris.

— En fait, si, c'est tout à fait croyable. Le plus triste, c'est ça, justement. Excusez-moi, il faut que je parte.

Elle ramassa son casque et se dirigea vers la porte d'entrée.

— Tu ne veux pas visiter la maison ? demanda Serena.

— Non, mais je suis heureuse pour toi. Méfie-toi tout de même de ton mari. C'est quelqu'un qui ne tient pas parole. A part ça, je suis sûre que tout ira bien.

John s'excusa auprès de Serena et sortit à son tour.

— Mariah…

Sans même se retourner, elle dévala les marches jusqu'à son vélo.

— Je n'ai rien à te dire.

Il la devança et posa les mains sur son guidon afin de l'empêcher de partir.

— Peut-être, mais moi, j'ai quelque chose à te dire.

Folle de rage, elle lança son casque à terre.

— Ah oui ? Alors, vas-y ! Qu'est-ce que tu as à me dire ?

— S'il te plaît, Mariah, je ne peux pas encore t'expliquer, mais je t'en supplie, aie confiance en moi.

Elle secoua son vélo pour l'obliger à lâcher le guidon.

— Te faire confiance ? Non mais... tu me prends pour qui ? Une idiote ? Tu n'es qu'un salaud, un immonde salaud !

— Ecoute-moi, Mariah, reprit-il à voix basse. Je sais que je ne mérite pas ta confiance, mais fais ce que je te dis. Il faut absolument que tu t'en ailles. Quitte l'île, va où tu veux, à New York ou à Phoenix, mais éloigne-toi d'ici pendant une semaine ou deux...

Elle gesticula de plus belle et réussit enfin à lui faire lâcher prise.

— Quand je pense que je me suis donnée à toi... Quel gâchis !

Il la regarda partir, impuissant, bouleversé. L'espace d'une seconde, il faillit la rappeler, mais il se retint. C'était trop tôt.

Il s'obligea à faire demi-tour et, tout en gravissant l'escalier qui menait à la villa, il crut apercevoir un mouvement furtif derrière une fenêtre.

Serena avait assisté à leur altercation.

Cela ne lui plut pas du tout. Car, quelle que soit la raison de sa surveillance, cela n'augurait rien de bon.

Il allait y avoir du spectacle. Et ce serait encore plus drôle que ce qu'elle avait imaginé. Drôle et sanglant !

Il y avait quelque chose entre eux. Quelque chose de fort. Vu la contrariété de Mariah, il était probable qu'ils aient fait l'amour. Grosse vache stupide. Elle ne savait donc pas que les hommes ne sont que des porcs ?

Elle méritait de mourir. De crever à petit feu avec toutes les photos qu'elle avait prises jour après jour.

Quant à lui… elle allait s'arranger pour qu'il en profite juste avant qu'elle tranche son âme noircie de son corps encore plus noir.

Oui, il allait y avoir du spectacle.

Mariah descendit au sous-sol balancer des assiettes contre le mur. Elle était consciente que cela ne suffirait pas à panser ses blessures, mais au moins pourrait-elle laisser exploser sa colère. A chaque assiette réduite en morceaux, à chaque cri de guerre, c'était une parcelle de rage qui s'évacuait.

Après une dizaine d'assiettes, elle était tout enrouée, et son bras droit commençait à montrer des signes de faiblesse, mais rien ne l'arrêtait.

Comble de malheur, elle était tombée de vélo en redescendant chez elle. Bien qu'elle se soit fait mal aux genoux et aux coudes, elle n'avait pas pleuré. Ah non, elle n'allait pas pleurer ! Une fois chez elle, elle avait nettoyé ses petites plaies dans la salle de bains, puis attrapé ses valises dans le placard. Elle y avait jeté la plupart de ses vêtements avant de descendre au sous-sol malmener les assiettes. C'était le seul moyen qu'elle avait trouvé pour se venger de John qui avait malmené sa promesse.

Bien sûr, il ne croyait pas un mot de ce qu'il lui avait dit. Promettre ne signifiait rien pour lui. Cet homme était du vent. D'accord, il lui avait fait l'amour… Non, il ne lui avait pas fait l'amour, il avait fait des galipettes avec elle. Nuance ! Il s'était envoyé en l'air en sachant pertinemment qu'il ne la reverrait jamais. D'ailleurs, à ce moment-là, il devait déjà savoir qu'il allait épouser Serena.

Quel salaud ! Mais quel salaud !

Une nouvelle assiette alla se fracasser contre le mur et retomba en miettes sur le ciment.

— Vlan ! cria-t-elle en recommençant. Et vlan !

Incapable de crâner plus longtemps, elle fondit en larmes et se mit à sangloter.

— Et vlan… Et vlan…

Mais elle n'avait plus de voix, plus de force. Elle n'avait plus envie ni de casser, ni de vivre…

Ecrasée par le désespoir, elle se laissa tomber à même le ciment et, se roulant en boule comme un animal blessé, pleura toutes les larmes de son corps.

— Tu m'entends ? fit John pour régler le micro miniature qu'il avait dans l'oreille droite.

Daniel, garé à cinq cents mètres de la somptueuse villa, répondit aussitôt.

— Cinq sur cinq. On vérifie encore une fois les micros que tu as planqués dans la salle à manger avant de passer à la chambre.

John se rendit dans la salle à manger où il avait caché plusieurs micros. Sous la table, sous les chaises, sous le rebord des fenêtres et derrière trois tableaux.

— Tu me captes ? demanda-t-il.

— Une seconde, s'il te plaît. Laisse-moi régler celui-ci… C'est bon.

Le système de surveillance dissimulé dans la voiture de Daniel était ultra sophistiqué et très complexe. Et cela arrangeait bien John que son coéquipier se charge de tous les réglages. Lui préférait le bon vieux matériel d'antan, plus simple mais aussi moins performant, que l'on cachait dans des camionnettes aux vitres teintées. Il se sentait nettement plus à l'aise avec les vieilles bécanes — les *dinosaures*, comme les appelaient les jeunes recrues.

— Ça ira pour ce soir, déclara-t-il. Tu peux dormir

tranquille, je ne risque rien. Tant que son compte en banque n'aura pas été crédité, elle ne bougera pas.

D'ailleurs, il ne comptait même pas porter son micro, ce soir. Il ne voulait pas prendre le risque que Serena le voie.

— Je sais, mais je préfère quand même rester à proximité au cas où. Je ne sais pas ce qu'il y a dans l'air, mais quelque chose me dit que ce n'est pas bon.

— Ce que tu sens, c'est l'orage, ironisa John en jetant un coup d'œil par la fenêtre.

Une bande de nuages noirs bouchait l'horizon. Le soleil brillait toujours, mais il faisait lourd et humide.

— Ouais, c'est peut-être ça. Ou pas, objecta Daniel qui ne semblait pas rassuré. De toute façon, je reste là, et je me shoote au café. Je ne vais pas en perdre une miette. Alors, si tu ne veux pas que j'entende, tu as intérêt à faire gaffe à tes faits et gestes.

Ce ne serait pas un problème.

Il contempla le toit de la villa de Mariah. Etait-elle chez elle en train de déchirer les photos qu'elle avait prises de lui ? Faisait-elle ses bagages ? Emballait-elle ses CD, y compris celui qui faisait ce drôle de gargouillis d'eau ?

Imaginez que vous vous trouvez dans un endroit que vous aimez tout particulièrement…

— Mme Mills est là ? s'enquit soudain Daniel.

John revint dans le présent. La maison était silencieuse. Quand Serena lui avait proposé de venir se promener avec elle sur la plage, il avait décliné, prétextant une immense fatigue. En réalité, il en avait profité pour placer les micros et les tester.

Il consulta sa montre. Cela faisait un quart d'heure qu'elle était partie. Elle n'allait plus tarder, maintenant.

— Euh, je ne sais pas… Je ne la suis pas à la trace.

Il y eut un long silence sur la ligne.

— John, il faut que tu sois là à cent pour cent, reprit finalement Daniel. Si tu ne peux pas…

John se racla la gorge.

— Ecoute, Daniel, j'ai besoin de toi. Je voudrais que tu ailles chez Mariah et que tu la convainques de quitter l'île au plus vite. Tu peux faire ça pour moi ?

— Pas la peine. Je surveille tous ses appels sortants. Si tu veux mon avis, ta couverture est plus que compromise. Imagine qu'elle décide de raconter à Serena que vous avez passé la nuit ensemble, la veille de votre mariage… On aura du mourron à se faire.

Il marqua une pause.

— Je me mêle sans doute de ce qui ne me regarde pas, mais je crois savoir que tu l'aimes beaucoup, cette Mariah. Ça, plus ton retard à la réunion organisée par Blake, me font penser qu'elle et toi…

— Accouche ! Où veux-tu en venir ?

— Elle s'en va. Je l'ai entendue appeler un taxi pour ce soir, 19 heures. Elle a commandé une voiture avec un très grand coffre qui puisse accueillir toutes ses valises.

Soulagé, John ferma les yeux. Elle quittait l'île. Parfait. Il n'en pouvait plus de se faire du mauvais sang pour elle. Il avait beau se dire que Serena ne les tuerait pas tous les deux, cela le rassurait de la savoir à l'abri.

13

Un éclair zébra le ciel, aussitôt suivi d'un coup de tonnerre. Et les lumières s'éteignirent.

Mariah trébucha sur ses valises en jurant comme un charretier. Où était-elle, cette fichue cuisine ? Elle savait qu'il y avait des bougies dans un tiroir, près du grille-pain.

— Voilà, marmonna-t-elle. Les allumettes, maintenant.

Il y en avait sur le rebord de la fenêtre. Telle une aveugle, elle tâtonna, trouva la boîte, craqua une allumette et alluma la bougie. Il n'en restait pas grand-chose, d'ailleurs. De quoi tenir encore deux heures, guère plus. Et quand elle s'éteindrait, il ferait noir. Très, très noir.

L'horloge de la cuisine était arrêtée sur 17 h 37. Avec de la chance, son taxi arriverait avant que la bougie soit complètement consumée.

Armée de sa lumière de fortune, elle descendit au sous-sol. Il ne lui restait plus que la chambre noire à vider. Ses vêtements étaient pliés et rangés dans ses valises, et elle comptait laisser la nourriture à la personne qui ferait le ménage.

Elle balaya la chambre noire du regard. Il y avait beaucoup de photos de John.

Les yeux soudain humides, elle secoua la tête. Dire qu'elle croyait s'être vidée de ses larmes, tout à l'heure…

Apparemment, il y avait encore de la réserve. Elle étouffa un sanglot. Ce qui lui arrivait était injuste et dégoûtant.

Tant pis pour elle, elle s'était trompée sur un homme, elle l'avait mal jugé. La vie devait continuer.

La pluie tombait dru sur le toit. Elle pensa aux Washburton et à leur maison. La veille, elle avait travaillé dur pour la mettre hors d'eau. Bien qu'ils soient douze à travailler sur le chantier, ils s'étaient tous très bien entendus, et leur collaboration avait permis de finir le toit à temps.

En quittant Garden Isle, elle ne verrait pas la maison terminée. Elle n'assisterait pas à la pendaison de crémaillère, ne verrait pas Franck et Loretta Washburton accueillir leurs amis et tous les bénévoles de LFD chez eux.

En partant, elle laisserait derrière elle de nombreux amis et toute l'équipe de LFD qu'elle appréciait tant. Et Laronda. Jamais elle ne croiserait une femme aussi extraordinaire que Laronda. Ce n'était pas possible.

En s'enfuyant, elle abandonnerait aussi la maison de son arrière-arrière-grand-mère. Et cela, elle ne se le pardonnerait jamais.

Pourquoi était-ce à elle de partir ? Si cela gênait Jonathan Mills de vivre à une encablure de chez elle, il n'avait qu'à s'en aller. D'autant qu'elle avait payé sa location jusqu'à la fin du mois.

Boum.

Gros coup de tonnerre.

Qui essayait-elle de convaincre avec ce raisonnement ?

Que devait-elle faire ? Monter chez John et Serena, interrompre leurs roucoulades et exiger leur départ ?

Non, elle ne pouvait pas faire ça. En revanche, personne ne lui interdisait de rester là, bien tranquillement dans son coin. Bien sûr, elle sursauterait chaque fois qu'elle verrait la voiture de John ou de Serena passer près de chez elle, prierait le ciel de ne pas tomber sur eux quand elle ferait ses courses au supermarché, fuirait si elle les voyait prendre le soleil sur la plage et pleurerait en secret son amour éconduit.

Elle retint un sanglot. Quelle imbécile… Elle avait toujours autant envie de lui. Et pourtant, Jonathan Mills n'était qu'un fieffé salaud ! Qu'il soit un peu désorienté, tourmenté par d'affreux cauchemars ou stressé à cause de l'épée de Damoclès que sa maladie suspendait au-dessus de sa tête, rien ne lui octroyait le droit de coucher avec elle le lundi pour épouser quelqu'un d'autre le mardi.

Malgré tout, il lui manquait. La douceur de ses mains, la fièvre de son corps, même le mystère de ses mots lui manquaient.

Elle était idiote. Stupide. Naïve.

Nulle.

Avec un soupir, elle commença à faire un grand ménage dans ses négatifs.

Oui, elle pouvait refuser de quitter l'île. Toutefois, autant elle détestait l'idée de partir comme une voleuse, battue, vaincue, autant elle n'était pas d'humeur à souffrir.

Elle rassembla les photos de John, les mit en tas et, d'un revers de bras rageur, les fit tomber dans la poubelle. Celles-là, elles pouvaient rester derrière.

— Waouh, quel décor ! s'extasia John en entrant dans la salle à manger.

Serena avait mis le couvert à une extrémité de l'immense table en acajou. La douce lueur des chandeliers faisait étinceler les couverts en argent, les assiettes en fine porcelaine et les verres à pied en cristal de Bohême.

Il se demanda ce qu'elle lui avait mijoté pour ce soir.

S'agissait-il d'un vrai dîner, ou devait-il s'attendre à un tout autre programme ?

Elle portait une robe noire sans manches d'une élégance classique, assortie d'un double rang de perles fines. L'ensemble, chic et sage, ne l'aurait pas surpris s'il ne l'avait connue.

Prenant la carafe, elle versa du vin dans leurs verres et lui en tendit un.

— Heureusement que nous avons une cuisinière à gaz, sinon nous aurions été obligés de nous rabattre sur du fast-food. J'aurais été déçue. Ce soir, j'avais très envie d'un tête-à-tête exceptionnel.

Exceptionnel. Le mode opératoire de la veuve noire consistait d'abord à servir à son mari les mets les plus délicats, puis à le droguer pour éviter qu'il se débatte, enfin à le poignarder en plein cœur.

John se pouvait s'empêcher d'être nerveux, bien qu'il soit sûr qu'elle n'essaierait pas de le tuer ce soir. Les tueurs en série procèdent toujours de la même manière, ils s'écartent rarement de la règle. Elle attendrait d'avoir encaissé l'argent. Qu'elle agisse autrement serait vraiment surprenant.

— Tu aurais dû me prévenir que tu nous préparais un dîner chic, remarqua-t-il, assez fort pour que Daniel l'entende. Je me serais habillé en conséquence.

Elle leva son verre.

— Trinquons à notre bonheur et à notre santé, proposa-t-elle.

Il leva son verre à son tour. Et comprit qu'il s'était trompé. Le vin rouge qu'elle lui avait servi était trop épais et avait un parfum trop suave pour du bordeaux. Opium, conclut-il. Elle avait donc décidé de le droguer dès ce soir. Alors qu'elle n'avait pas encore reçu un centime de sa part…

— Je n'ai pas très envie de vin rouge ce soir, s'excusa-t-il en reposant son verre sur la table.

Elle sourit.

— Très bien. Cessons de jouer au plus malin.

Elle abandonna son verre et fit apparaître une arme dans sa main. Un petit pistolet à la crosse nacrée.

De toute évidence, les règles avaient changé.

— C'est une arme ?

Elle s'esclaffa.

— Comme tu le vois. Une arme.

Elle éleva la voix.

— Tu entends ça, Daniel ? Mais… peut-être que tu ne peux pas. Peut-être que quelqu'un de plus malin que toi a attendu qu'un besoin naturel t'oblige à descendre de la voiture dans laquelle tu étais gentiment assis pour sucrer ton café avec autre chose que du sucre. Et à l'heure qu'il est, tu es affalé sur le volant, couvert de bave, sur le point de sombrer dans l'inconscience. Pauvre malheureux, tu vas bientôt cesser de respirer. Quel dommage de mourir si jeune…

John fit un pas vers elle. Aussitôt, elle leva son arme et la pointa sur lui.

— Assieds-toi à table, ordonna-t-elle. Je veux voir tes mains.

Il s'assit, sans se presser. C'était bien qu'il soit assis. De cette façon, ses mains étaient plus près du revolver qu'il avait caché dans sa botte.

— Les mains sur la table, gronda-t-elle.

Si elle voulait bien s'approcher davantage, si elle voulait bien cesser de viser son visage, il pourrait peut-être attraper son arme. Mais elle gardait ses distances, visait juste et sans trembler. Rien ne semblait en mesure de la détourner de son but, pas même la tempête qui se déchaînait à l'extérieur.

En revanche, elle ignorait à qui elle avait affaire. S'il était sûr d'une chose, c'était qu'il ne laisserait pas Daniel mourir. Ja-mais.

— Bois ton vin.

— Non.

— Amusant, railla-t-elle. Je ne t'ai pas demandé de me répondre par oui ou par non, je t'ai dit de boire.

— Je ne boirai pas.

Elle ferma un œil, ajusta son tir et fit feu.

La balle le toucha au bras avec une telle force qu'il faillit tomber de sa chaise. Elle avait tiré. C'était incroyable. Elle contourna la table et le visa de nouveau, à la tête cette fois.

— Debout, fit-elle. Les mains derrière le dos.

Où diable avait-elle déniché ces menottes ?

Sans ménagement, elle l'obligea à se rasseoir et fixa les menottes à ses poignets. Le sang coulait le long de son bras, il claquait des dents. Elle le visait toujours avec une précision diabolique. Pas de doute, elle n'hésiterait pas à recommencer. Et si l'une de ces balles le tuait, il ne serait plus d'aucun secours ni pour Daniel, ni pour…

Mariah.

Il ferma les yeux une seconde. *Pourvu qu'elle soit à l'abri,* pria-t-il. Un taxi devait passer la prendre à 19 heures, lui avait dit Daniel — c'est-à-dire dans peu de temps, si ses calculs étaient bons.

Il sentit Serena fourrager derrière son dos. Elle souleva le peu de cheveux qu'il avait sur la nuque et en coupa une mèche. Un souvenir. Et fétichiste, en plus ! Elle devait en avoir toute une collection. Lorsqu'il les retrouverait, il aurait les preuves qu'il lui fallait pour la relier à tous ces crimes.

— Je ne te permets pas ! protesta-t-il.

Elle se contenta de le narguer en riant.

— Tu es sûr que tu ne veux pas boire ? C'est un excellent anti-douleur.

Elle s'assit sur la table, son arme sur les genoux. Malheureusement, elle était trop loin pour qu'il puisse tenter quoi que ce soit.

— Je te rappelle que je ne peux pas boire tout seul, répliqua-t-il dans l'espoir qu'elle se rapprocherait de lui.

Elle pouffa.

— Tu ne crois quand même pas que je vais t'aider à boire ? Tu me recracherais tout à la figure ! J'ai une autre idée, figure-toi.

Elle posa son arme sur la table et souleva le couvercle censé maintenir le plat au chaud. Mais au lieu d'un poulet rôti, il y avait une seringue sous un bouquet de persil.

— De la morphine, expliqua-t-elle. Dans, disons, cinq minutes, tu ne sentiras plus la douleur.

Reprenant son arme, elle passa derrière lui et effleura sa nuque du canon lisse et froid.

— Ne t'avise pas de faire le moindre geste ou je tire.

Il la sentit soulever sa chemise et le piquer avec la seringue. Bon sang, quel dosage lui avait-elle administré ? Assez pour le paralyser, mais pas assez pour le tuer, sans doute. Elle ne voulait sûrement pas se priver du plaisir jouissif de le transpercer avec la lame tranchante de son stylet.

— Tu ne m'en veux pas si je n'ai pas désinfecté la zone. J'imagine que c'est le cadet de tes soucis.

Il la suivit des yeux tandis qu'elle s'éloignait vers l'autre extrémité de la table. Sa silhouette se découpait sur le ciel menaçant. Avec l'esprit de folie qui l'animait, elle était en totale harmonie avec les éléments.

Cinq minutes, avait-elle dit. Dans cinq minutes, il ne tiendrait plus sa tête, se mettrait à baver et ne lui opposerait plus aucune résistance, comme ses précédents maris.

Cela dit, tout le monde ne réagissait pas pareil à une même drogue. Peut-être lutterait-il plus longtemps que les autres contre l'engourdissement. Si tel était le cas, il pourrait feindre une grande faiblesse. Et lorsqu'elle s'approcherait de lui, garde baissée, il parviendrait peut-être à la maîtriser…

Mouais. Il ne fallait pas rêver.

— Au fait, j'ai une petite surprise pour toi, annonça-t-elle soudain. Il faut que je te le dise maintenant, avant que la morphine produise son effet. Je sens que je vais adorer ta réaction.

Elle s'interrompit et chercha son regard.

— Tu m'écoutes ?

— Je t'écoute.

Elle sourit. Petites dents acérées. Bouche cruelle.

— J'ai déposé une bombe dans le sous-sol de Mariah. Toutes ces photos qu'elle avait de moi… Quand le labo m'a remis les négatifs, j'ai compris qu'elle m'avait menti et qu'elle m'avait photographiée à mon insu. J'ai placé les négatifs dans sa chambre noire, à côté d'un produit chimique hautement inflammable. De cette façon, ils partiront tous en flammes, négatifs, photos… et photographe !

John sentit les griffes glacées de la mort lui enserrer le cœur.

Mariah…

— Non !

— Ne t'inquiète pas, chéri. Grâce à la morphine que je t'ai donnée, tu ne sentiras bientôt plus rien.

Elle consulta l'heure à sa montre.

— Le minuteur est programmé pour 18 h 30. Encore six minutes. D'où tu es, tu auras un magnifique point de vue sur l'explosion. Mais sois tranquille, à ce moment-là, ça nc te fera plus ni chaud ni froid.

— Serena, je t'en supplie, épargne Mariah. Elle n'a

rien à voir avec tout ça. Elle n'est même pas au courant, je te le jure !

— Trop tard.

— Non, il n'est pas trop tard. Appelle-la. Appelle-la et dis-lui de sortir de la maison. Tu veux juste détruire les photos, c'est tout. Tu n'as pas besoin de la tuer pour ça !

— Oh, mais tu tiens à elle, on dirait ! Eh bien, tu aurais dû y penser avant de te lancer à ma poursuite. Avant de placer des micros partout chez moi et de me traquer comme si j'étais une bête fauve !

Le visage déformé par la haine, elle pressa plus fort sur la détente. John crut sa dernière heure arrivée. *Non*, pria-t-il. *Pas maintenant, pas déjà.*

Pas avant qu'il ait pu la convaincre de laisser la vie sauve à Mariah.

Elle ricana.

— Tu croyais vraiment que tu serais plus malin que moi ? Que je ne me rendrais pas compte que ma maison était truffée de micros, semblables à ceux que tu as cachés ici ?

— Mariah n'a rien à voir avec tout ça, insista-t-il. Téléphone-lui. Dis-lui de sortir de là. Serena, c'était ton amie.

Un rictus apparut sur ses lèvres.

— Quatre minutes, dit-elle. Et je ne peux pas l'appeler, le téléphone a été coupé quand le courant a sauté.

Son rictus s'accentua, victorieux. Mauvais.

— Allez, John, je veux t'entendre pleurer.

Il sentait le sang battre violemment dans la veine de son cou. A la fois engourdi, nauséeux et embrumé, il avait l'impression de flotter, signe que la drogue agissait.

Le cauchemar recommençait. Sauf que, cette fois, il ne s'agissait pas de Tony mais de Mariah. Cette fois, il ne l'entendrait pas mourir, mais il verrait les flammes en train de la dévorer.

Mariah allait mourir parce qu'une folle avait placé une bombe dans son sous-sol.

Parce qu'il n'avait pas su la mettre à l'abri.

La force décuplée par la rage, décidé à combattre coûte que coûte l'effet de la morphine, il tira violemment sur ses menottes, dans l'espoir de voir Serena se rapprocher de lui…

— Bizarre, murmura Mariah. Je ne me rappelle pas avoir vu ce carton, tout à l'heure.

Soulevant la bougie pour y voir plus clair, elle descendit le carton de l'étagère et regarda ce qu'il y avait dedans. Des négatifs. Plus exactement, les négatifs qu'elle avait déposés au labo afin qu'ils soient à l'abri de la chaleur et de l'humidité.

Par quel tour de magie s'étaient-ils retrouvés là ? Qui avait bien pu les lui rapporter ?

De nouveau, elle souleva la bougie et examina le contenu de l'étagère.

— Qu'est-ce que c'est que ça ?

Elle se pencha pour mieux voir. Et recula aussitôt.

L'engin avait tout l'air d'être une bombe. Non qu'elle ait déjà vu des bombes d'aussi près, mais ce que montraient les films d'action ressemblait beaucoup à ce qu'elle avait sous les yeux. Des bâtonnets d'explosif attachés ensemble et reliés à un réveil qui tintait tranquillement…

Resserrant sa main sur la bougie, Mariah se précipita hors de la chambre noire, remonta l'escalier deux à deux, traversa le salon en courant et bondit sous la pluie. A peine eut-elle passé la porte que sa bougie s'éteignit. Elle la jeta sur la pelouse, enfourcha son vélo et, pédalant comme le vainqueur du Tourmalet, se dirigea vers la ville, vers le poste de police, vers quelqu'un, n'importe qui, susceptible de lui expliquer pourquoi il y avait une bombe dans son sous-sol.

En moins de deux minutes, elle était trempée jusqu'aux os. Le vent qui soufflait en rafales faisait voler ses cheveux autour de sa tête. Et il pleuvait si fort qu'elle devait à moitié fermer les yeux pour voir. Elle pédalait quand même, à toute vitesse, en danseuse, les muscles des cuisses tendus à se rompre.

Quelqu'un voulait la tuer. *La tuer !*

Elle n'avait pas fait deux cents mètres qu'elle aperçut des phares en haut de la route. La voiture ne venait pas vers elle, constata-t-elle. En fait, elle ne bougeait pas. Les faisceaux des phares étaient plantés dans les taillis du bas-côté.

Elle pédala encore plus vite, bien qu'elle n'ait déjà plus de souffle. En approchant, elle s'aperçut que la voiture était sortie de la route avant d'être stoppée par les taillis.

Pas question de m'arrêter, se dit-elle. Quelqu'un avait caché une bombe dans son sous-sol. Quelqu'un voulait sa mort. Elle ne s'arrêterait pas avant le poste de police.

Elle allait doubler le véhicule accidenté — en s'excusant au passage de ne pas s'arrêter, mais bien décidée à prévenir la police — quand elle le reconnut. C'était celui de Daniel.

— Dieu du Ciel ! s'exclama-t-elle.

Daniel était affalé sur le siège du conducteur.

Elle pila net et laissa tomber son vélo.

— Seigneur…

Les bras devant elle, elle écarta les branches qui l'empêchaient d'atteindre la voiture et ouvrit la portière du conducteur, s'attendant au pire. Daniel avait la tête sur le volant, l'airbag dégonflé formant comme un drap devant lui. Il semblait blessé. Ou ivre.

La radio devait être allumée, car elle entendait des voix parler. Sans doute un talk-show ou quelque chose comme ça. En tout cas, l'homme et la femme discutaient âprement. L'habitacle sentait le café. Plusieurs bouteilles de Thermos gisaient à terre avec un sac en papier graisseux. Des beignets, probablement.

Se penchant vers Daniel, elle lui prit le pouls. Il battait mais très lentement. Il n'y avait pas de traces de sang, pas de blessures apparentes.

— Daniel ?

Il est ivre, songea-t-elle. Elle lui tapota les joues. Pas de réaction. Elle tapa plus fort. Il fallait qu'il se réveille, cet ivrogne !

— Daniel ! insista-t-elle. Daniel, il faut vous réveiller !

Il remua légèrement et entrouvrit un œil.

— Ma-ri-ah ! bredouilla-t-il lamentablement.

Sa voix était pâteuse. Elle avait vu juste, il était complètement soûl.

— Une bombe… ch… chez vous…

Interloquée, elle eut un mouvement de recul.

— Quoi ?

— FBI… John et moi… Un tueur… Ça… ça va sauter…

— Le FBI ? Vous êtes du FBI ? Vous et…

John ?

— Sauver… John… aussi…

Il luttait pour rester éveillé, mais son combat semblait perdu d'avance.

— Qu'est-ce qui vous arrive ? le supplia-t-elle. Pourquoi êtes-vous comme ça ? Vous avez trop bu ?

Elle le secoua. Elle ne comprenait rien à ce qui se passait. C'était surréaliste. Un mauvais rêve.

— Je ne comprends rien. Qu'est-ce que vous essayez de me dire ?

— Dans le café... quelque chose...

Il respirait de plus en plus mal.

— Les secours... De l'aide... Sauver John...

— Où est-il ? Où est John ?

Daniel ferma les yeux. Bon sang, il se rendormait ! Effrayée, elle l'attrapa par les épaules et le secoua comme un prunier.

— Où est John, Daniel ? Nom de Dieu, vous allez me répondre, oui ou non ?

Mais il ne répondit pas.

Quelque chose dans le café. Quelqu'un avait mis quelque chose dans son café... et une bombe chez elle, dans son sous-sol.

Trempée jusqu'aux os, à la fois énervée et effrayée, elle poussa Daniel sur le siège du passager et se mit au volant. Chercher de l'aide. Les secours. Il y avait urgence.

Elle essaya de démarrer. Sans succès. Ses pensées tournoyaient à toute allure dans son esprit, en quête d'une explication plausible. Sous l'emprise de la drogue qu'on lui avait donnée à son insu, Daniel avait plongé dans l'inconscience et s'était retrouvé dans les taillis. Peut-être allait-il chercher de l'aide... Non, il n'allait pas chercher de l'aide, il venait la prévenir. La prévenir qu'il y avait une bombe chez elle.

Mais... comment pouvait-il savoir qu'il y avait une bombe ?

De nouveau, elle tourna la clé de contact. Le moteur toussa et démarra. Presque. Elle recommença. Cette fois, le moteur ne toussa pas. Il chuinta et expira.

Nouvelle tentative. Rien. Le silence et ce talk-show

qui continuait, avec des invités qui parlaient, parlaient, parlaient…

« Plus qu'une minute, disait la voix féminine. Plus que trente secondes, et Mariah et ses photos à la noix ne seront plus qu'une volute de fumée noire dans le ciel. »

« Je vais… te tuer. »

Malgré sa rage, l'homme avait la voix pâteuse et ralentie, comme Daniel. Mais on ne pouvait s'y tromper. C'était John.

« Je vais me détacher… de cette chaise… et je vais… te tuer… »

John.

Mariah faillit hurler.

« Vingt secondes, compta la femme. On compte à rebours ensemble, si tu veux. »

Horreur ! C'était Serena.

« Noooon ! »

De la bouche de John avait jailli le même cri de rage, de peur et de désespoir que celui qu'elle avait entendu quand il avait dormi chez elle.

« Plus que dix. Neuf, huit, sept, six, cinq, quatre, trois, deux, un… »

BOUM !

L'explosion fit vibrer la voiture, en même temps qu'un déluge de débris enflammés s'abattait sur la carrosserie, aussitôt éteints par la pluie torrentielle. Mariah se retourna pour regarder derrière elle. Sa villa avait été totalement soufflée, et les flammes dévoraient les vestiges que la tempête ne pouvait éteindre.

— Mon Dieu…

Dans la radio, John poussa un cri étouffé.

« Non, non, non… »

Devant sa mélopée funèbre, Serena renifla avec mépris.

« S'il te plaît, John… Je sais que la morphine a tendance à développer la sensiblerie chez les êtres humains, mais montre-toi un homme ! Cesse de pleurnicher. Je m'attendais à plus de dignité chez l'agent chargé de coincer quelqu'un comme moi. »

Le cœur comme broyé dans un étau, Mariah inspira une grande bouffée d'air pour se calmer. John la croyait morte dans l'explosion.

— Je ne suis pas morte, dit-elle à voix haute.

Evidemment, il ne l'entendait pas.

« Mariah, murmurait-il. Ma Mariah… »

« Tu te figures vraiment que je vais marcher dans tes simagrées ? Tu ne me feras jamais croire que tu es amoureux de cette grosse vache ! »

— Ordure ! s'écria Mariah. Je ne suis pas une vache !

« Arrête de jouer la comédie, John. Ça ne prend pas avec moi. Je sais ce que tu espères. Tu cherches à me convaincre que tu es complètement anesthésié pour que je m'approche de toi et te donne l'occasion de me sauter dessus. On ne prend pas les mouches avec du vinaigre, chéri ! Dis-moi plutôt ce que tu comptes faire, avec tes bras menottés. M'attraper par le cou avec tes jambes, peut-être ? »

« Mariah. Mariah… Non… »

John avait donc les mains liées. Dieu sait comment, Serena avait trouvé le moyen de le ligoter. Et elle lui avait administré de la morphine, comme à Daniel. Ce qui expliquait cette élocution pâteuse.

« Je me méfie. Je vais encore attendre quelques minutes avant de m'approcher. Je n'aime pas les mauvaises surprises. »

Il inspira lourdement.

« Vas-y, Serena. Sors ton stylet, et enfonce-le-moi dans le cœur. De toute façon, je suis déjà mort. En tuant Mariah, tu m'as tué moi aussi. »

— Non ! hurla Mariah. Non !

Il fallait agir. Et vite. Tournant une fois de plus la clé dans le contact, elle tenta de faire démarrer la voiture, en vain. Elle voulut alors réveiller Daniel, mais n'eut pas plus de succès.

Il avait dit FBI. John et lui travaillaient pour le FBI. Et les agents du FBI étaient toujours armés…

Se penchant sur lui, elle fourragea dans ses poches, tira sur ses vêtements. Finit par le repousser sur le côté de façon à accéder à son bras et le palpa. Bingo ! Sous sa chemise, il portait un revolver dans un holster.

— Navrée, mais j'en ai besoin.

Daniel, toujours inconscient, ne réagit pas. Elle extirpa sa chemise de son pantalon, passa la main dessous et récupéra son arme.

Elle la serra entre ses doigts. L'objet, tout chaud, était petit mais impressionnant. Sans tergiverser davantage, elle fourra le revolver dans la poche arrière de son short, puis ouvrit sa portière et sortit sous la pluie battante. Reprenant son vélo, elle le tourna vers la côte et la maison de Serena. Le revolver la gênait dans sa poche. Elle pria le Ciel qu'il ne soit pas armé et ne risque pas de lui envoyer une balle dans les fesses.

Elle s'élança dans la côte en pédalant comme une forcenée. La maison sise entre la sienne et celle de Serena était déserte et silencieuse. Elle qui espérait y trouver de l'aide sentit poindre le découragement. Il n'y avait pas d'autres maisons par ici, personne aux fenêtres pour la voir ou voir le feu d'enfer qui dévastait sa villa.

Refusant de se laisser abattre, elle poursuivit son chemin. La côte était raide et fatigante, mais elle se sentait

— presque — des ailes, tant son objectif lui tenait à cœur. Si elle n'avait pas tout compris à la situation, une chose était sûre : Serena ne tuerait pas John.

Pas tant qu'elle aurait son mot à dire.

14

« N'abandonne pas, John, disait Tony. Je reconnais que j'ai fait une bêtise, c'est moi qui ai créé cette situation absurde et inextricable. Mais j'ai craché à la figure de Domino quand ses sbires ont appuyé sur la détente pour me descendre. »

John avait la bouche sèche et l'estomac sens dessus dessous. Sa tête, pourtant posée sur la table, semblait flotter à trente bons centimètres au-dessus de ses épaules.

— Mariah est morte, bafouilla-t-il. Elle a tué Mariah…

— La ferme ! lança Serena. La ferme, ou je te tue !

Tony s'approcha et baissa la voix.

« Tu sais, elle observe tout un rituel lors du dernier repas, avant d'enfoncer son stylet. Ça la met en transe, et elle jouit plus du spectacle. Dis donc, tu t'es vu ? Tu as la tête dans une mare de bave. »

— M'en fous…

Bizarre. Il avait une balle dans le bras gauche, mais il ne sentait rien. Pas de douleur, pas même un léger picotement. Rien ne lui faisait mal, rien n'avait d'importance. En réalité, il se fichait de tout.

« Je ne peux pas le croire. Cette ordure a tué Mariah, et c'est tout ce que ça te fait ? Tu laisses tomber ? Je ne sais pas ce qui t'est arrivé ces deux dernières années, mais tu n'es plus le John Miller que je connaissais. »

— Je l'aimais…

« Oui, d'accord… Peut-être. »

Tony ne semblait pas convaincu.

— Je t'ai dit de te taire ! aboya Serena.

— Je ne parle pas… Je l'aimais plus que tout.

« Pas autant que tu t'aimes, répliqua Tony. Si tu l'aimais vraiment, tu ne baisserais pas les bras. Mais tu as peur pour toi parce que tu sais que ça te fera mal de te réveiller demain matin vivant alors que Mariah n'est plus. Tu veux que cette folle furieuse te coupe en rondelles parce que Mariah est morte, parce que tu n'as pas pu la sauver et que c'est une chose que tu ne supportes pas. »

— Bien sûr que si… Je peux le supporter, je le supporterai jusqu'à la fin de mes jours…

Serena frappa dans ses mains, le faisant sursauter.

— Attention à toi !

Il releva un peu la tête, essaya de regarder devant lui. Bon Dieu, tout était flou.

— Va au diable !

« Bravo ! fit Tony. Rentre-lui dans le lard ! »

Mariah était morte. Mariah était morte. Bon Dieu, Mariah était *vraiment* morte.

La douleur se réveillait malgré son engourdissement. La douce Mariah, sa tendresse, son amour, était morte, partie à jamais, et John savait que Tony avait raison. C'était facile de baisser les bras, mais il ne devait pas le faire. Il n'avait pas le droit d'abandonner la partie. Ni de poser la tête sur le billot et de la laisser le tuer.

Il fallait d'abord qu'elle paie.

Epuisé par son effort, il reposa la tête sur la table et attendit qu'elle s'approche de lui. Il était seul, maintenant, sans même ses hallucinations pour le soutenir. Il tenta d'imaginer un plan, titilla ses neurones afin que le panier de chiffons qui lui servait de cerveau reprenne vie.

Elle allait s'approcher. Et alors, il utiliserait le moindre atome de ce qu'il lui restait de force pour… faire quelque chose.

Non ! Il fallait qu'il imagine un scénario précis, avec tous les détails. Les détails, c'était son affaire. Ç'avait toujours été son affaire. Concevoir de bons plans aussi. C'était sa spécialité, concevoir des plans avec toutes les variables possibles, toutes les hypothèses, tous les détails.

Pour l'instant, il allait passer sur les détails et se concentrer plutôt sur le plan dans son ensemble. Oui, il fallait d'abord qu'il trouve l'idée. Difficile avec l'esprit aussi vaseux. Il avait déjà du mal à imaginer comment il allait réussir se débarrasser de ses menottes malgré son arme, alors faire un plan d'ensemble…

Son arme.

A propos d'arme, il aurait dû se rappeler…

Il en avait une. Il pouvait lui tirer dessus avec le revolver qu'il avait dans sa botte. Génial, sauf qu'il avait les mains attachées derrière le dos et qu'il ne pouvait pas l'attraper.

Exténué, il essaya de surmonter la vague de fatigue qui déferlait sur lui en pensant très fort à Mariah, à son visage, à son sourire. Il revit les fossettes qu'elle avait sur les joues, l'éclat de ses yeux quand elle riait. C'était fini, tout ça. Mort. Disparu pour toujours. Serena lui avait volé Mariah. Serena avait détruit tous ses espoirs et tous ses rêves en rayant Mariah de la terre des vivants.

A cette pensée, la douleur qui le traversa lui donna un sursaut d'énergie. Le brouillard dans lequel il surnageait parut s'éclaircir.

Penser. Il fallait qu'il pense.

Qu'il essaie d'imaginer ce dont il disposait pour se sortir de là. De la force ? Pas beaucoup, de moins en moins. C'était tout juste s'il réussissait encore à se rappeler son nom.

Ses jambes.

Elles étaient libres. Pas ligotées.

Il pouvait donner un coup de pied dans la table et la renverser sur elle. L'écraser ou, comme elle l'avait suggéré elle-même, faire une prise avec ses jambes et l'étrangler.

Evidemment, il y avait la chaise sur laquelle il était assis. Gênante, encombrante. Il pouvait se jeter en avant avec elle et s'en servir comme d'une arme.

La morphine. C'était à cause de ça qu'il était aussi faible, mais rien ne l'empêchait d'en tirer profit. Il pouvait cogner de toutes ses forces et se casser les jambes, de toute façon il ne sentirait rien.

Il se força à ouvrir les yeux. Assise à l'autre extrémité de la grande table en acajou, Serena dînait tranquillement. Elle avait attaqué le plat principal et en était déjà à la moitié. Il savait qu'une fois ce plat terminé, elle passerait à l'acte. Elle sortirait son méchant petit stylet aussi effilé qu'un rasoir. Et elle s'approcherait de lui.

S'il avait de la veine, il lui briserait les cervicales. C'en serait fini pour elle. *Exit* Serena.

Et s'il avait vraiment beaucoup de veine, elle l'emmènerait avec elle dans son ultime voyage, de sorte qu'il n'aurait pas à se réveiller le lendemain en pleurant la mort de Mariah…

La villa de Serena était plongée dans l'obscurité. Debout sous la pluie torrentielle, Mariah tendait l'oreille. Rien. Aucun bruit, mis à part le claquement de l'averse sur le toit.

Elle avait pédalé comme une dératée pour arriver jusqu'ici, mais à présent, elle ne savait plus quoi faire.

Sonner ? Pousser la porte et entrer en appelant ? « Eh,

oh ! Serena. Coucou ! Est-ce que c'est vraiment toi qui as essayé de me tuer en plaçant une bombe dans ma chambre noire ? Vilaine ! Et tu ne serais pas, par hasard, en train d'essayer d'assassiner ton mari, mon amoureux, qui est en fait un agent du FBI ? »

Sans bruit, elle tourna la poignée de la porte d'entrée. Qui s'ouvrit.

Il faisait aussi noir dedans que dehors. Plus noir, même.

Mariah referma le battant derrière elle et tendit de nouveau l'oreille. La pluie tambourinait sur le toit. Il y avait un autre bruit, comme de l'eau qui gouttait sur les tomettes. A part cela, la maison semblait déserte.

Décidant de s'aventurer plus loin, elle avança d'un pas. Ses chaussures couinèrent. Vite, elle les retira.

Ses yeux s'étaient habitués à l'obscurité, et elle aperçut de la lumière en haut. Avant de monter, elle chercha un endroit où cacher ses chaussures, mais abandonna tout de suite cette idée : la flaque qu'elle avait laissée en entrant la trahirait de toute façon. Elle n'avait qu'à les poser près de la porte et se dépêcher de trouver Serena avant que cette dernière découvre qu'elle avait une visiteuse…

Là-haut, une voix brisa le silence, sèche comme un coup de fouet. Serena. Impossible de comprendre ce qu'elle disait, mais ce ne devait pas être aimable.

Mariah monta l'escalier sur la pointe des pieds, tout en palpant la poche arrière de son short. Le revolver de Daniel était toujours là.

Qu'allait-elle en faire ? Aucune idée. Enfin, si. Elle allait surgir dans l'encadrement de la porte, brandir son arme devant elle des deux mains à l'instar des flics de *NYPD*, et ordonner à Serena de ne pas bouger.

Et ensuite ? Que ferait-elle si Serena était armée, elle aussi ? Devrait-elle lui tirer dessus ?

Impossible. Elle n'avait jamais tenu d'arme dans ses mains, encore moins tiré sur quelqu'un. Un être humain qui vit et respire…

Alors qu'elle approchait du palier, elle vit de la lumière dans la salle à manger, là où tous ses rêves s'étaient envolés, là où elle avait trouvé Serena avec son nouveau mari, Jonathan Mills.

Elle sortit le revolver de sa poche et longea le mur jusqu'à la porte. Suspendant son souffle, elle ferma les yeux et attendit que ses jambes cessent de trembler. John ne parlait pas. Peut-être était-il mort.

Il fallait qu'elle y aille. Coûte que coûte. Pourtant, elle se serait bien accordé encore deux petites minutes pour rassembler son courage…

— Mon revolver est pointé sur la tête de Jonathan.

En entendant la voix claire et déterminée de Serena, elle se figea.

— J'ai entendu marcher dans le couloir, reprit Serena. Allez, ici tout de suite, les mains en l'air, ou je le tue.

Mariah sentit son cœur manquer un battement.

— Tout de suite ou je l'exécute. Et ce n'est pas une menace en l'air !

Mariah remit son arme dans sa poche et entra, les mains en l'air.

— Toi ? s'exclama Serena. Regarde-moi ça, John. Tu as vu qui vient à ton secours ?

Le choc de la voir vivante parut lui redonner un semblant de vigueur.

— Va-t'en… Mariah, va-t'en…

Pétrifiée, elle ne bougea pas. La scène qu'elle avait devant les yeux ressemblait à un cauchemar. Un cauchemar bien réel, hélas, auquel elle ne comprenait rien.

Que se passait-il ? Pourquoi le FBI poursuivait-il Serena ? Qu'avait-elle fait ? Pourquoi avait-elle drogué Daniel et voulait-elle tuer John ? Et pourquoi avait-elle placé une bombe dans sa villa ?

Au milieu de tout ce chaos restait une évidence : Serena tenait son arme avec l'assurance de quelqu'un qui a fait cela toute sa vie. Apparemment, elle avait déjà tiré puisque le bras de John saignait.

Avec une précision diabolique, elle dirigea le canon de son revolver vers Mariah.

— Non ! s'écria John, l'air horrifié.

Serena l'ignora.

— Eh bien, Mariah, tu es vraiment du genre à t'accrocher ! Il m'épouse, et tu es là. Tu voles à son secours… les mains vides. Quelle idiote ! Tu n'as donc rien compris ? Je vais tout t'expliquer, chérie. Il se servait de toi pour m'approcher. Est-ce que tu sais seulement qu'il ne s'appelle pas Jonathan Mills ? Je parie que non ! Pauvre Mariah, tout ce qu'il t'a raconté, ce sont des mensonges.

Mariah fit un pas vers lui, puis un autre, et encore un autre.

— Ça va, John ?

Elle s'agenouilla près de lui et toucha sa manche pleine de sang. Les larmes lui montèrent aux yeux sans qu'elle puisse les retenir.

C'est l'odeur de son parfum qui l'aida à déchirer le voile qui le maintenait hors de la réalité. L'espace d'un éclair, il revit leurs étreintes passionnées dans le lit de Mariah.

Il hocha légèrement la tête.

— Revolver… Botte, murmura-t-il.

— John, continuait Serena, tu savais que Mariah Robinson n'était pas son vrai nom ?

Il fixa Mariah.

— Revol…

Passant derrière lui, elle l'interrompit.

— Je sais, et je t'en veux pour ça.

Il sentit qu'elle touchait ses mains, mais… Mais ce n'étaient pas ses doigts, c'était du métal. Comment avait-elle fait pour prendre le revolver dans sa botte sans que ni lui ni Serena ne s'en aperçoivent ?

Malgré ses doigts engourdis, il réussit à enlever le cran de sûreté. A quoi bon ? Avec les mains derrière le dos, sur quoi pouvait-il tirer ?

Dommage, car il était plutôt doué à ce petit jeu. Du moins, quand il n'était pas sous l'effet de la morphine…

— Reprends-le, souffla-t-il à Mariah.

— Impossible.

Serena la visait toujours. Elle avait légèrement relevé le canon pour bien atteindre la tête.

— Qu'est-ce que vous manigancez, tous les deux ? aboya-t-elle. Mariah, pousse-toi.

— Prends-le, répéta-t-il. Maintenant !

De toute évidence, Mariah n'en voulait pas. Tant pis, il allait l'obliger à le prendre.

Le laissant tomber dans ses mains, il se servit alors de ses jambes pour faire levier et renversa l'énorme table sur le côté. Un coup de feu partit. Toujours attaché à sa chaise, il se rua vers Serena. Qui tira un autre coup de feu.

Affolée à l'idée qu'elle atteigne son but, Mariah leva son arme et pressa sur la détente. Le revolver lui sauta des mains avec le recul. Elle poussa un cri.

John tentait de la protéger des coups de feu que Serena tirait à l'aveuglette. Soudain, il entendit un craquement, et la chaise à laquelle il était attaché vola en éclats. Libéré de son entrave, il se contorsionna pour passer ses mains menottées sous ses pieds et les ramener devant lui. Son bras blessé aurait dû lui faire mal, mais il ne cilla pas. La morphine faisait son effet. D'un côté, elle l'affaiblissait ; de l'autre, elle décuplait sa force. Il était superman, maintenant. Puisque rien ne lui faisait mal, rien ne pouvait l'arrêter, pas même les balles de Serena.

Comme il se jetait à terre pour s'emparer du revolver que Mariah avait laissé tomber, une balle se ficha dans sa jambe. Il releva la tête et regarda Serena. Dans ses yeux cruels brillait une pointe d'inquiétude. Apparemment, elle venait tout juste de comprendre qu'elle n'en viendrait à bout qu'en le visant à la tête.

Il tira.

Elle s'effondra. Son arme s'échappa de sa main.

Aussitôt, Mariah se précipita vers lui. Dans le silence revenu, il entendit le hurlement des sirènes. Les pompiers qui venaient éteindre l'incendie.

— Tiens, on dirait qu'ils ne s'arrêtent pas chez toi…

Ils montaient. Sirènes hurlantes, gyrophares et projecteurs plein pot, ils avalaient la côte pour venir les secourir.

Affalé contre la table, John se vidait de son sang. Mariah essayait tant bien que mal de juguler les hémorragies, mais elle manquait de matériel. Et elle avait peur.

A peine les véhicules se furent-ils arrêtés devant la villa que la porte s'ouvrit violemment, et une cavalcade se fit entendre dans l'escalier.

Un vrai miracle. Finalement, Daniel avait pu appeler à l'aide.

— Je vais fermer les yeux, murmura John dans un souffle.

A ses côtés, Mariah se mit à pleurer.

— Non, John, non… S'il te plaît, ne me laisse pas. Reste avec moi…

— Ne pleure pas. Je ne veux pas que tu pleures. Je te demande pardon.

Il lui caressa tendrement la joue et répéta d'une voix que lui-même eut du mal à percevoir :

— Je te demande pardon…

Il aurait voulu ajouter *je t'aime*, mais il n'en eut pas la force.

Une voix affolée s'éleva soudain dans la pièce.

— Un brancard, ici ! Vite ! On se magne !

Et tout devint noir.

15

John rouvrit les yeux au bout de trente-six heures, dix-sept minutes et neuf secondes. Aucun doute possible, elle avait chronométré. Elle était restée dormir près de lui, sur un lit pliant, prête à intervenir s'il s'agitait ou se réveillait.

Mais il ne s'était pas réveillé.

En plus de sa perfusion, il était relié à des machines qui surveillaient en permanence sa fréquence cardiaque, sa respiration et l'oxygénation de son sang. Les médecins allaient et venaient, plutôt satisfaits de son état, mais surpris de le voir dormir autant.

Pendant que John dormait, Daniel vint lui rendre visite et s'assit près de Mariah.

— On avait surnommé Serena Westford la veuve noire, lui apprit-il. Elle éliminait tous ses maris les uns après les autres.

Les yeux ronds, Mariah l'écoutait. Le jeune homme avait été exemplaire. Après qu'elle l'avait abandonné dans la voiture, il avait réussi à se secouer et avait rampé hors de l'habitacle, sous la pluie. Il s'était battu pour rester éveillé et continuer à avancer. Sur la route, un automobiliste lui avait porté secours. Il l'avait emmené au poste de police de Garden Isle où il avait donné l'alerte. Bardés de gilets pare-balles et de casques, les policiers étaient partis à l'assaut de la villa afin de les secourir, John et elle. Ils étaient arrivés juste après la bagarre, mais à temps pour s'occuper de John.

— Serena Westford est en garde à vue, poursuivit Daniel. Elle est blessée, mais ses jours ne sont pas en danger.

Son vrai nom était Janice Reed. Le FBI avait retrouvé chez elle une collection de mèches de cheveux, preuves qui l'associaient indiscutablement à une bonne dizaine de meurtres non élucidés.

Mariah voulut lui poser d'autres questions, mais Daniel secoua la tête avec un sourire.

— John y répondra mieux que moi.

Sur ces mots, il retourna à l'hôtel finir ses bagages.

Restée seule au chevet de John, elle lui prit la main et la caressa. C'est à ce moment-là qu'il rouvrit les paupières. Elle le contempla, ravalant les larmes qui lui noyaient les yeux.

— Tu n'es pas morte, murmura-t-il enfin. Je ne savais plus ce qui était vrai ou pas… Donc, je n'ai pas rêvé, tu es bien vivante. Tu ne peux pas savoir comme je suis heureux…

Elle l'aida à boire un peu d'eau puis à reposer sa tête sur l'oreiller.

— Je ne m'appelle pas Mariah Robinson, déclara-t-elle brusquement. Mon vrai nom est Marie Carver. Mais on m'a toujours surnommée Mariah. Je suis à Garden Isle sous ce pseudo depuis quelques mois parce que j'ai lu quelque part que partir en laissant son vrai nom derrière soi était le meilleur moyen de diminuer son stress.

Il lui sourit.

— C'est aussi le meilleur moyen de faire naître des soupçons chez les représentants de la loi.

— Je n'y avais pas pensé.

Elle fit mine de réfléchir.

— Tu as vraiment cru que je pouvais être la tueuse ?

— En fait, on se doutait depuis le début qu'il s'agissait de Serena.

— Et tu l'as épousée quand même. C'est dans le cahier des charges des fédéraux ?

Il laissa échapper un petit rire aussitôt remplacé par un rictus de douleur. L'une des balles de Serena l'avait atteint à la poitrine, lui cassant une côte.

— Pas du tout. J'ai fait du zèle.

Elle hésita et finit par poser la question qui lui brûlait les lèvres depuis un moment.

— Comment as-tu pu… euh… coucher avec elle, sachant qu'elle avait tué tous ses ex ?

Il entrelaça ses doigts aux siens.

— Je n'ai pas couché avec elle. Je t'avais promis que je ne le ferais pas, tu te souviens ? Je lui ai raconté que j'étais impuissant, que c'était un effet secondaire de la chimio.

Elle le fixa d'un air grave.

— Tu n'as jamais eu de cancer, déclara-t-elle en même temps qu'elle en prenait conscience. Ça aussi, ça faisait partie de ta couverture.

— Oui, acquiesça-t-il en hochant la tête. Je suis désolé…

— Désolé ?

Le visage soudain radieux, elle se pencha vers lui et l'embrassa sur les lèvres.

— Tu veux dire que c'est merveilleux, au contraire ! L'enfer que nous avons vécu en valait la peine. Tu n'es pas malade, John. Tu ne vas pas mourir. Tu-ne-vas-pas-mou-rir !

Ça, c'était du Mariah tout craché. Elle ne voyait que le bon côté des choses. Le positif, jamais le négatif.

Il sentit les battements de son cœur redoubler. Bon Dieu, comme il l'aimait… Lui attrapant le menton, il attira son visage à lui et l'embrassa. Un baiser tendre, langoureux, amoureux.

Mais elle releva la tête.

— Au fait, je ne sais même pas ton vrai nom.

— John Miller.

— John Miller, répéta-t-elle, l'air pensif. Je ne sais rien de toi. Ni qui tu es, d'où tu viens…

— Mais si, tu sais. Tu en sais beaucoup plus sur moi que n'importe qui sur cette terre. Daniel n'en sait pas autant, Tony n'en savait pas autant.

— Tony a existé ?

— Oui.

Elle regarda leurs mains enlacées.

— Serena a dit que tu t'étais servi de moi pour te rapprocher d'elle.

— Si tu crois ça, que fais-tu là ?

Elle releva les yeux vers lui.

— Je ne sais pas. Franchement, je ne sais pas. Je voulais juste… Je voulais savoir comment tu allais avant de partir…

Elle partait ? Non, ce n'était pas possible ! Il ne voulait pas qu'elle s'en aille. En tout cas, pas avant qu'il lui ait révélé toute la vérité.

Il inspira à fond, histoire de se donner du courage.

— Oui, c'est vrai. Je me suis servi de toi pour approcher Serena. Mais…

Elle avait pâli.

— Mais la vérité, c'est que je n'arrivais pas à te laisser. Je n'arrivais pas à m'éloigner. Parce que j'étais amoureux de toi.

Elle écarquilla les yeux.

— Je t'aime, Mariah, déclara-t-il avec une assurance paisible qu'il ne se connaissait pas. Je t'ai aimée dès l'instant où je t'ai vue. J'ai commis beaucoup d'erreurs dans cette affaire, dont celle de ne pas pouvoir garder mes distances avec toi. Quand Serena a quitté l'île, j'ai cru que l'enquête était terminée. C'est pour ça que nous avons fait l'amour. Seulement, elle est revenue…

Il poussa un profond soupir.

— A partir de ce moment, je n'ai pas cessé de me tromper. Je savais qu'en l'épousant, j'allais te faire souffrir, mais je ne pouvais pas me résoudre à la laisser passer entre les mailles du filet. Résultat, tu as failli mourir…

Il s'interrompit. Ce qu'il s'apprêtait à ajouter n'allait pas lui plaire et risquait de l'éloigner de lui à tout jamais.

— Je suis comme ça. Un type orgueilleux qui ne supporte pas l'échec. J'ai à mon actif plus d'arrestations que quiconque au Bureau. J'ai la réputation d'attraper les criminels et de ne jamais les laisser filer. Pour beaucoup, je suis un méchant, un dur. Ce n'est pas pour rien qu'on m'appelle *le robot* ! Tout le monde croit que rien ne m'intéresse, que rien ne me touche en dehors de mon métier. Ils n'ont peut-être pas tort. Car c'est vrai qu'en dehors de mon boulot, j'ai peu de choses dans ma vie. Pas de famille, pas d'amis…

— Tu as Daniel.

— Oui, peut-être. C'est peut-être un ami.

— Moi aussi, je suis ton amie.

Il avala sa salive en grimaçant.

— Je sais. C'est même tout ce que je peux te demander, à présent. D'être mon amie.

Elle l'observait en silence, le visage impénétrable.

— J'ai fait un rêve complètement fou, le matin où on a fait l'amour, reprit-il, les yeux dans les siens. Je me suis dit que ma vie pourrait être comme ça. Que ce serait rudement agréable d'être aussi heureux tous les jours. Il y aurait une femme qui m'aimerait, et je serais son mari. Je lui apporterais la paix, le bonheur, le plaisir. Je peux être tellement mieux que ce que les gens pensent de moi, tellement mieux que ce que je pense de moi-même. Dans mon rêve, je nous voyais quarante ans plus tard — ne me demande pas pourquoi quarante. On faisait toujours l'amour, on se donnait la main, on était heureux ensemble. On riait, on était bien. J'ai adoré ce rêve.

Détournant les yeux, il fixa le mur devant lui.

— Malheureusement, je ne suis pas cet homme.

Il haussa les épaules et reporta son regard sur elle.

— Je suis *le robot*. Je ne te reproche pas de ne pas m'aimer si tu n'en as pas envie. Je suis dur, intraitable, et il n'y a que mon métier qui me passionne. Je ne souhaite à personne de tomber amoureux de moi et de vivre avec moi. Surtout pas à toi.

Il prit sa main et la serra dans la sienne avec un sourire forcé.

— Continue ton chemin, Mariah. Va-t'en. Tu sais maintenant que je vais bien. Tu l'as vu de tes yeux. Alors, pars.

Comme pétrifiée, elle ne fit pas un geste.

— Je vais bien, je te le jure, insista-t-il. Je suis, comment dire, heureux d'avoir eu la chance de t'aimer. Maintenant, je sais que je suis capable d'éprouver des sentiments. Que je peux vibrer et aimer.

Il tourna la tête pour qu'elle ne le voie pas pleurer. En vain.

— John, murmura-t-elle en l'obligeant à la regarder. Que penserait Jonathan Mills si je lui disais que, moi aussi, j'ai eu tout faux ? Que penserait-il si je lui disais que depuis toujours, je suis amoureuse de John Miller ?

Il sentit son visage se crisper. Incrédulité. Etonnement. Perplexité. Jubilation. Elle l'aimait. Elle l'aimait ! Lui !

La nouvelle était renversante. Incroyable ! Elle l'aimait. C'était merveilleux. Magique…

Les larmes se remirent à couler sur ses joues sans qu'il tente de les lui cacher. Avec elle, il n'avait pas à avoir honte. Au contraire, il voulait qu'elle sache toute l'émotion qu'elle suscitait en lui.

— Il te souhaiterait tout le bonheur du monde, répondit-il. Et il ajouterait « Bonne chance ». Car tu en auras besoin avec moi…

Elle caressa sa joue avec un sourire.

— Et toi, qu'en penses-tu ?

— Eh bien, si tu apprécies toujours de changer de nom, je te propose de prendre le mien.

Elle eut un hoquet de surprise.

— Est-ce que… Est-ce que ça veut dire que tu me demandes en mariage ?

— Oui, acquiesça-t-il avec gravité. Mariah, veux-tu être ma femme ?

Cette fois, c'est elle qui éclata en sanglots.

— Oui, murmura-t-elle. Je meurs d'envie de changer de nom.

Rayonnante malgré les larmes qui coulaient sur ses joues, elle se pencha vers lui et le serra dans ses bras.

— Excuse-moi, j'ai mouillé ton oreiller…

Et elle lui donna le baiser le plus doux qu'il ait jamais reçu.

Le 1er juillet

Black Rose n°127

La mémoire perdue - Lisa Childs

Amanda est bouleversée. L'inconnu qui se tient devant elle a-t-il fait partie de sa vie avant qu'elle ne perde la mémoire, six ans plus tôt, après une terrible agression ? A-t-il vraiment été son mari ? L'appréhension la gagne. Car si cet Evan Quade dit vrai, alors il s'est mis en danger en la retrouvant : le monstre qui a failli la tuer six ans plus tôt vient de sortir de prison, et a juré de se venger d'elle en s'en prenant aux siens...

Coupable héritage - Linda Turner

Mackenzie Sloan est furieuse. Patrick O'Reilly, un agent spécialisé dans le trafic d'œuvres d'arts, la soupçonne d'avoir vendu des documents historiques volés par son père. Comment ose-t-il porter ces accusations, sans preuve ? Résolue à laver l'honneur de son père, Mackenzie accepte de collaborer avec O'Reilly — pour lui prouver qu'elle n'est pas la manipulatrice qu'il voit en elle...

Black Rose n°128

Un trop séduisant protecteur - Beth Cornelison

Qui est vraiment Jonah Devereaux ? Annie peut-elle faire confiance à ce presque inconnu, qui fréquente parfois le restaurant où elle travaille ? Autant de questions qui la hantent depuis la nuit où Jonah l'a sauvée des griffes de son agresseur, dans une ruelle sombre. Cette même nuit où Jonah a décrété que, désormais, il serait son garde du corps...

Dangereuse méprise - Marie Ferrarella

Depuis son arrivée à Aurora, l'agent Julianne Bear ne décolère pas. Ses collègues la traitent comme une débutante ! Notamment son supérieur, Frank McIntyre... qu'elle doit pourtant convaincre de sa valeur. Parce qu'elle a besoin d'impressionner cet homme tellement troublant. Mais aussi parce que, s'il la renvoie chez elle, elle ne pourra faire aboutir l'enquête secrète qu'elle mène pour son propre compte...

Black Rose n°129

Par une nuit d'orage - Kelsey Roberts

Clayton Landry l'a kidnappée... Son ancien patron s'est évadé de prison, lui a-t-il expliqué et, de gré ou de force, elle va l'aider à prouver qu'il n'a pas commis le meurtre dont on l'accuse.... Plongée au cœur de l'orage à ses côtés, Victoria est bouleversée : Clayton a changé. Aujourd'hui, elle se retrouve face à un homme qu'elle ne reconnaît pas – étranger à celui qu'elle a pourtant aimé pendant des années...

Séduction en eaux troubles - Julie Miller

Cole est fier de lui : il a pu devenir le garde du corps de Jericho Meade, un homme soupçonné de blanchir de l'argent, sans que personne ne découvre qu'il est, en réalité, un agent infiltré... Une couverture que menace la récente arrivée d'Ashley Westin, une experte en œuvres d'art engagée par Meade. Qui est-elle vraiment ? Et pourquoi pose-t-elle autant de questions sur lui ?

BLACK ROSE

BestSellers

A paraître le 1er juillet

Best-Sellers n° 427 • thriller

Piège de feu - Alex Kava

A peine remise d'une grave maladie, Maggie O'Dell, profiler au FBI, est appelée dans le Minnesota : un attentat vient d'avoir lieu dans un centre commercial. Sur place, elle découvre avec stupeur que son enquête va prendre une tournure très personnelle : des sources anonymes semblent en effet impliquer Patrick, son jeune demi-frère désormais introuvable. Dès lors, comment le convaincre qu'il doit absolument venir la trouver et lui faire confiance plutôt que de fuir en cédant à la panique ? Prête à tout pour le sauver, Maggie sollicite l'aide de Nick Morrelli, un expert en sécurité qu'elle connaît de longue date et à qui elle a toujours accordé une confiance absolue.

Best-Sellers n°428 • paranormal

L'émeraude des ténèbres - Gena Showalter

Depuis que sa sœur, sa mère et sa grand-mère ont été faites prisonnières d'un groupe de guerriers qui se disent immortels, Danika Ford tente de ne pas se laisser abattre. D'autant qu'elle a bon espoir de pouvoir leur venir en aide, car elle a un allié parmi ces créatures inquiétantes. Un homme qui, au péril de sa vie, lui a déjà permis d'échapper à sa bande : Reyes. Un guerrier taciturne et envoûtant, prince des seigneurs de l'ombre, dont l'image hante chaque jour un peu plus ses rêves. Pourra-t-il de nouveau lui venir en aide ? Rien n'est moins sûr, car en cherchant désespérément l'occasion de délivrer les siens, Danika, traquée de toutes parts, comprend que pour y parvenir, il lui faudra d'abord trahir Reyes.

Trilogie Les seigneurs de l'ombre, *volume n°3*

Best-Sellers n°429 • thriller

Et vous serez châtiés - Erica Spindler

L'inspecteur Mary Catherine Riggio est au désespoir : en l'espace de quelques jours, Dan, son fiancé, et Tommy, son jeune cousin, ont été abattus chacun d'une balle dans la tête. Anéantie par le chagrin, Mary Catherine n'a plus qu'une obsession : mettre la main sur celui qui a détruit sa vie et le lui faire payer. Mais l'enquête est confiée à sa coéquipière et amie de longue date, Kitt Lundgren. Et si Kitt, compatissante, l'autorise à participer aux investigations, Mary Catherine sait pertinemment qu'au moindre dérapage, elle en sera écartée.

Best-Sellers n°430 • thriller

Je te volerai ta mort - Karen Rose

A la demande d'une amie légiste, Sophie Johanssen, archéologue et historienne du Moyen Age, accepte sans hésiter d'intervenir sur une scène de crime. Mais l'excitation cède rapidement place à l'effroi car sur place, elle déterre les fruits d'une tragédie : neuf tombes contenant les cadavres positionnés selon des rites funéraires médiévaux que Sophie, en tant que spécialiste, repère immédiatement. Dès lors, comment pourrait-elle, malgré ses réticences, refuser son aide et son expertise à l'inspecteur Vito Ciccotelli – un homme qui lui a inspiré confiance dès le premier regard ? D'autant plus qu'il faut agir vite, car sept autres tombes sont déterrées – vides, elles semblent attendre les prochaines victimes.

Best-Sellers n°431 • roman

La saison des fleurs sauvages - Emilie Richards

Encore sous le choc d'un divorce douloureux, Tracy Deloche part s'installer dans la presqu'île de Happiness Key, le seul bien qu'il lui reste et que lui a transmis son ex-mari. Là, sous le soleil de Floride, elle espère prendre un nouveau départ. Mais à son arrivée, rien ne se passe comme prévu : au lieu des villas luxueuses qu'elle s'attendait à trouver, elle découvre quelques maisons au charme suranné et des habitants qui semblent se méfier d'elle –en particulier le séduisant inconnu qui vit non loin de la maison où elle s'est installée. Désemparée, Tracy ne sait pas encore qu'elle va tisser de nouveaux liens qui vont à nouveau bouleverser son existence et lui entrouvrir les portes du bonheur.

Best-Sellers n°432 • roman

Retour à Blossom Street - Debbie Macomber

Trois ans après l'ouverture de la boutique de Lydia « Au fil des jours », il se dégage toujours de Blossom Street une ambiance chaleureuse et enjouée. Car Blossom Street, c'est tout un univers. L'univers de Lydia, qui tente d'aider sa famille à traverser des moments difficiles tout en construisant avec Brad de nouveaux projets. Celui de Margaret, la sœur de Lydia, qui, inquiète pour sa fille, traverse une profonde crise personnelle. Celui de Colette, enceinte, qui tente de fuir son passé et de démarrer une nouvelle vie. Mais aussi celui d'Alix, qui a accompli de grands rêves mais qui court le risque de renoncer au plus beau d'entre eux.

Série Blossom Street, *volume n°3*

Best-Sellers n°433 • historique

Sous l'emprise du destin - Susan Wiggs

Séparée de ses parents dès son plus jeune âge, au cours d'un naufrage, Pippa de Lacey a grandi dans les rues de Londres parmi les jongleurs et les comédiens. Mais voilà qu'un jour, son insolence de fille des rues heurte un gentilhomme parmi les badauds, la condamnant au pilori. Arrêtée, Pippa ne doit son salut qu'à l'intervention d'un seigneur irlandais, Aidan O'Donoghue. Séduite par son sauveur, elle accepte avec reconnaissance la protection qu'il lui offre et la proposition qu'il lui fait ensuite de l'aider à retrouver sa famille. Un cadeau inespéré que le destin lui retire lorsque Aidan est jeté en prison sur ordre de la reine ! Révoltée, Pippa décide de le faire évader. Même si cela doit la conduire à l'exil… et compromettre sa seule chance de revoir un jour ses proches.

Trilogie La Rose des Tudor, *volume n°3*

Composé et édité par les
éditions Harlequin
Achevé d'imprimer en France (Malesherbes)
par Maury-Imprimeur
en mai 2010

Dépôt légal en juin 2010
N° d'imprimeur : 154880 — N° d'éditeur : 14999